皇統迭立と文学形成

大阪大学古代中世文学研究会　編

和泉書院

はじめに

伊井春樹

大阪大学古代中世文学研究会の二〇〇回記念として、このようなすばらしい論文集が編まれたことを、心からの祝意とともに敬意を表します。執筆者と論文題目を目にしながら、それぞれの方が歩んでこられた研究の軌跡を思い、あらためて研究会が存在してきた重みを実感もいたします。たんに研究会が長く継続しただけではなく、その成果として研究機関誌『詞林』の発行を間断なく維持し、論文集を編み、日本文学の研究の世界に問題を投げかけ、問い続けたことに大きな意義があるのだろうと思います。それを支えてきたのは、ひとえに研究会を維持し、さまざまな機会を通じて研究発表と論文を公表してきた会員の方々であります。

大阪大学古代中世文学研究会を設立し、その名のもとで第一回の研究発表会を催したのは一九八七年四月、私が大阪大学に赴任して四年目のことでした。といっても一年目は併任で、東京と大阪との間を通って授業をしていたため、実際的には三年目となります。当初は学生も少なかったこともあり、定家本『成尋阿闍梨母集』の紙焼き写真をコピーしてほそぼそと読んでいました。その後研究会が発足し、研究室で定期的に研究成果の発表をするようになりました。私は、少し普及してきたＮＥＣのＰＣ９８０１シリーズのパソコンを思い切って購入し、二四ドットのプリンターで四ページばかりの「会報」を作り、卒業生にも寄稿してもらい、二号ばかり出して配布もしていました。そこから機関誌の発行の話へと進み、学生の発案もあり、古今集真名序の「発其華於詞林者也」からタイトルを採って『詞林』としました。院生の方が、私の部屋でパソコンを操作している姿が目に焼きついています。

私としては、これからの研究者は論文を書くだけではなく、発表方法とともに事務処理能力も必要だと言っていました。批判もあったのですが、院生はできるだけ研究発表の回数を多くし、論文も書くようにと勧めました。その訓練としての研究発表会だったのですが、『詞林』を出すにあたって学生と約束をしました。必ず定期的に出すこと、遅延するようであればやめよう、ということでした。私はこれだけは厳しく伝え、そのためしばらくは私が編集をし、印刷もしていました。創刊号は一九八七年三月、その版下には発売されて間もないレーザープリンターを用いました。といっても高価でとても買えないため、大阪城近くにあった富士通のショールームに飾ってあるのを、人に依頼して使用をお願いし、印刷してもらいました。原稿を印刷業者に渡して写植にすると、費用も高くつくため、印刷したものをそのまま用いる、ダイレクトオフセットにしたのです。A３に二ページ分印刷されており、それを縮小してオフセットにするとともに、ノンブルも入れてもらいました。

このように記しますと、いかにも手順を知った上での作業のように思われますが、まったく私としては手探りの状態でした。その後、ダイレクトオフセットは一般化し、縮小することなく当初から版形も雑誌用に印刷するとか、マックでの編集用ソフトもできて容易にはなってきましたし、それ以上に現在は便利になっており、隔世の感があります。文字入力のソフトも「松」や「一太郎」等と次々と変わり、ハードも新しくなるなど、八〇年代後半から九〇年代にかけてはめまぐるしい時代でした。それと問題は費用で、学生も負担しましたが、それではとても足りませんので、たまたま私がシリーズで編集していた本があり、編者としてもらった本を外部の方に購入してもらい、それを資金源にもしました。

このように過去の経緯を書くのも、多くの院生たちが苦労したことを記録しておきたく思ったからです。その後、私が直接担当する学生数も増え、それぞれの役割を自主的に担当するようになりましたが、とりわけ編集をするのは大変だったと感謝しております。『詞林』の創刊号が出た翌月に第一回の研究会を開催というのは、これから本格的に継続しようとの思いをあらたにしたことによるのでしょう。そこから国立大学が法人化する直前の、いわゆる文部教官として退職する最後の二〇〇四年三月まで、一五七回の研究会が続き、私が大学を離れた四月に『詞林』の第三十五号が発刊されました。その間、数多くの研究者が育ち、それぞれの環境で努力されているのはとてもうれしいことです。

それから五年、研究会は二〇〇回を越え、『詞林』も着実に年二回の発行を続けています。これは支える人々の努力の結果であり、容易ではないと思いますが、「継続は力なり」のことばを実践してほしく願っています。現在、世界的にも人文学の衰退が叫ばれ、その危機的状況は巷間で公然と語られ、現実にその様相が迫っているのは事実です。しかし、堅実な研究環境を創出し、その成果を世に問うことは社会的な使命でもあり、いずれ報われる時代も訪れるはずです。記念論集が出されます慶賀を思い、研究のますますの活性化を願って緒言のことばといたします。

二〇〇九年二月

目次

第二部　中世の皇統迭立と文学形成

Ⅰ　院政期から中世への視界

記念論集『皇統迭立と文学形成』趣意と概要

荒木　浩

そもそも、本書のタイトルである「皇統迭立と文学形成」という論述設定の起点は、いわゆる両統迭立期から南北朝期に到る、中世の時代と文学をめぐる問題群の認識にあった。編集部による「おわりに」にも誌されるように、本書の企画を考え始めた当時、大阪大学古代中世文学研究会の会員、就中、現役の大学院生に、その時代に関わる文学に関心を持ち、研究を始めている若手研究者が多く、それらメンバーの数本の論文を集結した、本会発行の学術誌『詞林』での特集なども考えてみたのである。しかし、その時代の限定をはずしてテーマ的に「皇統迭立と文学形成」という風に捉えてみると、それは、広く古代中世を通観する、重要な視点であると気付いた。

あたかもそのころ、原則月一回開催の本研究会の例会が、ちょうど二〇〇回目の例会を数える時期が近づいてきた。そこで二〇〇回を記念して、拡大的な発表会を行うとともに、このテーマでの論集の立ち上げを考えるようになった。広く古代から近世初期まで、皇統とその推移、また迭立の様相と文学の関係ということを共通の認識基盤として、大学院生及び本研究会会員の力を借りて、一つのパースペクティブで論集を形作ってみよう、と構成を整理して寄稿を募ったのが、本書の原型である。

各執筆予定者に向けて、企画書には、おおむね次のような案文を書いて、論文執筆の目安としてもらった。

大阪大学古代中世文学研究会の二〇〇回開催を記念して、同研究会メンバーを執筆陣に、皇統迭立や天皇と文学の関わりを広く論じ、通史的な視界を示しつつ、日本の古代・中世文学、そして近世文学への視座を定めつつ、その諸相を広く、しかし専門的に考察する。

古代においては、天智系と天武系、平安初期には、清和陽成系から光孝宇多系へ、平安中期には冷泉系と円融系、後三条以降の院政的問題、鎌倉時代の両統迭立、南北朝、室町時代の天皇と文学、芸能、中世末期の天皇と文芸、近世の天皇・公家と文学の問題などを想定する。

本会が「古代中世文学研究」を標榜することもあり、近世後半から近代以降は今措いて、概ね時代設定を右記のごとくに定めた。もとより、さらに前の時代の皇統の問題も、広い意味で平安以降の文学に、時に深く関わることはいうまでもない。たとえば古く応神から仁徳へという皇位交替においても、その狭間には菟道稚郎子の悲劇が伝承されるが、彼はまた、『源氏物語』橋姫の設定に影響を及ぼしている、と古来よりいわれてきた。一方の仁徳は仁政の原点的存在として繰り返し語られ、その伝承歌とともに、中古以降の文学に再生する。雄略は『万葉集』や『日本霊異記』の始発として巻頭に現れ、また仁徳と共に倭の五王にも比定される。下ってもっとも象徴的な皇統推移は武烈から継体への交替であるが、途絶えた前代をあしざまに形象するその伝統は、天武系から天智系に回帰するときの枠組みに於いて―称徳から光仁へ―、またより直接的には陽成退位と光孝擁立の説話に影響を与えている。嵯峨天皇もまた『方丈記』に特記される平安朝始原の皇統の象徴―平城との「二所朝廷」を経て―であるとともに、日本古代文学の根幹を支える、漢詩文の文学の隆盛に君臨した。

こうしたいくつかの古代史のトレースから文学形成の問題に転ずるのも、個人的にはきわめて関心のあることがらであり、実際、武烈から継体へ、という問題設定で小文を寄稿しようと考えた時期もあったのだが、すぐさま撤回した。その理由は、今回、そうした網羅性や小項目的な構成に泥むよりは、本研究会会員相互の深い専門性に立脚した各論を時代軸に並べるだけで、一つの大河としての論集をなす事に気づいたからである。本書は、ほぼ論文集の体をとりつつ、『皇統迭立と文学形成』という明確なテーマ性を打ち出した、統一体としての一書である。
こうした達成を可能たらしめたのは、ひとえに、巻頭言をお寄せ下さった伊井春樹先生をはじめとする、会員諸氏のご協力とご尽力に拠るものと、深く感謝する次第である。

さて、本書は、全体を大きく三部に分かち、平安朝、中世、そして近世へ、というほぼ時代順に配置される。

第一部は、「平安朝に於ける皇統迭立と文学形成」と題し、五氏の論を配した。

滝川幸司「天智系としての宇多天皇─菅原道真「崇福寺綵錦宝幢記」をめぐって─」は、菅原道真「崇福寺綵錦宝幢記」の精読を通じて、広く古代史の先端的研究をも参照しつつ、平安時代における天智系─光仁・桓武による─の在処を、宇多朝の存立にさぐったもので、本論集古代編の大きな展望を開く意味も読み取れる。田島智子「拾遺和歌集と天皇─天元二年（九七九）十月円融院三尺屏風を中心に─」は、表題の「円融院三尺屏風」の『拾遺和歌集』における突出を丹念に整理して、その意味を『拾遺抄』との対比をも踏まえて論じ、醍醐・村上・円融・冷泉へのアクセントと朱雀の非在を発見して、和歌集史の中の皇統の問題を提示する。木下美佳「『伊勢物語』における清和天皇」は、『伊勢物語』に現れる天皇関連章段の内、清和の形象に注目し、特に斎宮や後宮との密通を描く章段に於いて清和の名前が誌されることの意味を考察し、『伊勢物語』世界を解明しようとするものである。藤井由紀子「光源氏と〈皇統〉─高麗の相人の言をめぐって─」は、『源氏物語』における〈皇統〉の問題を根源的に探りつつ、桐壺巻の光源氏臣籍降下と相人の予言のコンテクストを、物語本文の精緻な再読を通じてあきらかにし、それが「ただ、光源氏を臣下に降ろし、〈皇統〉から外すことのみに働く」、という新解を示すことで、氏の今後の一連の光源氏論の端緒に位置付ける。石原のり子「『大鏡』における皇統─冷泉系と円融系を中心に─」は、平安中期の重要な両統迭立期である冷泉系と円融系の問題を、氏のこれまでの『大鏡』論の統合止揚の中に深め、雲形という準レガリア的な存在なども剔抉しつつ、『大鏡』成立論の重要な鍵となる、三条・禎子・後三条の系譜を浮き上がらせて、『大鏡』の射程を捉えようとする。

第二部は「中世の皇統迭立と文学形成」と題し、九篇の論文を掲載するが、時代を基準にⅠ・Ⅱの二つのセクションに分けてある。Ⅰは「院政期から中世への視界」と枠取り、古代末期から院政期、さらに承久の乱以後の両統迭立期懐胎の時代までを射程とする。荒木浩「坂上の宝剣と壺切―談話録に見る皇統・儀礼の古代と中世―」は第一部の石原論にも言及される、レガリア的な二つの剣―坂上宝剣と壺切―をめぐる逸話を対比的に読みながら、宝剣と王権との関わりを、古代から宝剣が失われつつも即位した後鳥羽朝、さらに両統迭立期に及ぶ時代相を俯瞰して、この両剣がレガリアに準拠され、交差したり重ねられたりして、王権をバーチャルに支える様相を論じる。丹下暖子「天皇の代替わりと『讃岐典侍日記』―鳥羽天皇から見る下巻の位置づけ―」は、従来堀河天皇思慕の日記、という認識と、日記文学の自照性という構図に束縛されて読まれてきた感のある『讃岐典侍日記』を、鳥羽天皇に着目して下巻を読むことで、そこに描かれた天皇の代替わりという重要な問題が存することを捉え、典侍という職掌との関わりで読み解き、この日記の研究に、新機軸を提起する。仁木夏実「「鳥羽法皇六十日大般若講願文」における罪の意識―院政期願文における「治天の君」像補説―」は、昨今、法会と文学という視点からも注目される願文というジャンルに注目し、「鳥羽法皇六十日大般若講願文」を解読しつつ、殺生禁断をめぐる天皇の罪業観とその推移という視点から、院政期に於ける時代相の推移を読み取り、鳥羽院の意識と願文制作の具体をも探ろうというものである。中川真弓「承久の乱前後の菅原為長と願文―後高倉院および鎌倉幕府との関係を中心に―」もまた、『菅芥集』という菅原為長の願文集を対象に、承久の乱を経て、皇統が暫時後鳥羽系から移行するときの重要な始祖となる後高倉院をめぐる、また鎌倉幕府に関連する願文などを取り上げつつ、乱前後の歴史相の中での文章博士菅原為長の作品世界を分析する。仁木・中川両論には、治天の君をめぐる言述論という視界もあるだろう。本セクションの最後には、中原香苗「楽器と王権」を掲載する。本論文は、琵琶の玄象―古代から鎌倉期、及び筆の達智門―室町時代、という神秘的な名器の伝承の追跡と対照を通じて、天皇また将軍と音楽という芸能の関わりを、平安期から室町時代に至るまで、俯瞰的な視点も取り入れながら論じていく。時間スケールの大きなものであり、本論集の拡がりを示すとともに、後半へとつなげていく役割を果たす。

Ⅱでは「両統迭立期から中世後期への視界」と括り、両統迭立期から南朝の文学形成までを捉えようとする。高嶋藍「『とはずがたり』における両統迭立―禁色の唐衣を視座として―」は、両統迭立期持明院統の帝であった後深草に仕えた二条の、仙洞女房としての職掌に注目し、「禁色の唐衣」をめぐる衣装への意識と描写の関わりを探り、この日記研究に新しい視点を導入する。米田真理子「法守とその時代―『徒然草』仁和寺関連章段の背景―」は、『徒然草』に見える仁和寺関連章段の中から、弘融という僧の登場する章段に留意し、彼の学統とその意義を探り、その時代に仁和寺の御室であった法守の生涯をたどることで、『徒然草』の文学との関わりについての視座を提供する。ところで、本書のテーマでこの時代を論ずる上で欠かせないのが、勅撰集及び准勅撰集とされる撰集に於けるその過程と作品世界に於ける皇統との関わりである。本書においては、近年改めて研究基盤が固められつつある『新葉集』について、勢田道生「『新葉和歌集』における後醍醐天皇の待遇と南朝の来歴」を掲載する。勢田は、『新葉集』の描き出した後醍醐天皇についての特別な処遇を、後村上天皇の位置づけと対比的に分析しながら、宗良親王の描き出そうとした南朝世界の様相を考察する。本セクションの掉尾は、加藤洋介「仙源抄の定家本源氏物語」であり、同じ南朝の長慶天皇撰『仙源抄』に用いられる定家本の『源氏物語』本文を詳細に追いかけ、本文研究に於ける、室町期の伝本研究の重要性にも示唆を及ぼす。

第三部は「皇統と文学伝受―中世から近世へ」と題し、中世後期から近世へつながる時代を対象とした、文学伝受の問題を考究する。海野圭介「確立期の御所伝受と和歌の家―幽斎相伝の典籍・文書類の伝領と禁裏古今伝受資料の作成をめぐって―」は、古今伝受の近世までの流れを俯瞰しつつ、目録類を始めとする伝受資料総体に関する詳細な文献的研究により、禁裏・仙洞をめぐる御所伝受の様相と和歌の家との交流とその展開の問題を解明提示する。また川崎佐知子「近衛基凞の『源氏物語』書写―陽明文庫蔵基凞自筆本をめぐって―」は、近世初期の天皇家と深く関わり、海野論にも名前の見える近衛基凞の『源氏物語』書写の様態を、陽明文庫蔵一筆の自筆写本について、本文の詳細な追跡とともに関連書状の紹介分析を併せて示し、その意味を探る、重要な文献学的研究である。

以上は、上記諸論のごく一端を概観しつつ、私の編集上の狭い視点と立場から、配置上の説明をしたものにすぎない。各論の示す世界は、むろん、これに尽きるものではない。しかし、この論集の順にお読みいただくと、広い意味での古代中世文学の輪郭を関知することができ、またそれぞれの論文に付された詳細な注を後追いしてもらえば、研究の現在にたやすく連絡することもできる。そうして、それぞれの眼で、またあらたな構図や切り込みの、新鮮な研究を生み出す機縁になることもできるだろう。私自身もこの論集をいま読みかえしてみて、その予感を個人的にも感じ、本集に対するひそかな矜持を、また持ち始めているところである。

贅言はこれくらいにして、ともかくも、以下の十六篇の論文に接していただくに如くはない。そして、私たちのささやかな試みが、日本古典文学研究に於いて、いささかなりとも寄与することになれば、編集を担当した本研究会メンバーにとっても、これ以上の慶びはない。

第一部　平安朝に於ける皇統迭立と文学形成

天智系としての宇多天皇

――菅原道真「崇福寺綵錦宝幢記」をめぐって――

滝川幸司

はじめに

宇多天皇の即位が違例であったことは、周知に属すであろう。そもそも、父・光孝の即位がそうであった。陽成の退位は、太政大臣藤原基経への書や宣命に病気のため社稷を守ることができない故とされている（『日本三代実録』元慶八年二月四日条）。しかし、即位したのが陽成の兄弟ではなく、陽成の祖父・文徳の弟・光孝であったこと、また、光孝が自分の子を臣籍に降下したこと、さらに宇多が、源氏から皇族に戻り立太子し即位したことなど、この違例ともいえる光孝・宇多皇統の成立経過については、様々な議論が積み重ねられている[1]。

例えば、保立道久は、光孝及び宇多が仁明の事績を尊重しそれに則ることを意識していたという木村茂光の議論[2]を踏まえ、「光孝・宇多が桓武の事績、「延暦」の事績を尊重したこともいうまでもない。彼らは傍流から出た自己の王位を、やはり傍流から出て大きな権威を確立した桓武の王位になぞらえたのである」という[3]。

近年では、木村・保立論のように、光孝・宇多皇統の正統性については、光仁・桓武あるいは仁明との重なり・繋がりが重視されている。

ところで、これまで等閑に付されてきた資料がある。それは、宇多の勅として書かれており、光孝・宇多皇統について貴重な資料になると思われる。菅原道真「崇福寺綵錦宝幢記」（『菅家文草』巻七・528）がそれである。本稿では、この記を読解しつつ、天智系としての宇多について考察を加える。

一　崇福寺綵錦宝幢記本文と概要

まず本文をあげる。(4) 論述の便宜のために番号を付す。

1　勅、近江崇福寺者、天智天皇之創建也。　勅すらく、近江崇福寺は、天智天皇の創建也。
2　逢師感応、　師に逢ふは感応なり、
3　得地因縁。　地を得るは因縁なり。
4　誓念至心、　至心を誓念し、
5　称成細目。　細目を称成す。
6　辛未之年、勅旨詳矣。　辛未の年、勅旨に詳かなり。
7　資財之内、有一宝幢。　資財の内、一宝幢有り。
8　裁製飄揚、誠足随喜。　裁製して飄揚す、誠に随喜するに足る。
9　朕風聞弊破、　朕弊破を風聞し、
10　露胆憂思。　憂思を露胆す。
11　出自山中、　山中自り出だし、
12　対之増歎。　之れに対ひて歎を増す。
13　夫功徳以信力為宗、不以華飾為本。　夫れ功徳は信力を以て宗と為し、華飾を以て本と為さず。
14　以終旧為得、不以立新為勝。　旧を終ふるを以て得と為し、新を立つるを以て勝

15　況乎本願天皇、朕之遠祖大廟也。
16　予末小子、
17　何不祗承。
18　是故依手沢、
19　　発心機。
20　錦章已断者、弃其故、而用其新。
21　華藻猶存者、補其闕、以加其固(5)。
22　蓋諧天皇長短之謀、
23　　守天皇丹青之信也。
24　於是塵埃払去、
25　　糸縷宛然。
26　宝蓋高張、雲影欲破而更聳。
27　綵幡斜曳(6)、虹輝可消而再晴。
28　凡厥見聞大衆、誰不発菩提心。
29　仰願当来導師、弥勒慈尊、
30　　登遐聖霊、天智天皇、
31　悉知悉見、
32　證成證明。

と為さず。
況乎や本願の天皇、朕の遠祖大廟也。
予末の小子なり、
何ぞ祗承せざる。
是の故に手沢に依りて、
　心機を発す。
錦章已に断てる者、其の故を弃て、而して其の新を用ゐる。
華藻猶存する者、其の闕を補ひて、以て其の固を加ふ。
蓋し天皇長短の謀に諧ひ、
　天皇丹青の信を守る也。
是に於て塵埃払ひ去り、
　糸縷宛然たり。
宝蓋高く張り、雲影破れんとして更に聳ゆ。
綵幡斜めに曳き、虹輝消ゆべくして再び晴る。
凡そ厥の見聞の大衆、誰か菩提心を発せざらんや。
仰ぎ願はくは当来の導師、弥勒慈尊、
　登遐の聖霊、天智天皇、
悉知悉見して、
證成證明せんことを。

33　朕是慈尊之在家弟子、　朕は是れ慈尊の在家の弟子なり、
34　朕亦聖霊之遺体末孫。　朕は亦聖霊の遺体の末孫なり。
35　愚也癡也、　愚也癡也、
36　可慙可愧。　慙づべし愧づべし。
37　非頼慈尊擁護、何以安済衆生。　慈尊の擁護を頼むに非ずは、何を以て衆生を安済せん。
38　非蒙聖霊福祚、何以保安天下。　聖霊の福祚を蒙ぶるに非ずは、何を以て天下を保安せん。
39　願垂聴許、満足所求。　願はくは聴許を垂れ、求むる所を満足せしめんことを。
40　寛平二年歳次庚戌十二月四日。　寛平二年歳は庚戌に次る十二月四日。
41　散位正五位下菅原奉勅記。　散位正五位下菅原勅を奉じて記す。

この記は、題に明らかなように、天智天皇の創建になる崇福寺の宝幢について記されたものである。但し、題に「記」とされているが、冒頭に「勅」とあり、本記は、宇多天皇の「勅」ということになる。以下、三段に分けて考察を加えるが、おおむね次のような内容を持つ。

第一段（1～8）は、天智天皇による崇福寺創建と、天智が施入した宝幢について述べる。ここに見える「辛未の年」は、天智十年を指す。天智崩御の年である。天智が崇福寺に施入した「資財」の中に宝幢があり、美しく裁縫されて舞い上がる様子が描かれる。なお、天智の宝幢施入については、後述する。

第二段（9～23）は、宝幢が損なわれたことを知った宇多が、天智の計画を活かして宝幢を修復する経過を記す。宇多は、天智を「朕の遠祖大廟也」といい、「予末の小子なり、何ぞ祇承せざる」という。天智系統の天皇として自らを位置づけている。

第三段（24～40）は、修復なった宝幢を描き、弥勒菩薩、天智天皇の力によって、衆生を救い、天下を安んぜん

と願う。

二　崇福寺の創建年次問題と宝幢施入

第一段は、崇福寺創建から描かれる。(7)「師に逢ふは感応なり、地を得るは因縁なり」は、『扶桑略記』の次の記事と関わるであろう。

（天智六年）二月三日。天皇大津宮に寝ぬ。夜半夢に法師を見る。来りて云く、乾山に一霊窟有り。宜しく早く出でて見るべし。天皇驚寤し、出でて彼方の山を見るに、火光細く昇ること、十余丈なるべし。火焔広く照る。甚だ希有と為す。即ち大伴連桜井等を召して見しむ。皆奇異の相、明日其の地を尋ね求めんと奏す。天皇行幸す。願満法師等相具す。彼の火光る処に当りて、小山寺有り。一優婆塞経行念誦す。之れを召して、地山の名を借問す。答へて云く、古仙の霊窟伏蔵の地、佐々名実の長等山なり。時に優婆塞自然に失す。所在を知る罔し。但し其の地体骨、林樹森々、谷深く巌峻、流氷清涼、寂寞として閑空なり。勝地と称すべし。七年戊辰正月十七日。近江国志賀郡に於て、崇福寺を建つ。……〈已上、崇福寺縁起〉。（『扶桑略記』）

天智の夢に法師が現れ、大津宮乾の方向の山の霊窟を見よという。翌日行幸するに、小山寺があり、優婆塞がいた。そこに崇福寺を建てるのである。本記の冒頭は、この創建説話と関連しよう。『扶桑略記』所引「崇福寺縁起」がどこまで遡るかは未詳だが、道真の時代に既にこれに近い話柄があったことが推測できる。

6に「辛未の年、勅旨に詳かなり」とあるのは、2~5の内容が、「辛未の年」=天智十年の詔に詳細に記されているということであろう。この「辛未の年」と崇福寺創建をめぐって議論がある。

崇福寺の創建は、前掲『扶桑略記』所引「崇福寺縁起」によれば、天智七年である。また、『日本紀略』延喜二十一年条に「十一月四日乙酉。暁。崇福寺堂塔雑舎等焼失す。建立の後二百五十三年」と崇福寺堂舎の焼失記事があるが、建立の後二百五十三年という。延喜二十一年から二百五十三年前は、天智七年である。これらに基づいて、崇福寺は天智七年に創建されたと通説では理解されている。これに対し、肥後和男は本記を引用して、次のように述べる。(8)

この年（引用者注、天智七年）を以て堂塔其他が完成したとは考へられないが一通りの造営が終わつたのは天智天皇十年ではあるまいか。何によつてかゝる推測が可能であるかといへば前記菅家文草崇福寺綵錦宝幢記の文である。そこに辛未之年勅旨詳矣。とあるがこの辛未之年は恐らく天智天皇十年の辛未であろうからこの勅旨或は崇福寺落成供養の願文かとも思はれるのである。…

…（本記を引いて）それは崇福寺がまだ一回も焼失しない時代のものとして特に貴重なものである。そこに辛未の年とあるのは天智十年たるべきは前述の通りでこの年に恐らく崇福寺が完成したこと、思はれるのである。

すなわち、天智七年に建立が始まり、「辛未の年」＝天智十年に完成したというのである。そして、本記にいう「勅旨」を「崇福寺落成供養の願文か」と推測する。

石田茂作は別の説を立てている。(9)

大津の京は天智天皇六年三月に奠都あり、十年十一月に焼亡した。而して天智天皇は其の十二月に近江新宮に崩御あらせられたという。そこで思うに崇福寺は其の大津京の宮址に即しその遺構の利用出来るものは利用して創建せられたものでは無いかと考える。唯こうなると崇福寺の天智天皇七年創建説と合わなくなる嫌はある。然し天智七年崇福寺創建説は前述の如く延喜廿一年火災の記事より逆算しての推定で、当時の根本資料『日本書紀』には無い事である。従ってそれは史料として絶対的なものでは無い。且つ其の延喜廿一年と時代の近い寛平二年菅原道真撰の「崇福寺宝幢記」（菅家文草）には崇福寺建立を辛未年（天智十年）と記すると思えば、平安時代中期に於て既に其の創建年次が明了を欠いていたと見られる。…一体天智天皇が近江に都を定め、其れと同時に計画されて奠都の翌年崇福寺が建てられたなら、書紀に其れが載らぬ筈が無い。載らぬところを見ると或は天皇崩後又壬申乱後追弔の意味を兼ね、天智天皇勅願の事にして建立されたのでは無いかとも考えられる。『日本紀略』の記載年次を無視する事に多少の気兼ねがあるが、同時代の菅原道真の宝幢記によって右の如く考える事も一説として許されるべきではあるまいか。

石田の論は、崇福寺・梵釈寺の位置論争と関わるものであるが、詳細はここでは略し、本記と関連する部分のみ引用した。すなわち、崇福寺建立記事が『日本書紀』になく、天智七年創建説は「絶対的」ではない。本記の「辛未の年」こそが建立開始の年だと考えるのである。

近年、櫻井信也が本記を取りあげ、次のように論じる(10)。

辛未之年とは天智十年と考えられるが、肥後和男氏はこの記載をもって天智十年に崇福寺が竣工したとする。しかしながら上述したところから（引用者注、古代寺院の造立に多くの年月を費やしたこと）、着工以来わずか三年を経て造立工事が完了したとは思えない。辛未之年とは天智天皇崩御の年であり、この勅旨とは天智天皇が崩御に際して志賀山寺造立の願意を述べ、まだ完成をみていない志賀山寺の造立を、大友皇子等に託したものと理解するのが自然であろう。

櫻井は、本記にいう「辛未の年」の「勅旨」を、未完成の「志賀山寺」（＝崇福寺）の「造立」を大友皇子に託したものと推測している。

肥後、石田は、本記の「辛未の年」を崇福寺建立開始あるいは完成の年と見、櫻井はそれに対し、未完成の崇福寺を大友皇子に託したものと見るのである。

しかし、そもそも、この「辛未の年」は、肥後や石田がいうように崇福寺の建立と直接関わるものなのであろうか。また、櫻井は、大友皇子に託したというが、本記の記述に、そのような内容が具体的に記されない以上、憶測の域を出ないのではないか。

本記の文脈をもう一度整理してみる。

2、3は、天智の夢によって崇福寺を建てる地を得たことを記す。4は、天智が「至心」を誓うことをいうが、問題は、5である。「細目を称成す」という。「称成」の語について、今適切な用例を見出しがたいが、「細目」を一覧したという意か。2～5を承けて「辛未の年、勅旨に詳かなり」というのだから、崇福寺の創建の所以と、天智が「至心」を誓って「細目」を一覧したことが、「辛未の年、勅旨に詳かなり」ということになろう。口語訳してみれば「近江の崇福寺は、天智天皇の創建である。師に逢ったのは感応であり、地を得たのは因縁である。真心を誓い、細目を一覧した。（そのことは）辛未の年の勅旨に詳細である」とでもなろうか。とすれば、ここで問題にすべきは「細目」である。これは、7に「資財の内、一宝幢有り」とあることと関連するであろう。天智が一覧した「細目」とは、「資財」の「細目」であり、その中に「宝幢」があったというのではないだろうか。この勅は、崇福寺の宝幢を修復することを述べるのだが、それだけに、この宝幢の由来を記すのは当然であろう。それが、この冒頭の部分ではなかろうか。

「辛未の年」は、天智崩御の年であった。『日本書紀』天智十年十月是月条に、

天皇使を遣はして、袈裟、金鉢、象牙、沈水香、栴檀香、及び諸珍財を法興寺仏に奉る。

という記事がある。天智が、法興寺に袈裟以下珍財を施入しているのである。天智は、この頃不予であり（「天皇寝疾不予」同前九月）、法興寺へ施入した十月十七日には、「天皇疾病弥留」の状態で、皇太弟大海人皇子を喚んでいる。そして、十二月三日、天智は近江宮で崩じた。

病重き天智は、崩御を前に法興寺に珍財等を施入したことになるのだが、宇多の勅に論を戻せば、「細目」とは、法興寺と同じく崇福寺に施入された物品の「細目」を意味するのではないだろうか。そして、その中に宝幢があっ

たということになるのではないだろうか。

　従って、この「辛未の年」は、崇福寺の建立や竣工に関わるのではなく、「資財」を施入した年を意味することになるのではないか。崇福寺への施入については『日本書紀』等には記されないが、宇多が修復しようとしたのは「宝幢」である。冒頭にその由来を記すことは、ごく自然なことであろう。

三　天智の意図に沿わんとする宇多

　9～23は、宇多が宝幢を修復する所以を記す。宝幢の「弊破を風聞」した宇多は、宝幢を「山中自り」移して、「之れに対ひて歎を増す」という（9～12）。そして、13、14において、新たに作り直すのではなく、「旧を終」えること、つまり、古い宝幢を修復することこそが優れているという。それは、15～19に強調されるように、天智が「朕の遠祖大廟」であり、「末の小子」である自分は、「祗承」（＝慎み仕える）しないわけにはいかないからである。そこで、「手沢」によって「心機を発す」というのだが、「手沢」は、『礼記』玉藻に「父没して父の書を読む能はず。手沢存すればなり」とあるように、遺愛の品に付く手の脂のつやをいい、遺愛品を指す。ここは、宝幢が、天智の遺愛の品だというのである。

　宇多の修復の方法は、「錦章已に断てる者、其の故を弃て、而して其の新を用ゐる。華藻猶存する者、其の闕を補ひて、以て其の固を加ふ」（20、21）とあるように、絶えてしまった錦模様は新たなものを使うが、模様でまだ残っているものは、「闕を補」う方向で進められる。それによって、「蓋し天皇長短の謀に諧ひ、天皇丹青の信を守る也」というのである。「長短の謀」は天智が意図した宝幢の長さの意であろうし、「丹青の信」は、天皇の彩色の意図の意であろう。[11]「丹青の信」については、道真「為源中納言家室藤原氏奉為所天太相国修善功徳願文〈仁和二年二月廿日〉」（『菅家文草』巻十二・659）に「夫れ至孝の道、極楽を以て務と為さず、冥助を以て情と為す。冥助の功、真実を以て宗と為し、名称を以て本と為さず。是の故に仏眼曼荼羅三副一鋪、維摩・梵網経両部五巻、丹青の信、仮手荘厳し、金色の字、至心書写す」と見え、経典を「荘厳」することと関わって「丹青の信」と記されており、宇多の勅の用法に近い。「信」は信心の意か。天皇が信心をもって彩色した、その信心を守るというのであろう。22、23は、20、21にあるような修繕を加えることで、天智の計画に叶い、信心を守ることに繋がるというのである。天智の計画、信心を継承することをいう。すなわち、宝幢の修復を行う宇多は、あくまで天智の意図に沿うことを重視しているのである。

宇多は、天智の意図に沿うことを、天智が「朕の遠祖大廟」であり、自分が「末の小子」であることに結びつけている。つまり天智の直系としての自分を強調しているのである。この点については、なお後述する。

四　弥勒信仰と宇多

24〜40は、修復を終えた宝幢を描写し、弥勒菩薩、天智天皇の力を借りようという。天智の計画に則り修復を終えた宝幢は、「塵埃」が除かれ、宝幢の糸筋までもが「宛然」＝そっくりそのまま、天智の制作時に戻る。26に「宝蓋」と記されるように、この宝幢は、最上部をドーム状の蓋で覆われていたらしい。「雲影」に譬えられる「宝蓋」は、「破」れんとしたものの、宇多の修復によって新たに聳え(26)、虹の輝きにも似た「綵幡」は、色あせて消えかけていたが、再び晴れやかに色を取り戻す(27)。なお、26、27は修復なった宝幢を描くのだが、この描写から、その宝幢は最上部に「宝蓋」を持ち、そこから「幡」が帯状に降ろされていたと推測すべきか。

そして、この宝幢を見る「大衆」は、すべて菩提心を起こすという(28)。

29以後は、弥勒菩薩と天智天皇に、宝幢を修復した宇多自身の善行を「悉知悉見し、證成證明せん」ことを願い、弥勒と天智の「擁護」「福祚」によって「衆生を安済」し、「天下を保安せん」とするのである。ここに、弥勒菩薩が登場するのは、崇福寺が弥勒を本尊とするからである。

五　天智系としての宇多天皇

道真作になる「崇福寺綵錦宝幢記」を粗々読解してきたが、崇福寺創建問題、弥勒信仰と宇多との関わりなど、様々な問題を提起するように思われる。しかし、宝幢の修復という行為自体が天智への「祇承」を示しているのだから、やはり本記においては、宇多の、天智を継承しようとする姿勢に注意を向けるべきであろう。

冒頭に概観したように、光孝・宇多という新皇統は、桓武や仁明皇統と接続させることを、その正統性の根拠としていたことが明らかにされつつある。本記において、天智の意図に沿おうとする宇多の姿勢が記されるのも、正統性の根拠として揚言されたものであろう。天智へ遡及するこの記述は、これまで注目されることはなかったが、平安朝の天皇としては、極めて重要なあり方であろう。従来、桓武の即位は、天武系から天智系への皇統の転換だと理解されてきたが、近年の研究では、桓武の即位がそのまま天武系の否定・排除と繋がらないことが検証されている。[12]堀裕[13]は、平安初期の国忌を論じ、延暦十年の国忌省除に関して、これを天武系の排除と結びつけ、天智系への皇統転換と見る説が多いが、そうではなく、聖武や孝謙も残っており、桓武朝の天武系排除と単純にはいえないと指摘している。但し、あくまで天智は王朝の祖として遺され、それ以外が即位順に省除されていくという。堀は、「平安初期には、天智天皇の位置付けを「王朝の始祖」として継承しつつ、光仁天皇を長岡京・平安京に体現される「新王朝の始祖」とした」と述べる。桓武に始まる皇統は、天智を始祖とするものの、光仁をこそ「新王朝の始祖」として位置づけているのである。なお、桓武と文徳が行った郊祀においては、光仁が配享神であった。[14]これも、光仁を「新王朝の始祖」として位置づけていることになる。なお、本来天皇になる予定がなかった、桓武・文徳が郊祀を行っているのは、天皇としての正統性を保証するためであると論じる、河内春人[15]の見解も注目すべきであろう。

さて、光孝の即位が違例であったことは先に確認したが、その即位は、陽成譲位宣命からも、光仁と重ねられていた[16]。そして宇多は、一旦臣籍降下した、正統性に疑問が持たれる天皇であった。宇多は、前掲木村が述べるように、光孝の仁明復古の姿勢を継承している。文徳皇統を否定し、仁明に直結する皇統として、光孝・宇多の流れが形作られているのである。そう考えたときに、宇多が、天智の系統を承ける身であることを主張している本記の記述は、極めて注目されるのではないだろうか。

宝幢修理と郊祀では行事としてのレベルが大いに異なるので、同列に評価すべきではなかろうが、それでも、天智の後嗣たる自己を主張することには、注意が引かれる。宇多は、光孝の跡を嗣ぎ、仁明に繋がり光仁に連なり、さらに遡って天智までをも視野に入れていることになるからである。天智から始まり、文徳皇統を排除し、天智直系の皇統として、主張されていると考え得るのではないだろうか。

そこで想起されるのが、即位後の山陵告文である。服藤早苗によれば[17]、淳和は、父桓武の柏原山陵に告文使を派遣し、仁明は、父・嵯峨、前代・淳和ともに存命であったためか、祖父・桓武と祖母・藤原乙牟漏に、そして、文徳は、父・仁明に即位の告文使を派遣していた。服藤が指摘するように「せいぜい祖父母―父までの祖先が対象とされるのが特徴である」。しかし、その様相が変化するのが清和朝以後で、清和の即位告文使は、天皇陵としては、天智・桓武・嵯峨・仁明・文徳各陵に派遣されているのである（『日本三代実録』天安二年十一月五日条）。この点について服藤は、「幼帝即位の問題が考慮される」といい、「天皇の地位が治政者としての能力如何ではなく、父系直系血縁原理での皇位継承の正統性によるものであることを表明する目的があったものと考えられる」と論じる。基本的に服藤に従うべきであろう。文徳は、郊祀を行うことでその正統性を主張したが、清和は、告文使派遣によって正統性を表明したことになろうか。そしてここで注目されるのが、光孝の即位告文使派遣である。光孝は、天智・桓武・嵯峨・仁明陵に派遣しているのである（『日本三代実録』元慶八年二月二十一日条）。服藤も指摘するように、「自己にとっては傍系親となった前代の文徳・清和を除外し、直系ライン上の祖先のみに限定」しているのである。

文徳朝に勅が降り、清和朝に完成した『続日本後紀』は、通常一巻に一年を配すのに拘わらず、承和九年は二巻にわたっており、承和の変を詳細に記している。それは、この変の結果立太子したのが道康＝文徳であるからで、「基準的な巻編成をくずしてまで記述された承和九年、あるいは承和の変は、当代の天皇の正統性を保証する重要な意味を持っていたのである(18)」。本来即位するはずのない文徳が即位し、その跡を嗣ぐのが、幼帝の清和である。その清和の即位山陵告文から天智以下、直系への告文使が派遣されたのである。文徳の郊祀を想起すれば、仁明―文徳―清和という皇位継承に問題があるからこそ、郊祀、勅撰史書の記述、天智を祖とする直系への告文使派遣となったのであろう。

このような皇位継承、正統性への疑問は、光孝―宇多の皇統と極めて似通っているといる。光孝は、元来即位するはずがなかった。それが即位し、宇多が跡を嗣いだ。光孝は、即位後の告文使を、文徳―清和を排除し、天智―桓武―嵯峨―仁明陵に派遣していた。文徳―清和皇統と光孝―宇多皇統が、いずれも自らの正統性を示すために、天智直系ラインでの告文使派遣を行っていることは、ここに天智系としての平安朝天皇のあり方が明確に現れていると考えられようか(19)。

周知のように、桓武は、即位宣命に天智の定めた「法」を再登場させ、以後の天皇もこれを踏襲し、歴代天皇の拠り所となった。天智系であることは、平安朝の天皇にとって正統性を保證するものであった(20)。しかし、前述したように、桓武や文徳の郊祀では、この皇統の始祖とされたのは光仁であった。そのような情況下、清和の即位に際して、天智陵にも告文使が派遣され、光孝―宇多という新たな皇統においても、同様のことがなされた。天智系としての平安朝天皇の存在が際立ってきたといえようか。そしてそれは、皇統の正統性に疑問があるからこそ表明されているのであり、本稿で焦点を当てている宇多は、臣下からの即位という、これまで以上に基盤に疑問のある立場であった。

天智の創建になる崇福寺宝幢の修繕を行い、それを天智の意図を継承するものだと主張するのも、自らの正統性に繫がるのであろう。

六　寛平二年十二月

本記は末尾に「寛平二年歳次庚戌十二月四日」と記されている。十二月四日は、崇福寺における天智の国忌の翌日である[21]。国忌の行事と連動していることは明らかである。しかし、宇多は、何故この年の国忌に合わせて、このような勅を記させたのであろうか。その内容が、天智系としての自らを強調するだけに、気にかかるところである。陽成の退位、光孝の即位が、時の太政大臣藤原基経の主導下で進められたことは既に通説となっている。そして、その基経が、宇多の即位直後の阿衡の紛議によって「政権を完全に掌握し」、「宇多天皇の親政への意志は挫折[22]」したという情況も周知のことであろう。阿衡の紛議から二年余りが過ぎたのが、この寛平二年なのだが、基経は、この時期病に伏せっていた。十月三十日には、基経の病により天下大赦が行われ、度者三十人を賜った[23]（『日本紀略』）。宇多は、基経を見舞おうともしたらしい（『菅家文草』巻八・573「答太政大臣謝幸第視病勅〈昭宣公〉」）。基経は、十二月十四日には、関白を辞す表を上奏している（『公卿補任』寛平二年）。

果たしてこの情況と、この勅に何らかの関係があるのか、軽々な憶測は慎まねばなるまいが、いわゆる「寛平の治」が基経没後に始まることと関連するようにも思われる。本記において、宇多が天智系であることを強調するのは、基経没後の宇多親政を見越したものだといえば、やはり憶測が過ぎるであろうか。

　そして、この勅が、讃岐から戻り、いまだ散位であった道真によって書かれたことも、翌寛平三年以後の、宇多による道真の登用、急速な昇進に繫がるであろう。ここに「寛平の治」の前段階を認めることも可能なのではなかろうか。なお、基経の病と関連した宇多の勅は、先に注記したように道真の筆になるものである。いまだ散位であった道真は、本記を含め、宇多の勅を頻繁に書いていたことになる。

　ところで、本記は、冒頭、「勅」と始まっている。明らかに宇多の勅として記されたものである。しかし、『菅家文草』巻七では「記」に分類され、「崇福寺綵錦宝幢記」と題もあり、末尾に「散位正五位下菅原勅を奉じて記す」と書かれているように「記」である。ちなみに、先に触れた宇多の勅については、「寛平二年十一月　日勅を奉じて之れを製す」(573)、「寛平二年十一月十九日勅を奉じて之れを製す」(574)と記されている。本記も、勅であれば同様であったはずである。そして、本記のように「勅」でありながら「記」とされたものは、管見に入らない。道真が記すように、勅を奉じて執筆した「記」であれば、果たして冒頭に「勅」と書く必要はあったのであろうか。

『菅家文草』所収の「記」はこれ以外に、「書斎記」(526)、「左相撲司標所記」(527)の二つがある。大曾根章介は、平安朝の「記」を論じて、「文体としての「記」の本質が記録にあるならば、文学としての「記」もその主眼が華美な修飾を排した綿密な観察と平明な描写に求められようか(24)」と指摘し、その典型として「左相撲司標所記」をあげている。それと比較すれば、本記は、あまりに「記」としては外れているともいえる。「勅」であり、宇多の意図を述べることが中心であり、宝幢自体やその修理の様子を具体的に描いているとはいえない。

　本記は、当初、勅として書かれたものの、『菅家文草』が編纂されるときに「記」として道真が分類したとも考えられる。あるいは、執筆されながら詔勅として使われなかったという可能性もある。明らかに宇多の意図を記す「勅」でありながら、「記」として『菅家文草』に収録されている背景に、何かしらの事情が伏在しているようにも思われるが、これ以上の推測は困難であろう。

おわりに

平安朝の天皇が天智系であることについては、様々な議論がある。また、宇多の即位問題、その正統性についても多くの議論がある。その中で、本記は顧みられることがなかった。本稿では本記を不十分ながら読解しつつ、天智系としての宇多について検討を加えた。宇多は、崇福寺宝幢の修復を、天智の意図に沿うように進めた。そして修繕の済んだ宝幢は、「塵埃払ひ去り、糸縷宛然たり」―「塵埃」が取り去られ、「宛然」と、天智の時代そのままに輝くのである。宇多は天智の意図を再現し、自らの正統性を主張しているといえよう。

この勅についてはまだ検討する余地が残されている。本稿では問題点を指摘するだけでとどまってしまった感もある。今後さらに考察を重ねたい。

注

（1）和田英松「藤原基経の廃立」（『中央史壇』二―五、一九二二年）、同「藤原基経阿衡に就て」（『中央史壇』一二―四、一九二六年）、角田文衞「陽成天皇の退位」（『王朝の映像』東京堂出版、一九七〇年、初出一九六八年）、河内祥輔「光孝擁立問題の視角」「宇多「院政」論」（『古代政治史における天皇制の論理』吉川弘文館、一九八六年）、伊藤喜良「転換の9世紀」（『中世王権の成立』青木書店、一九九五年）、保立道久「都市王権の成立」（『平安王朝』岩波書店、一九九六年）など。なお、光孝即位に関する現在の研究情況については、木村茂光「光孝朝の成立と承和の変」（十世紀研究会編『中世成立期の政治文化』東京堂出版、一九九五年）に整理がある。

（2）木村「光孝朝の成立と承和の変」（前掲注（1）書）

（3）保立道久「宇多天皇と寛平遣唐使の発起・停止」（『黄金国家　東アジアと平安日本』青木書店、二〇〇四年）。なお、これより先に保立は、「都市王権の成立」（前掲注（1）書）において、陽成譲位の詔に見える「前代に太子なき時」が、「天武系から天智系へ王統を切り替えた桓武の父＝光仁のことを意味することは明らか」といい、光孝・宇多を光仁・桓武に重ねている。

（4）『菅家文草』の本文は元禄十三年版本を用い、適宜、岩波日本古典文学大系本他諸本を参照した。また、大系本の作品番号を付した。

（5）底本、「其固」を「固」に作るが、対句との対照を考慮し、また、新訂増補国史大系『本朝文集』頭注に「恐此上脱其字」というのに従い、「其固」に改める。

（6）大系本「紅」に作る。

（7）崇福寺については、林博通「崇福寺問題」（『論争・学説　日本の考古学6　歴史時代』）、同「崇福寺跡」（小笠原好彦・田中勝弘・西田弘・林博通『近江の古代寺院』滋賀大学教育学部、一九八九年）が総合的である。

（8）肥後和男「崇福寺の沿革」（『大津京阯の研究』文泉堂書店、一九四〇年、初出一九二九年）

（9）石田茂作「崇福寺の遺趾に就いて　附梵釋寺址」（『佛教考古學論攷一　寺院編』思文閣出版、一九七八年、初出一九四七年）

（10）櫻井信也「志賀山寺（崇福寺）の造立に関する問題」（『大谷大学研究紀要』五、一九八八年）

（11）前者「長短の謀」と近い措辞として「長短説」「長短術」がある。『史記』（田若伝）に「蒯通者、善為二長短説一、論二戦国之権変一、為二八十一首一」とあり、同（酷吏列伝）に「辺通、学二長短一」とあって、「集解」に「漢書音義曰、長短術興二於六国時一。行レ長入レ短。其語隠謬、用相激怒」とある。『漢書』張湯伝に前掲酷吏列伝と同じ文章があり（「長短」を「短長」に作る）、顔師古注に「張晏曰、蘇秦、張儀之謀。趣レ彼為レ短、帰レ此為レ長。戦国策名二長短術一也」とある。これらは戦国時代の縦横家の術をいい、ここことは重ならないであろう。この勅では、天皇が計画した宝幢の長さに叶うようにしたと解釈する他ない。後者の「丹青の信」は、『漢書』王莽伝に「明告以二生活丹青之信一、復迷惑不二解散一、皆幷レ力合撃、殄二滅之一矣」とあり、顔師古注に「生活、謂二来降者不レ殺レ之也。丹青之信、言二明著一也」とあって、明確であることを意味するが、これも重ならない。

（12）仁藤敦史「桓武の皇統意識と氏の再編」（『国立歴史民俗博物館研究報告』一三四、二〇〇七年）では、桓武よりも、嵯峨朝以後に、天武朝の事績排除がなされ、天智の強調が行われるようになるという。

(13) 堀裕「平安初期の天皇権威と国忌」(『史林』八七―六、二〇〇四年)

(14) 瀧川政次郎「革命思想と長岡遷都」(『法制史論叢第2冊　京制並に都城制の研究』角川書店、一九六七年)

(15) 河内春人「日本古代における昊天祭祀の再検討」(『古代文化』五二―一、二〇〇〇年)

(16) 保立「都市王権の成立」(前掲注(1)書)

(17) 服藤早苗「山陵祭祀より見た家の成立過程―天皇家の成立をめぐって―」(『家成立史の研究―祖先祭祀・女・子ども』校倉書房、一九九一年、初出一九八七年)

(18) 遠藤慶太「『続日本後紀』と承和の変」(『平安勅撰史書研究』皇學館大学出版部、二〇〇六年、初出二〇〇〇年)

(19) なお、服藤も指摘する通り、宇多、醍醐の告文使派遣は明らかではないが、『北山抄』(巻五・践祚抄・先陵告即位由事)によれば、朱雀の即位後告文使は、天智―桓武―嵯峨―仁明―光孝―醍醐陵へと派遣されている(この時宇多は生存)。恐らく、宇多、醍醐も、天智以下の直系へ派遣したと推測される。告文使派遣については、「7～12世紀「陵墓」関連年表」(日本史研究会・京都民科歴史部会編『「陵墓」からみた日本史』青木書店、一九九五年)も参照した。

(20) 早川庄八「律令国家・王朝国家における天皇」(『天皇と古代国家』講談社、二〇〇〇年、初出一九八七年)

(21) 延喜治部式に「天智天皇〈十二月三日忌。崇福寺〉」とある。同記事は『小野宮年中行事』所引『弘仁式』逸文にも見える。本記が天智の国忌と関わるであろうこと、肥後前掲論文に言及がある。

(22) 目崎徳衛「阿衡紛議」(『平安時代史事典』角川書店、一九九四年)

(23) なお、基経はこれを謝す表を上奏した。その勅答を書いたのも道真である(『菅家文草』巻八・574「答太政大臣謝為病賜度者免罪人勅」)。

(24) 大曾根章介「「記」の文学の系譜」(『日本漢文学論集　第一巻』汲古書院、一九九八年、初出一九九〇年)

〔付記〕本記の解釈については、後藤昭雄、本間洋一、北山円正、三木雅博の諸氏から多大なる教示を得た。記して感謝する。

拾遺和歌集と天皇
――天元二年（九七九）十月円融院三尺屛風を中心に――

田島智子

はじめに

拾遺集に次のような屛風歌がある。

円融院御時三尺御屛風に　　　平兼盛

花の木をうゑしもしるく春くればわがやどすぎて行く人ぞなき

（拾遺集　春　五二[1]【125天元二年（九七九）十月円融院三尺屛風】[2]）

詞書によると「円融院御時三尺御屛風に」、すなわち「円融天皇の御世に制作された三尺屛風に（詠進した歌）。」ということである。私家集でもそのことは確認できる。この屛風の歌は、兼盛集、順集、恵慶集に、それぞれある程度まとまった形で残っており、全部で四七首の歌が見出せる。それらの集には、制作事情として、

うちの御屛風のれう　（兼盛集Ⅰ　一七七）

天元二年十月、依宣旨たてまつらする御屛風のうた　（順集Ⅰ　一二九）

うちの三尺御屛風の歌　（恵慶集　二四）

とあるので、これらを総合して、天元二年（九七九）十月に、時の天皇、すなわち円融天皇の命によって作られた、

高さ三尺の屏風の歌であることが知られる。ただし、何の目的で作られたものかは不明である。本稿では、この屏風を【125天元二年（九七九）十月円融院三尺屏風】と称し、略して円融院三尺屏風とも呼ぶ。

拾遺集には、この屏風の歌が目につく。それはどの程度なのか。なぜ目につくほど、採っているのか。この疑問を糸口に、拾遺集の天皇に対する姿勢を考えてみよう。

一　拾遺集と円融院三尺屏風―兼盛歌の場合―

まず、兼盛歌について確認する。表1は、拾遺抄・拾遺集中の兼盛屏風歌を、円融院三尺屏風もふくめて、すべて整理したものである。[3] 屏風の掲載順は、成立順である。兼盛集などの私家集に見出せる場合は、それも示した。[4] ただし、それらの私家集が拾遺抄・拾遺集の採歌資料とはかぎらない。また、一つの屏風に複数の歌がある場合、歌の掲載順は、季節順（月次）にしている。

表1　拾遺抄・拾遺集中の兼盛屏風歌

屏風名	兼盛集などの私家集	拾遺抄	拾遺集
88天暦八年（九五四）村上天皇名所屏風	兼盛集になし	屏風にみくまののかたをかける所　兼盛 350さしながら人の心をみくまののうらのはまゆふいくへなるらん	屏風に、みくまののかたかきたる所　かねもり 890（歌略）
90天暦十一年（九五七）四月二十二日坊城右大臣藤原師輔五十賀	九条の右大臣のいへの屏風に あやしくも鹿のたちどのみえぬかなをぐらの山にわれやきぬらん（M系統本兼盛集105）	九条右大臣賀の屏風　兼盛 77（歌略）	九条右大臣家の賀の屏風に　平兼盛 128（歌略）

屏風―中宮安子より ―			
113 応和二年（九六二）一月七日～康保五年（九六八）六月十三日右兵衛督忠君屏風	［右兵衛督た、きみの朝臣の月令の屏風のれう（能宣集Ⅰ132の詞書）］ ［十月、むまにのれる人かはをわたるに、しくれのすれはそてをかつく、もみち、、れり（能宣集Ⅰ402の詞書）］ また しくれゆへかつくたもとをよそ人はもみちをはらふそてかとそみる（能宣集Ⅰ403）（M系統本兼盛集107）	137 ［屏風に（拾遺抄136の詞書）］　兼盛 （歌略）	222 屏風に　平兼盛 （歌略）
	十二月、仏名 人はいさおかしやすらんふゆくれはとしのみつくるつみとこそみれ（能宣集Ⅰ144）		260 屏風のゑに、仏名の所　かねもり （歌略）
114 康保四年（九六七）～安和二年（九六九）冷泉院御時屏風	［内の御屏風四帖わか（兼盛集Ⅰ154の詞書）］ むめのはなのもとにまらうときたり わがやどのむめのたちえや見えつらむおもひのほかにきみがきませる（M系統本兼盛集161）	11 冷泉院御時の御屏風に梅の花有るいへに人のきたるところ　兼盛 （歌略）	15 冷泉院御屏風のゑに、梅の花ある家にまらうどきたる所　平兼盛 （歌略）
	八月十五夜 夜もすから見てをあかさん天の原こよひの月を雲なかくしそ（兼盛集Ⅰ165）	118 屏風に　平兼盛 （歌略）	177 題しらず　かねもり （歌略）
	十二月、雪おほうつもるいゑ 人しれす春をこそまて我宿に降つむ雪をはらふ人なみ（兼盛集Ⅰ170）	155 冷泉院御時屏風に　兼盛 （歌略）	254 冷泉院御時御屏風に　かねもり （歌略）

117 安和二年（九六九）十二月九日小野宮太政大臣実頼七十賀屏風	小野の宮のおほいまうちぎみの五十賀しはべりし屏風に わがやどにさける桜の花ざかりちとせ見るともあかじとぞおもふ（M系統本兼盛集110）	〔小野宮大臣の五十賀し侍りける時の屏風に（拾遺抄175の詞書）〕　兼盛 176（歌略）	〔清慎公五十の賀し侍りける時の屏風に（拾遺集277の詞書）〕　かねもり 279（歌略）
125 天元二年（九七九）十月円融院三尺屏風	〔うちの御屏風のれう（兼盛集Ⅰ177の詞書）〕 花の木ある家に、人きたり 花の木をうへしもしるく春くればわかやとすきて行人そなき（兼盛集Ⅰ178）		円融院御時三尺御屏風に　平兼盛 52（歌略）
	さくら花、見てとまれり よの中にたの（うれ）しき物（こと）は思ふとち花みてくらす心なりけり（兼盛集Ⅰ179）		円融院御時三尺御屏風に、花の木のもとに人人あつまりゐたる所　かねもり 1047（歌略）
	〔藤のはなを人おる（兼盛集Ⅰ182の詞書）〕 住吉のきしの藤なみわかやとの松の木すゑに色もまさらし（兼盛集Ⅰ183）		円融院御時御屏風歌　平かねもり 84（歌略）
	〔七月七日、女庭にいてゝ、たなはたまつりす、まらうときて、まかきのもとにやすらふ（兼盛集Ⅰ184の詞書）〕 七夕のあかぬ別のかなしきにけふしもなとか君かきませる（兼盛集Ⅰ185）		円融院御屏風に、たなばたまつりしたる所にまがきのもとにをとこたてり　平兼盛 1083（歌略）（第三句「ゆゝしきと」）
	秋のよ、女きんひく、まらうときて、すのこにゐてけさうす		円融院御時御屏風、八月十五夜月のかげ池にうつれる

	秋のよの月みるとのみあかしつゝこよひもねてや我はかへらん（兼盛集Ⅰ187）		**家にをとこ女ゐてけさうしたる所　平兼盛 786（歌略）（第三句「おきいつゝ」）**
	兼盛集になし		**円融院の御屏風に、秋ののにいろいろの花さきみだれたる所にたかすゑたる人あり　平兼盛 1101 家づとにあまたの花もをるべきにねたくもたかをすゑてけるかな**
	十二月、仏名する家 かそふれは我身につもる年月をおくりむかふとなにいそくらん（兼盛集Ⅰ193）	**しはすのつごもりのよよみ侍りける　兼盛 162（歌略）**	**斎院の屏風に、十二月つごもりの夜　［かねもり］ 261（歌略）**
135 永延二年（九八八）三月二十五日東三条関白兼家六十賀屏風	大入道殿御（一本無御字）賀の御屏風の歌 見わたせは松の葉しろき吉野山いくよをつめる雪にかあるらん（兼盛集Ⅰ56）	入道摂政の家の屏風に　兼盛 148（歌略）	入道摂政の家の屏風に　かねもり 250（歌略）
148 正暦元年（九九〇）以前屏風	ふしつけしよとのわたりをきてみれはとけんこもなくこほりしにけり（M系統本兼盛集106）（長能集Ⅰ139）	屏風のゑに　兼盛 140（歌略）	屏風に　兼盛 234（歌略）

表1で**ゴチック体**にしているのが、問題の円融院三尺屏風である。やはり、兼盛屏風歌全体の中でも、突出して多く入集している。

ただし、拾遺抄で入集している十二月の「かそふれは」歌（拾遺抄　冬　一六二）については疑問が残る。拾遺抄では「しはすのつごもりのよよみ侍りける」[5]（拾遺抄　冬　一六二）と、屏風歌ではないとされている。拾遺集になると「斎院の屏風に、十二月つごもりの夜」[6]（拾遺集　冬　二六一）とあって、屏風歌とはなっているが、円融院三尺屏風とは認識されていない。つまり、兼盛歌については、拾遺抄では、円融院三尺屏風として認識された上での入集はない。すべて拾遺集の段階からの入集であり、しかも六首という多さであった。

なお、「かぞふれは」歌は、何を詠んだかについても疑問が残る。兼盛集で「仏名する家」、拾遺抄・拾遺集で「十二月のつごもりの夜」となっている。屏風歌で仏名を詠む時には、

十二月、仏名しはへるところ

おきあかすしもと、もにやけさはみなふゆのよふかき<u>つみもけぬらん</u>

（能宣集Ⅲ　二一七【113応和二年（九六二）一月七日～康保五年（九六八）六月十三日右兵衛督忠君屏風】）

のように「罪が消えること」を詠むのが普通である。しかし、問題の兼盛歌は、

かぞふれば我が身につもるとしつきをおくりむかふとなにいそぐらむ

（拾遺抄　冬　一六二、兼盛集と拾遺集に大きな異同なし）

とあって、「罪が消えること」は詠まれていない。類似の歌を探すと、

十二月晦

いたつらにすくす月日はおほかれと今日しもつもる歳をこそおもへ

（元真集　一六【99天徳三年（九五九）朱雀院屏風】）

冬はゆきはるはたちきるわかやとにこなたかなたのいそきをそする

（輔尹集　五一【199寛仁二年（一〇一八）一月二十三日内大臣藤原頼通大饗屏風[7]】）

のような、十二月のつごもりを詠んだ歌が見出せる。何を詠んだかについては拾遺抄・拾遺集の詞書が正しい。拾

遺抄・拾遺集の採歌資料では、「かそふれば」歌は、別の機会に詠んだ、別の場面の歌となっていたのであろう。

さて、兼盛歌について円融院三尺屏風歌が拾遺集の段階で六首も入集したことが明らかになったのだが、そもそも円融院三尺屏風歌は、現行の兼盛集に一八首（兼盛集Ⅰ一七七～一九三、兼盛集Ⅱ八〇）も存在し、かなり大型の屏風だったことが知られる。そのため、元々数が多かったのでいきおい拾遺集への採歌も多くなったとも考えられる。しかし、たとえば表1で挙げた【114康保四年（九六七）～安和二年（九六九）冷泉院御時屏風】も、現行の兼盛集で一八首（兼盛集Ⅰ一五四～一七〇、彰考館本兼盛集一六二）の歌が残る大型の屏風である。そうであるのに、入集しているのはわずか三首である。しかも二首目の歌は、拾遺抄で「屏風に」、拾遺集では「題しらず」となっているので、それと示した上での入集は二首にすぎない。

また、表1で示したように、拾遺抄・拾遺集は、他にもいろいろな屏風の歌を入集させている。ということは、資料源として、さまざまな屏風歌を目にすることが出来たということである。それにもかかわらず、円融院三尺屏風の歌だけを集中して、しかも拾遺集の段階で、採歌しているのである。この偏りは、注目に値する。

二　拾遺集と円融院三尺屏風―順歌の場合―

では、順歌はどうか。表2は、拾遺抄・拾遺集中の順の屏風歌をすべて挙げたものである。屏風の掲載順は、成立順である。順集にも存在する歌の場合は、順集も挙げている。また、一つの屏風に複数の歌がある場合、歌の掲載順は季節順（月次）である。

表2　拾遺抄・拾遺集中の順屏風歌

屏風名	順集	拾遺抄	拾遺集
98天慶九年（九四六） 〜天徳二年（九五八） 天暦御時女宮障子	［内裏女御子たちの御れうに、月なみのゑをかゝせ給へり、殿上人にうたをしつけさせたまふ、ある人の御れうよめる（順集Ｉ50詞書）］ ［人の家の池にはちすのひらけ、ぬなはおひたり（順集152の詞書）］ としことに春はくれともいけみつにおふるぬなは、たえすさりける（順集Ｉ53）		1058 ［題しらず（拾遺集1056の詞書）］ したがふ （歌略）
105応和元年（九六一） 十二月十七日朱雀院 若宮昌子内親王裳著 屏風	［おなしとしの十一月、前朱雀院のわか宮の御もきのひのれうに、御ひやうふつかまつらせたまふ、人〳〵におほせてたてまつらせ給歌のうち（順集Ｉ42の詞書）］ 四月、うの花さけるところ 我やとのかきねやはるをへたつらむなつきにけりとみゆるうのはな（順集Ｉ43）	58 屏風に 順 （歌略）	80 屏風に したがふ （歌略）
106康保二年（九六五） 八月二十七日村上天 皇第四皇子為平親王 第八皇女輔子内親王 元服裳著屏風	［康保二年、女五男八親王御屏風歌（順集Ｉ54の詞書）］ 九月つこもり、おとこ女野にいてゐてあそひ、紅葉をみる いかなれはもみちにもまたあかなくに秋はてぬとは今日をいふらん（順集Ｉ62）		1136 九月つごもりの日、をとこ女野にあそびてもみぢを見る 源したがふ （歌略）
	［西宮の源大納言大饗日たつるれうに、		

112 康保四年（九六七）一月十一日高明大饗屏風	四尺屏風あたらしくてうせさしむるれうの歌（順集Ⅰ4の詞書） 五月、ともしするところ ほとゝきすまつにつけてやともしする人もやまへに夜をあかすらむ（順集Ⅰ11）	西宮右大臣の家の屏風に　読人不知 78（歌略）	西宮左大臣の家の屏風に　源したがふ 126（歌略）
	七月七日、たなはたまつりする所 たなはたはそらにしるらむさゝかにのいとかくはかりまつるこゝろを（順集Ⅰ13）		屏風に七月七日　源したがふ 1082（歌略）
	八月、人のいゑのつり殿にまらうとあまたありて月をみる 水のおもにやとれる月のゝとけきはなみゐて人のねぬよなれはか（順集Ⅰ16）		八月に人の家のつり殿にまらうどあまたありて月を見る　したがふ 1107（歌略）
	十月、しかの山こえの人ゝゝ なをきけはむかしなからの山なれとしくるゝころはくも（いろ歟）かはりけり（順集Ⅰ199）		西宮左大臣家の屏風に、しがの山ごえに、つぼさうぞくしたる女どももみぢなどある所に　したがふ 198（歌略） （拾遺集1139に「十月、しがの山ごえしける人人」として重複）
113 応和二年（九六二）一月七日～康保五年（九六八）六月十三日右兵衛督忠君屏風	［右兵衛督たゝきみのてうする屏風歌（順集Ⅰ78の詞書）］ 七月七日、にはに琴ひく女あり ことのねもなそやかひなきたなはたのあかぬわかれをひきしとめねは（順集Ⅰ84）		おなじ御時［円融院（拾遺集1088の詞書より）］御屏風、七月七日夜ことひく女あり　源したがふ 1090（歌略）
［天元二年十月、依宣旨たてまつらする］			

125 天元二年（九七九）十月円融院三尺屏風		
御屏風のうた〔順集Ⅰ129の詞書〕 春の野のかすめるにむめの花さけりたかをすえたるひとゆく むめのかをかりにきてとふ人やあるとのへのかすみは立かくすかも（順集Ⅰ131）		1014 円融院御時三尺御屏風十二帖歌の中　源したがふ （歌略）
〔まつのきにふちのはなかゝれり、おとこをんなむらかれゐたり、あるいはおりてみる（順集Ⅰ135の詞書）〕 むらさきのふちさく松の梢にはもとのみどりもみえすさりける（順集Ⅰ137）		**85** 〔円融院御時御屏風歌（拾遺集84の詞書）〕 したがふ （歌略）
〔八月十五日の夜、人の家の池にはちすおひたり、このはうかふ、月かけおちたり、おとこ女所〳〵にあそふ、すたれをへたてゝものかたりするもあり（順集Ⅰ142の詞書）〕 池水にてれる月なみ（水のおもにてる月なみを）かそふれはこよひそ秋のもなかなりける（順集Ⅰ143）	115 屏風に八月十五夜にいけ有るいへにてあそびたるかた有る所に　源順 （歌略）	171 屏風に、八月十五夜池ある家に人あそびしたる所　源したがふ （歌略）
此歌をたてまつらすつゐてに、おほせをうけ給はれるくら人にやる ほともなきいつみはかりにしつむ身はいかなるつみのふかきなるらむ（順集Ⅰ149）		444 円融院御時御屏風歌たてまつりけるついでにそへてたてまつりける　したがふ （歌略）

まず、**ゴチック体**で示した円融院三尺屏風を検討しよう。現行の順集に二〇首（順集Ⅰ一二九～一四八）の屏風歌が残り、最後に屏風歌を献上する際に添えたとして、沈淪を嘆く歌が一首（順集Ⅰ一四九）ある。このうち拾遺

抄の段階で採歌された一首「池水に」歌（拾遺抄　秋　一一五）は、「屏風に」とあるだけで、円融院三尺屏風であることは示されていない。円融院三尺屏風の歌と認識していなかったか、または認識していてもそう明示する必要性を感じなかったのだろう。つまり、円融院三尺屏風と明示されての入集は、兼盛歌と同様、拾遺集からであり、屏風歌二首、献上に添えた歌一首の、合計三首である。

では、他に多数が採られている屏風はないか。表2を見ると、【112康保四年（九六七）一月十一日高明大饗屏風】歌が、四首も採られていることが注目される。しかし、「西宮左大臣の家の屏風」と明示しているのは二首だけで、残りはたんに「屏風に」（拾遺集一〇八二）とあるか、屏風歌とはされていない。それと示された上での入集ということでは、円融院三尺屏風の方が多い。やはり、順の屏風歌でも、円融院三尺屏風に対して特別な扱いがなされているようである。

ところで、【113応和二年（九六二）一月七日〜康保五年（九六八）六月十三日右兵衛督忠君屏風】の歌が、拾遺集で、「おなじ御時御屏風、七月七日夜ことひく女あり」として入集している。「おなじ御時」とは、その前の歌に「天禄四年五月廿一日、円融院のみかど（以下略）」とあるので、「円融院の御時」ということになる。しかし、同じ折の屏風歌が、後拾遺集に、

天暦御時賀屏風歌、立春日　　　　源順

けふとくるこほりにかへてむすぶらしちとせのはるにあはむちぎりを
（後拾遺集　賀　四二五）

とあるので、実は村上天皇の御代である「天暦御時」が正しいと思われる。『新日本古典文学大系　拾遺和歌集』も、「忠君は安和元年（九六八）に没しており（尊卑分脈）、冷泉朝は短期間なので除外すれば、村上朝か。」と推定しておられる。(8) しかし、正しくは「天暦御時」であるにしても、拾遺集では「円融院御時」としている。本稿の考察目的は、拾遺抄・拾遺集の姿勢を明らかにすることなので、拾遺集の詞書どおり、円融院関係の屏風歌がさら

それと示した上で、多く入集させていた。しかも、拾遺集の段階で為されていたのである。

以上のように、順歌についても、いろいろな屏風歌のうちで、円融院関係の屏風歌、とりわけ円融院三尺屏風を

に一首入集していると見なす。

三　円融院三尺屏風と拾遺集―恵慶、その他―

恵慶も、円融院三尺屏風歌を詠んでいる。現行の恵慶集に八首（恵慶集二四・二五、定家本恵慶集二五～三〇）[9]残る。しかし、拾遺抄・拾遺集は一首も採っていない。

これは採歌資料の問題だと思われる。というのは、現行の恵慶集にはかなりの屏風歌が残っているのに、拾遺抄・拾遺集に載る恵慶の屏風歌は、わずか三首のみ（拾遺抄五四〇・拾遺集五三七）（拾遺抄一三一・拾遺集二〇四）（拾遺抄九六・拾遺集一五一）である。そのうち現行の恵慶集と重なるのは、次の一首のみである。

［障子のゐに（恵慶集一三二の詞書）］

十月はかりに、たひゆく人の、もみちしたる木のもとに、やとりたるを

行すゐはもみちのもとにやと、らしおしむにたひの日かすへぬへし　（恵慶集　一三四）

↓

二条右大臣のあはたの山庄の障子のゐにたび人のもみぢ有るところにやどりたるかた有るに　恵京法し

いまよりはもみぢのもとにやどとらじをしむにたびのひかずへぬべし

（拾遺抄　秋　一三一）（拾遺集　秋　二〇四【163正暦元年（九九〇）～長徳元年（九九五）粟田山庄障子】）

傍線箇所の絵の説明については、ある程度の近さがある。しかし、初句が異なるし、拾遺抄・拾遺集の「二条右大臣のあはたの山庄の障子」という情報は、現行の恵慶集からは知りえない。拾遺抄・拾遺集の採歌資料は、現行の恵慶集とはかなり違うものであっただろう。恵慶の円融院三尺屏風歌が拾遺抄・拾遺集に採られなかったのは、その採歌資料にはなかったためと考えるのが妥当である。

この他に、円融院関係の屏風歌として、元輔の次の二首が拾遺抄・拾遺集に入集している。まず、

　内裏の御屏風に
月影のたなかみがはにきよければあじろにひをのよるも見えけり
（拾遺抄　雑上　四二〇　元輔）（拾遺集　雑秋　一一三三【124天延元年（九七三）九月内裏名所屏風】）

という歌は、元輔集によれば、「天えん元ねん九月、うちのおほせにてつかうまつれる御屏風のうた」（元輔集Ⅲ八二の詞書）であるので、時の天皇である円融院の屏風である。しかし、拾遺抄・拾遺集ではただ「内裏の御屏風」とあってどの天皇の屏風かわからない。

　円融院御時、八月十五夜かける所に
あかずのみおもほえむをばいかがせんかくこそは見め秋のよの月
（拾遺集　秋　一七四　元輔【139永祚二年（九九〇）六月以前屏風か】）

という歌は、元輔集では事情がよくわからない。だが、拾遺集は「円融院御時」の歌として入集させている。元輔の歌二首のうち、後者は拾遺集の段階で入集された、円融天皇関係の屏風歌と見なせる。

以上の検討の結果、次のことが明らかになった。円融院三尺屏風がそれと示された上で入集するのは、拾遺集の段階からである。しかも、兼盛歌で六首、順歌で三首、計九首もの多さである。恵慶の円融院三尺屏風歌は採られていないが、もしも拾遺集撰者が恵慶の歌も目にしていたなら、きっと採歌していたことだろう。拾遺集撰者は、

様々な兼盛屏風歌、順屏風歌を入集させているので、採歌対象は広かったことがうかがえる。それにもかかわらず、円融院三尺屏風歌を集中的に採歌している。

このような集中は他の屏風にもあるのか。拾遺抄・拾遺集を見渡してみると、次の二つが見出せる。

【12延喜六年（九〇六）内裏屏風】…拾遺抄で五首、拾遺集で二首(10)

【88天暦八年（九五四）村上天皇名所屏風】…拾遺抄で四首、拾遺集で三首

前者は醍醐天皇の屏風歌、後者は、村上天皇の屏風歌である。そして、ここまで明らかにしたように、円融院三尺屏風が集中的に採歌されていた。これらを総合して考えると、円融院三尺屏風への集中的採歌は、実は円融天皇その人へのこだわりであり、拾遺抄・拾遺集には、特定の天皇に対するこだわりが存在していると言えるのではないだろうか。

四　貫之集の屏風歌と拾遺集

ある天皇へのこだわりということであれば、論者はかつて、拾遺抄・拾遺集における醍醐天皇へのこだわりについて、以下のことを指摘したことがある(11)。

現行の貫之集が拾遺抄・拾遺集を撰集する際の重要な資料となっていることが、田中登によって指摘されているのだが(12)、その貫之集と拾遺抄を比較した結果、次のことが判明した。すなわち、拾遺抄が関心を持っていたのは、誰の屏風かということである。そして、とくに醍醐天皇を重視している。醍醐天皇に関係する屏風のほとんどを「延喜御時」とし、他の人物は捨象して醍醐天皇を強調する詞書にしている。また、量的にも醍醐天皇関係の屏風を多く収載する傾向にあった。

ここで再び、貫之集と拾遺抄・拾遺集を天皇という視点から比較してみよう。表3は、貫之集(13)から拾遺抄・拾遺

集に採歌された屏風歌を、かかわる天皇ごとに一覧にしたものである。(14) 現行の貫之集にはなくて、拾遺抄・拾遺集に貫之作として収載されている屏風歌が少数あるが、それらは今回除外している。

表の上段は、貫之集が収める屏風を天皇ごとに成立順に並べ、貫之集での歌番号や総歌数を示している。表の中段は、屏風の注文主と対象者を、貫之集の詞書などから推定して示している。不明の場合は「?」としている。表の下段は、拾遺抄の段階で採歌された歌数と、拾遺集の段階で採歌された歌数を示している。「詞書での天皇の明示」の「あり」「なし」とは、詞書から天皇が関わった屏風であることが読み取れるか否か、ということである。たとえば醍醐天皇ならば、

「延喜御時の御屏風に」（拾遺集　秋　一八七　貫之）
「延喜十三年、斎院御屏風四帖がうた、おほせによりて」（拾遺集　雑上　四四八　貫之）
「延喜十五年御屏風歌」（拾遺集　恋三　八一一　貫之）

のように表現されている時、「詞書での天皇の明示」が「あり」としている。このうち最後の例は、「延喜十五年」と「御」によって、醍醐天皇関係の屏風歌であることが示されている。というのは、拾遺抄・拾遺集を見渡してみると、「御屏風」という表現は天皇関係の屏風以外には使わないという原則が、見受けられるからである。年号と「御屏風歌」によってどの天皇の屏風であるか、わかるようになっているのである。逆に、「なし」、すなわち読み取れない表現とは、次のような詞書になっている場合である。

「題しらず」（拾遺集　雑春　一〇四二　貫之）
「屏風に」（拾遺抄　冬　一三六　貫之）
「斎院の屏風に」（拾遺集　冬　二四六　貫之）

いずれも本当は醍醐天皇関係の屏風である。しかし、この詞書ではそのことが読み取れないので、「なし」とし

ている。ただし、「その他の屏風」については、もともと天皇に関わらない屏風であるので、この場合の「あり」「なし」は、人物の表示があるか否かということである。

　また、少数ながら、拾遺抄と拾遺集で詞書が変わっている場合がある。それも正確に示すべきであるが、煩雑になるので、表では拾遺抄での詞書でカウントし、拾遺集での変更は示していない。

表3　貫之集から拾遺抄・拾遺集へ

屏風名／貫之集番号	屏風の注文主	屏風の対象者	拾遺抄（詞書での天皇（人物）の明示）あり	拾遺抄 なし	拾遺集 あり	拾遺集 なし
陽成天皇関係の屏風						
47延長七年（九二九）十月十四日元良親王四十賀屏風／貫之集Ⅰ268～278（全11首）	醍醐天皇女八宮修子内親王	陽成院一宮元良親王	1			
小計			1	0	0	0
宇多天皇関係の屏風						
18延喜十四年（九一四）十一月十九日醍醐天皇第一皇女勧子内親王着裳屏風／貫之集Ⅰ29～43（全15首）	宇多院	醍醐天皇女四宮勧子内親王		1		1
44延長四年（九二六）九月二十八日宇多法皇六十賀屏風／貫之集Ⅰ188～198（全11首）	京極御息所褒子	宇多院			1	
83天慶五年（九四二）亭子院屏風／貫之集Ⅰ487～506、御519（全21首）	宇多院	？				
小計			0	1	1	1
醍醐天皇関係の屏風						

10延喜五年（九〇五）二月十日右大将定国四十賀屏風／貫之集Ⅰ1（全1首）	醍醐天皇	右大将定国			1	
12延喜六年（九〇六）内裏屏風／貫之集Ⅰ3～22、／貫之集Ⅱ1（全21首）	醍醐天皇	？	5	1	1	2
17延喜十三年（九一三）十月十四日満子四十賀屏風―内裏より―／貫之集Ⅰ23～28（全6首）	醍醐天皇	尚侍満子		1		
20延喜十五年（九一五）春斎院恭子内親王屏風／貫之集Ⅰ44～50（全7首）	醍醐天皇	斎院恭子内親王	1			2
25延喜十六年（九一六）斎院宣子内親王屏風／貫之集Ⅰ60～65（全6首）	醍醐天皇	斎院宣子内親王			2	1
29延喜十七年（九一七）八月内裏屏風／貫之集Ⅰ66～89（全24首）	醍醐天皇	？	1		1	1
33延喜十八年（九一八）二月醍醐天皇第四皇女勤子内親王髪上屏風／貫之集Ⅰ97～104（全8首）	醍醐天皇	醍醐天皇女四宮勤子内親王	1		1	
35延喜十八年承香殿女御源和子屏風／貫之集Ⅰ113～126（全14首）	醍醐天皇	承香殿女御和子	3		1	
36延喜十九年（九一九）十月十一日右大臣忠平四十賀屏風／貫之集Ⅰ127～138（全13首）	醍醐天皇	東宮保明親王（右大臣忠平）	1			
37延長二年（九二四）五月中宮穏子四十賀屏風／貫之集Ⅰ139～160（全22首）	醍醐天皇	中宮穏子	2		2	
46延喜末（九二三）～延長七年（九二九）内裏屏風／貫之集Ⅰ279～319（全38首）	醍醐天皇	？				
50寛平九年（八九七）～延長八年（九三〇）延喜御時内裏屏風／貫之集Ⅰ218～243（全26首）	醍醐天皇	？				1
小計			14	2	9	7
朱雀天皇関係の屏風						
66承平五年（九三五）十二月内裏屏風／貫之集Ⅰ325～333（全10首）	朱雀天皇	？				
71承平七年（九三七）正月内裏屏風／貫之集Ⅰ351～353、西236（全4首）	朱雀天皇	？				
75天慶二年（九三九）内裏屏風／貫之集Ⅰ402～415（全14首）	朱雀天皇	？				

81天慶四年（九四一）三月内裏屏風／貫之集Ⅰ459～486（全28首）	朱雀天皇	？				
84天慶五年（九四二）九月内裏屏風／貫之集Ⅰ507～511（全5首）	朱雀天皇	？				
86天慶八年（九四五）二月内裏屏風／貫之集Ⅰ523～532（全14首）	朱雀天皇	？				
小計			0	0	0	0
その他の屏風						
21延喜十五年（九一五）九月二十二日清和七宮貞辰親王母藤原佳珠子六十賀屏風／貫之集Ⅰ56～59（全4首）	右大臣忠平	清和天皇七宮貞辰親王母佳珠子			1	
22延喜十五年十二月時平室廉子女王五十賀屏風／貫之集Ⅰ51～55（全5首）	左大弁保忠	時平室廉子				
31延喜十七年（九一七）中務宮敦慶親王屏風／貫之集Ⅰ90～96（全7首）	中務宮敦慶親王	？				
34延喜十八年（九一八）四月東宮保明親王屏風／貫之集Ⅰ105～112（全8首）	？	東宮保明親王				
38延長二年（九二四）左大臣忠平室源順子四十賀屏風／貫之集Ⅰ161～172（全12首）	忠平室順子	？				
43延長四年（九二六）八月二十四日清貫民部卿六十賀屏風／貫之集Ⅰ173～187（全15首）	中納言恒佐北方	民部卿清貫			1	1
45延長六年（九二八）中宮穏子屏風／貫之集Ⅰ244～247（全4首）	右近衛中将実頼	中宮穏子				
47延長七年（九二九）十月十四日元良親王四十賀屏風／貫之集Ⅰ268～278（全11首）	醍醐天皇女八宮修子内親王	陽成院一宮元良親王		1	1	
54延長五年（九二七）～同八年（九三〇）権中納言藤原兼輔屏風／貫之集Ⅰ248～267（全20首）	権中納言兼輔	？				
58延長二年（九二四）～承平二年（九三二）三条右大臣定方屏風／貫之集Ⅰ199～217（全19首）	右大臣定方	？			1	

64承平五年（九三五）九月清和七宮貞辰親王母藤原佳珠子八十賀屏風―重明親王より―／貫之集Ⅰ320～324（全5首）	重明親王	清和天皇七宮貞辰親王母佳珠子	1			
67承平六年（九三六）春忠平貴子父子隔ての障子／貫之集Ⅰ334～335（全2首）	左大臣忠平	忠平父子				
68承平六年左大臣藤原忠平五男師尹元服屏風／貫之集Ⅰ336～339（全4首）	左大臣忠平	忠平五男師尹				
69承平六年春左衛門督実頼屏風／貫之集Ⅰ340（全1首）	左衛門督実頼	？		1		
70承平六年七月以前時平室廉子女王七十賀屏風／貫之集Ⅰ341～350、西225（全11首）	右大将保忠	時平室廉子				
72承平七年（九三七）正月二十二日右大臣恒佐任大臣大饗屏風／貫之集Ⅰ354～365、西240・244・245・247・248・299（全20首）	右大臣恒佐	？	2	1		
73天慶二年（九三九）四月右大将実頼屏風／貫之集Ⅰ366～387（全22首）	右大将実頼	？	1			
74天慶二年閏七月右衛門督源清陰屏風／貫之集Ⅰ388～401、御404（全15首）	左衛門督清蔭	？	1			
76天慶二年宰相中将敦忠屏風／貫之集Ⅰ416～447、御441（全33首）	宰相中将敦忠	？	2			
79天慶四年（九四一）正月右大将実頼屏風／貫之集Ⅰ448～458、御476（全12首）	右大将実頼	？	1			
85天慶六年（九四三）四月尚侍貴子四十賀屏風／貫之集Ⅰ512～522、御540（全12首）	尚侍貴子	？				
小計			8	3	4	1
総計			23	6	14	9

表3の最初に、陽成天皇という屏風歌史上かなり古い歌を一首カウントしている。「陽成院御屏風」（拾遺抄一一九・拾遺集一六六）と詞書にある歌である。しかし、これは拾遺抄・拾遺集の誤りである。貫之集には、延喜十年十月十四日、女八宮やうせい院の一のみこの四十賀つかうまつる時の屏風

（貫之集Ｉ　二七三【47延長七年（九二九）十月十四日元良親王四十賀屏風】）

とあり、傍線部「陽成院の一の親王」、すなわち元良親王の「四十賀」を、妻である醍醐天皇の「女八宮」修子内親王が祝った際の屏風歌であると知られる。同じ屏風の歌を拾遺集が新たに採った時には、

延長七年十月十四日、もとよしのみこの四十賀し侍りける時の屏風に

（拾遺集　雑春　一〇七九　貫之）

と、ほぼ貫之集に同じ詞書としているので、採歌資料が現行の貫之集と異なっていたわけではないだろう。拾遺抄が貫之集の詞書の意味を勘違いし、拾遺集が訂正しなかったものと思われる。しかし、本稿の目的は拾遺抄・拾遺集の意図をさぐることにあるので、陽成天皇としてカウントする。

さて、表3を見ると、やはり醍醐天皇関係の屏風歌が突出して多いことが確認できる。貫之集において醍醐天皇関係の屏風歌は、全部で十二種類にすぎない。それなのに、拾遺抄・拾遺集が採歌している歌の半数以上は、醍醐天皇関係の屏風歌なのである。

だが、それよりも驚くのは、朱雀天皇関係の屏風歌が一首も採られていないことである。貫之集には、朱雀天皇関係の屏風が六種類ある。それにもかかわらず、なぜ一首も採っていないのだろう。

五　拾遺集と天皇関係の歌

ところで、拾遺抄・拾遺集において天皇の名が出るのは、屏風歌だけではない。歌合歌でも、「亭子院歌合に」のように天皇の存在が示されている。また、天皇自身の歌や、天皇にまつわる歌も多数入集している。天皇にまつわる歌とは、たとえば、

延喜御時、飛香舎にて藤の花の宴侍りける時に

小野宮太政大臣

うすくこくみだれてさける藤の花ひとしき色はあらじとぞ思ふ　（拾遺抄　雑上　四〇二）（拾遺集　春　八六）

のように、天皇主催の行事で詠まれた歌や、

延喜御時、承香殿女御の方なりける女に、もとよしのみこまかりかよひ侍りける、たえてのちいひつかはしける

承香殿中納言

人をとくあくた河てふつのくにの名にはたがはぬ物にぞ有りける　（拾遺集　恋五　九七七）

のように、天皇にゆかりのある人の歌などである。表4は、貫之歌にかぎらず、拾遺抄・拾遺集のすべてについて、天皇関係の歌がどのように入集しているかを調査したものである。(15)

表4　拾遺抄・拾遺集中の天皇関係の歌

	屏風歌			歌合歌			天皇自身・天皇にまつわる歌			拾遺抄合計	拾遺集での増補合計	総計
	拾遺抄	拾遺集での増補	小計	拾遺抄	拾遺集での増補	小計	拾遺抄	拾遺集での増補	小計			
陽成天皇	1	0	1	0	0	0	0	0	0	1	0	1
光孝天皇	0	2	2	0	0	0	0	1	1	0	3	3
宇多天皇	0	2	2	3	0	3	4	1	5	7	3	10
醍醐天皇	22	12	34	1	2	3	6	5	11	29	19	48
朱雀天皇	0	0	0	0	0	0	0	2	2	0	2	2
村上天皇	4	4	8	12	3	15	19	13	32	35	20	55
冷泉天皇	2	0	2	0	0	0	3	12	15	5	12	17

円融天皇	0	11	11	0	0	0	3	14	17	3	25	28
花山天皇	1	0	1	2	0	2	0	0	0	3	0	3
一条天皇	0	0	0	0	0	0	0	0	0	0	0	0
三条天皇	1	1	2	0	0	0	1	0	1	2	1	3
計	31	32	63	18	5	23	36	48	84	85	85	170

まず屏風歌を確認しよう。表4の屏風歌は、表3「貫之集から拾遺抄・拾遺集へ」の調査結果に、拾遺抄・拾遺集全体の調査を加えている。なお、陽成天皇の屏風歌一首は、前述のように実は陽成天皇ではないが、拾遺集の意図を考えるために陽成天皇としている。また、「仁和御屏風に」（拾遺集一〇九一、一二四二）の二首は一見、光孝天皇（仁和年間の治世）という屏風歌史上ごく初期の例のように見える。しかし、高野晴代の指摘で、元の資料では「仁和寺」すなわち「宇多天皇」を指していたのに、拾遺集が無自覚的に光孝天皇として収載したのであろうことが明らかになった。[16] だが、これも、拾遺集に従って光孝天皇としている。他の天皇についても、実際と異なる事情が拾遺抄・拾遺集の詞書に記されていても、その詞書に従っている。

さて、表4を見ると、屏風歌で特徴的なのは、やはり醍醐天皇関係の多さと、朱雀天皇関係の少なさである。貫之集でゼロだった朱雀天皇は、全体でもゼロである。ただし、次の一首は実は朱雀天皇の屏風である。

寛平四年中宮の賀し侍りける時の屏風に　藤原伊衡朝臣

みそぎしておもふ事をぞいのりつるやほよろづよのかみのまにまに

（拾遺抄　賀　一八八）（拾遺集　賀　二九三、詞書「寛平」ではなく「承平」【61承平四年（九三四）三月二十六日后宮穏子五十賀屏風―内裏より―】）

この歌は伊勢集にあり、詞書に「きさいの宮の五十の賀内にせさせ給ひしに屛風歌、はらへする所」（伊勢集Ⅱ八四）とあるので、総合して考えると、承平四年に朱雀天皇が、母中宮穏子の五十賀のために注文した屛風だった。拾遺抄・拾遺集で、作者が伊勢ではなく藤原伊衡朝臣となっていることについては、「伊勢の代作歌か」と『新日本古典文学大系　拾遺和歌集』はする。それはさておき、問題は、拾遺抄・拾遺集の詞書で、朱雀天皇関係の屛風歌とわかるかである。朱雀天皇を示す言葉はない。「承平」という年号はあっても、「屛風」に「御」という敬語がついていない。これでは、朱雀天皇の屛風であると読み取れない。朱雀天皇関係と示された屛風歌は、やはりゼロなのである。

その他では、冷泉・花山・一条天皇関係の屛風歌が少ないことに気づく。だが、これは別の事情によるだろう。すなわち、冷泉天皇関係の屛風として確実なものは、次の二種類しかない。

【114康保四年（九六七）〜安和二年（九六九）冷泉院御時屛風】
【115康保四年（九六七）〜安和二年（九六九）冷泉院御時屛風】

花山天皇関係も確実なものは、次の二種類だけである。

【183寛和二年（九八六）〜寛弘五年（一〇〇八）二月花山院障子】
【184寛和二年（九八六）〜寛弘五年（一〇〇八）二月花山院紙絵】

一条天皇関係の屛風はまったくない。そして円融天皇関係も、これまで検討してきた、次の二種類だけである。

【124天延元年（九七三）九月内裏名所屛風】
【125天元二年（九七九）十月円融院三尺屛風】

つまり、これらの天皇の屛風歌が少ないのは、元の屛風歌が少ないためと説明できる。論者はかつて、屛風歌の注文主の層が、皇族とくに天皇から、臣下に移行していくことを指摘したことがある。(17)冷泉天皇以後、天皇関係の屏風歌が少なくなる現象は、屏風歌の大きな流れであった。だから、拾遺抄・拾遺集に採歌される天皇関係の屏風歌も少なくなっているのであり、円融院三尺屏風が多数採歌されたことの方が特殊なのである。

では、このような屏風歌の結果に、歌合や、天皇自身・天皇にまつわる歌を加えると、どうなるだろうか。表4を見てみると、醍醐天皇の数が多いのは言うまでもないが、村上天皇も際立って多い。村上天皇は、屏風歌はさほど多くなかったが、歌合歌や、天皇自身の歌・天皇にまつわる歌によって、合計では醍醐天皇を超すほどになっている。拾遺抄も拾遺集も、醍醐天皇と村上天皇を特別な存在としているのである。

そして、それに次ぐのが円融天皇である。円融天皇は、拾遺抄と拾遺集でずいぶん扱いが変わっている。拾遺抄では合計がわずか三首しかなかったのに、拾遺集で二五首も増えている。その際に、円融院三尺屏風などの屏風歌一一首が大きく貢献している。さらに、

天禄元年大嘗会風俗、千世能山　　　　よしのぶ
ことしよりちとせの山はこゑたえず君がみよをぞいのるべらなる　　（拾遺集　神楽歌　六〇九）

をはじめとする円融天皇の大嘗会風俗歌九首が拾遺集で増補されたことも、円融天皇関係の歌の多さを印象付けている。

風俗歌は、冷泉天皇関係の歌の増補にも貢献している。冷泉天皇も拾遺集で一二首も増補されているのだが、そのうちの一一首は、

安和元年大嘗会風俗、ながらの山　　　　大中臣能宣
君が世のながらの山のかひありとのどけき雲のゐる時ぞ見る　　（拾遺集　神楽歌　五九八）

をはじめとする冷泉天皇の大嘗会風俗歌であった。拾遺集でこれら以外の大嘗会歌は、

仁和の御時大嘗会の歌　　　　よみ人しらず

がまふののたまのを山にすむつるの千とせは君がみよのかずなり
（拾遺集　賀　二六五）

という一首だけである。拾遺集における大嘗会風俗歌大量入集は、円融天皇と冷泉天皇の存在を強調するために行われたのではないだろうか。

逆に少ないのは朱雀天皇である。全部で二首しかない。しかも、

朱雀院の御四十九日の法事に、かの院の池のおもにきりのたちわたりて侍りけるを見て　権中納言敦忠

君なくて立つあさぎりは藤衣池さへきるぞかなしかりける
（拾遺集　哀傷　一二八八）

朱雀院、うせさせ給ひけるほどちかくなりて、太皇太后宮のをさなくおはしましけるを見たてまつらせたまひて　御製

くれ竹のわが世はことに成りぬともねはたえせずもなかるべきかな
（拾遺集　哀傷　一三二三）

という哀傷歌である。朱雀天皇は負の印象を与えられているようである。

以上からは、ある姿勢が見て取れる。

まず拾遺抄の段階では、醍醐天皇と村上天皇の歌が多数入集していた。これは、延喜天暦の御代を称揚する姿勢と考えられる。朱雀天皇の歌が採られていないことについては、冷泉天皇や円融天皇も少ないので、朱雀天皇だけを少なくする意図があったかどうかは不明である。

しかし、拾遺集の段階では、円融天皇と冷泉天皇の歌が多数加わったのに、朱雀天皇の歌は哀傷歌二首しか入らなかった。そのことによって、特徴的な、そして明確な姿勢が示されている。各天皇への対応を系図で確認すると、多数の歌が載せられているのは、花山天皇と一条天皇の直系の先祖である。逆に、ほとんど歌が採られていない朱

雀天皇は、直系の先祖ではない。花山天皇（退位して花山院）は、拾遺集の撰者と目される人物であり、一条天皇は拾遺集撰集時に天皇の位にあった人物である。つまり、撰集した花山院の、自分の先祖に対する尊崇の念と、時の天皇に対する配慮が表れているのである。

〈皇室系図〉数字は即位の順

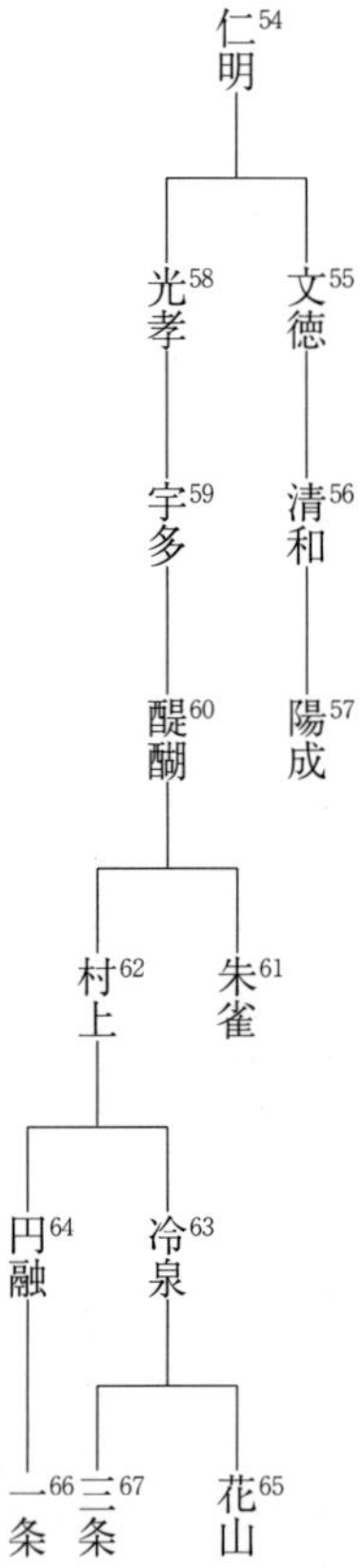

おわりに

円融院三尺屏風の歌が、拾遺集にとくに多く採歌されているのではないかという疑問から、この考察は出発した。兼盛歌についても順歌についても、他に様々な屏風歌が採歌対象としてあったにもかかわらず、円融院三尺屏風の歌が集中的に採歌されていた。そこには円融院三尺屏風、ひいては円融天皇へのこだわりが見て取れた。醍醐天皇関係の貫之集の屏風歌と拾遺抄・拾遺集を比較することによっても、ある偏りを見出すことができた。醍醐天皇関係の屏風歌を多く採り、朱雀天皇関係の屏風歌はまったく採っていなかったのである。

拾遺抄・拾遺集と天皇との関係を、屏風歌だけでなく、天皇が主催した歌合、天皇自身の歌や天皇にまつわる歌にまで範囲を広げて考えると、状況がさらに明らかになる。拾遺抄では、醍醐天皇と村上天皇の存在が際立っており、延喜天暦の治の称揚が見て取れた。だが、拾遺集ではそれだけではない。冷泉天皇と円融天皇が関係する歌を多数増補し、朱雀天皇については哀傷歌を二首だけ採るという意図的な撰集を行っている。そのことによって、醍醐・村上・円融・冷泉天皇の存在が強調され、逆に朱雀天皇は影の薄い存在とされている。

拾遺集でのこのような撰集は、拾遺集撰者と目される花山天皇の意向の反映と思われる。自分自身の父冷泉天皇とその祖先への尊崇を拾遺集に表そうとし、また撰集当時位にあった一条天皇への配慮を、一条天皇の父円融天皇の存在感の強調で表明したのである。

和歌集の撰歌に際して、たんに秀歌を選ぶというだけではない、さまざまな意図が働いたことは予測できる。拾遺集については、その一つとして、ある天皇の存在を強調するという意図があったのである。そして、屏風歌は注文主や対象者として天皇が関わることがあるため、その有用な材料として大いに活用されたのである。

注

（1）とくにことわらないかぎり、私家集は『私家集大成』、それ以外は『新編国歌大観』に拠る。

（2）本稿での屏風番号と屏風の名称は、拙著『屏風歌の研究　資料篇』（和泉書院、二〇〇七年）で、屏風歌を整理・考証した結果に拠る。

（3）【127永観元年（九八三）八月一日頃一条大納言為光家障子】歌が、兼盛歌として拾遺集三四二番にあるが、実は兼澄の歌（兼澄集Ⅰ　六七）であり、拾遺集の誤りと思われるので、表1からは除外する。

（4）表1中のM系統本兼盛集（彰考館本）は、高橋正治『私家集注釈叢刊4　兼盛集注釈』（貴重本刊行会、一九九三年）に拠る。

（5）片桐洋一編著『拾遺抄—校本と研究—』（大学堂書店、一九七七年）によれば、拾遺抄での大きな異同はない。

（6）片桐洋一著『拾遺和歌集の研究　校本篇伝本研究篇』（大学堂書店、一九七〇年）によれば、異本系統は拾遺抄に近い詞書である。

（7）輔尹集では詞書がないが、この折の屏風を整理すると、「十二月つごもり」を詠んだ歌であることがわかる。拙著『屏風歌の研究　論考篇』第二章第一節「寛仁二年［一〇一八］一月二十三日内大臣藤原頼通大饗屏風詩歌の整理」（初出二〇〇一年）参照。
（8）小町谷照彦校注『新日本古典文学大系　拾遺和歌集』（岩波書店、一九九〇年）一〇九〇番歌脚注
（9）定家本恵慶集は、熊本守雄編著『恵慶集　校本と研究』（桜楓社、一九七八年）に拠る。
（10）拾遺集四六六・四九二番も、実は【12延喜六年（九〇六）内裏屏風】だが、拾遺集で「題しらず」となっているので除外する。
（11）拙著『屏風歌の研究　論考篇』第一章第五節「拾遺抄・拾遺集の態度」（初出一九九〇年）参照
（12）田中登「三代集の貫之歌―貫之集試論―」（小沢正夫編『三代集の研究』明治書院、一九八一年）
（13）表3中の西本願寺本貫之集は、本位田重美監修・岨博司編『西本願寺本三十六人家集　本文と五句末逆引き索引』（笠間書院、一九八四年）、御所本貫之集は、島田良二・千艘秋男編著『御所本三十六人集　本文・索引・研究』（笠間書院、二〇〇〇年）に拠る。
（14）拾遺抄・拾遺集の歌番号は、詳しくは次のとおりである。貫之集での番号は省略する。

陽成天皇関係の屏風
　陽成天皇の表示あり…**47の屏風**（抄119・集166）
宇多天皇関係の屏風
　宇多天皇の表示あり…**44の屏風**（集1067）
　宇多天皇の表示なし…**18の屏風**（抄503・集439、集165）
醍醐天皇関係の屏風
　醍醐天皇の表示あり…**10の屏風**（集130）、**12の屏風**（抄53・集77、抄76・集127、抄94・集149、抄114・集170、抄160・集258、集187）、**20の屏風**（抄379・集1017）、**25の屏風**（集448、集1169）、**29の屏風**（抄10・集13、集1195）、**33の屏風**（抄88・集139、集221）、**35の屏風**（抄18・集25、抄433・集291、

抄518・集454、集1061)、**36の屛風**(抄52・集76)、**37の屛風**(抄127・集206、抄471・集1266、集811、集1159)

醍醐天皇の表示なし…**12の屛風**(抄91・集143、集466、集492)、**17の屛風**(抄136・集215)、**20の屛風**(集1004、集1042)、**25の屛風**(集246)、**29の屛風**(集1130)、**50の屛風**(集1087)

その他の屛風

人物の表示あり………**21の屛風**(集1012)、**43の屛風**(集618)、**47の屛風**(抄119・集166、集1079)、**58の屛風**(集1272)、**64の屛風**(抄440・集1177)、**72の屛風**(抄7・集19、抄426・集1149)、**73の屛風**(抄498・集433)、**74の屛風**(抄95・集150)、**76の屛風**(抄29・集48、抄68・集107)、**79の屛風**(抄74・集115)

人物の表示なし………**43の屛風**(集1164)、**47の屛風**(抄582・集209)、**69の屛風**(抄583・集224)、**72の屛風**(抄112・集180)

(15)　詳しくは次のとおりである。

屛風歌　陽成天皇関係…注(14)の一首

宇多天皇関係…注(14)の一首に加えて、**55の屛風**(集482伊勢)、**56の屛風**(集1091定文、集1247頼基)

醍醐天皇関係…注(14)の二三首に加えて、**10の屛風**(抄86・集136忠岑)、**13の屛風**(抄4・集5素性)、**30の屛風**(抄9・集14躬恒)、**39の屛風**(抄90・集142躬恒、抄117・集176躬恒、抄395・集1083躬恒、抄417・集1125躬恒)、**41の屛風**(抄59・集91躬恒、集92貫之)、**52の屛風**(集98貫之)、**不明屛風**(集1106読人不知)

村上天皇関係…**88の屛風**(抄73・集113忠見、抄517・集453忠見、抄526・集468清正、集45忠見、集114忠見、集1096「読人不知」実は中務)、**142の屛風**(抄39・集57清正、集105伊勢)

冷泉天皇関係…**114の屛風**(抄11・集15兼盛、抄155・集254兼盛)

円融天皇関係…**113の屛風**(集1090順)、**125の屛風**(集52兼盛、集84兼盛、集85順、集444順、集786兼盛、集1014

順、集1047兼盛、集1083兼盛、集1101兼盛)、**139の屏風**(集174元輔)
花山天皇関係…**134の屏風**(抄139・集216「読人不知」実は能宣)

歌合歌

宇多天皇関係…抄42・集64貫之、抄50・集73是則、抄184・集288読人不知、抄266・集725読人不知
醍醐天皇関係…抄38・集61読人不知、集108読人不知、集123読人不知
村上天皇関係…抄6・集10読人不知、抄23・集38読人不知、抄32・集42元輔、抄45・集66命婦少弐、抄47・集68順、抄65・集101兼盛、抄66・集104忠見、抄228・集621忠見、抄229・集622兼盛、抄235・集678朝忠、抄264・集734読人不知、抄265・集735能宣、集6順、集79能宣、集100望城
花山天皇関係…抄64・集102道綱母、抄65・集101兼盛

その他

光孝天皇関係…集265読人不知
宇多天皇関係…抄110・集167伊勢、抄415・集1128忠平、抄387・集1043遍照、抄431・集620貫之、集1062一条君
醍醐天皇関係…抄71・集111御製、抄116・集175経臣、抄397・集1055公忠、抄400・集1068国章、抄402・集86実頼か、抄416・集455貫之、集22宮内、集531貫之女か、集977承香殿中納言、集1259御製、集1260按察御息所
朱雀天皇関係…集1288敦忠、集1323御製
村上天皇関係…抄164・集263朝忠、抄171・集273兼盛、抄172・集274兼盛、抄182・集286師尹、抄185・集289信賢、抄189・集294実頼、抄198・集305御製、抄201・集309御製、抄210・集321読人不知、抄213・集320御製、抄310・集879斎宮女御、抄384・集1009伊尹、抄385・集1010寛信、抄423・集1141中務、抄424・集1142御製、抄437・集1171好古、抄443・集494御製、抄532・集552御製、抄553・集1286御製、集200延光、集201兼光、集297能宣、集830御製、集891御製、集991御製、集1086御製、集1121忠見、集1183御製、集1241御製、集1280兵庫、集1284御製、集1338御製
冷泉天皇関係…抄55・集81重之、抄432・集598能宣、抄501・集436仲文、集4重之、集599能宣、集600読人不知、集601能宣、集602読人不知、集603元輔、集604能宣、集605読人不知、集606能宣、集607元輔、集

608兼盛、集1165道長

円融天皇関係…抄98・集1088中務、抄376・集20御製、抄444・集495斎宮女御、集512朝光、集574兼家、集609能宣、集610兼盛、集611能宣、集612能宣、集613中務、集614兼盛、集615兼盛、集616兼盛、集617兼盛、集971御製、集972少将更衣、集1089元輔

三条天皇（東宮）関係…抄79・集124実方、集1154通頼、集1163読人不知

（16）和多田晴代「初期屏風歌の一様相―仁和御屏風をめぐって―」（『国文目白』一七号、一九七八年二月）、高野晴代「「仁和御屏風」再考―光孝朝屏風は、はたして存在したか―」（『和歌文学研究』六三号、一九九一年十一月）

（17）拙著『屏風歌の研究　論考篇』第一章第一節「古今集時代・後撰集時代における屏風歌注文主の変化」（初出二〇〇二年）

『伊勢物語』における清和天皇

木下美佳

はじめに

在原業平（八二五～八八〇）を思わせる男の一代記風の歌物語である『伊勢物語』には、次に挙げる六人の天皇の名前が登場する。

1、淳和天皇（八二三～八三三）

むかし、西院の帝（**淳和天皇**）と申す帝おはしましけり。その帝のみこ、たかい子と申すいまそかりけり。そのみこうせ給て、御葬の夜、その宮のとなりなりける男、御葬見むとて、女車にあひ乗りていでたりけり。（三九段）

2、仁明天皇（八三三～八五〇）

むかし、男ありけり。いとまめにじちようにて、あだなる心なかりけり。深草の帝（**仁明天皇**）になむ仕うまつりける。心あやまりやしたりけむ、親王たちの使ひたまひける人をあひ言へりけり。（一〇三段）

3、文徳天皇（八五〇～八五八）

むかし、田邑の帝（**文徳天皇**）と申す帝おはしましけり。その時の女御、多可幾子と申す、みまそかりけ

り。それうせたまひて、安祥寺にてみわざしけり。（七七段）

4、清和天皇（八五八〜八七六）

水の尾〔**清和天皇**〕の御時なるべし。大御息所も染殿の后なり。五条の后とも。（六五段・段末）

斎宮は、水の尾〔**清和天皇**〕の御時、**文徳天皇**の御むすめ、惟喬の親王の妹。（六九段・段末）

5、陽成天皇（八七六〜八八四）

むかし、二条の后の、まだ春宮〔**陽成天皇**〕の御息所と申しける時、氏神にまうで給けるに、近衛府にさぶらひける翁、人々の禄たまはるついでに、御車よりたまはりて、よみて奉りける（七六段）

6、光孝天皇（八八四〜八八七）

むかし、仁和の帝〔**光孝天皇**〕、芹河に行幸したまひける時、今はさること似げなく思ひけれど、もとつきにけることなれば、大鷹の鷹飼にてさぶらはせたまひける、摺狩衣の袂に書きつけける（一一四段）

これらの天皇のうち、陽成天皇は二条の后の説明の中での登場であり、また、光孝天皇の即位は業平の没後であるが、一応、在原業平のおよその生没前後の天皇が登場していることが確認できる。

これらの天皇の名前が登場する章段において、清和天皇は、二度とも段末で名前が見られる点において登場の仕方が特殊だと言える。加えて、清和天皇の名前が見られる六五段・六九段での「むかし男」の恋の相手は、後宮（六五段）・斎宮（六九段）と、いずれも天皇の権威・権力に関わる重要な女性である。この二つの章段には、いわゆる〈禁忌の恋〉が描かれているのであるが、それにも関わらず、段末で清和天皇の名前が示されるのである。

また、次に挙げる七九段の段末には、清和天皇の子、貞数親王が業平の子であるという噂が記されている。

むかし、氏のなかに親王生まれ給へりけり。御産屋に、人々、歌よみけり。御祖父方なりける翁のよめる、

わが門に千尋あるかげを植ゑつれば夏冬誰か隠れざるべき

これは**貞数の親王**。時の人、中将の子となむ言ひける。兄の中納言行平のむすめの腹なり。（七九段）

清和天皇の名前は直接記されないが、「貞数の親王」という実名の登場によって、この章段も清和天皇の皇統問題に関わる話だと言える。このように、六五段・六九段・七九段と、皇統問題に及ぶような内容において、清和天皇およびその皇統にかかわる人物の名前が登場しているのである。

これらのような皇統問題に触れる内容であるにも関わらず、『伊勢物語』において、天皇の名前を明かすことが可能であった背景に、文徳・清和・陽成の皇統が途絶えたものであることを指摘する説がある。(1) 断絶した皇統であるため清和天皇の名前が登場することは可能である、という見方は首肯できるが、その中において、なぜ清和天皇だけが他の天皇と異なる形で名前が明かされるのであろうか。

系図①

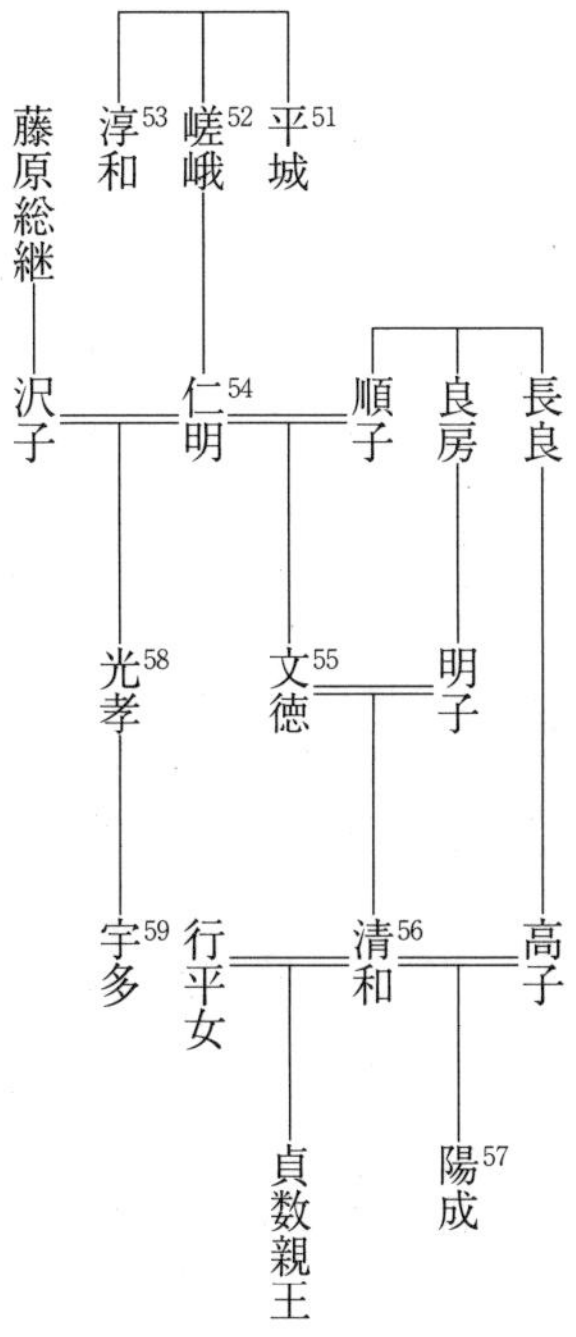

清和天皇の登場の仕方が他の天皇と比べて特殊であることを指摘されている先行論に、神尾暢子のものがある。(2) 神尾は、清和天皇の名前が直接登場しない章段においても、「登場人物の呼称を、章段末尾で特定する六章段（三段・五段・六段・六五段・六九段・七九段の六章段＊引用者注）には、清和天皇に関する醜聞という共通性がある。」

ことを指摘され、清和天皇の登場の仕方が特殊であることについて、その原因を「清和天皇批判」とし、それが強烈にならないように、「政治批判になる表現には、批判性を韜晦する表現を用意して、隠微な批判を実施するのが、伊勢語の方法であった」と指摘され、論考の最後を次のようにまとめられた。

清和天皇は、一歳で立太子し、九歳で即位、十五歳で元服した。文徳天皇の更衣紀静子を生母とする、四歳年長の異母兄惟喬親王と、東宮争いをしたことは、大鏡（清和天皇）にも記載される逸話である。いわば、在原氏が天皇の外祖父となって政治の実権を掌握する、空前絶後の好機だったが、結局は藤原良房に敗北してしまったのである。その好機喪失の怨念が、清和天皇の后妃たちの密通、および、斎宮の密通を素材として、隠微な批判を反復した。藤原北家主流への敗者たちの痛切な無念の結集が、清和天皇章段だったことになる。

神尾の、清和天皇を隠微に批判しているという指摘は首肯できる。しかし、「在原氏が天皇の外祖父となって政治の実権を掌握する、空前絶後の好機だった」と説明される部分には誤解が見られる。系図②からも分かるように、惟喬親王の母は紀静子で、紀名虎が外祖父にあたる。業平は、紀名虎の息子・有常の娘を妻としており、系図としては、舅の紀有常を介して惟喬親王と結びつくのである。神尾のこの論考には、有常を介する結びつきが省略されているため、(3)なぜ業平が「清和天皇の后妃たちの密通、および、斎宮の密通を素材として、隠微な批判を反復」しなければならないのか、その必然性への説明が欠けているように思われる。また、清和天皇の名前が見られる六九段の表現への考察は見られないこともあわせ、『伊勢物語』における清和天皇の描かれ方には再考の余地があると思われる。

『伊勢物語』では、なぜ、斎宮や後宮との密通が清和天皇の時だと明かされているのであろうか。本稿では、段末で清和天皇の名前が明かされることの意味を、『伊勢物語』の物語構造から考えてみることとする。

系図②

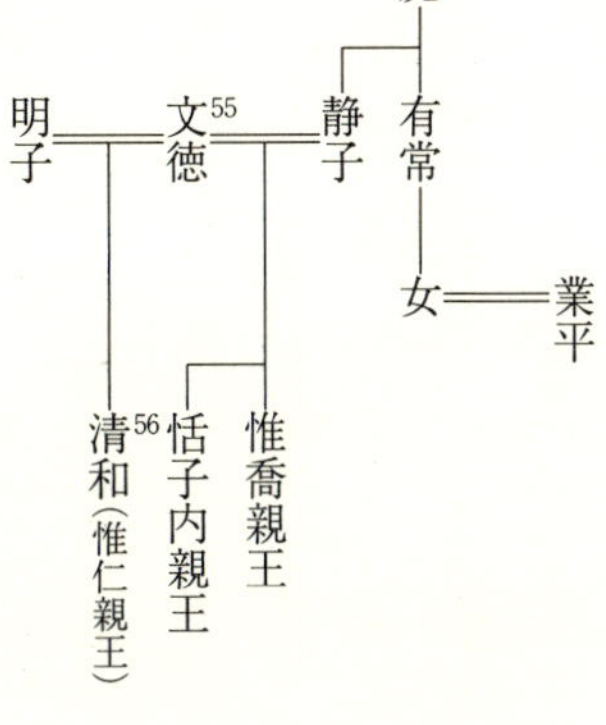

一　『伊勢物語』における清和天皇の即位

『伊勢物語』には、前節で見たような章段以外にも、清和天皇の存在を読み取る解釈がされている章段がある。一六段をみてみる。

むかし、紀有常といふ人ありけり。三代の帝に仕うまつりて、時にあひけれど、のちは世かはり時移りにければ、世の常の人のごともあらず。人がらは、心うつくしく、あてはかなることを好みて、こと人にも似ず。貧しく経ても、なほ、むかしよかりし時の心ながら、世の常のことも知らず。（一六段）

ここでは、天皇の代替わりによって「世の常の人のごとにもあらず」というほどに零落した紀有常が描かれている。傍線部の「三代の帝」は、紀有常の生没年に照らし合わせれば、仁明・文徳・清和となるが、古注以来、淳和・仁明・文徳と一代ずらされた解釈が施されてきた。契沖の『勢語臆断』に至って、史実と相違していることが指摘されているが、片桐洋一が「事実はともあれ、紀有常は幼い日から淳和・仁明・文徳に仕えていたが、次の清和の時代になって零落したと読むほかないと思う。(4)」と述べられるように、一六段には、清和天皇の時代になって零落したという読みが求められている。

一六段で清和天皇の即位を重ねる解釈は、紀有常が零落した理由を解釈するなかから生まれたと思われる。一六段に描かれる零落した紀有常像は、八二段・八三段が源泉となり、そこから初めて浮かび上がる姿であることを拙稿(5)で指摘した。そのことも含め、まず、『伊勢物語』に描かれる「紀有常」が、史実通りの「紀有常」ではないことを確認しておく。

『伊勢物語』に紀有常の名前は一六段・三八段・八二段の三章段に登場する。八二段では、惟喬親王に代わって歌をよむ有常の姿が二度登場する。一度目は、八二段と同じ歌を収める『古今集』の詞書にも記されているのであるが、二度目の姿は、『後撰集』の歌を改作利用したものである。そのため、八二段では、惟喬親王に代わって歌を詠む紀有常の姿が強調されるように描かれていると言える。八二段に続く八三段の後半部では、惟喬親王の「思いのほか」な出家と、その後の寂しい姿が描かれている。これらの章段が源泉となり、そして、それらの章段で描かれている姿が揺曳して、一六段で描かれるような零落する紀有常の姿が浮かび上がったと考えられる。また、三八段に登場する「紀有常」も、業平と親しい人物として登場しており、それは八二段・一六段が踏まえられた姿であることが指摘されている。(6)つまり、『伊勢物語』に描かれる「紀有常」は、惟喬親王と強い結びつきがあり、惟喬親王の出家によって零落した人物であり、そして業平とは親しい友人として造型されているのである。

紀有常が「三代の帝」に仕えたのは事実であるが、一六段で描かれる零落した紀有常の姿は史実とは異なる姿である。「三代の帝」に仕えたという史実の記述に、『伊勢物語』で造型された「紀有常」の姿が重ね合わされることにより、一六段の「三代の帝」には史実とは一代異なる数え方が求められ、また、「時にあひけれど、のちは世かはり時移りにければ」とまで零落する原因に、清和天皇の即位を指す解釈が生まれたのである。

このような読みは、書陵部本『和歌知顕集』の一六段の解釈に端的に提示されている。

　風、紀有常と申は、中納言名虎卿の一男。近江の権大掾雅楽のかみ也。三代の御門とは、淳和天皇・仁明天皇・文徳天皇、この三代の御門也。①この有常は、これたかの御子の御外戚にてありければ、この御子、位につき給はゞ、只今栄花にあふべきまうけを思けるほどに、②思はずに、おとゞの御子**〔惟仁親王（清和天皇）〕**、位にのぼらせ給て、③惟孝の御子**〔惟喬親王〕**はいふかひなくて、御出家し給て、小野といふ所にまし〳〵ければ、④さらによにまじはらんそらもなくものうくて、貞観の御門**〔清和天皇〕**の御代となりては、君にもつかうまつらざりし事をかけり。

『和歌知顕集』では、①紀有常は惟喬親王の外戚で、惟喬親王が天皇になれば、富み栄えると思っていたが、②意外なことに惟仁親王（清和天皇）が帝となり、③惟喬親王はあれこれ言ってもしかたがなくて出家をし、④有常も政治的意欲が失せてしまい、零落したという解釈が示されている。有常が零落した直接の原因は惟喬親王の出家なのであるが、その惟喬親王を出家に向かわせたのは清和天皇の即位であり[7]、名前は示されていなくとも、清和天皇の即位は、一六段において重要な意味を持つのである。

「惟喬親王」という実名に、立太子争いの伝承を重層化させるべきであるという指摘[8]がなされている。それならば、「清和天皇」の実名が登場する六五段・六九段についても、『和歌知顕集』が提示するような、清和天皇の即位が、惟喬親王を出家へと向かわせ、それにともない紀有常も零落したという構造をあてはめることができるのではないだろうか。

清和天皇の名前とともに、惟喬親王の名前が見られる六九段に、この構造をあてはめて解釈してみることとする。

二　斎宮との密通―六九段―

惟喬親王の名前は、六九段の段末に見ることができる。これにより、伊勢の斎宮との密通を語る六九段の「斎宮」は、恬子内親王であることが分かる（系図②参照）。

斎宮は、水の尾〔**清和**〕の御時、文徳天皇の御むすめ、惟喬の親王の妹〔**恬子**〕。（六九段）

また、この記述により、冒頭部分に見られる「親」に、紀氏の存在を認めることができる。

むかし、男ありけり。その男、伊勢の国に狩の使に行きけるに、かの伊勢の斎宮なりける人の親、「常の使よりは、この人よくいたはれ」と言ひやれりければ、親の言なりければ、いとねむごろにいたはりけり。朝には狩にいだしたてやり、夕さりは帰りつつ、そこに来させけり。（六九段）

恬子内親王の母である紀静子は、業平を丁寧にもてなすようにと斎宮・恬子内親王に伝える。そして、斎宮・恬子内親王は男と逢うのである。

かくて、ねむごろにいたづきけり。二日といふ夜、男、「われて、あはむ」と言ふ。女もはた、いとあはじとも思へらず。されど、人目しげければ、えあはず。使ざねとある人なれば、遠くも宿さず、女のねや近くありければ、女、人をしづめて、子一つばかりに、男のもとに来たりけり。男はた、寝られざりければ、外の方を見いだしてふせるに、月のおぼろなるに、小さき童をさきに立てて、人立てり。男、いとうれしくて、わが寝る所に率て入りて、子一つより丑三つまであるに、まだなにごとも語らはぬに帰りにけり。男、いとかなしくて、寝ずなりにけり。つとめて、いぶかしけれど、わが人をやるべきにしあらねば、いと心もとなくて待ちをれば、明けはなれてしばしあるに、女のもとより、詞はなくて、

君や来しわれや行きけむおもほえず夢かうつつか寝てかさめてか

男、いといたう泣きてよめる、

かきくらす心の闇にまどひにき夢うつつとは今宵定めよ

とよみてやりて、狩にいでぬ。（六九段）

六九段で詠まれているこの歌は、『古今集』（巻一三・恋三・六四五、六四六）では次のように収められている。

業平朝臣の伊勢のくににまかりたりける時、斎宮なりける人にいとみそかにあひて又のあしたに人やるすべなくて思ひけるあひだに、女のもとよりおこせたりける

よみ人しらず

きみやこし我や行きけむおもほえず夢かうつつかねてかさめてか

返し

なりひらの朝臣

かきくらす心のやみに迷ひにき夢うつつとは世人さだめよ

『古今集』では「よみ人しらず」とあり、斎宮が誰であるのかは判明しない。しかし、『権記』(9)『江家次第』『古事談』などには、高階氏が業平と恬子内親王の密通によって生まれた子（師尚）を引き取ったことが伝えられている。業平と恬子内親王の密通によって生まれた、隠し子の存在が伝承されているのである。しかし一方で、清和天皇の時代に「狩の使」という史実が見られないこと、恬子内親王が任期を全うしていることなど、斎宮との密通という禁忌が犯されたとは考えにくい材料もある。そのため、業平と恬子内親王の密通を史実とみるか否かについては、両説存在する。(10)

史実か否かの決着は困難であるため、本稿では触れないこととするが、斎宮との密通という〈禁忌の恋〉を描く六九段において、段末で人物が明かされる意味を、清和天皇の即位によって、惟喬親王は出家し、紀有常は零落し

たという物語構造をあてはめて考えてみる。言うまでもなく、伊勢の斎宮は王権の一翼を担う重要な人物である。[11]その、天皇の権威を支える上で重要な人物である斎宮と密通することにより、惟喬親王を出家へと追いやり、紀有常を零落させる原因を生んだ清和天皇の権威を阻害するという物語が浮かび上がる。しかも、斎宮という立場であっても、恬子内親王は惟喬親王の同母妹であるため、清和天皇を裏切る行為をしても不思議のない人物なのである。

このように、清和天皇が即位したために惟喬親王の出家があり、紀有常が零落したという物語構造を六九段にあてはめてみると、業平と恬子内親王という惟喬親王側の人間によって、清和天皇の権威・権力が妨げられているという、『伊勢物語』の新たな読みが浮かびあがる。また、このように解釈することによって、〈禁忌の恋〉であるはずの六九段において、敢えて清和天皇の名前が明かされることの意味が生まれてこよう。皇統問題に及ぶ内容であっても、惟喬親王を出家させ、紀有常を零落させた人物であるからこそ、清和天皇は他の天皇と異なる形で名前が示されていると考えることができよう。

三　後宮との密通—六五段—

清和天皇の名前が段末で明かされる、もう一つの章段を見てみよう。

六五段は、「この」の用法、和歌に続く引用の形式から、山本登朗が、「歌物語から、むしろつくり物語の姿へと接近しつつあると言ってよい[12]」と指摘されているように、『古今集』のよみ人しらずの歌を利用して作られた章段であると考えられている。このように明らかに作り物語であることが分かる章段において、二条の后を思わせる女性との恋が、次のように描かれている。

むかし、おほやけおぼして使うたまふ女の、色許されたるありけり。大御息所とていますかりけるいとこなりけり。殿上人にさぶらひける在原なりける男の、まだいと若かりけるを、この女あひ知りたりけり。男、女方許されたりければ、女のある所に来てむかひをりければ、女、「いとかたはなり。身も亡びなむ。かくなせそ」と言ひければ、

思ふには忍ぶることぞ負けにけるあふにしかへばさもあらばあれ

と言ひて、曹司におりたまへれば、例の、この御曹司には人の見るをも知らでのぼりゐければ、この女、思ひわびて里へ行く。されば、なにのよきことと思ひて、行き通ひければ、みな人聞きて笑ひけり。（六五段）

男は、「まだいと若かりける」人で、かつ「女方許された」人物であった。女の所へ行くには自由な身分であることが明記されている。また、「みな人聞きて笑ひけり」と、滑稽譚として語られているが、女の「いとかたはなり。身も亡びなむ。かくなせそ」という発言に象徴されるように、禁色を許されるほど帝から寵愛を受けていた女との恋は、〈禁忌の恋〉であった。

後宮の女性は、次の天皇を生む存在であり、皇統を支える上で重要な人物である。しかも、六五段の女は、帝の寵愛を受けており、また「大御息所のいとこ」と、後宮女性の中でも重要な人物であると思われる。このような女と密通をすることは、次の皇統を生む力を大いに妨げることとなる。

二人のことは、帝の知るところとなる。

この帝は、顔かたちよくおはしまして、仏の御名を、御心に入れて、御声はいと尊くて申したまふを聞きて、女はいたう泣きけり。「かかる君に仕うまつらで、宿世つたなく、かなしきこと。この男にほだされて」とてなむ泣きける。かかるほどに、帝聞しめしつけて、この男をば流しつかはしてければ、この女のいとこの御息所、女をばまかでさせて、蔵にこめてしをりたまうければ、蔵にこもりて泣く。（六五段）

帝は容姿端麗で、声もすばらしい人物であることが記されている。女は、帝のすばらしさに気づき、そして後悔

へと至る。帝は男に罰を下し、女も「いとこの御息所」によって罰を受ける。たいそう若く、また「女方許され」ていた男であっても、やはり、後宮の女性と通じることは、〈禁忌の恋〉であったのである。

男を処罰した帝の名前と、女を蔵に閉じこめた「いとこの御息所」の名前は、段末で明らかにされる。

水の尾〔**清和**〕の御時なるべし。大御息所も染殿の后〔**明子**〕なり。五条の后〔**順子**〕とも。（六五段）

清和天皇のことである、と述べておきながら、「五条の后とも」と加えることにより、問題は清和天皇のみならず、その一代前の文徳天皇にも及ぶ（系図③参照）。

清和天皇後宮との密通は、清和天皇の皇統を妨げることにつながる。また、それが文徳天皇の後宮であっても、それは文徳―清和とつながる皇統の妨げとして解せば、やはり清和天皇への妨害と言えよう。六五段では、文徳・清和の皇統を支える上で重要な存在である後宮の女性と密通する話が描かれているのである。

系図③

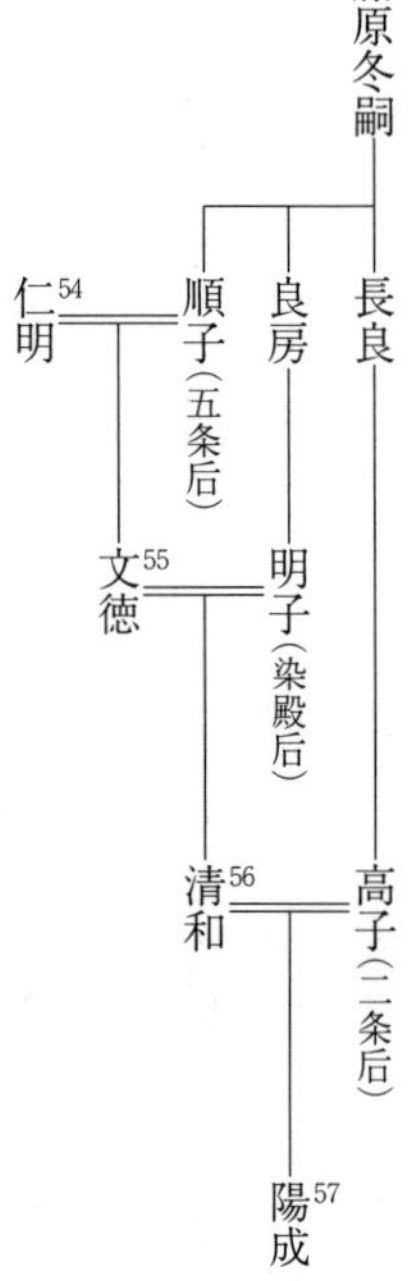

この章段においても、清和天皇の即位により、惟喬親王は出家し、紀有常は零落した、という物語構造をあてはめてみる。すると、惟喬親王を出家させ、紀有常を零落させた清和天皇だからこそ、業平はその皇統を妨げるような行為をしているのだという読みが浮かび上がる。また、七九段においても、清和天皇の子であるはずの貞数親王が、業平の子であるという噂が記されるのも、六五段同様に、業平が清和天皇の次の皇統を妨げるように行動して

いるためだと解釈できる。

またこのように解釈することにより、〈禁忌の恋〉を描く六五段や皇統問題に関わる七九段で、清和天皇やその皇子が実名で登場してしまう意味も生まれてくるのである。

四　二条の后章段―入内前の高子との恋―

前節で見た六五段は、二条の后章段の一つとして解釈されてきた。二条の后は、言うまでもなく清和天皇の後宮である。『伊勢物語』には、二条の后との恋が描かれている。しかし、それらの二条の后との恋を描く章段と、清和天皇の皇統を妨げる物語とは、また別の問題である。

三段・五段・六段では恋の相手が二条の后であると段末で明かされる。

むかし、男ありけり。懸想しける女のもとに、ひじき藻といふものをやるとて、

思ひあらば葎の宿に寝もしなむひしきものには袖をしつつも

二条の后の、まだ帝にも仕うまつりたまはで、ただ人にておはしましける時のことなり。（三段）

三段では、二条の后という名前は登場するものの、段末に「ただ人にておはしましける時」と、入内前であることが記されている。

六段は、前半部では「鬼ひと口」によって女を失った男の悲しみが、後半部では実は女の兄弟が連れ戻したと前半部の物語に対する説明が記されている。その、後半部の末尾では、二条の后の説明として、「ただにおはしける時とや」と、まだ入内前のことであろうかという推定が記されている。

これは、二条の后の、いとこの女御の御もとに、仕うまつるやうにいてゐたまへりけるを、かたちのいとめでたくおはしければ、盗みて負ひていでたりけるを、御兄人堀河の大臣、太郎国経の大納言、まだ下﨟にて内

裏へ参りたまふに、いみじう泣く人あるを聞きつけて、とどめて取りかへしたまうてけり。それを、かく鬼とは言ふなりけり。まだいと若うて、后のただにおはしける時とや。（六段）

また、次に挙げる五段には入内中か否かには触れられていないが、三段から六段の流れの中で解釈すれば、これも入内前のこととして解釈できよう。

むかし、男ありけり。東の五条わたりに、いと忍びて行きけり。みそかなる所なれば、門よりもえ入らで、童べの踏みあけたる築地のくづれより通ひけり。人しげくもあらねど、たび重なりければ、あるじ聞きつけて、その通ひ路に夜ごとに人をすゑてまもらせければ、行けども、えあはで帰りけり。さて、よめる、

人知れぬわが通ひ路の関守は宵々ごとにうちも寝ななむ

とよめりければ、いといたう心やみけり。あるじ許してけり。

二条の后に忍びて参りけるを、世の聞えありければ、兄人たちのまもらせたまひけるとぞ。（五段）

このように、段末で「二条の后」という名前が見られるものの、三段から六段に至るまでは、入内前の二条の后との恋が描かれているのである。

かつて二条の后と業平が恋愛関係であったことは、三段から六段のみならず、次にあげる七六段で詠まれている和歌解釈からもうかがえることである。

むかし、二条の后の、まだ東宮の御息所と申しける時、氏神にまうで給けるに、近衛府にさぶらひける翁、人々の禄たまはるついでに、御車よりたまはりて、よみて奉りける、

大原や小塩の山も今日こそは神代のことも思ひいづらめ

とて、心にもかなしとや思ひけむ、いかが思ひけむ、知らずかし。（七六段）

ここで詠まれている和歌の「神代のことも思ひいづらめ」の解釈には、かつての恋の記憶が重ね合わせられてい

る。[13] この和歌は『古今集』（巻一七・雑上・八七二）にも見られるが、『古今集』ではそのような解釈はできない。『伊勢物語』と『古今集』と同じ歌であっても、入内前の二条の后と業平の恋が描かれる『伊勢物語』の歌として解釈することにより、『古今集』とは異なる新たな和歌解釈が生まれているのである。

このような、三段から六段、そして七六段のように入内前の二条の后との恋を伝える物語と、作り物語として描かれる六五段は別種の話である。「二条の后」という名前だけで、それが即清和天皇の皇統を妨げることにはならないのである。清和天皇が登場する章段と、二条の后が登場する章段は、また別の視点から捉える必要があろう。

おわりに

以上、『伊勢物語』において、斎宮・後宮との密通が描かれている章段において、清和天皇が段末で二度も名前が明かされることの意味を考えてみた。

清和天皇は、史上初めての幼帝である。一歳足らずで東宮になった際、いわゆる「三超之謡」という童謡があったことが、『三代実録』に記されている。人々に与えた衝撃の大きさがうかがえる。『伊勢物語』においても、清和天皇の即位は、惟喬親王の出家と紀有常の零落を引き起こすほど、非常に衝撃的な出来事であった。

本稿では、一六段の解釈から生まれる、清和天皇の即位が、惟喬親王を出家へと向かわせ、紀有常を零落させた、という構造を、清和天皇の名前が登場する章段にあてはめて解釈してみた。その結果、清和天皇の皇統を支える斎宮や後宮の女性との密通を描く、いわば〈禁忌の恋〉と言われるような六九段・六五段や、貞数親王の実名が登場する七九段において、清和天皇の皇統・権威が、業平や惟喬親王側の人間によって妨害される、という新たな『伊勢物語』の読みが浮かび上がった。また、『伊勢物語』に登場する清和天皇を、惟喬親王を出家へと向かわせ、紀有常を零落させた人物として捉えることで、皇統問題に関わる内容であるにも関わらず、段末で清和天皇の名前が明かされる意味も理解できると言えよう。

注

（1）保立道久『平安王朝』（岩波新書、一九九六年）、今西祐一郎「『伊勢物語』の形成とその背景」（『伊勢物語　創造と変容』和泉書院、二〇〇九年）
（2）神尾暢子「天皇章段と体制批判―清和天皇と後宮女性―」（『伊勢物語の成立と表現』新典社、二〇〇三年）
（3）神尾暢子「有常章段と体制批判―惟喬親王と後見有常―」（前掲注（2）書、初出一九九二年）では、惟喬親王の後見としての紀有常の存在を指摘される。
（4）『鑑賞日本古典文学　伊勢物語』（角川書店、一九七五年）九五頁
（5）拙稿「紀有常の史実と『伊勢物語』」（『伊勢物語　虚構の成立』竹林舎、二〇〇八年）
（6）石田穣二『伊勢物語注釈稿』（竹林舎、二〇〇四年）四〇一頁
（7）『三代実録』（貞観十四年（八七二）七月十一日条）には、「己卯、四品守弾正尹惟喬親王寝疾、頓出家為沙門。」とあり、出家の理由は疾病であることが記されている。
（8）花井滋春「『伊勢物語』実名表記攷―有常と惟喬の物語から―」（『國學院大學大学院　文学研究科論集』一〇号、一九八三年三月）
（9）寛弘八年（一〇一一）五月二十七日条
（10）代表的なものとしては、史実とみる角田文衛「恬子内親王」（『紫式部とその時代』角川書店、一九六六年）と、それを否定する目崎徳衛『平安文化史論』（桜楓社、一九六八年）がある。
（11）榎村寛之『伊勢斎宮と斎王』（塙選書、二〇〇四年）
（12）山本登朗「「かの」―伊勢物語の遠近法―」（『伊勢物語論　文体・主題・享受』笠間書院、二〇〇一年、初出一九八八年）
（13）山本登朗「和歌の解釈と物語―伊勢物語の方法―」（前掲注（12）書、初出一九九八年）

光源氏と〈皇統〉

——高麗の相人の言をめぐって——

藤井由紀子

はじめに

主人公が、帝の子という出生である以上、『源氏物語』にとって〈皇統〉という問題は避けて通れないものである。王権論の季節を経て、〈准拠〉という概念が新たに捉えられつつある今、『源氏物語』研究における〈皇統〉とは、まさに旬のテーマであるとも言えよう。物語内の〈皇統譜〉を考える際にも、たとえば、藤壺の宮の父である「先帝」をどう位置づけるか[1]、あるいは、冷泉帝の存在をどう捉えるのか[2]、など、古注釈以来の議論が、新たな角度から論じられており、魅力的な説がいくつも提出されている。

ただし、本論集のテーマである〈皇統迭立〉に関しては、物語はその可能性を幾たびか表層にかすめつつも、結論としては、周到に回避したと言わざるをえない。まさに物語の書かれた当時の天皇家が抱えていた冷泉系・円融系の両統迭立という状況は、物語においては、冷泉帝に皇子がなかったことによって、いや、もっと遡れば、光源氏が臣籍降下した時点で、それが反映される可能性を閉じるのである。

と、ここまで性急に断定してしまうと、必ずや、それに対する反論が起こるに違いない。すなわち、光源氏は冷泉帝の隠れた父として、朱雀系とは別の〈皇統〉を樹立したのではないか、たとえそれが一代で終わったにしろ、その〈皇統〉との関わりこそが、光源氏の栄華を築いたのではないか、と。ことは、物語の主題そのものと関わる問題であり、今、ここでそのすべてを論じる準備はないが、ひとまず確認しておきたいことは、こうした反論が容易に想定できるほど、『源氏物語』にとっての〈皇統〉とは、物語の本質に関わる重要な要素であるという点、さらに言えば、『源氏物語』と〈皇統〉との関わりを考えるとは、つまり、光源氏と〈皇統〉との関わりを考えることに他ならない、という点である。

よって、本稿では、光源氏と〈皇統〉との関係性を考察する手始めとして、その最初の転換点とも言うべき、桐壺巻の光源氏の臣籍降下を取り上げてみたい。その際に、あの有名な〈予言〉について考えないわけにはいかないだろう。

相人驚きて、あまたたび傾きあやしぶ。「国の親となりて、帝王の上なき位にのぼるべき相おはします人の、そなたにて見れば、乱れ憂ふることやあらむ。おほやけのかためとなりて、天の下を輔弼くる方にて見れば、またその相違ふべし」と言ふ。（桐壺　一一六頁）

言うまでもなく、高麗の相人による観相によってもたらされた〈予言〉である。一般的に、この〈予言〉は、臣下の身分では終わらない光源氏の帝王相を述べており、それは、藤裏葉巻の准太上天皇位によって実現するものであるとされる。まさに、光源氏と〈皇統〉との関わりの根本に置かれた〈予言〉であるのだが、しかし、この言の具体的な解釈をめぐっては、従来さまざまな議論があり、いくつもの説が積み重なっている。(3) さらに難しいのは、それが「基本的には読み手の『源氏物語』観に関わる問題」(4) であるという点にある。容易に定説を見ないのも、その解釈が、物語の構想・構造をどう把握するのかという大きな問題と密接に関わってくる所以であった。もちろん、〈予言〉と呼ばれるもののすべてが明瞭である必要などないのだから、「この予言自体、謎につつまれた、解きがたい内容のそれであった(5)」と見るのが最も妥当なのかもしれない。

しかし、ここで、まず最初に改めて考えたいのは、この相人の言はほんとうに〈難解〉なものであったのか、ということである。観相の結果を聞いた桐壺帝は、次のような感慨を抱く。

帝、かしこき御心に、倭相を仰せて思しよりにける筋なれば、今までこの君を親王にもなさせたまはざりけるを、相人はまことにかしこかりけり、と思して、無品親王の外戚の寄せなきにては漂はさじ、わが御世もいと定めなきを、ただ人にておほやけの御後見をするなむ、行く先も頼もしげなめることと思し定めて、いよいよ道々の才を習はさせたまふ。（桐壺　一一七頁）

桐壺帝が最初に抱いたのは「相人はまことにかしこかりけり」という評であった。だからこそ、その観相を信じ、光源氏に「おほやけの御後見」をさせることを決意する。少なくとも、桐壺帝にとって、相人の言は「解きがたい」ものではなく、明瞭に光源氏の運命を指し示すものであったということになろう(6)。だとすれば、我々も、もっと単純にこの言に向き合うべきだったのではないか。今一度、物語本文を詳細に読み込むことで、再検討していくこととしたい。

一　高麗の相人の言の解釈

本節では、高麗の相人の言を再検討していくこととするが、その際、物語の構造・構想という問題はひとまず置き、物語内部の他の表現との呼応を確認しつつ、まずは丁寧な本文解釈を目指してみたい。

前節で述べた通り、近時、〈准拠〉という概念が刷新され、歴史的事実との相違点の中に、『源氏物語』独自のありようが定位されつつある。そのような潮流の中、物語本文そのものの解釈、ましてや、古注釈以来、散々論じ尽くされてきた相人の言の解釈をしても、今さら蛇足以外の何物でもないのだが、しかし、あえて基本に戻るのは、今まで当たり前のように読まれていた箇所にこそ問題が孕まれているような気がしてならないからである。以下、順を追って考察していくこととする。

1 「国の親となりて、帝王の上なき位にのぼるべき相」

相人が最初に述べる「国の親となりて、帝王の上なき位にのぼるべき相」については、「国の親」という言い回しに諸説あるものの(7)、全体として光源氏に帝王相を見たものであるとする解釈は動かない。実際に、それは、次のくだりと併せ読むことによって、確定的なものとならざるをえない。

必ず世の中たもつべき相ある人なり。さるによりて、わづらはしさに、親王にもなさず、ただ人にて、朝廷の御後見をせさせむ、と思ひたまへしなり。（賢木　八八頁）

賢木巻、病重い桐壺院は、朱雀帝に対して光源氏を厚遇するよう遺言する。その中で、光源氏は「世の中たもつべき相ある人」と表現されているのだが、これは、相人の述べた「帝王の上なき位にのぼるべき相おはします人」を言い換えたものであること、明白である。「世の中たもつ」（「世をたもつ」）という表現については、既に考察されている通り、「天皇として天下を統治する意(8)」と取ればよいものだろう。確認のため、『源氏物語』の中の用例を挙げてみる。

①春宮［＝冷泉帝］を見たてまつりたまふに、こよなくおよすけさせたまひて、めづらしう思しよろこびたるを、限りなくあはれと見たてまつりたまふ。御才もこよなくまさらせたまひて、世をたもたせたまはむに憚りあるまじく、賢く見えさせたまふ。（明石　二六四頁）

②春宮［＝今上帝］は、（朱雀院が）かかる御悩みにそへて、世を背かせたまふべき御心づかひになん、と聞かせたまひて渡らせたまへり。（中略）宮にもよろづのこと、世をたもちたまはん御心づかひなど、聞こえ知らせさせたまふ。御年のほどよりは、いとよくおとなびさせたまひて、御後見どもも、こなたかなた軽々しからぬ

仲らひにものしたまへば、いとうしろやすく思ひきこえさせたまふ。（若菜上　一三頁）

③いにしへの例を聞きはべるにも、世をたもつさかりの皇女にだに、人を選びて、さるさまの事をしたまへるたぐひ多かりけり。まして、かく、今は、とこの世を離るる際にて、…　（若菜上　四二頁）

①・②は、春宮に対して、この先、帝位に即いた場合を想定して述べてあるもの。③は、一般論として皇女の結婚を述べるくだりで、在位中の帝を「世をたもつさかり」と表現している。いずれも、帝として「世をたもつ」ことを言っており、先に見た賢木巻の用例もまた、桐壺巻の相人の言を受け、光源氏の帝王相を述べるものと見て間違いなさそうである。

しかしながら、賢木巻の桐壺院の言が、しばしば問題になるのは、後文とのつながりがいささか不自然に思われるからである。「さるによりて」という順接でつながれたその先には、「ただ人にて、朝廷の御後見をせさせむ」という、光源氏を臣下として処遇したことが語られているのだが、それは、たしかに、「その順接につながらないところを「さるによりて」という表現によって一気に飛躍してしまう論理の危うさ」(9)を露呈しているかのようにも思われる。光源氏の帝王相と、臣下としての人生は、矛盾するものではなかったのか。

実は、『源氏物語』における「世をたもつ」の用例は、あと一例あり、そこにもまた、同様の矛盾が孕まれているように思われる。

のどやかならで還らせたまふ響きにも、后［＝弘徽殿大后］は、なほ胸うち騒ぎて、いかに思し出づらむ、世をたもちたまふべき御宿世は消たれぬものにこそ、といにしへを悔い思す。（少女　六八頁）

少女巻、冷泉帝の朱雀院行幸に伺候した光源氏は、帰り際、弘徽殿大后のもとを訪れる。大后は、光源氏の権勢を目の当たりにして、「世をたもちたまふべき御宿世は消たれぬものにこそ」との感慨を抱くのであるが、この「世をたもちたまふべき御宿世」という表現もまた、桐壺巻、賢木巻の表現からつながるものであること、疑いない。ただし、この時点で、光源氏は太政大臣である。たしかに臣下としての最高位には昇っているものの、なぜそれが「世をたもつ」宿世は消せなかったのだ、という思いへとつながるのか。「世をたもつ」宿世が、帝王となる宿世と解せるのならば、ここにもまた「一気に飛躍してしまう」ものを感じざるをえないのである。

論点を桐壺巻に戻すため、光源氏の帝王相を示していると思われる表現を、あらためて、列挙してみる。

・国の親となりて、帝王の上なき位にのぼるべき相おはします人　（桐壺　一一六頁）

・必ず世の中たもつべき相ある人　（賢木　八八頁）

・世をたもちたまふべき御宿世は消たれぬものにこそ　（少女　六九頁）

並べてみて気づくことがある。光源氏の帝王相を言うときにのみ、助動詞「べし」が使われているということである。先に見たように、春宮が近く帝位に即いたときのことを述べる場合、使われていた助動詞は「む」であった。光源氏の場合に限って、一つの例外もなく「べし」が使われていることには、やはり、注意を払うべきであろう。

今、参考にしたいのは、『うつほ物語』における「世をたもつ」の用例である。

・あたら人の、色の心ものしたまふこそあなれ。世の中は、いとよく保ちたまふべしとこそ見れ。　（蔵開中　四五八頁）

・世保ちたまふべきこと近くなりぬるを、平らかに、そしられなくて保ちたまへ。人の国にも、最愛の妻持たる王ぞ、そしり取りたるめる。さいはるる人持たまへれば、戒めきこゆるなり。　（蔵開中　四七八頁）

いずれも、朱雀帝の言葉であり、藤壺（あて宮）のみを寵愛する春宮に対する苦言の中で使われている用例となる。ここに、光源氏の場合と同じく、「べし」という助動詞が使われていることに注目したい。もちろん、『うつほ』の春宮は、すでに将来的に帝位に即くことが確定している人物であり、ここの「べし」も、単純な推量ととってもさしつかえのないものである。しかしながら、春宮には、一人の女性のみを偏愛しているという欠点がある。

それが、実際に帝位に即いたときに、人々に「そしられ」る原因ともなりかねない。要は、ここで問われているのは、「世の中をたもつことができるのかどうか」という、春宮の資質の問題であって、「べし」は、一直線につながる未来を単純に表すものではないのである。たとえば、それは、次の用例からも、逆説的に証明できる。

（春宮は）さすがに道理失ひたまはず、賢しくおはする人なれば、心には飽かず悲しと思すとも、世を保たむと思ほす御心あらば、許したまふやうあらめ。（国譲下　二五四頁）

春宮の藤壺偏愛は依然としてつづいているものの、梨壺が皇子を生み、『うつほ』の主題は、立坊争いへと発展している。次の春宮として梨壺腹の皇子を押す后の宮の言葉の中に、「世をたもつ」の用例を見出すことができるのだが、ここでは「べし」ではなく、「む」が使われているのである。この「む」は意志で解釈すべきものであろうが、先の二例との違いは明白である。すなわち、すでに春宮の資質は問題にされていない、だからこそ、「べし」ではなく「む」が使われているのだ、と。即位が確定的だからこそ、春宮本人の意志の問題として「世をたもつ」ことが語られるのである。その証拠に、このくだりでは、春宮は「道理失ひたまはず、賢しくおはする人」と表現されており、藤壺に対する愛情を理性で抑えられる人物として語られている。あるいは、ここに、先に見た『源氏物語』の用例①・②を並べてもよい。『源氏物語』の二人の春宮もまた、「こよなくおよすけさせたまひて」「いとよくおとなびさせたまひて」と、即位するに十分なその資質が強調されており、だからこそ、「世をたもたせたまはむ」「世をたもちたまはん」と、その将来は「む」によって表されていたのであった。

だとすれば、自ずと、相人の言う「帝王の上なき位にのぼるべき相」の解釈も見えてくるのではないか。この箇所、現行の注釈書の多くは「帝王という無上の位にのぼるはずの相」[10]と訳す。「べし」を当然の意で解したものと思われるが、そう取るからこそ、その帝王相が実現したのかどうかが問題となってくる。そうではなく、ここは、光源氏自身の資質こそが問題なのであって、「帝王という無上の位にのぼることができる（ほどの瑞）相」と、可能の意で取ればよかったのである。同様に、賢木巻の桐壺院の言は、「たしかに天下を統治できるほどの相を持つ人」と取れば、後文との矛盾も解消するであろうし、少女巻の弘徽殿大后の言も、「あれほどの瑞相はやはり消すことができなかったのに」と取ることによって、必ずしも光源氏の実際の即位を必要としない物言いであったことが了解できる。

相人の言に最初に示された光源氏の帝王相とは、疑いなく帝位に行き着くにちがいない、というものではなく、帝王の資質が十分ありうる、という、光源氏の非凡な才を示すものとして、至極単純に捉えねばならない。

2 「そなたにて見れば、乱れ憂ふることやあらむ」

光源氏の瑞相を見出した相人は、つづいて、その先の未来を見通す。「そなたにて見れば」の「そなた」が、直前の「国の親となりて、帝王の上なき位にのぼるべき相」を指していることは明白で、「帝王になっている状態の源氏を透視してみる」(11)という見解に異論はない。

問題なのは、つづく「乱れ憂ふることやあらむ」の解釈である。古注釈以来、この「乱れ憂ふること」が何を指すのかが、議論されつづけてきた(12)。今、そのひとつひとつを検討することはできないが、それが、大規模な政変を指すという説にしろ、後の須磨退居への予言となっているという説にしろ、あるいは、「乱れ憂ふること」が避けられたのか否かという議論にしろ、その前提として、「乱れ憂ふること」を、光源氏が即位するという実際の物語世界といわばパラレルな未来における、確定事実として認識する姿勢は共通していたように思われる。だが、相人は、「乱れ憂ふること」に、それほどの絶対的な見通しがあったのか。

今、この一文を、もう一度掲げてみる。

そなたにて見れば、乱れ憂ふることやあらむ。　（桐壺　一一六頁）

なぜ、今まで、「乱れ憂ふること」のみが切り離されて議論されることが多かったのか。この一文は、疑問の係助詞「や」と推量の助動詞「む」を伴って、甚だ不確定な情報としてある。現行の注釈書の多くが付す「国が乱れ民が苦しむことがあるかもしれません」という訳[13]は、たしかに断定は避けているものの、それでもなお、この一文の持つ不確定さを表すには不十分なものに思われる。ここで相人は、「乱れ憂うことがあるのだろうか、どうだろうか」と言っているだけで、それをそのまま受け取れば、相人には「乱れ憂ふること」がはっきりとは見えていない、としか解釈できない。

では、なぜ、相人はこのようなことを言い出したのかと言えば、光源氏が即位した場合の人生が、よくないものであることだけは確かだったからであろう。よくないことだけはわかる、それが、臣下としての人生ではなく、帝としての人生ならば、その先に「乱れ憂ふること」が起こることは想定できるけれども、実際はよくわからない、というのが、「や」と「む」によって示されるこの言の、正確なニュアンスのように思われる。すなわち、ここで、相人が提示したかったのは、決して「乱れ憂ふること」が起こる可能性に対する警鐘などではなく、光源氏が即位した場合の人生がマイナスである、ただ、そのことだけだったと思われる。

3　「おほやけのかためとなりて、天の下を輔弼くる方にて見れば、またその相違ふべし」

相人の言の後半部にうつりたい。

「おほやけのかためとなりて、天の下を輔弼くる方」が、「輔弼の臣」としての光源氏の人生を指すことは動かない。つづく「見れば」が、先の「そなたにて見れば」と同様、光源氏の未来を見通したことを言うのも疑いない。とすれば、前半部に比較すると、後半部の内容は、比較的解釈しやすいようにも思われるのだが、しかし、「天の下を補弼くる方にて見れば、またその相違ふべし」という文脈は、やや言葉足らずに思えないだろうか。

相人の言の前半部と後半部は、明らかに対応してある。とすれば、後半部には、前半部の「乱れ憂ふることやあらむ」に当たる部分が欠けているのである。「その相違ふべし」は、「相」という語が使われていることから、前半部の「国の親となりて、帝王の上なき位にのぼるべき相おはします」と対応する部分と思われ、決して「そなたにて見」た結果ではない。

論をわかりやすくするため、相人の言の構造を示してみる。

国の親となりて、帝王の上なき位にのぼるべき相　おはします人の

　そなたにて見れば　⟷　乱れ憂ふることやあらむ

　おほやけのかためとなりて、天の下を輔弼くる方にて見れば　⟷　［　　　　　］

また　その相　違ふべし

このように整理すれば明らかであろう。相人の言は、前半部と後半部で見事な対称性を描いていて、二つの視点からの観相の結果を対比的に述べていることが見てとれる。だとすれば、やはり、「天の下を補弼くる方にて見れば」の下にもまた、「見」た結果が述べられなければならない。それは、「乱れ憂ふることやあらむ」とは真逆の内容を想定すればよいということになる。すなわち、「臣下としての人生を見通すと、「乱れ憂ふること」はないのではないか、問題はなさそうだ」となろう。このように読むのが妥当であることは、次の桐壺帝の言葉からも裏付けられる。

無品親王の外戚の寄せなきにては漂はさじ、わが御世もいと定めなきを、ただ人にておほやけの御後見をするなむ、行く先も頼もしげなめることと思し定めて、いよいよ道々の才を習はさせたまふ。（桐壺　一一七頁）

先にも引いた、相人の言を聞いた直後の桐壺帝の述懐である。「ただ人にておほやけの御後見をする」の部分が、相人の「おほやけのかためとなりて、天の下を補弼くる方にて見れば」に対応しているのは明白であり、桐壺帝は、その下に「行く先も頼もしげなめること」と、しっかり的確な言葉を補って解釈している。「頼もしげなめる」と、婉曲的な表現が使われているのは、相人がそれを明言しなかったこととつながるだろう。桐壺帝は、相人の言外の意を読み取っている。我々もそれに従うべきであろう。

　ここまで見てくれば、最後の部分、「またその相違ふべし」の解釈も容易である。「その相」が、直前の「おほやけのかためとなりて、天の下を補弼くる方」を指していることは明白で、[14] 臣下としての「相」とは違うだろう、と述べているだけなのである。これを、「輔弼の臣におわらないらしい」[15] と取るのは、行き過ぎである。なぜならば、先に確認した通り、このくだりは、前半部の「国の親となりて、帝王の上なき位にのぼるべき相おはします」と対応しているものと捉えられるからである。既に光源氏の「相」は明示されてあるのだから、それとは別の「相」が違うのは、至極当然のことである。至高の位にのぼりうる瑞相がある、臣下としてのありふれた相とは違う、と、ただそれだけのことが述べられていると取りたい。

　以上、物語の先々の展開は視野に入れず、相人の言を単純に捉え直す方向で、その内容を再検討してきた。今まで見てきた理解に従って、現代語訳を施せば、次のようになる。

　国の親となって、帝王の無上の位にのぼりうる（ほどの非凡な）相でいらっしゃる人の、そちらで見ると、国が乱れ民が苦しむことがあるのだろうか（、はっきりわからないが、あまりよくない）。朝廷の柱石となって、天下を補佐する方面で見ると（、問題はなさそうだが）、またその（臣下としての）相は（この人の生まれ持ったものとしては）違うだろう。

ここで述べられているのは、光源氏の持って生まれた「相」が比類ないこと、ただし、現実的な生き方で見れば、帝位に即くよりも臣下として生きたほうが問題が少ないということ、この二点である。光源氏は必ず帝位に即くはずだとか、臣下の身分では終わらないとか、そのような断定的なことはまったく述べられていないことに注意を促しておきたい。

帝王になりうる瑞相があるが、実際に帝になればよくない、臣下として生きたほうが無難、という観相は、けっして〈難解〉なものではなかったはずである。しかしながら、それでもやはり、疑問が残らないわけではない。もし、この相人の言が〈謎〉ではないとすれば、なぜ、相人自身が「あまたたび傾きあやし」んだのか、という点である。次節において考察していくこととしたい。

二　予言の射程

通説には、高麗の相人の〈予言〉は、藤裏葉巻の准太上天皇位を指し示すものとされる。だとすれば、たしかに、この相人の言は、物語の遙か彼方までをも見通した見事な〈予言〉ということになろう。しかしながら、既に、藤井貞和が指摘する通り、「藤裏葉の巻の准太上天皇位なるものが、かの桐壺の巻の謎のような「予言」の意味するところのものであったと、物語そのものには一行も書かれてない」(16)のである。一直線に桐壺巻と藤裏葉巻をつなげることには、やはり、慎重にならなければならないだろう。藤井貞和は、さらに、〈予言〉の帰結を澪標巻に見るのだが、しかし、それ以前に、もっと単純な形で、この〈予言〉は成就していなかったか。

桐壺巻に戻ろう。もう一度、相人の観相結果を聞いた桐壺帝の反応を語るくだりを引きたい。

帝、かしこき御心に、倭相を仰せて思しよりにける筋なれば、今までこの君を親王にもなさせたまはざりけるを、相人はまことにかしこかりけり、と思して、無品親王の外戚の寄せなきにては漂はさじ、わが御世もいと定めなきを、ただ人にておほやけの御後見をするなむ、行く先も頼もしげなめることと思し定めて、いよいよ道々の才を習はさせたまふ。

（桐壺　一一七頁）

先に確認した通り、桐壺帝は、相人の言に対して、「まことにかしこかりけり」という、実に明瞭な反応を示す。その反応の直前に、「今までこの君を親王にもなさせたまはざりける」と、光源氏に対して親王宣下が行われていないことが語られていることに注目したい。光源氏が親王になっていなかったことは、ここで初めて明かされる事実である。と同時に、「相人はまことにかしこかりけり」という桐壺帝の感慨に、直接つながっていく事実でもあることを、もっと重く見なければならない。

なぜ、相人は、光源氏の観相をしながら「あまたたび傾きあやし」んだのか。「相」が「前世の因縁によってあらわれるもの」[17]だとすれば、臣下の子として生まれなかった光源氏に、輔弼の臣としての「相」がないのは当たり前である。まず、相人は、「右大弁の子のやうに思はせて」（桐壺　一一六頁）連れてこられた光源氏に、臣下の「相」がなかったことを不思議に思ったのだろう。それとともに、天下を統治しうる瑞相を持ちながらも、臣下として生きたほうがよさそうな人生という選択が、現実的にありうるものなのかどうか、相人にはわからなかったのではないか。わからない限り、光源氏の「相」と、実際の人生の正負の矛盾は、〈謎〉でしかありえない。だからこそ、「あまたたび傾きあやし」んだのである。

しかし、桐壺帝にとっては、それは〈謎〉でも何でもなかった。相人は、帝の子として生まれ、他の皇子たちよりも優れた資質を持つ光源氏の「相」を見抜いただけではなく、帝にも臣下にもなりうる、今の光源氏の身分までをも見通したような観相をしてくれたのである。「今までこの君を親王にもなさせたまはざりける」と、ここで初めて光源氏が親王になっていなかったことが語られるのは、それが、相人の「あやし」んだ〈謎〉の答え・種明かしだったからではないか。さらに、相人のわからなかった現実的な対処法を、帝は知っていた。親王宣下していなかったのも、その可能性が念頭にあったからこそ、であった。それこそが、「源氏になしたてまつる」（桐壺　一一七頁）ことであったのである。

すなわち、〈予言〉は実現したのである。帝王になりうる人物が臣下として生きるには、臣籍降下という手段しかない。光源氏が臣下となった時点で、相人の〈予言〉は成就している。(18) いや、ここまで見てくると、そもそも、相人の言は、〈予言〉と呼べるほどのものではなかったのではないか、と考えざるをえない。その射程は、あまりに小さい。

相人の言は〈予言〉ではない、その証明として、澪標巻を取り上げてみたい。先に触れた通り、藤井貞和は〈予言〉のたしかな射程範囲を、澪標巻までに定める。たしかに、ここには、相人の言が再び持ち出されている。

おほかた上なき位にのぼり、世をまつりごちたまふべきこと、さばかり賢かりしあまたの相人どもの聞こえ集めたるを、年ごろは世のわづらはしさにみな思し消ちつるを、当帝のかく位にかなひたまひぬることを、思ひのごとうれしと思す。みづからも、もて離れたまへる筋は、さらにあるまじきこと、と思す。（澪標　二七五頁）

明石から帰京した光源氏は、明石の君が姫君を出産したことを受け、冷泉帝が即位したことと併せ、我が身の栄華を思う。その中に、相人の言はある。たしかに、「上なき位」や「賢かりし」などの表現が想起させるのは、桐壺巻の高麗の相人の言であること、疑いない。さらに、これにつづき、

あまたの皇子たちの中に、すぐれてらうたきものに思したりしかど、ただ人に思しおきてける御心を思ふに、宿世遠かりけり。（澪標　二七六頁）

と、自分の臣籍降下を決めた、父桐壺帝の決断を思うくだりが置かれており、これもまた、相人の言と密接に関わるものとなっているだろう。とすれば、藤井貞和の言う通り、相人の言は、少なくとも澪標巻までは影響力のある

ものと捉えられそうなのだが、しかし、ここには、微妙なすり替えがあることを見逃してはならない。

まず、「高麗の相人」という言い方は見あたらず、「相人ども」と複数形で示されていること。この表現が、「高麗の相人の「予言」のほかに、「倭相」にもみせ、また「宿曜の賢き、道の人」にも考えさせるということをした」という「桐壺の巻の叙述と正確に対応する」のは間違いないとしても、「とりたててとがめる必要はなかろう」[19]と言ってしまってよいものかどうか。桐壺巻において、倭相や宿曜の観相が具体的に書かれなかったのに対し、高麗の相人のみが取り立てて描かれているのが、「光源氏が超越的な存在であることを保証する異国の権威」[20]だったからだとすれば、その聖性は、今や「あまたの相人ども」の中に埋没してしまったかのようである。

また、その〈予言〉の内容も、変化している。賢木巻において、桐壺院は、相人の「帝王の上なき位にのぼるべき」という言を、「必ず世の中たもつべき」と言い換えていたこと、前節において検討した。しかしながら、ここで、光源氏は、それを「世をまつりごちたまふべき」と、さらに言い換えているのである。

『源氏物語』において、光源氏以外には、帝や春宮にしか使われていなかった「世をたもつ」と異なり、「世をまつりごつ」は臣下にしか使われない。

①男の朝廷に仕うまつり、はかばかしき世のかためとなるべきも、まことの器ものとなるべきを取り出ださむにはかたかるべしかし。されど、かしこしとても、一人二人世の中をまつりごちしるべきならねば、上は下に助けられ、下は上になびきて、事ひろきにゆづらふらん。（帚木　一三七頁）

②大臣［＝光源氏］、太政大臣にあがりたまひて、大将［＝頭中将］、内大臣になりたまひぬ。世の中の事どもまつりごちたまふべく、ゆづりきこえたまふ。（少女　二五頁）

①は、左馬頭の述べる一般的な政治論、②は、光源氏が頭中将に政治の実権を譲るくだりである。特に、②の用例から明らかなように、「世をまつりごつ」とは、臣下として政治的権力を握ることを表す語としてある。そして

それが「世をたもつ」と同義でないことは、実は、賢木巻の桐壺院の言から明らかなのである。

はべりつる世に変らず、大小のことを隔てず、何ごとも御後見と思せ。齢のほどよりは、世をまつりごたむにも、をさをさ憚りあるまじうなむ見たまふる。必ず世の中たもつべき相ある人なり。（賢木　八八頁）

桐壺院は、朱雀帝に、光源氏の資質を「必ず世の中たもつべき相」と述べる直前、現在の臣下としての光源氏の姿を「世をまつりごたむ」に憚りがないと見ていることを語っていたのである。二つがイコールでないからこそ、桐壺院はあえて「世の中たもつべき相」を述べて、朱雀帝に念押しする必要があったと言えよう。(21)

事実、澪標巻の光源氏は、冷泉帝への譲位を決意した朱雀帝が、「朝廷の御後見をし、世をまつりごつべき人を思しめぐら」（明石　二五一頁）した結果として、都に呼び戻された人物としてある。そして、その結果、冷泉朝下における光源氏の役割が、実際に「ただ今世をまつりごちたまふ大臣」（薄雲　四四〇頁）としてあったことも、後の物語展開から容易に確認できる。まさに、物語内の事実と平仄を合わせるかのように、相人の言は変質させられているのである。〈予言〉は刷新されているのだ。だとすれば、「世をまつりごつ」の直前に置かれた「上なき位にのぼり」の部分もまた、臣下としての最高位にのぼる、と捉え直さなければならないのかもしれない。このように解釈し直してみると、その後に、冷泉帝が即位したことを「思ひのごとうれし」と思う気持ちも、自分自身が即位することを「さらにあるまじきこと」と思う気持ちも、まったく矛盾なく理解できるものとなる。

さらに、光源氏は思う。

内裏［＝冷泉帝］のかくておはしますを、あらはに人の知ることならねど、相人の言空しからず。（澪標　二七六頁）

たしかに、この「相人の言空しからず」という言葉は重い。ここに、〈予言〉の帰結を見るのももっともなことに思われるのだが、しかし、そうなると、その前に置かれた「内裏のかくておはしますを、あらはに人の知ることならねど」とのつながりが、どうしても不自然なものになってしまう。だからといって、「隠された実の子を帝位に即けたことによって自身の帝王相を実現したにひとしい[22]」とするのはどうか。自分の子が即位することと、光源氏自身の帝王相は、やはり、直接的には交わらない。このくだりは、もっと単純なことを言っているのではないか。

先に見た通り、澪標巻においては、「高麗の相人」という個性は埋没してしまっている。その〈予言〉の内容さえも、物語の展開に合わせて軌道修正されており、既に、桐壺巻にあったそれとは、かけ離れてしまっている。だとすれば、「相人の言空しからず」と言われる「相人」を、「高麗の相人」と決めてしまう必要などないのである。今、辿り見てきた光源氏の感慨は、その直前に語られた、新たな〈予言〉によって導かれたものであった。

宿曜に「御子三人、帝、后必ず並びて生まれたまふべし。中の劣りは、太政大臣にて位を極むべし」と、勘へ申したりしこと、さしてかなふなめり。（澪標　二七五頁）

ここで初めて明かされる宿曜の〈予言〉の一部は、既に成就している。それは、光源氏の「御子」が「帝」になること、すなわち、冷泉帝が即位したことに他ならない。光源氏の言う「相人の言空しからず」の「相人」とは、この宿曜の「相人」なのであろう[23]。冷泉帝が即位した、私の子だとは誰も知らないが、宿曜の〈予言〉は当たっている。このくだりは、ただそれだけを述べているのであって、高麗の相人の〈予言〉とは無関係である。むしろ、物語は、光源氏の娘が后になるのかどうか、もう一人の息子が太政大臣になるのかどうかという、新たな〈謎〉を提示することによって、今後の展開を、この宿曜の〈予言〉に託しているとも言えよう。高麗の相人の〈予言〉は、既にその役割を終えていること、もはや明白である。

物語の始発にあって、多くの〈謎〉を含んでいるとされた高麗の相人の〈予言〉は、〈予言〉と呼ぶべき力を持たず、ただ、光源氏を臣下に降ろし、〈皇統〉から外すことのみに働くものであったのだった。

おわりに

以上、光源氏と〈皇統〉を考える際の前提となるべき、桐壺巻の高麗の相人の言について、正確な本文解釈を目指して、その位置づけを論じてきた。

我々は、物語における〈予言〉を、やや浪漫的に捉えすぎのような気がする。物語を貫くほどの力を、どれほどの〈予言〉が持ち得ているか。物語における〈予言〉とは、物語が語りつづけられる限り、新たな〈予言〉と交差し、塗り替えられながら、そのつど更新されていく。そこにこそ、〈予言〉の醍醐味を見出すべきだと思われる。本稿は、高麗の相人の言を、絶対的なものと見なさず、物語の中で相対的に位置づけるよう試みたものである。

しかしながら、本稿に与えられたテーマであった〈皇統〉の問題は、その先にこそ本質のあるものである。〈予言〉と切り離した上で、藤裏葉巻の准太上天皇位をどう捉えるべきなのか、あるいは、冷泉帝が子のないまま譲位する際に光源氏の抱く「飽かず」「口惜しくさうざうしく」（若菜下　一五七・一五八頁）という感慨を、光源氏自身の〈皇統〉に対する意識としてどのように捉えるべきなのか、など、考えなければならない問題は多く残されている。稿を改めて論じたい。本稿は、その序論としてある。[24]

注

（1）日向一雅「桐壺帝の物語の方法―源氏物語の準拠をめぐって―」（『源氏物語の準拠と話型』至文堂、一九九九年、初出一九九八年）に、諸説が整理されている。日向氏は、「先帝」を陽成に、「一院―桐壺帝」を光孝―宇多―醍醐の〈新皇統〉に相当するものと捉える。

（2）浅尾広良「光源氏の元服―「十二歳」元服を基点とした物語の視界―」（日向一雅・仁平道明編『源氏物語の始発―桐壺巻論集』竹林舎、二〇〇六年）は、冷泉帝が「十一歳」で元服することに、朱雀系・冷泉系という「両統迭立の萌芽」を見る。

(3) 土方洋一「高麗の相人の予言を読む」(『源氏物語のテクスト生成論』笠間書院、二〇〇〇年、初出一九八〇年)に、古注釈以来の諸説と問題点がまとめられている。

(4) 前掲注(3)論文、一五三頁

(5) 藤井貞和「源氏物語と歴史叙述」(『源氏物語論』岩波書店、二〇〇〇年、一〇四頁、初出一九九〇年)

(6) 高麗の相人の予言の解釈に対して、もっとも多くの論稿を提出されている森一郎もまた、桐壺帝の予言への対応は「全く明白な御態度」であり、その「明快な御決定ぶりから考えてみると、この予言はきわめて明瞭となり、別に不思議でも謎めいてもいなくなる」と述べている(「桐壺巻の高麗の相人の予言について―予言の実現と構想・光源氏論の一節―」(『源氏物語の方法』桜楓社、一九六九年、二四頁、初出一九六六年))。ただし、森は、その桐壺帝の「明白な御態度」と、予言の解きがたさの「ズレ」こそを、論の出発点とされており、その論旨は、本稿の目指すところとは本質的に異なる。

(7) 通説には「帝王」のこととするが、藤井貞和は「一国の開祖」とする(「もう一つの王朝の実現―源氏物語の本質」(前掲注(5)書、初出一九九一年))。また、木船重昭は「天子の父」とする(「『源氏物語』高麗人の観相と構想・思想」(『日本文学』二二巻一〇号、一九七三年十月))が、批判がある。

(8) 森一郎「桐壺巻の高麗相人予言の解釈」(鈴木一雄監修・神作光一編集『増補改装　源氏物語の鑑賞と基礎知識　桐壺』至文堂、二〇〇一年、一八二頁)

(9) 前掲注(3)論文、一五六頁

(10) 前掲注(8)書、一〇八頁。新編全集も同様の訳を付す。

(11) 藤井貞和「運命の実現―「宿世遠かりけり」考」(『源氏物語入門』講談社学術文庫、一九九六年、九七頁、初出一九七九年)

(12) 前掲注(3)論文参照

(13) 前掲注(8)書、一〇八頁。新編全集・集成も同様の訳を付す。新大系の「治世乱れ憂慮する事態が起きていよう」

という訳（二〇頁、脚注六）は、誤訳と言ってもよいのではないか。

(14) 古注釈（『細流抄』等）を始めとして、「その相」が「乱れ憂ふること」を指すとする説もある。しかし、「乱れ憂ふること」自体が不確定なものとしてあったにもかかわらず、「違ふべし」と言い切るのはどうか。「乱れ憂ふること」を「相」と捉えることにも疑問が残る。

(15) 前掲注(11)論文、九四頁

(16) 前掲注(11)論文、八五頁

(17) 前掲注(3)論文、一五九頁

(18) 河添房江は、「予言の主たる機能は、やはり父帝に、光源氏が闕けたるところのある帝王相であることを確認させ、その立坊を最終的に見送らせるところにあろう」と述べている（「桐壺巻再読」（『源氏物語表現史─喩と王権の位相』翰林書房、一九九八年、二七三頁、初出一九八九年））。予言の機能的位置づけとしては本稿も同意である。

(19) 前掲注(11)論文、八三頁

(20) 河添房江「光る君の誕生と予言」（前掲注(18)書、二五三頁、初出一九九二年）

(21) 前節で見た「む」と「べし」の使い分けをここにも見ることができる。現実としての「世をまつりごつ」、資質としての「世をたもつ」という明確な区別である。

(22) 前掲注(11)論文、九三頁

(23) 現行の注釈書の中で、唯一、新大系は、「相人の言」が直前の宿曜の内容を指していると注す（一〇一頁、脚注三二）。

(24) ひとつの解釈として、次の拙稿を参照願いたい。
拙稿「「静かなる」六条院─『源氏物語』藤裏葉巻の栄華の実相─」（『詞林』第二八号、一九九九年四月）

＊『源氏物語』の引用は、日本古典文学全集（小学館）に、『うつほ物語』の引用は、新編日本古典文学全集（小学館）に拠った。

『大鏡』における皇統

――冷泉系と円融系を中心に――

石原　のり子

一　問題の所在と先行研究

持明院統と大覚寺統の両統迭立がおこるはるか以前、平安時代中期にも、ふたつの皇統が迭立状態にあった時期がある。冷泉天皇と円融天皇、ふたりの兄弟を祖とする系統のそれである。そしてそれはまさに、『大鏡』が描こうとした中心的な時期とぴったりと重なる。

【系図1】

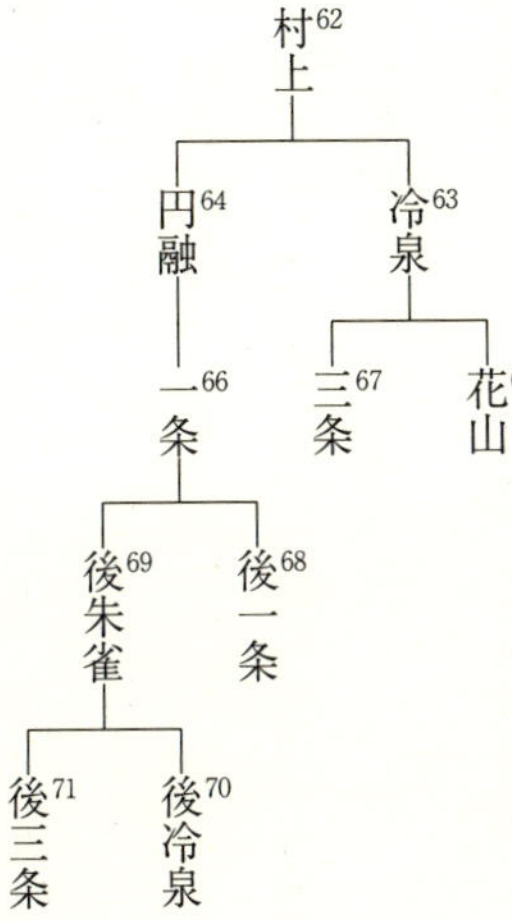

※右肩の数字は代を示す。

これまで、『大鏡』は藤原道長の栄華を描くことが主題であると考えられてきた。しかし、益田勝実が、「（語り手世継の）百九十歳という年齢は、摂関政治の年齢であった。この発想が要求する年齢であった[1]」と指摘するように、『大鏡』が語ろうとしたのは、摂関政治史であった。『大鏡』の作者は、院政という政治形態の時代に身を置きつつ、摂関政治のはじまりから終わりまでを、さまざまな逸話をつなぐことで描き出してみせたのである。してみれば、『大鏡』は、皇統の問題にも無関心ではあるまい。本稿では、『大鏡』において、この両統迭立がどのように描かれるのかを明らかにしたい。

二　『大鏡』の皇統意識

円融系と冷泉系の描かれ方を見る前に、文徳・清和・陽成の三天皇をめぐる記述を確認する。この三人の帝紀は、最終部に母后についての逸話を載せるという点で共通している。以下、順にその記述を見ていく。

御母后［＝順子］の御年十九にてぞ、この帝をうみたてまつりたまふ。嘉祥三年四月に后にたたせたまふ。…貞観三年辛巳二月二十九日癸酉、御出家して、灌頂などせさせたまへり。同六年丙申正月七日、皇太后にあがりゐたまふ。これを五条后と申す。伊勢語に、業平中将の、「よひよひごとにうちも寝ななむ」とよみたまひけるは、この宮の御ことなり。「春や昔の」なども。（文徳天皇　二四頁）

これは、新編全集頭注が指摘するように、塗籠本系統の『伊勢物語』の記述に依拠する記述である。天皇の生母の密通を、あえて語っている点に注目したい。

次に、清和天皇紀の記述を挙げる。

御母［＝明子］、二十三にて、この帝をうみたてまつりたまへり。貞観六年正月七日、皇后宮にあがりゐたまふ。后の位にて四十一年おはします。染殿の后と申す。その御時の護持僧には智証大師におはす。…天安二年

戊寅にぞ唐より帰りたまふ。（清和天皇　二六～二七頁）

前に見た順子の逸話とは違い、一見何の問題もない記述に見える。しかし、なぜここで護持僧に言及するのだろうか。それは、流布本系統に見える増補記事により鮮明になる。

さばかりの仏の護持僧にておはしけむに、この后の御物の怪のこはかりけるに、など、えやめたてまつりたまはざりけむ。前の世のことにておはしましけるにやとこそおぼえはべれ。（清和天皇　二六～二七頁）

『今昔物語集』（巻第二十　染殿后為天宮被嬈乱語第七）などに見える、明子と鬼とのスキャンダラスな話題について語るものである。増補記事ではあからさまに「御物の怪」と言及しているが、古本系の記述では、これを隠微な形で匂わせていると見て間違いない。

最後に、陽成天皇紀の記述を見てみよう。

御母后［＝高子］、清和の帝よりは九年の御姉なり。二十七と申しし年、陽成院をばうみたてまつりたまへるなり。元慶元年正月に后にたたせたまふ、中宮と申す。御年三十六。同じき六年正月七日、皇太后宮にあがりたまふ。御年四十一。この后宮の、宮仕ひしそめたまひけむやうこそおぼつかなけれ。いまだ世ごもりておはしける時、在中将しのびて率てかくしたてまつりたりけるを、……およばぬ身に、かやうのことをさへ申すは、いとかたじけなきことなれど、これは皆人の知ろしめしたることなれば。……二条后と申すは、この御ことなり。（陽成院　二八～二九頁）

ここでは、高子と在原業平の恋が語られている。「いまだ世ごもりておはしましける時」と断ってはいるものの、皇妃が入内前に他の男に「率てかく」されたと語ることは、やはり前の二つの逸話と同様、作為的になされたものと考えられる。

ところで、陽成天皇は狂疾により、位を追われる。そして、帝位は光孝天皇へと移り、文徳の皇統は断絶する。

文徳系の母后にまつわるスキャンダラスなこれらの逸話は、断絶する皇統を描くために排列されていると考えられるのである。つまり『大鏡』は、皇統について十分に意識的であると言える。[2]

三　冷泉系の役割

それでは、冷泉系の天皇をめぐる記述を見ていこう。

その帝［＝冷泉］の出でおはしましたればこそ、この藤氏の殿ばら、今に栄えおはしませ。「さらざらましかば、この頃わづかに我らも諸大夫ばかりになり出でて、所々の御前・雑役につられ歩きなまし」とこそ、入道殿［＝道長］は仰せられければ、源民部卿［＝源俊賢］は、「さるかたちしたるまうちぎみたちのさぶらはましかば、いかに見ぐるしからまし」とぞ、笑ひ申させたまふなる。かかれば、公私、その御時のことを例とせさせたまふ、ことわりなり。（師輔伝　一七〇～一七一頁）

これは、冷泉天皇の即位が、道長へと続く藤原北家嫡流の繁栄の契機となったことを語る逸話である。それを、道長の発言を通して語っている。一方で、次のような記述も見える。

かやうにもののはえ、うべうべしきことどもも、天暦［＝村上］の御時までなり。冷泉院の御世になりてこそ、さはいへども、世は暗れふたがりたる心地せしものかな。世のおとどふることも、その御時よりなり。（雑々物語　三九〇頁）

世継は、冷泉以降の時代を、「おとどふる」世であると言う。これは、外戚（外祖父である師輔は既に世になく、冷泉の後見をしていたのは、叔父である伊尹・兼通・兼家たち）による政治を批判していると解釈できる。言い換えれば、冷泉天皇は、道長の栄華の遠因であると同時に、それは批判されるべきものであると語られているのである。

次に、花山天皇関連の記述を確認する。

花山院の御時に、五月下つ闇に、五月雨も過ぎて、いとおどろおどろしくかきたれ雨の降る夜、帝、さうざうしとや思し召しけむ、殿上に出でさせおはしまして遊びおはしましけるに、人々、物語申しなどしたまうて、昔恐ろしかりけることどもなどに申しなりたまへるに、「今宵こそいとむつかしげなる夜なめれ。かく人がちなるだに、気色おぼゆ。まして、もの離れたる所などいかならむ。さあらむ所に一人往なむや」と仰せられけるに、「えまからじ」とのみ申したまひけるを、入道殿は、「いづくなりともまかりなむ」と申したまひければ、

（道長伝　三一八頁）

有名な闇夜の肝試しの逸話であるが、ここで、道長の胆力を保証するのが、花山天皇であることは注目すべきである。次に掲げるものもまた、花山天皇退位劇を語る有名な記述である。

花山寺におはしまし着きて、御髪おろさせたまひて後にぞ、粟田殿［＝道兼］は、「まかり出でて、おとどにも、かはらぬ姿、いま一度見え、かくと案内申して、かならずまゐりはべらむ」と申したまひければ、「花山」「朕をば謀るなりけり」とてこそ泣かせたまひけれ。あはれにかなしきことなりな。日頃、よく、「御弟子にてさぶらはむ」と契りて、すかし申したまひけむがおそろしさよ。東三条殿［＝兼家］は、「もしさることやしたまふ」とあやふさに、さるべくおとなしき人々、なにがしかがしといふいみじき源氏の武者たちをこそ、御送りに添へられたりけれ。京のほどはかくれて、堤の辺よりぞうち出でまゐりける。寺などにては、「もし、おして人などやなしたてまつる」とて、一尺ばかりの刀どもを抜きかけてぞまもり申しける。

（花山院　四七～四八頁）

ここで、傍線で示したように、花山退位の首謀者は兼家であることがわかる。兼家は、冷泉天皇をめぐる記述でも暗にその存在を記されていた。そして、この花山の退位により、一条天皇が即位、兼家は外祖父として摂政となる。つまり、冷泉・花山両天皇は、兼家の権力を保障する存在としてある。

では、三条天皇はどうであろうか。稿者は、以前、三条天皇をめぐる記述を検討し、『大鏡』には摂関家嫡流の系譜とは異なる、兼家―三条天皇―禎子内親王という、後三条天皇へと繋がる、もうひとつの系譜が描かれていることを述べた。三条天皇は、兼家との関わりを繰り返し述べられる人物である。以下にそれを示す逸話を挙げる。

また、対の御方と聞こえし御腹の女［＝綏子］、おとど［＝兼家］いみじうかなしくし聞こえさせたまて、十一におはせし折、尚侍になしたてまつらせたまひて、内住みせさせたてまつらせたまひし。御かたちいとうつくしうて、御髪も十二のほどに、糸をよりかけたるやうにて、いとめでたくおはしませば、ことわりとて、三条院の東宮にて御元服せさせたまふ夜の御添臥しにまゐらせたまひて、（兼家伝　二四三〜二四四頁）

兼家が鍾愛の娘綏子を、三条天皇の添臥として出仕させたことが語られている。綏子は三条天皇の立太子をうけて出仕した。一条天皇の後宮には、兼家の孫定子が擬せられており、一条より六歳年長の綏子は、三条天皇に出仕するのが自然の流れではあったろう。しかし、兼家が一条よりも三条に期待していたことは、次の記述でも確認できる。

いま一つの御腹の大君は、冷泉院の女御にて、三条院、弾正の宮、帥宮の御母にて、三条院位につかせたまひしかば、贈皇后宮と申しき。この三人の宮たちを、祖父殿［＝兼家］ことのほかにかなしうし申したまひき。世の中に少しのことも出でき、雷も鳴り、地震もふる時は、まづ春宮［＝三条院］の御方にまゐらせたまひて、舅の殿ばら［＝道隆、道兼、道長などの兼家の息子たち］、それならぬ人々などを、「内［＝一条］の御方へはまゐれ。この御方には我さぶらはむ」とぞ仰せられける。（兼家伝　二四六〜二四七頁）

幼くして母と死別した超子腹の皇子たちに、兼家はより多くの愛情を注いだのだろうと想像できる。しかし、一条天皇の即位により摂政に任ぜられたことを考えれば、この待遇はいささか奇異に映る。次の記述もまた重要である。

雲形といふ高名の御帯は、三条院にこそは奉らせたまへる。鉸具の裏に、「春宮に奉る」と、刀のさきにて、

［兼家が］自筆に書かせたまへるなり。この頃は、一品宮［＝禎子内親王］にとこそうけたまはれ。
（兼家伝　二四七頁）

これは、「雲形」という石帯が兼家から三条天皇に献上されたことを語るものである。しかし、この逸話は単に兼家の三条に対する愛情を語るにとどまらない。以前拙稿[3]でも触れたが、「雲形」は、「壺切」に擬せられているのではないかと稿者は考える。「壺切」は道長から三条天皇の息子小一条院に渡されず、また道長息の頼通から禎子内親王の息子後三条天皇へも渡されることがなかった。一方、兼家から三条天皇に献上された「雲形」は、三条天皇の娘禎子内親王に譲られる。「壺切」と「雲形」は、一つずつ世代をずらし、対称をなす。

四　円融系の造型と断絶

では、一方の円融系の天皇たちはどのように描かれているのだろうか。まず、円融天皇の立太子をめぐる記述を見てみよう。

この帝の東宮にたたせたまふほどは、いと聞きにくく、いみじきことどもこそはべれな。これは皆人の知ろしめしたることなれば、ことも長し、とどめてはべりなむ。
（円融院　四二頁）

円融の立太子の際、「いと聞きにくく」いことがあった、とする。そして、その内容は師輔伝において詳しく語られる。

この后［＝安子］の御腹には、式部卿の宮［＝為平親王］こそは、冷泉院の御次に、まづ東宮にもたちたまふべきに、西宮殿［＝源高明］の御婿におはしますによりて、御弟の次の宮［＝円融］に引き越されさせたまへるほどなどのことども、いといみじくはべり。そのゆゑは、式部卿の宮、帝に居させたまひなば、西宮殿の族に世の中うつりて、源氏の御栄えになりぬべければ、御舅たち［＝伊尹、兼通、兼家］の魂深く、非道に御弟をば引き越し申させたてまつらせたまへるぞかし。世の中にも宮のうちにも、殿ばらの思したまへけるをば、いかでかは知らむ、次第のままにこそはと、式部卿の宮の御ことをば思ひ申したりしに、にはかに、「若宮［＝円融］の御髪かいけづりたまへ」など、御乳母たちに仰せられて、大入道殿［＝兼家］、御車にうち乗せたてまつりて、北の陣よりなむおはしましけるなどこそ、伝へうけたまはりしか。されば、道理あるべき御方人たちは、いかがは思されけむ。

（師輔伝　一五三〜一五四頁）

ここでもまた、花山天皇の退位の記述と同様に、兼家の積極的関与が示される。円融の立太子は、兼家主導で行われたことがわかるのである。しかし、兼家の策動によって即位した円融は、兼家を阻害する因子として働くのである。以下にその記述を掲げる。

このおとど［＝兼通］、すべて非常の御心ぞおはしし。かばかり末絶えず栄えおはしましける東三条殿［＝兼家］を、ゆゑなきことにより、御官位取りたてまつりたまへりし、いかに悪事なりしかは。天道もやすからず思し召しけむを。その折の帝、円融院にぞおはしましし。

（兼通伝　二二〇頁）

これは、臨終間際の兼通が、兼家を治部卿に落としたことを語っている。しかし、その末尾に、それが円融の御代の出来事であると記されているのである。兼通の行為を「悪事」、「天道もやすからず思し召しけむ」とした後に、わざわざ円融の名が出されていることは看過できない。この性格は、一条天皇にも引き継がれる。

入道殿の世をしらせたまはむことを、帝［＝一条］いみじうしぶらせたまひけり。皇后宮［＝定子］、父おとど［＝道隆］おはしまさで、世の中をひき変はらせたまはむことを、いと心ぐるしう思し召して、粟田殿［＝道兼］にも、とみにやは宣旨下させたまひし。されど、女院［＝東三条院］の道理のままの御ことを思し召し、また帥殿［＝伊周］をばよからず思ひ聞こえさせたまうければ、入道殿［＝道長］の御ことを、いみじうしぶらせたまひけれど、

（道長伝　三二九頁）

ここでは、道長に内覧の宣旨を下すことを、一条天皇が拒否していたことが語られている。しかも、「いみじうしぶらせたまふ」という表現を、二度繰り返すことで、一条天皇の強い拒絶を物語る。また、次に挙げる記述も注目される。

昔、一条院の御悩の折、仰せられけるは、「一の親王［＝敦康親王］をなむ春宮とすべけれども、後見申すべき人のなきにより、思ひかけず。されば二宮［＝後一条］をばたてたてまつるなり」と仰せられけるぞ、この当代の御ことよ。（後一条院　五五頁）

一条天皇は、敦康親王を東宮に立てるべきであると考えていたことがわかる。しかも、その願望とも言うべき思いを、今際まで後悔として抱かれていたことも、語られている。

さて、式部卿の宮［＝敦康親王］の御こと［＝立坊］を、［隆家は］さりともさりともと待ちたまふに、一条院の御悩重らせたまふきはに、御前にまゐりたまひて、御気色たまはりたまひければ、「あのことこそ、つひにえせずなりぬれ」と仰せられけるに、「『あはれの人非人や』とこそ申さまほしくこそありしか」とこそのたまうけれ。さて、まかでたまうて、わが御家の日隠の間に尻うちかけて、手をはたはたと打ちゐたまへりける。世の人は、「宮の御ことありて、この殿、御後見もしたまはば、天下の政はしたたまりなむ」とぞ、思ひ申しためりしかども、この入道殿の御栄えの分けまじかりけるにこそは。（道隆伝　二七四〜二七五頁）

また、当然のことながら、敦康が立太子した場合は、道長の栄華は実現しなかったことが改めて確認されているのである。つまり、一条の願いは、道長の障害となるものでもあった。

以上のように、円融・一条両天皇は、兼家と道長を阻害する存在としての面が強調して語られていることが確認できた。それでは、道長の孫である後一条天皇と後朱雀天皇はどのように描かれているのだろうか。

この当代［＝後一条］や東宮［＝後朱雀］などの、まだ宮たちにておはしましし時、祭見せたてまつらせたま

ひし御桟敷の前過ぎさせたまふほど、殿［＝道長］の御膝に、二所ながら据ゑたてまつらせたまひて、

（師輔伝　一五九～一六〇頁）

後一条天皇の即位により、道長は摂政となった。その後一条は、円融・一条とは違い、道長に取り込まれる存在として描かれていると言えよう。それは、道長の膝の上で背後から抱かれる姿に象徴されている。つまり、ここで一条・後朱雀両天皇は、摂関家の阻害因子としての円融系から切り離されていると考えられるのである。

ところで、ここで二人のいつきの宮の存在に注目したい。一人は大斎院選子、いま一人は、三条天皇時代の斎宮当子である。選子は五代の斎院を務めた人物であるが、『大鏡』において彼女は重要な役割を果たしている。

この当代［＝後一条天皇］や東宮［＝後朱雀天皇］などの、まだ宮たちにておはしまししし時、祭［＝賀茂祭］見せたてまつらせたまひし御桟敷の前［大斎院選子が］過ぎさせたまふほど、殿［＝道長］の御膝に、二所ながら据ゑたてまつらせたまひて、［道長］「この宮たち見たてまつらせたまへ」と［選子に］申させたまへば、［選子は］御輿の帷より赤色の御扇のつまをさし出でたまへりけり。殿をはじめたてまつりて、「なほ心ばせめでたくおはする院なりや。かかるしるしを見せたまはずは、いかでか、見たてまつりたまふらむとも知らまし」とこそは、感じたてまつらせたまひけれ。院［＝選子］より大宮［＝彰子］にきこえさせたまひける、

ひかりいづるあふひのかげを見てしより年積みけるもうれしかりけり

御返し、

もろかづら二葉ながらも君にかくあふひや神のゆるしなるらむ

げに賀茂明神などのうけたてまつりたまへればこそ、二代までうちつづき栄えさせたまふらめな。このこと、「いとをかしうせさせたまへり」と、世の人申ししに、前の帥［＝隆家］のみぞ、「追従ぶかき老狐かな。あな、愛敬な」と申したまひける。

（師輔伝　一五九～一六一頁）

これは、前に掲げた記述に続くものである。賀茂祭の日の後一条天皇と後朱雀天皇を見た選子が、二人を祝福する歌を詠む逸話である。世の人々は、この選子の振る舞いを「をかし」と賞賛したが、隆家だけは、「追従ぶかき老狐」と、痛烈に非難するのである。これは独り、選子にのみ向けられた台詞ではない。斎院という、王権を保証する立場である選子からの祝福が、この隆家の言葉によって台なしになってしまうのである。一見、後一条・後朱雀への言祝ぎのエピソードであるかのように見せつつ、不穏な言辞で締めくくる、この記述は、ただ隆家の負け惜しみとのみ理解してはならない。

一方の当子であるが、彼女は父帝の退位により、斎宮を退任し都に戻る。その後、道隆の孫である道雅と恋愛関係になり、父三条天皇の怒りをかう(4)。退任後のことであり、世の人は同情を寄せたというが、三条天皇の怒りは激しく、彼女を出家させたと『大鏡』では語られている。実際には、当子の出家は病によるものであり、道雅との恋が原因ではないらしい。しかし、『大鏡』は、事実を曲げて、このような逸話を語るのである。これは、三条天皇が自らの威信を傷つけるものに対して、強い態度で臨む人物であることを強調するエピソードであると言えよう。

五　三条天皇の特異性

先に、冷泉系の天皇たちが、摂関家の繁栄を保証する存在として描かれていることは述べた。しかし、ここでもう一度、三条天皇に目を向けてみたい。

ことの様体は、三条院のおはしましけるかぎりこそあれ、うせさせたまひにける後は、［敦明親王は］世の常の東宮のやうにもなく、殿上人まゐりて、御遊びせさせたまひや、もてなしかしづき申す人などもなく、いとつれづれに、まぎるるかたなく思し召されけるままに、心やすかりし御有様のみ恋しく、ほけほけしきまでおぼえさせたまひけれど、三条院おはしましつるかぎりは、院の殿上人もまゐりや、御使もしげくまゐり通ひなどするに、人目もしげく、よろづ慰めさせたまふを、院うせおはしましては、世の中のものおそろしく、大路の道交ひも、いかがとのみわづらはしくふるまひにくきにより、宮司などだにも、まゐりつかまつることもかたくなりゆけば、まして下衆の心はうかがはあらむ、殿守司の下部、朝ぎよめつかうまつることなければ、庭の草もしげりまさりつつ、いとかたじけなき御すみかにてまします。

（師尹伝　一二七～一二八頁）

これは、小一条院の東宮退位の経緯を語る場面である。傍線で示したように、三条天皇の存命中は、その威光が発揮されていたことがわかる。三条天皇は、道長に対抗しうる力を有していたと語られているのである。また、「御心ばへいとなつかしう、おいらかにおはしまして、世の人いみじう恋ひ申すめり」（三条院紀　五三頁）という記述も見え、三条天皇は、世の人々から恋い慕われる存在として描かれていることがわかる。[5]

では、三条天皇と道長との関係はどう描かれているのか。『小右記』に「資平帰来云、相府已不見給卿相・宮殿人等、不悦気色甚露、依令産女給歟、天之所為人事何為」（長和二年七月七日条）とあるように、三条天皇と道長の娘妍子との間に生まれたのが女子であったため、道長と三条天皇との間に溝が深まった。しかし、三条天皇はこの娘（禎子内親王）をことのほか鍾愛したと、『大鏡』では繰り返し語られる。ここでは次の記述に注目したい。

［禎子内親王が］わたらせたまひたる度には、さるべきものを、かならず奉らせたまふ。三条院の御券を持て帰りわたらせたまふけるを、入道殿［＝道長］、御覧じて、「かしこくおはしける宮かな。幼き御心に、古反古と思してうち捨てさせたまはで、持てわたらせたまへるよ」と興じ申させたまひければ、「まさなくも申させたまふかな」とて、御乳母たちは笑ひ申させたまける。冷泉院も奉らせたまけれど、［道長］「昔より帝王の御領にてのみさぶらふ所の、いまさらに私の領になりはべらむは、便なきことなり。おほやけものにてさぶらふべきなり」とて、返し申させたまひてけり。されば、代々のわたりものにて、朱雀院の同じことにはべるべきにこそ。

（三条院紀　五〇～五一頁）

三条天皇が「帝王の御領」である冷泉院を禎子内親王に譲ろうとしたことを記した逸話である。ここでも、前に述べた「雲形」と同様に、レガリア的なるもの[6]を禎子内親王へ移譲しようとする三条天皇の姿が描かれている。その一方で、道長はそれを阻止する役割を果たしている。言い換えれば、禎子内親王は、後一条・後朱雀とは異なり、道長から切り離された存在として描かれている。また、三条院が三条から禎子へと移譲されていることは看過できない。後三条天皇という諡が、後三条自身の遺言によるものであったことからしても、三条院の持つ意味合いは大きい[7]と言えよう。

【系図2】

以上見てきたように、『大鏡』は皇統を意識的に語ろうとする姿勢があることが看取される。円融・一条の両天皇は、道長を阻害する存在として描かれている。しかし、後一条天皇は、その系統からは切り離されて、道長に取り込まれてしまう。そして、一方の冷泉系の帝たちは、兼家・道長父子の栄華を保証する存在として造型されているのである。しかしながら、三条天皇は、祖父兼家との関係を強調される一方で、道長と対立する存在として描かれている。そしてそれは、三条天皇が後三条天皇の祖であることを強調するためになされたものなのである。

注

（1）「虚構〈同時代史〉の語り手――『大鏡』作者のおもかげ――」（『益田勝実の仕事2　火山列島の思想』ちくま学術文庫、二〇〇六年二月、初出一九六六年）

（2）木下美佳は、『伊勢物語』における清和天皇関係章段は、清和天皇の王権を阻害するものとして機能すると説く（「『伊勢物語』における清和天皇」本書掲載）。

（3）「『大鏡』における兼家と三条天皇―もうひとつの系譜―」（『中古文学』第七六号、二〇〇五年十月）

（4）当子の密通事件に関しては、井上真衣「物語における斎宮のモチーフとその効果―『栄花物語』当子内親王密通記事に関連して―」（『詞林』第四二号、二〇〇七年十月）に詳しい。

（5）保立道久は、「眼病に悩んではいたものの、決して優弱な王ではなく、通例のように、即位後、意気込みをもって代替わり新制にとりくんだ」（『平安王朝』岩波新書、一九九六年）と、三条天皇の政治姿勢を説く。

（6）荒木浩「坂上の宝剣と壺切―談話録に見る皇統・儀礼の古代と中世―」（本書掲載）

（7）深沢徹は、「反淳素」という文言に注目し、冷泉系の正統性を論じる。（「天下を淳素に反すべし！―『愚管抄』に見る転換期のロマンティーク」（『愚管抄』の〈ウソ〉と〈マコト〉』森話社、二〇〇六年、初出二〇〇四年））

＊本文の引用は、『大鏡』は新編日本古典文学全集（橘健二・加藤静子校注訳、小学館）に、『小右記』は大日本古記録（岩波書店）に拠った。なお、［　］内は私に補った箇所、…は省略した箇所であり、傍線も稿者が私に付したものである。また、私に表記を改めた部分がある。

第二部　中世の皇統迭立と文学形成

Ⅰ　院政期から中世への視界

坂上の宝剣と壺切
——談話録に見る皇統・儀礼の古代と中世——

荒木　浩

一　忠実と剣の逸話

応保元年（一一六一）と注記された知足院関白・藤原忠実の談話の中に、次のように連続する二条がある。

（忠実が）仰せて云はく、「車の後に乗るは、束帯の時は先に乗る人は車の右に居て左に向かひ、次の人は左に乗りて右に向かふ。但し、帯剣の人は、前の人頗る角を向きて乗り、後の人は剣を解きて乗る。子孫等に至りては、前の人は前に向かひて仁王乗りに乗り、後の人はその後に乗るなり。後の人は剣を解かず。故大殿の御車の後に乗りたりし。悪しく乗りて御剣を敷き折りたりしかば、「もつての外に貧窮がたな」と仰せられし。その剣は今にあり」と。（『富家語』一五六）

仰せて云はく、「式部卿敦実親王の剣という物を持ちたり。故白川院の召ししかば進らしめ畢んぬ。その剣は定めてこれ鳥羽院にあらむか。件の剣は、延喜の野の行幸に、件の剣の石突を落とさしめ給ひたりければ、「希有の事なり。古き物を」とて、大きに歎きて、高き嶺の上にうち登りて御覧じければ、御犬の件の石突を食はへて持て参りたると云々。これ、件の剣の高名の事なり。

件の剣は、雷鳴る時には自ら抜くと云々。しかれども、いまだしからず。また、故殿の恐れしめ給ひて抜くべからざる由仰せらる。しかるに、不審なるに依りて、余、或る者をもつて抜きて見せしめしところ、「すこし峰の方に寄りて、金をもつて坂上の宝剣とあり」とぞ聞くなり」と。

（同一五七、新日本古典文学大系『江談抄　中外抄　富家語』）

二番目の一五七話の説話について、新大系校注者の池上洵一は「敦実親王の剣にまつわる逸話。剣に関わる話題で前条と連関。古事談一・9は本条に依拠するが、叙述の順序を変えている。古今著聞集二十・675は古事談に依拠した同話。」と説明する（同脚注）。若干の補足をすれば、貧窮刀と宝剣という、対照的な「剣に関わる話題」の中で、いずれも説話に〈失錯〉がまつわる。また「故殿」藤原師実（忠実の祖父にして義父）が登場してその伝来に関わり、剣はともに忠実のもとに至る、という共通点もある。ただし前条で、忠実が車に乗る時に折れてしまった剣はそのまま伝えられて、貧乏くじのように今も忠実のもとにあるが、坂上宝剣のほうは、白河院よりお召しがあって久しい以前に（白河院は大治四年〔一一二九〕に崩御）献上したのだ、と忠実は語る。だからいまは鳥羽院（＝鳥羽殿）に伝来するのだろう、と。鳥羽殿には勝光明院という宝蔵（＝鳥羽の宝蔵）があった。所持と非在と、そして「もっての外」の貧窮と「高名の」霊宝と。その対比もまた、忠実談話の関心であったとおぼしい（以上、傍線部他参照）。

一五七話に描かれた物語は、宇多八の宮（第九皇子と伝承する資料もある）敦実親王を理解する上で、注目すべき意味を持つ一逸話であるが、(1)『富家語』に記録された忠実の語りの視点では、敦実という人物を殆ど焦点化しない。自家に伝来した剣と、当主であった師実、そして自分との関わりにそれはもっぱら向かっている。

この説話は、如上の『富家語』の記録によってはじめて、そして単系的に後世に伝来されることとなった。とはいえ、あるいはだからこそ、『富家語』の語り方に、この伝承の持つすべての要素が明確に表象されている、などと考える必要はない。多くの伝承説話の場合と同様に、伝承者である忠実が、より大事な部分を語り損ねたり、或いは逆に、無自覚に伝承してしまっていることもありうる。忠実はこのとき八十四歳。翌年に薨去する。記録としてはこのかたちだけが残されているが、『中外抄』『富家語』という彼の二つの談話録内でいくども共通する話題が語られていたように（新大系脚注参照）、忠実自身、自家の重宝であった宝剣についてのこの逸話を何度か思い返し、時には談話の状況に合わせて、いささかスタイルを変えて語っていたであろうことも、想像しやすいことである。

この談話の記録を、もう一度そうした動きのある語りの場や伝承発生の地点に戻して、説話の全き可能態について考えてみたい、という目論見が、ひとまず本稿の起点となる。

二　敦実親王と坂上の宝剣

ただし、右の説話以外に別系統の伝承資料に恵まれない今日では、その復元を行うことは簡単ではない。もっとも、かつてそうした試みらしきことが行われたことはある。『富家語』の記述を承けながらも、いくつかの微調整と再構成を行い、結果的に大きく説話のテーマを異にして描き出すことになった、『古事談』の叙述がそれである。

延喜の野行幸の時、腰輿に入れらるる御剣の石付落ち失ふ、と云々。「希有の事なり。古き物を」とて大きに驚かしめ給ひて、たかき岡の上にて御覧じければ、御犬の件の石付をくはへてまゐりたりければ、殊に興じて悦ばせ給ひけり。

件の剣は、敦実親王伝へ給ひて、身もはなたず持たせ給ひたりけり。雷鳴の時は自ら脱く、と云々。京極大殿伝へ取りて持ち給ひたりけるを、白川院聞し食して召しければ、進られをはんぬ。後には自ら脱くる事はなかりけり。大殿は恐れさせ給ひて、一度もぬかせ給はざりけるを、知足院殿わかく御し坐す時、不審に堪へず、或る者を以てぬかせて御覧じければ、頗る峯の方によりて、金にて坂上宝剣といふ銘ありけり。

（『古事談』一—九、新日本古典文学大系『古事談　続古事談』）

『古事談』は、『富家語』の記述から「件の剣の高名」云々の叙述及びそれが鳥羽院に所在する、という剣というモノに関わる要素を削除し、「叙述の順序を変えて」（前掲新大系脚注）、出来事の発生順に時系列を整え、敦実を説話の中心人物の一人として形象する。そして波線部のように記述を微調整し、傍線部など、『富家語』にはない文言を付加することで、談話は一編の物語のように面変わりをした。それは単なる改変ではない。埋もれていた意味が、いくつか前面に押し出されるかたちで実現されることになった、と考えられる点に注目したいのである。以下『古事談』の表現に即して、説話世界を解読してみよう。

野行幸で、醍醐天皇が「腰輿に入れ」ておいた御剣の石突き（鞘の先端部分）を落としてしまう。帝は古宝物である故に紛失を驚き嘆き、岡の上に上ってあたりを見れば、行幸に随行した犬が、それを銜えて持ってくる。その奇瑞の説話が前半である。もっとも『新儀式』によれば、野行幸の際には、帝は時に「岡上」に上って四方を御覧ずるものであり—「或上レ岡御二覧四方一」という『新儀式』「野行幸」（群書類従）の文字面に『古事談』はより近づけていることにも注意される—、鷹狩りには犬と犬飼が付き従う。故実は滞りなく行われ、その故にまた遺失物も戻ったという、故実起源説話の側面もそこにある。

ここで『古事談』は「殊に興じて悦ばせ給ひけり」という記述を付加している。醍醐帝の歓喜は、古き宝剣が失われず再発見された悦びとともに、故実が守られ、そして犬までが君に対して不思議の奉公を行う、といった威信の浸透にまで及ぶ。そしてさまざま重畳するその慶びの理由に必ず含まれるはずのこの宝刀の価値と霊威は、続く付加文、剣を伝領した敦実が「身もはなたず持たせ給ひたりけり」という叙述と呼応する。宝剣には、そもそもそうした身を離さない保持性の中での伝領が必然的な要素として付随するが[2]、そうしたかけがえのない宝剣を、醍醐帝は「腰輿に入れ」るだけだったために落としてしまった。その剣を伝領した敦実は、この失錯の故事を教訓に、霊威を取り込めて、自ら肌身離さず持っていた、という文脈が発生する。敦実はいつしかこの剣へ、特別の思いを寄せるようになっていたのである。

その剣は「雷鳴の時は自ら脱く」と『古事談』は連続して叙述する。ただし「身もはなたず持」っていて、他人は近づくこともできない、というのであれば、その霊剣性はすでに、彼のみの占有である。当時は敦実がひとり、その霊験を信じ語っていた、と説話は含意する。そして『古事談』は、「京極大殿伝へ取りて持ち給ひたりけるを、白川院聞こし食して召しければ、進られをはんぬ。後には自ら脱くる事はなかりけり」と続ける。「聞こし食して」を付加することで、白河は、その霊剣の評判を聞きつけて召し上げたという、ごくありうべき、しかし『富家語』にはない情報を付加する。一方で、白河院伝領後は、霊性が失われてしまった、と挟み込むように記述する。それ以前までは霊性が維持されていたか、すくなくとも敦実の遺志として信じられ伝承されていた、という物語が構成されることになる。

ところが『富家語』には、「雷鳴る時には自ら抜くと云々。しかれども、いまだしからず」とある。忠実は、雷が鳴るときには自然に抜ける、という伝説の所在は了解していたが、自分が知る限り、そんなことは未だかつて無かったと、霊性不能の実感を確認するのである。すると、忠実にはそれで合理的な心性が充足されても、「いまだ」という語が利いて、これでは伝承の抹消になってしまう。忠実にも神秘の伝説自体は届いていたが、懐疑的であった彼は、今は摂関家の中で自分だけが占有する眼前にあるモノの現象を根拠に、宝剣の霊験を懐疑しようとするかのようだ。伝承のみではない。そこに潜んでいたはずの、敦実の宝剣をめぐる思いと物語自体を、否定もしくは忘却して、宝剣物語の中から敦実の所在を排除したようなかたちになっているのが、『富家語』の談話であった。

敦実の思いと坂上宝剣にまつわる説話として本話を捉え直してみれば、『富家語』より、むしろ受容した『古事談』のほうが伝承の本質に即している。忠実の語りが、自家に伝領した「高名の」「剣の話題」を軸に談話しているために消されかけた文脈を、『古事談』が説話的に復元した、と見ることもできるのである。

『富家語』での語りは、忠実まで伝領所持していた宝剣を、忠実自身が白河院に献上した、という事実が大前提である。ところが『古事談』はそうなっていない。『富家語』の「進らしめ畢んぬ（令進畢）」という記述の「令（しめ）」を「進られをはんぬ（被進了）」と「被（られ）」に変え、師実を主語として、彼の伝来、白河のお召し、そして献上と続けている。白河への献上は「らる」で表され、直前に描かれた伝領者師実の行為として読解される。「しむ」と「らる」とは、尊敬の意を表すとき、同義的に働く。それは巧みな転換であった。そう変換しておいて、以下の文脈でも、若さ故の不審・好奇心から抜刀する忠実を登場させる。忠実への伝来を前提に書かれた『富家語』の叙述を、師実時代の献上と変えた『古事談』改編の文脈は、そうして矛盾を排除しようとする。忠実（一〇七八～一一六二）がこの剣と接し得たのは、師実（一〇四二～一一〇一）が白河へこの剣を献ずる以前、即ち二十四歳以前のことだ、という説明である。そのせいか、『富家語』では剣を抜かせて見せたが、師実の言いつけを守り、もしくは懼れて、自分はそこに書かれていた「銘」を見たのではなく、「とぞ聞くなり」という伝聞の体をとった。『古事談』には「ぬかせて御覧じければ」とある。使役は抜かせたことに限定され、自分で「御覧」になった、と実見を読み取れる表現に変えられている。ほぼ同文的同話であったはずの『富家語』説話と、いつのまにか記述は完全に逆転するが、それは明らかに確信的な語り換えである。

だからこのことは、説話の改編に於いてよくあるような、物語的な連絡や誇張などという、一般的なレベルで解決すべき問題ではない。『古事談』を通覧すると、ここで形成した表現が孤立したものではなく、同巻一の近接箇所にある類話と呼応し合うことにも気付く。

陽成院、邪気に依りて普通ならず御坐す時、璽の筥開けしめ給ひたりければ、筥の中より、白雲の起りければ、天皇恐懼せしめ給ひて、打ち棄てしめ給ひて、木氏の内侍を召して、からげさせられけり。木氏内侍は、筥からぐる者なり。近代は之れ無し。又た宝剣を脱かしめ給ふ時、夜の御殿の傍の塗籠の中、ひらひらとひらめきひかりければ、恐れ御してはたと打ち棄てて御したりければ、はたとなりて、自らさされたりけり。其の後更に脱かれざるなり、と云々。

（『古事談』一―四）

この逸話は、十七歳という、文字通り「わかく御し坐す時」退位を余儀なくされる陽成が、在位時に「不審」ならぬ「邪気に依りて」宝剣を抜刀した、というものである。ここで神器としての宝剣が自ずから成した霊異は、抜けることではなく、パチンと差されることであった。『日本書紀』の一書などには、草薙の剣が自ら抜けた、という逸話も存する。[3] 抜刀による怪異を怖れた、という叙述、その後、抜かれなかった（ここでも「れ」の表現性は曖昧である）、という表現なども含めて、背中合わせの類似性が明かである。「雷」という語は出てこないが、存在したも同様。「ひらひら」というオノマトペに、雷のイメージが内在するからである。同じ説話を『平家物語』は次のように描いていた。

陽成院狂病にをかされまし〳〵て、霊剣を抜かせ給ひければ、夜るのおとゞひら〳〵として、電光にことならず。恐怖のあまりに、なげ捨てさせ給ひければ、みづからはたとなッてさやにさゝれにけり。

（『平家物語』巻十一・剣、新大系[4]）

この陽成院の説話も、ほぼ同文の内容が『富家語』にある。そしてここでも『古事談』は、ごく僅かながら『富家語』説話に手を入れ、説話世界を微調整していた。以下の叙述の二重傍線部を対比してほしい。

「…陽成院璽の筥を開けしめ給ふに、その中より白雲起つ。時に、天皇恐じ怖れてうち棄てしめ給ひ、木氏の内侍を召してからげさせらると云々。件の木氏の内侍は筥をからぐる者なり。近来はなし。また、剣を抜かしめ給ふ時、夜御殿の傍の塗籠の中、ひらひらとひらめきひかりければ、恐れて、はくとうち棄て給ひければ、はたと鳴りて自づからさされけりと云々。その後は聞かず」と。

仰せて云はく、「固関と云ひし様に覚ゆるなり」てへり。（『富家語』一八三）

『古事談』とは、引用や説話の区切りを示す「云々」の位置が微妙に異なる。その後は抜かれなかった、という一文に対応する語は『富家語』の「云々」の中にはない。対応するのは、その外側の忠実の言葉、「その後は聞かず」である。ただし、ここには、「その後は開かず」という読みうる本文の問題があり(5)、また文脈上、「固関」という後段の談話に関わる読みも想定され（新大系脚注参照）、表現上、必ずしも明快ではない。それを『古事談』は、「其の後更に脱かれざるなり」と記述して抜刀のことであることを明示し、そこまでを説話として「云々」で括るのである(6)。

この表現改訂によって、陽成抜刀説話の内容が鮮明に叙述されることになる。しかしそれが『古事談』叙述の達成のすべてではない。『古事談』一―九、坂上宝剣説話に於ける「大殿は恐れさせ給ひて、一度もぬかせ給はざりける」という一節と、陽成抜刀説話の文章表現が接近することがより大事である。先に見た如く、出典の情報量をほぼそのまま受け継ぎながら、こうした解釈と整序とを経て、両説話相互があたかも裏返しに対応するかのような相似形をなすのである。

三　『古事談』と皇統観

後にもあらためて触れるが、『古事談』は、皇統の継承と転換をめぐって潜在する意志や状況に、強い関心のある説話集である。敦実と坂上宝剣の説話も、その配列は、巻一王道后宮の巻頭付近、一連の、醍醐天皇に関する逸話の中にある。先の読み替えや意味の発掘も、『古事談』の自覚的な方法に立脚する、すぐれた解釈であった。「古事談に依拠した同話」であるはずの「古今著聞集二十・675」ではすでに、『古事談』の表現を汲み損ない、『富家語』に先祖返りをしてしまっていることも、そのことを傍証する。

延喜野行幸に、御剣のいしづきをおとさせ給たりければ、「希有の事也。ふるき物を」とて、おぼしなげかせたまひて、たかき塚のうへにうちあがらせ給て、御覧じければ、御犬件のいしづきをくはへてまいりたりける。これは剣の高名なり。其剣は、雷鳴の時はみづからぬくといへり。しかあれども、今の世にはしらず。京極大殿はおそれをなして、「ぬくべからず」とぞ仰られける。しかあれども不審によりて、或人をもてぬかせて御らんじければ、みねのかたによりて、金をもて坂上宝剣と蒔たりけり。知足院殿、つたへてもたせ給たりけるを、白河院よりめされければ、まいらせられにけり。式部卿敦実親王の剣といふはこれとなり。

(『古今著聞集』巻第二十魚蟲禽獣第三十・六七五　延喜野行幸に御犬御剣の石突を銜へ来る事、古典文学大系本文に古典集成を参照した)

叙述順は『古事談』を承け、物語としては一見同形に見える。ところが先に指摘した『古事談』独自の付加部分は、ここではことごとく脱落し、変更箇所も一部『富家語』に復している(傍線部)。説話の焦点を敦実と宝剣の神秘との関わりと思いに集約した感のある『古事談』の説話叙述は、ただ「敦実親王の剣といふはこれとなり」とその命名だけをいう形にもどってしまった。霊威についても、「といへり。しかあれども、今の世にはしらず」とはいかにも苦肉の策だろう。『富家語』の叙述に復帰させつつも、「いまだ」と忠実が行った伝承の全否定と、『古事談』の説話形成に姑息な折り合いを付け、編者成季の現在から、かつてそういう伝承はあったが、今日までそのようであるかは不明なのだ、と逃げている。献上もまた、「まいらせられ」と「られ」を用いながら、伝領者を忠実に変え、『富家語』と同様、忠実の行為となるように文章構成しているのである。

こうした似て非なる『古今著聞集』の説話を読んでみると、『古事談』の独自性が逆によくわかる。たとえば、『著聞集』では、あの延喜野行幸に敦実が随行していたかどうか、そもそも全く問題になっていない。そういえば、『富家語』も同様であった。しかし、醍醐の宝剣落失と敦実親王の宝剣堅持とが一体のように語られていた『古事談』の形は、そうではないように思う。野行幸にもきっと敦実は随行しており、その発見の感激を共有して、伝領への思いが重なり高まったと、説話は語ろうとしているのではないか。『古事談』作者にとって、極めて近い説話群を描く重要な作品として常に意識のうちにあったと覚しい『大鏡』が、敦実の親王時代の逸話として唯一取り上げたのが、実際に醍醐の野行幸に随行した敦実と犬、さらに帝王の象徴の鳳輿（『古事談』一―五の説話参照）にまつわる逸話を語る説話であったことに注目しよう。[7]

（世継）「…六条の式部卿の宮（＝敦実）と申ししは、延喜（＝醍醐）の帝の一つ腹の御兄弟におはします。野行幸せさせたまひしに、この宮（＝敦実）供奉せしめたまへりけれど、京のほど遅参せさせたまひて、桂の里にぞまゐりあはせたまへりしかば、御輿とどめて、先立てたてまつらせたまひしに、なにがしといひし犬飼の、犬の前足を二つながら肩に引き越して、深き河の瀬渡りしこそ、行幸につかうまつりたまへる人々、さながら興じたまはぬなく、帝も、労ありげに思し召したる御気色にてこそ、見えおはしましか。さて、山口入らせたまひしほどに、しらせうと言ひし御鷹の、鳥をとりながら、御輿の鳳の上に飛びまゐりて居てさぶらひし、やうやう日は山の端に入りがたに、光のいみじうさして、山の紅葉、錦をはりたるやうに、鷹の色はいと白く、雉は紺青のやうにて、羽うちひろげて居てさぶらひしほどは、まことに、雪少しうち散りて、折節取り集めて、さることやはさぶらひしとよ。身にしむばかり思ひたまへしかば、いかに罪得はべりけむ」とて、弾指はたはたとす。（『大鏡』道長（雑々物語）、新編日本古典文学全集）

『大鏡』は、『古事談』一―三四末尾に言及される醍醐天皇の寒夜に衣を脱ぎ投げた説話に続いて右を記し、引き続き醍醐天皇の帝王としての人物性へと記述を連ねる。以上は、『古事談』説話の理解に興味深い傍証となると思う。

こうして、坂上宝剣説話に潜在する王権と宝剣との結びつきの深層を、『古事談』は見事に掘り起こし、焦点化して希有に表現した、と言えるのである。

四　『古事談』の方法と敦実・坂上の宝剣

このように『古事談』説話を資料批判した上で考えてみたいことは、この説話が炙り出した坂上宝剣のレガリア性と、敦実自身のこだわり・執着の深度の相関である。『新日本古典文学大系　古事談　続古事談』の脚注から関連する部分を抜き出してその問題を確認し、次いで補足を試みてみよう。

（注七）（敦実は）宇多第八皇子。この剣（＝坂上宝剣）は、朝廷の守り、皇位継承のしるしと考えられていた（→注一二）から、一時敦実はその可能性があったのか。「身もはなたず」という、執着を伝える表現は富家語になし。

（注一二）（坂上宝剣には）金の象嵌の銘があった。この剣は『増鏡』八に、「朝の御まぼりとて田村の将軍（坂上田村麻呂）より伝はりまいりける御はかし」とあるものに同じ。後嵯峨院の死（文永九年〈一二七二〉）後、亀山天皇に伝えられた（兄の後深草院を越えて）。その後、亀山院は、昭訓門院瑛子（従一位太政大臣西園寺実兼の二女）との間に親王恒明が生まれたとき護身刀として授けている。『公衡公記（昭訓門院御産愚記）』乾元二年〈一三〇三〉五月九日とその裏書によると、この「田村将軍剣」は刀身両面に金象嵌の銘があり、「上上上　不得他家是以為誓謹思」「坂家宝剣守君是以為名」。鯰尾の剣で、鮫柄・銀の鐔・平鞘・白銀の責・石付、黒地に胡人狩猟図を金に蒔く。「頗古物宝物歟」と記す。

※前話の「風」が当話の「雷」に結ばれ、剣の霊威は第四話に連なる（→一三頁注七）。坂上（坂家）宝剣については、中国から伝わって宮中にあったそれを坂上田村麻呂に賜り、田村麻呂が銘を入れて、天皇を守るための護身剣としていたものを、その没後天皇家に献上されたのではないかとする説がある（水野正好・田島

公)。とすると、嵯峨から醍醐まで天皇御物、醍醐と同母の敦実から六条源氏へ、雅信女の倫子から道長を経て摂関家へ、そして忠実(富家語。本話では師実)から白河へ再び御物に、という経路が考えられる。(引用に際し一部記述を訂補した。以下同じ)

たとえば「醍醐と同母の敦実から六条源氏へ、雅信女の倫子から道長を経て摂関家へ」という伝来は、宝剣の伝来と一体であるはずの敦実説話の発端と伝承を、おそらくはなぞるであろう。そこに介在する雅信・倫子、そして道長へ、という系譜は、私に考える敦実親王の『源氏物語』への寄与(准拠もしくはモデルとして)を考える際に重要な伝流である。音楽に堪能で、しかも皇位継承に巻き込まれつつ、結局はそれを果たせなかった、という、宇多八の宮と宇治八の宮を結びつける、明確な根拠の場が示されるからである。(8)

そして『増鏡』によれば、坂上宝剣は「朝の御まぼり」と定義され、後嵯峨院死後、「亀山天皇に伝えられた(兄の後深草院を越えて)」。後深草は深く不満を抱く。あたかも両統迭立期に、この坂上宝剣は、明確にレガリア的な意味づけを担って伝領されはじめる。それは院・治天の君(後嵯峨)から次の治天の君を期待され、大覚寺統を形成することになる帝(亀山)へ譲られ、またその亀山から、両統迭立の正式な始まりとなった後二条天皇のとき、末子として生まれた親王(恒明)へ与えられるなど、興味深い軌跡を残して動いていく。

坂上宝剣伝来の中で、鎌倉初期、承久の乱以前に成立する『古事談』は、興味深い時系列の中に存していた。坂上宝剣のレガリア性を再認識してみると、『古事談』が敦実の形象について出典に付加して、「身もはなたず持たせ給ひたりけり」と描き出し復元していたことも、あらためて再読を要する。神器としての宝剣の場合、「古代の摂関政治期の天皇は神器に緊縛され」、「天皇と宝剣は不二一体であり」、本源的に天皇と一体に、常に身近に存するものでなければならなかった(益田勝実「日知りの裔の物語―『源氏物語』発端の構造―」(『火山列島の思想』筑摩書房、一九六八年))。また「太刀契」という神器に準じるレガリアについて、『禁秘抄』は、醍醐御子・村上天皇に関説して、「天暦ノ帝付宝剣ノ帯取、不離御身云々。誠ニ我ガ至極之重宝ナル者也」とも述べる。先の説話の「身もはなたず持たせ給」うという描写は、まさしく坂上の宝剣を神器としての宝剣と見なしてその相似性に連なろうと信じ、希求し、執着する、敦実の願望を表象する。『古事談』の配列もまた、そうした皇統への意志を読み取りやすい構造を形成していたのである。

『古事談』の敦実と坂上宝剣に関するあの説話形象は、叶えられなかった敦実の皇位への思いを、『古事談』独自の読み取りで復元しつつも、その思いが結局ははかない空振りに過ぎず、しかもその剣の霊力は、御物になったとたんに消失したと、いささか皮肉に語ろうとしていた。それはいかにも『古事談』好みの説話形象であった。『古事談』巻一の敦実宝剣説話周辺の配列は、皇位継承可能なものとその周辺にある人々の皇統への思いの強さ、また状況の圧迫と、それがまた空しく潰え、候補者が、あるいは皇統自体が途絶したりすることを好んで取り上げ、対比しようとするのであった。

（一―一）称徳天皇、道鏡の陰、猶ほ不足に思し食されて、薯蕷を以て陰形を作り、之を用ゐしめ給ふ間、折れ籠る、と云々。仍りて腫れ塞がり、大事に及ぶ時、小手尼〈百済国の医師、其の手嬰子の手の如し〉見奉りて云はく、「帝病愈ゆべし、手に油を塗り、之を取らんと欲ふ」と。爰に右中弁百川、「霊狐なり」と云ひて、剣を抜き、尼の肩を切る、と云々。仍りて療ゆること無く、帝崩ず。（中略）

神護景雲二年正月、道鏡を以て法皇と為し、西宮前殿に居らしむ。大臣以下百寮拝賀す。同四年八月四日、天皇西宮前殿に崩ず〈五十三〉。…（以下、「続日本紀に云はく、「光仁天皇の御宇、同二十一日、皇太子の令に云はく」、道鏡「奸謀発覚」、「造下野国薬師寺別当に任じて発遣す」などの経緯を叙す）

（一―三）清和天皇は、嘉祥三年十一月二十五日に皇太子と為る。誕生の後纔に九ヶ月なり。先是童謡有りて云はく、

「大枝を超えて奔り超えて騰がり躍り超えて、我が護る田にて捜りあさる、食む志岐雄雄志岐な」と。識者以為へらく、大枝は大兄を謂ふなり。其の時文徳天皇に四人皇子有り。第一〈惟喬〉、第二〈惟条〉、第三〈惟彦〉、第四〈惟仁、清和天皇是れなり、と云々〉。天意若しくは曰はく、「三兄を超えて立つ。故に此の三超の謡有るか」と。…

（一—五）陽成院、御邪気大事に御坐す時、儲君御坐さざるに依りて、昭宣公親王達のもとへ行き廻りつつ、事の躰を見給ふに、他の親王達はさはぎあひて、或いは装束し、或いは円座とりて、奔走しあはれたりけるに、小松帝の御許にまゐらせ給ひたりければ、やぶれたるみすの内に、縁破れたる畳に御坐して、本鳥二侯に取りて、傾動の気無く御坐しければ、「此の親王こそ帝位には即き給はめ」とて、御輿を寄せたりければ、「鳳輦にこそのらめ」とて、葱花には乗り給はざりけり。

此の事に依り陣定の時、融左大臣帝位の志有りて云はく、「近々の皇胤を尋ねらるれば、融等も侍るは」と云々。昭宣公云はく、「皇胤為りと雖も、姓を給はり只人にて仕はれぬる人、即位の例如何」と云々。融舌を巻きて止みぬ。

（一—七）寛平法皇、京極御休所と同車して、川原院に渡御し、山河の形勢を歴覧す。夜に入りて月明し。御車の畳を取り下ろさしめ、仮に御座と為す。御息所と房内を行はるる間、塗籠の戸を開き、出づる声有り。法皇問はしめ給ふに、対へて云はく、「融に候ふ、御息所を賜はらむと欲ふ」と。法皇答へて云はく、「汝在生の時臣下為り。我れ天子為り。何ぞ漫りに此の言を出だすや。早く退き帰るべし」てへり。霊物忽ち法皇の御腰を抱く。半ば死に御坐す。前駈等皆中門の外に候するに、御声及び達すべからず。牛童頗る近く侍して御牛を飡ふ、件の童を召して、人々をして御車を差し寄せしめて、乗らしめ御す。御息所顔色無く。起立する能はず。扶け抱きて乗らしむ。還御の後、浄蔵大法師を召し、加持せしむ。纔に蘇生す、と云々。法皇前世の行業に依りて日本の王と為り、宝位を避ると雖も、神祇守護し奉りて、融の霊を追ひ退くるなり。件の戸の面に打物の跡有り。守護神退け入れしめて押し覆ふなり、と云々。（引用の際に傍注記を略した）

称徳天皇は道鏡の「陰」が原因で死去する。称徳はその道鏡を法皇という王にしたかったが、それはならず、結果的にこの一連の経緯によって、皇統は天武系から天智系へ遷る（一―一）。清和天皇は兄を超えて、幼稚の皇太子となり、揶揄するかのような童謡が生まれる（一―三）。陽成天皇の邪気で、皇統は老齢の光孝に逆行する（一―五）。その時皇位を望んだ源融は、光孝の子として即位した宇多の前に霊となって現れるが、「天子」であることを宣言する宇多は、「日本の王」として神祇に守られ、融の悪霊を退ける（一―七）。そうして説話配列は、そのまま、敦実説話を含む醍醐天皇説話群へと続いていく。その後また『古事談』の巻一は、花山天皇の異例に満ちた即位と退位も鮮やかに描き出す（一―一七、同一九～二一など）。

こうした文脈の中に描かれた『古事談』の敦実像は、他の文献から窺えるそれとは異なり、いささか独自の形象として存立する。『平安時代史事典』が敦実を「宇多源氏のうち最も繁栄した。親王は有職に詳しく、また音曲を好み、笛・琵琶・和琴等をのちに伝えた」と評するように、今日、通説では、彼に即位の意志や状況を見て取る理解は存在しない。『大鏡』雑々物語にも「藤氏の御ことをのみ申しはべるに、源氏の御こともめづらしう申しはべらむ。この一条殿（＝雅信）・六条の左大臣殿（＝重信）たちは、六条の一品式部卿（＝敦実）の宮の御子どもにおはしまさふ。寛平（＝宇多）の御孫なりとばかりは申しながら、人の御有様、有識におはしまして、いづれをも村上の帝ときめかし申させたまひしに（中略）父宮（＝敦実）は出家せさせ給て、仁和寺におはしましましかば…」と叙し、もっとも繁栄した源氏の祖としての位置づけで安定している。皇位継承候補者としての敦実と源氏の祖としての敦実と、音楽を介してその両面が彼のイメージを彩る。だから次の説話など、宇多源氏の立場で読み解くべきものなのか、あるいは皇位への含意が潜在するのか、その線引きについて、実はまだ私に明答を得ないものである。

敦実親王、大菩薩御影二躰〈一躰は僧形、一躰は俗形〉を造立し奉り、御供を備へ奉る、祈請を致されて後、拝見し奉らるる処、僧形の御供に御箸を立てらる、と云々。之れに依りて法躰を以て御躰と為し、外殿に安置し奉る、多く田園を寄進せらる、と云々。件の御躰、保延の炎上の時、取り出だし奉らず、焼失、と云々、（下略）

（『古事談』五―三、関連の説話は諸書にある）

石清水は源氏の守護神であり、『古事談』作者も村上の源氏で、また石清水八幡宮祠官家に母方が連なるなど、石清水八幡宮に深いゆかりがある。『大鏡』も先引部に続いて、雅信の石清水信仰、八幡の放生会をめぐる霊験と八幡大菩薩の納受を語る。しかし一方、石清水勧請の起源となった行教の宇佐八幡宮派遣は、幼帝だった清和天皇の即位・治世護持と関わるともされ、後三条天皇を一つの劃期として、石清水八幡宮は天皇家との関わりをより深めていく。敦実の位相を考えるときには慎重に考えたい説話である(9)。

だから私見に依れば、敦実を宇治八の宮の准拠として形象しようとした『源氏物語』の理解が、右の『古事談』の説話継承の有意性を支える、きわめて早い例と言え、注目に値するのである（注(1)所掲拙稿「『源氏物語』宇治八の宮再読」参照）。

五　壺切とその起源

同じく醍醐から伝承される護り刀として、坂上宝剣と極めて近似的に存在しながら、結句あたかも対照的な位置づけを占める剣がある。壺切である。

一　寶釼神璽。

御釼者。神代有《ニ》二三釼一其一也。子細雖レ多《ト》不レ能レ注《スニ》。其後為二寶物一《ト》伝来。而寿永入レ海《ニ》紛失後。院（後鳥羽）御時以後廿余年。被レ用二清涼殿《ノ》御釼一《ヲ》。仍以レ璽《ヲ》為レ先《ト》。（中略、以下寶釼神璽の説明）抑壺切《ハ》代々東宮《ノ》寶物也。又

時々在二公家《ニ》一。延喜《ニ》以二少将定方《ヲ》一被レ渡二東宮《保明ニ》一。是始歟。〈東宮給褂（＝袿）一重。〉（『禁秘抄』群書類従）

『禁秘抄』はこのように、神璽・宝剣に連続して、代々の東宮の宝物としての壺切の位置づけを説く。そこでは、醍醐天皇が東宮保明立太子の日に藤原定方を使者として渡したことを引証し、それが起源になったか、と説明する。その起源と伝流についての詳細は必ずしも単純ではなく、現代にまで至る壺切の所在と伝来については、所功に先行説と史料批判を十分に尽くした優れた概観があり、参照を要する（「「壺切御剣」に関する御記逸文」（『日本「日記」総覧』新人物往来社、一九九四年））。ここでは本稿の論点に即して、基本的には同上論文に従いつつ、若干の私見を加えていま問題の所在を確認しておこう。

壺切の起源については、宇多と醍醐と、この二代の御記の記述が第一次史料である。(10) 所功が本文批判を行って『西宮記』勘物に『扶桑略記』を対校して両書を示しており、それまで知られなかった情報も含まれるので、以下に引用する。

寛平元年正月御記云、大丞相（太政大臣）（＝基経）奏云、昔臣父有二名剣一。世伝二斯壺切一（斯剣壺切）。但有二一名一。田邑天皇（＝文徳）喚二件剣一、賚二陰陽師一。即為二厭法一埋レ土。于時帝崩。陰陽師逃亡。是見レ鬼者也。而不レ知二剣所在一。彼陰陽師居二神泉苑一。爰推二量其処一、堀覓援二得此剣一。抜二所レ着剣一令レ覧者是也。光彩電耀、目驚二霜刃一。還納レ室。令レ候二東宮一剣、如レ此（若是）歟（件事仰二別当一給レ子云々）。

（『宇多天皇御記』寛平元年（八八九）正月十八日条、括弧内は『扶桑略記』による校異。引用は所功前掲論文に拠るが、一部傍記を略し、表記等を変更した）。

召二左大臣一（時平）仰二立太子宣命旨一。…左大臣時平告（奏）曰、貞観故事有二御剣一〔聞二其使一、以二山陰朝臣一為レ之。〕云々。吾又次（始）為二太子一初日、帝（＝宇多天皇）賜二朕御剣一〔名号二切壺一。〕遙存レ心、因以レ之告二大将一（＝定国）。則使二左近少将定方一持二切壺剣一、賜二皇太子一（＝保明）曰、吾為二太子一初、天皇賜二此剣一。故

以賜レ之。定方奏二復命一、賜二禄掛一襲一、

（『醍醐天皇御記』延喜四年（九〇四）二月十日条）

この二条をどう読むか。所功は延喜四年二月十日条の『醍醐天皇御記』について、「左大臣時平（基経男）が、すでに三十数年前の貞観時代、おそらく貞観十一年（八六九）、清和天皇の皇太子として貞明親王（＝陽成天皇、長良女の所生、二歳）を立てるにあたり、摂政良房が所持していた名剣「壺切」を、右近衛少将藤山蔭を使者に立て献上した、との「故事」を醍醐天皇に申し上げたようである」と解釈し、次のような整理を施す。

> 前引の延喜御記をこのように解釈してよいとすれば、（イ）「切壺」御剣が藤原良房（所功は基経父を良房と了解）から献上されたのは、貞観年間（おそらく十一年立太子の際）だけれども、（ロ）それを天皇から皇太子に相伝すべきものとして授けられたのは、寛平五年の立太子時が最初であり、（ハ）それを承けて、延喜四年の立太子に際し「切壺剣」を皇太子に賜わり、以後それが段々と慣例になったのであろう。

如上は、厳密な史料批判を前提とする、興味深い解釈である。特に、清和から陽成へという故事に対する着目は重要である。というのは、陽成から光孝へ、異例の立太子なき（『古事談』一―五には「陽成院…儲君御坐さざるに依りて」、と説明される。後述する陽成譲位・光孝即位の記事をめぐる河内祥輔説参照）皇統の推移があった。代替わって、光孝崩御の前日、二十一歳になり、源氏の姓を承けていた宇多・源定省は慌ただしく朝臣姓を削られ、親王宣下を行う（仁和三年八月二十五日）。翌日立太子、同日光孝の崩御、即日践祚と続く（『日本三代実録』）。宇多天皇の誕生である。この一連の過程を見ると、醍醐の時代に、貞観の清和天皇の故事まで辿らざるを得ない理由も意味もよくわかる。通常の儲けの君は、そこまで遡らなければ存在しなかったからである。

ただし、時平が醍醐に言上した貞観故事とは、果たして壺切という、同一のモノの伝授までを含んでいたのだろうか。時平が語り、醍醐が理解したのは、ただ、天皇から東宮へ下賜される御剣の故実があること、そしてそれは近衛少将を使いとして献上した先例があるということ、そこまでであって、そうした儀礼「故事」の存在の指摘に

ひとまず限定されるのではないか。御記に記された時平の言葉には「有御剣」とあるのみである。時平に言われて醍醐は、自分もかつて立太子の日、宇多天皇から壺切という名号の「御剣」を賜った、そのことを、「遙かに心に存じ」、今回の故実を決定する。壺切伝授の嚆矢が醍醐に帰せられるのは、壺切というモノも含めて、宝剣を立太子の日に東宮に下賜する故実儀礼の確立をなしたからだろうと思う。壺切が宇多から醍醐に下賜されたことは動かない。しかしその時点では、それが壺切である必然性はまだなかったのではないか。「貞観故事有御剣」とのみ時平は述べるが、醍醐は自らの拝受についてはじめて「御剣〔名号切壺。〕」と記す（『醍醐御記』）。それらの記述もそのことをうかがわせ、宝剣の特定よりは、儀礼として「御剣」なるものが必要であることを優先しているように読める。醍醐はその「御剣」を自らに付与された壺切に特定し、少将の使いなど故実化を行った。それが醍醐を壺切伝授の起源として仰ぐ伝承の形成にあるのではないだろうか。だから先蹤としても宇多ではなく、醍醐の御記が引用される（前掲『禁秘抄』後掲『小右記』など）。以下の醍醐の思念、そして御記の記述も、定方の選定と使いの行為の記述に絞られている。後代には、醍醐先蹤を承け、次のように故実化された。

被レ奉二護身剣一〈壺切入二錦袋一。或御対面日被レ奉〉。以二頭中将若兼レ亮次将一遣レ之、自持レ之参二本宮一、立二便所一令二亮奏一、亮帰来取レ之置二御所一、次亮取レ禄給二勅使一、…禄代々不同、…下レ庭再拝帰参復命。

（『江家次第』巻十七・立太子事、故実叢書）

一方、壺切について最も古い伝承を伝える『宇多天皇御記』寛平元年（仁和五）正月十八日条の基経の発言で基経が語っているのは、父が持っていて文徳に召された名剣・壺切をめぐる説話と、今は東宮の護り刀になっている剣との同定の試みである。壺切に「二名」あったという基経の発言も意味深長である。壺切の伝来と権威付けに基経が何らかの関わりを有することは、『続古事談』一―三に「つぼきりといふ太刀は、昭宣公の太刀也」（所功に拠れば、こうした史実はなく、宇多の御記の誤読であるという）、『有職抄』所引「正和二年十月十四日花園院ノ宸記」に

「壺切御劔最初長良中納言ノ剣ナリ。然ニ昭宣公寛平ノ聖主ニ進テヨリ以来、代々東宮ニ傳テ御譲トス」（引用は「宮廷文化研究」。なお『花園院宸記』の同日条には該当記事がない）などと語られるところからも推察される。その基経が、神器とは異なり、まだ儀礼の一部としておそらく代替可能であった「御剣」を、陽成伝来の宝剣に同定する必要があっただろうか。『宇多天皇御記』寛平元年八月十日条には、基経が参内して、陽成院周辺の不評を宇多に語り、「悪君之極今而見之」と述べた、と記されている。基経が陽成退位と光孝抜擢を画策した、という説話には割引が必要ではあるが、この皇位交替は少なくとも儀式的には特筆すべき異例だった。「光孝の受禅は東二条宮」、「陽成は二条院」「で譲位する。そこから「即日親王公卿歩行」して神璽宝剣を新帝に奉った。両帝は僅か「東行数百歩」の距離であった（日本三代実録）が、譲位・受禅の場で二人は同座することがなかった、という異常（河内祥輔）が、陽成が欺かれて陽成院へと移送され、そのうちに譲位・受禅が実現して、陽成が慟哭した（小世継）という、物語を生む史実であった」（新大系『古事談』一―五脚注）。

この断絶は、光孝が立太子していない、ということの表明であった。「何故、このような方式が採られたのであろうか。その理由は、光孝が立太子を経ていない、ということに関係する…この日の儀式は、『儀式』に則らないことによって、光孝が皇太子ではないという事実を、衆人の眼前に浮き出させた」（河内祥輔『日本古代史に於ける天皇制の論理』吉川弘文館、一九八六年）のである。そして、宇多と陽成との間には埋めきれない懸隔も伝えられる（「陽成院を通りて行幸ありけるに、「当代は家人にはあらずや」とぞ仰せられける」という『大鏡』宇多天皇における陽成の発言や、先引の『宇多御記』の「悪君」という記述など）。陽成を譲位に追い込み、血統としては陽成の曾祖父仁明の第三皇子であった光孝に皇統を移すという、光仁即位―その時には、平安時代を支配する、天武系から天智系への転換という価値観が生まれた[11]―以来の大変革を藤原氏主導で行ったとすれば、時平の奏上を拡大解釈してまで、モノとして壺切御剣が陽成から光孝へ引き継がれた、と考えなくともよい。即位儀礼での立太子の断絶の公表は、むしろ「御剣」の断絶を想定した方が理解しやすいようにも思う。前掲したように、陽成に不可侵を犯した神器宝剣の説話がある点も、そのことと興味深い関連性を示唆する。「異常」を侵しても伝来されることなくしては王権が推移しない神器としての宝剣と、レガリア的ではあるけれどもレベルを異にする壺切的な「御剣」との差異を際立たせる出来事である点でも、それは興味深いのである。もちろん、モノ自体がどう動いたか明証がない以上、その「断絶」の事実について強弁するつもりはない。

ともかく、「壺切」という呼称の剣の初出は、宇多天皇と基経との対話を録した『御記』である。基経は、今御物としてある壺切が自分の父の所持していた剣であることの主張を行う。東宮の護り刀は自分の父の所持・献上にかかる、藤原の宝剣だ、と。藤原高藤女胤子との間に生まれた醍醐帝の立太子の時に、宇多はその剣を下賜する。二年前に基経は亡くなっているから、その伝授の選択は、基経の助言を忖度した、宇多自身の選択であったことになる。基経の息男時平は、また父からの口伝を恐らくは踏まえて、醍醐に提言する。醍醐は、保明の立太子の日、自らの過去を回顧し、補足すべき故実を整え、先蹤としての貞観故事の作法を確認して承けつつ儀礼する。そして母胤子の兄、右大将（従三位大納言。保明が立太子した二月十日、東宮大夫に任ぜられる）定国に相談し、定国弟・胤子兄で、醍醐にとっては叔父でもある右少将定方に使者を託すのである。壺切にとって、基経が藤原氏側の言説・口伝の起源であるとしたら、醍醐こそが受け手としても授け手としても、唯一絶対の起源であった。『続古事談』の記述は、文章のつたなさを今措けば、そうした事情を短絡的ながら語り伝えようとしたものであったと思う。

東宮の御まもりに、つぼきりといふ太刀は、昭宣公の太刀也。延喜の御門、儲君におはしましけるに、たてまつられたりけるよりつたはりて、代々の御まもりとなるなり。（一―三、新大系）

資料によっていささか揺れがあるものの、醍醐自身が自覚的にレガリアとして春宮への付与を行った、という点は動かない。

こうして、壺切は、「黛氏も推測されるごとく（＝『国史大辞典』）「藤原氏が自氏出身の皇太子の地位を安定させるため」、摂関家が所持していた「名剣を「皇位のしるしの神剣に倣って」皇太子の護身刀と」（引用は所功前掲論文）なして権威化したものであり、醍醐以降、まさに宝剣とパラレルに、帝から親王へと伝えられることになった。[12]
もし敦実が、醍醐から真に引き継ぐべきものがあったとすれば、それは坂上宝剣ではなく、壺切であるべきだった。もっとも、上記にみたように、壺切故実はまだ揺籃期にあった。敦実が坂上宝剣にすがるのも、むろん愚かしさの証ではなく、むしろ可能性の追求であったといえようか。こうしてふたたび敦実の坂上宝剣保持説話は、彼にもたらされなかった壺切とすれば、坂上宝剣に執着せざるをえなかった敦実の像をも浮かび上がらせることになるだろう。

六　坂上宝剣と壺切

確立された壺切のレガリア性は、道長時代、東宮だった三条天皇第一皇子・小一条院敦明に伝えることを拒まれた、という異例によって、史上に注目されることとなった。

左大将教通卿云、今日従レ内（＝後一条）奉レ遣二御剣於青宮一（＝敦良親王）、〈号二切壺一、須レ被レ奉二前太子一（＝小一条院）、而前摂政（＝道長）悋而不レ奉、是東宮御護歟、見二延喜御記一〉

（『小右記』寛仁元年（一〇一七）八月二十三日条、大日本古記録）

その前代、小一条の父三条は、「従二内裏一（＝三条天皇）東宮（＝敦成親王、後の後一条）被レ渡二流代御剣一」を渡している（『御堂関白記』寛弘八年（一〇一一）十月十日条、大日本古記録）。明記はされないものの、これが「壺切」であることは明かであり（大日本古記録頭注及び所功前掲論文）、その時は故実通り、左中将だった藤原公信が使者となっている。ところが後一条は、次代の敦明に壺切を渡さなかった、という。寛仁元年八月九日、皇太子敦明はその地位を辞し、敦良が立太子する。のちの後朱雀であるが、東宮が敦良になってはじめて、後一条は壺切を東宮に遣わした。この壺切伝授の後、八月二十五日、敦明は上皇に準ずる、小一条院となる。その一連の経緯には道長の意志が介在している、と言われているが、道長はその推移の事実だけを記す。勅使は『江家次第』が記すとおり、東宮亮で右少将（直後に右中将になる）だった、藤原公成。

参二大内一、此日春宮庁初、…従レ内御剣渡、件御剣代々物也、而未レ渡二前坊一（＝敦明親王）候二大内一也、亮右近中〔少〕将公成為勅使御前持来、大夫取レ之奉、余伝取置二枕上一（『御堂関白記』同年八月二十三日条）

しかし、このことで壺切の聖性には傷が付くことはなかった。むしろ、結果的に壺切を渡されなかった小一条院が東宮を辞すことで故実は維持された、という理解もできる。『左経記』はそう解釈する。

申二剋被レ渡二壺切御剣於東宮一〈件御剣、須二御譲位日被レ渡二東宮一也、而有二事障一、于今未レ被レ渡、置二納殿一而間東宮（＝敦明親王）辞退後、今日被レ渡二斯宮一（敦良親王）。頗似レ有二霊威一〉（『左経記』同日条、史料大成）

それは逆転的に壺切の霊威の証であったと、源経頼と解釈してみせるのである。

真の揺らぎは、増補本系『大鏡』（左大臣師尹の項）が記述上どうやら混同するほど、或る意味で小一条院と類似した立場にいた（橋本義彦『平安の宮廷と貴族』一五六頁、吉川弘文館、一九九六年）、後三条院の長い東宮時代に起こった、と説話的には伝えられる。

剣

壺切。

壺切は張良の剣為る事

また命せられて云はく、「壺切は昔の名将の剣なり。張良（前田本は「長良」）の剣と云々。雄（前田本は「融」）剣と云ふは僻事なりと云々。資仲の説くところなり」と。

壺切の事

「剣は壺切。ただし壺切は焼亡したるか。いまだ詳かならず。件の剣は累代東宮の渡り物なり。しかるに後三条院東宮の時、二十三年の間、入道殿献らしめ給はずと云々。その故は、藤氏腹の東宮の宝物なれば、何ぞこの東宮の得しめ給ふべきかと云々。よりて後三条院の仰せらるるやう、「壺切、我持ちて無益なり。更にほしからず」と仰せられけり。さて遂に御即位の後こそ進られけれ。これ皆、古人の伝へ談るところなり」と云々。

（『江談抄』三―七〇～七二、新大系）

皇居一条院焼亡。主上渡二上東門院御所一。壺切剣為二灰燼一。不レ被レ献二東宮一也。

（『百練抄』四・康平二年（一〇五九）（＝後冷泉朝）正月八日条）

皇居二条第炎上。主上遷二幸閑院一。累代御物印鎰鈴等、多以消失畢。

（同治暦四年（一〇六八）（＝後三条即位後）十二月十一日条、国史大系）

ただし、この説話にはいくつか問題があることが指摘されている。『百練抄』の記述も、「所謂二条内裏の火事は、扶桑略記等に拠るに、治暦四年十二月十一日の事なり〈今年四月十九日後三条践祚〉さるを、百錬抄康平二年正月八日、皇居一条院炎上の後に〈践祚より十年前〉壺切劔二為灰燼一とありて、其註に、不レ被レ献二東宮一也、とあり、然れども康平二年の災に、壺切灰燼となる事、他に見えたるもの無く、また花園院宸記〈後に見ゆ（＝『有職抄』）〉にも合はざれば、恐くは転写の錯なるべし」（松浦辰男「壺切御劔之事」『史学会雑誌』第十九号、明治二十三年））という記述については、まさに東宮時代の後三条が、閑院より昭陽舎に遷御の折、「宰相中将（能信）持御剣壺切前行」（『土右記』逸文・永承元年（一〇四六）十一月二十二日条）という記事があり、東宮時代の後三条の許に壺切は伝わっていたと考えられ、現在では史実として正しくないとされている。[13]

後三条東宮時代の壺切の位置付けは難しいが、ここでは、むしろ後三条即位後の動きに注意したい。壺切はその後、治暦四年、後三条即位後の二条内裏の炎上によって焼けた、とされる。『続古事談』はここでもやや曖昧な表現を残しつつ、後三条朝以後の伝領と壺切の焼失、そして補修を語る。

　後三条、院東宮に立給時、後冷泉院よりわたされざりけり。後冷泉院うせ給て後もとめいでて、大二条殿関白の時、後三条院にたてまつられけり。「立坊の後、二十余年わたされでやみにき。今、位につきて後、とゞめられずともありなん」と世の人申けり。後三条院おほせられける、「神璽宝剣えうなりしかども、二十余年すぎにき、なにかくるしからん」とてとゞまりにけり。其後ほどなく二条内裏の火事にやけにけり。みばかりのこりたりけるに、つかさやをつくりてぐせ〔進ぜ〕られたるなり。（『続古事談』一―三）

二条内裏は所詮、教通の邸宅であった。右の説話の根幹には、受けても拒んでも、結果は同じ、という皮肉が含まれている可能性がある。ともかくも、伝領の史実と説話化の相克のあおりを受けてか、『続古事談』はここでも複雑で曖昧な本文となっているが、後三条の言談の中では、「神璽宝剣」と壺切のレガリア性には明瞭な階差が付けられている。神璽宝剣と壺切の所属と関係とをよく表している説話ではあるのである。

ところで傍線部、『続古事談』には「進せ」という本文と「くせ」（具せ）という本文が並行しており、解釈に多義性を残す。(14)『有職抄』に引く『続古事談』は合理的本文なのだが、その分明確で、「身ハカリ残リタリケルニ柄鞘ヲ作テ具セラレ侍ル也」と漢字をあて、刀身に柄・鞘を具して、完体とした、の意味となる。記録上は、十二月十一日「申剋。皇居焼亡。〈二条殿〉。御物幷印鎰鈴等焼了。僅所㆑取㆓出辛櫃二合㆒也…」、火事後の十二月二十八日、「焼㆓損印鎰鈴等㆒被㆑納㆓新造辛櫃㆒了」（『本朝世紀』後三条天皇治暦四年）などと記されるのみで、壺切については詳細不明。しかし『世俗浅深秘抄』下（百二）は、後三条の日記（「延久御記」）にのみ、壺切の形状に言及した独自の記述があることを指摘する（「東宮護剣壺斬蒔絵海浦有如㆓龍摺貝㆒。装束青滑革。此事不㆑見㆓諸家記㆒。延久御記許被㆑注㆓

此旨ヲ一。秘蔵云々」)。後三条は、燃えてしまった壺切の柄と鞘などを詳細に記録していたらしい。それは彼の在位中に起こった焼失と復元に深く関係すると思われる記述であるが、この逸文を見る限り、後三条はむしろ壺切に深く関心を抱き、東宮と藤原氏の関係を象徴するような壺切の意味を身にしみてよく知っていたと考えられるのである。

もっとも「進せ」という本文も棄てがたい。前掲したように『有職抄』は、『続古事談』の引用に続けて、現存の『花園院宸記』には見えない、次のような異文を記す。若干の校訂を施した訓読文でその内容を確認しよう。

正和二年十月十四日、花園院の宸記に云はく、

「壺切の御剣、最初は長良中納言の剣なり。然るに昭宣公、寛平の聖主に進りてより以来、代々東宮に伝へて御譲とす。然るに後三条院の御宇、治暦四年十二月、皇居炎上の時、灰燼となる。仍りてさらに鋳造らしむ。白川院東宮の間、是を奉らる。

（この『有職抄』引用は、「宮廷文化研究」所収本に内閣文庫本を対校校訂した本文を訓み下して示した）

壺切は、白河が東宮の時代（延久元年（一〇六九）～四年）に献上されたと所伝するこの記述に依れば、「進」という本文にも該当する事実がある。問題は単純ではない。

ここで留意すべきことは、二点ほどある。一つは、壺切も坂上宝剣と同様、また白河へと献ぜられたが、坂上宝剣の場合は院のときに、壺切は東宮のときに進上された、ということ。もう一点は、壺切が焼亡によって決定的な損傷を受け、復元もしくは再造された、ということである。『続古事談』は、その時刀身は残ったので、柄と鞘を造ったと語り、『有職抄』所引「花園院宸記」は「灰燼」となった、という。

先述したように、後三条院と伝承の混同も想定されるほどよく似ていた小一条院のときは、壺切が渡されず、そのことが結局彼を皇太子から引きずり下ろすことになって敦良が立太子した、と説明する『左経記』の記主源経頼は、壺切りの存在にその一連をよそえて「頗似有霊威」と称した。ところが、同じように伝授を拒否されたと伝え

られる後三条については、その即位後、逆に壺切のほうが燃えて、損失してしまう。小一条院の時とは対照的に、壺切はいわばマイナスの「霊威」―火事を起こして自焼する―を発揮して後三条の前に屈服する、という読みもできるのである。

その後、壺切もまた、白河のもとに戻る。坂上宝剣は、ひとりでに抜ける、という霊験性を喪失した後に、白河院へ譲り渡された。かたや壺切のほうは、東宮であることを左右する「霊威」の力を後三条によって封印され、燃え失せて後、東宮の白河へ渡る。両者ともに、霊威喪失して、そのあと白河へ献上される、というしくみの類比性が見えてくる。

ただし、院と東宮という、白河伝領時の立場の差異は象徴的である。時を経て両統迭立期、壺切は、数奇な転変を辿りながら、レガリアとしての地歩を保持し続ける。『有職抄』所引「花園院宸記」の続きを見てみよう。

…白川院東宮の間、是を奉らる。九条先帝（=仲恭。承久三年四月二十日即位）登極の始め、承久二年四月二十八日、院より久し（内閣本、入し）進ぜらる〈天子は順徳院、院は後鳥羽院也〉。寛喜の四条院、寛元の後深草院立坊の時、承久の逆乱の時紛失、と称す。且つ寛元立坊の時、新造せらるべきやのよし、重々沙汰ありて人々に問はるるの所に、人々所存同じからず。多くは新造然るべからず、と云々。然るに天気によりて、故常磐井入道相国造り進ず。寸法以下一事以上壺切の如し。爰に正嘉の亀山院立坊の時、勝光明院の宝蔵より求め出さるる。承久に紛失せざるのよし、此の時、世人存ず。其の後、今に子細なきか。承久に院にかへし進じらるるの後、正しく宝蔵にかへし納らるる、と云々。抑も、寛元の造進の寸法と、今現在の寸法と、太だ相違す。尤も不審なりと云々。

寛喜三年（一二三一）の四条院と寛元元年（一二四三）の後深草院の立坊は、いずれも生まれ年一歳の幼稚であったが、その時壺切は、承久の乱の混乱で紛失したもの、と称われた。後深草立坊の時には新造すべきの議論があり、大勢の反対を押し切って、後嵯峨院の「天気」により、常磐井入道西園寺実氏（当時散位前右大臣従一位五十二歳）によって新造・進上される。ところが、正嘉二年（一二五八）の亀山院立坊のとき、失われたはずの壺切正体が、鳥羽殿勝光明院の宝蔵から出てきた、というのである。史料批判は難しいが、持明院統と大覚寺統の迭立とその正統の主張を考える上で、極めて興味深い伝承である。

坂上宝剣もまた、後深草を超えて、亀山に伝授された（『増鏡』八）。その裏返しとして、後深草は模造の壺切剣を造って伝受されるが、亀山の時に本物と称するモノが再出現する、という交錯。神器としての宝剣無き時代のレガリア的役割を、この両刀が興味深くも担うのである。そしてまた、坂上宝剣の所在が忠実のいうように鳥羽殿であったとしたら、それも壺切と同じ、鳥羽宝蔵・勝光明院である可能性も高い。[15] こうして両者の交錯は、白河院政期に醸成された、ということになる。『古事談』成立の前世紀である。

壺切と坂上宝剣とが、両統迭立期に相似的な位置づけを示しながら決定的に異なるのは、坂上宝剣のほうは、西園寺公衡『公衡公記（昭訓門院御産愚記）』によって克明に記録されたように、[16] その剣が実物として存在することに権威のよりどころがあることである。よってその所在と非在によって、踏み絵の如きが行われる。対して壺切は、焼失した後三条の時に同じような実検と記録がなされ（前掲『世俗浅深秘抄』所引「延久御記」）、焼失後は復元（白河東宮時代）、新造（持明院統・後深草立坊時）と発見（大覚寺統・亀山立坊時）と、真偽を超えた対応で処遇される。坂上宝剣はそこに彫られた文字までも含めて、その歴史的実在性が権威化の象徴であったが、壺切はすでに象徴としてのモノとなり、リチュアライゼーション（ritualization／儀礼化）の中に位置する。それは、醍醐が壺切を固定し、儀礼として確立することで自らの皇統指名を成し遂げようとした、その故実の一環をなぞるかのようだ。そのように先祖返りし、壺切儀礼は、より高次のレガリア性を回復した、と言えるかも知れない。

さて、敦実には、遙か後代の、皇統迭立期の坂上宝剣の地位浮上、壺切との関係性の交錯など、無論、知る術もなかった。その眼が皇位に向いていたとしたら、彼が注視すべきは、先蹤の皇統継承の在り方であろう。その継承の一つの形に、兄弟間での禅譲があった。桓武後の平城・嵯峨・淳和が仰がれるべき一つの典型である。敦実が先例に思いを馳せて、醍醐の後に自分を、と思った可能性、もしくは、敦実の立場をそのように忖度しようとする彼周辺の人々の思惑や、さらには後代の説話読者達の想像は自然である。事実、一世代後の醍醐の息男達には、即位した者（朱雀・村上）、その出自によって政争に巻き込まれた者（高明・兼明）など、きら星の如き皇子達が出現した。その中でも吏部王重明は、敦実によく似ていた。

また、仰せて云はく、「李部王記は、汝見しや、如何」と。申して云はく、「少々は窺ひ見候ふところなり」と。仰せて云はく、「東三条は李部王の家なり。而るに、彼の王の夢に、東三条の南面に金鳳来りて舞ふ。よりて、李部王は即位すべきの由を存ぜらるといへども、相ひ叶はず。而るに、大入道殿伝領せり。その後、一条院鳳輦に乗りて、西の廊の切間より出でしめ給ひ了んぬ。この事、他の時に相ひ叶へるは、如何」と。予、申して云はく、「家のために吉き夢なり。人のために吉き夢にはあらざるか」と。（『中外抄』上八七、新大系）

「本話は、その「事蹟をみると、さほどきわだった政治的活動のあとをうかがうことはできない」（史料纂集『吏部王記』解説）「李部王」たる醍醐親王重明に、実は、即位へのひそかな期待としかるべき予兆があった、という平安王朝の展開上重要な秘話であ」り、またそのことを忠実も了解していたことを示す、興味深い逸話である（拙稿「口伝・聞書、言説の中の院政期　藤原忠実の「家」あるいは「父」をめぐって」『院政期文化論集第二巻　言説とテキスト学』森話社、二〇〇二年）。その説話を『古事談』もまた採録する（六―一二）。象徴的間接的に説話によって皇位継承の思いが描き出される点、二人は相似的である。聖代と言われる延喜天暦の時代に於いて、敦実と重明が似ていたのか、あるいは聖代へのネガとしての普遍的現象なのか。あるいはその両方であったのかも知れない。

七　『続古事談』の視界

『古事談』には、この壺切の説話を採録する可能性があり、またその意味も知悉しているはずであった。『古事談』の有力な取材源である『江談抄』に説話が所収されていたのみならず、坂上宝剣と壺切とが、鳥羽の宝蔵・勝光明院で同居するようになってから百年前後の年月を経て、鳥羽宝蔵の伝承も拡がるばかりであったからである。しかし『古事談』は、坂上宝剣の説話と重明の即位の思いを伝える説話を採録しながら、壺切だけは採らなかった。興味深い不在である。一方、『古事談』を重要な先蹤と仰ぐ『続古事談』は、『古事談』が採録しなかったその話柄をあえて選んで、巻一王道后宮の冒頭、次のような文脈においてそれを叙述する。

（一―一）帝王は、人をあはれみ、民をはぐゝむ心おはしますべきなり。しかれば一条院は、極寒の夜は、御衣ををしのけておはしましければ、上東門院、「など、かくはせさせ給ぞ」と問たてまつり給ければ、「日本国の人民さむかるらむに、我あたゝかにてねたる事、無慙の事也」とぞ仰られける。延喜御門も、さむくさゆる夜は、御衣をぬぎて、夜御殿よりなげいだし給ける、といひつたへたり。

（一―二）神璽宝剣、神の代よりつたはりて、御門の御まもりにて、さらにあけぬく事なし。冷泉院、うつし心なくおはしましければにや、しるしのはこのからげ緒をときてあけんとし給ければ、筥より白雲たちのぼりけり。をそれすて給たりければ、紀氏の内侍、もとのごとくからげけり。宝剣をもぬかむとし給ければ、夜御殿、ひら〳〵とひかりければ、をぢてぬき給はざりけり。かゝるめでたきおほやけの御たから物、目の前にうせにき。

（一―三）東宮の御まもりに、つぼきりといふ太刀は、昭宣公の太刀也。延喜の御門、儲君におはしましけるに、たてまつられたりけるよりつたはりて、代々の御まもりとなるなり。後三条院東宮に立給時、後冷泉院よりわたされざりけり。後冷泉院うせ給て後もとめいでゝ、大二条殿関白の時、後三条院にたてまつられけり。「立坊の後、二十余年わたされでやみにき。今位につきて後、とゝめられずともありなん」と世の人申けり。後三条院おほせられける、「神璽宝剣えうなりしかども、二十余年すぎにき、なにかくるしからん」とてとゞまりにけり。其後ほどなく二条内裏の火事にやけにけり。みばかりのこりたりけるに、つかさやをつくりてぐせられたるなり。

（一—四）造酒司の大とじといふつぼは、三十石入也。土に深ほりすへて、わづかに二尺ばかり出たるに、一条院の御時、ゆへなく地よりぬけいでて、かたはらにふしたりけり。人おどろきあやしみけるほどに、御門うせ給にけり。三条院御時、大風吹て、かのつかさたふれにけるに、大とじ、小とじ、次刀自、みなうちわりてけり。

（一—五）後冷泉院御時、主殿寮やけける時、あまくだりたる油漏器やけにけり。賀陽親王、これをうつしつくりたりけれども、功用ほどこす事なし、それもおなじくやけにけり。大嘗会御火をけ、元三の御くすりあたゝむるたゝらなんど、世のはじまりのものみな焼にけり。くすり殿の御てうしは、やぶれ損じたりけるを、雅忠、典薬頭の時、あたらしき銀を、ふるきにまぜてうちかへて、供御にそなへけり。

（一—六）典薬寮明堂図は霊物也。雅康、寮御時、本寮やぶれて、すてをきてよろづの人みけり。かやうの累代の宝物、今はひとつものこるものなし。

理想の帝、尚古の王道（一—一）、それは中世の喪失にまみれていく。三種の神器の宝剣も、「かゝるめでたきおほやけの御たから物、目の前にうせにき」（一—二）。それに準ずる剣も、後三条の拒否によって権威を逆転させ、「神璽宝剣えうなりしかども、二十余年すぎにき、なにかくるしからん」という表明の後、「其後ほどなく二条内裏の火事にやけにけり」。剣は刀身ばかりになって、ようやく復元された後、白河の天皇家に戻る（一—三）。

理想の帝・一条の時は、（まるで霊剣のように）自然に抜け出す霊妙な朝廷の壺も、壺切のターニングポイントとなった三条朝に風が吹いて割れ、崩壊する（一―四）。後三条に壺切を渡さなかったと所伝された後冷泉だが、そのまさに「後冷泉院御時、主殿寮やけゝる時、あまくだりたる油漏器」が焼け、そのレプリカも燃え、「大嘗会御火をけ、元三の御くすりあたゝむるたゝらなんど、世のはじまりの物みな焼にけり」。「くすり殿の御てうしは、やぶれ損じたりける」を丹波雅忠が典薬頭の時に再鋳した（一―五）。霊物の典薬寮明堂図も捨て置かれて、皆の視線にさらされる。「かやうの累代の宝物、今はひとつものこるものなし」（一―六）と『続古事談』は嘆じて、その作品の劈頭を描ききるのである。

『続古事談』内部徴証の分析から、作者候補として勧修寺流藤原氏の定経を想定してみたことがある。そう推定する一つの論拠に、宝剣捜索の問題があった。「寿永入レ海紛失之後、院（＝後鳥羽）御時以後二十余年被レ用二清涼殿御剣一。仍以レ璽為レ先…承久譲位時有二夢想一自二伊勢一進レ之、已来又准二宝剣一為レ先」（『禁秘抄』宝剣神璽）。壇ノ浦で紛失を免れた神器内侍所入京の折の上卿は、父経房。文治三年（一一八七）、最後の宝剣大探索のとき、実に頻繁に後白河院と九条兼実の間を行き来して伝送するのが五位蔵人定経であった[17]。

拙稿のような立場を取らず、宝剣への独特な関わりを想定しないにせよ、『続古事談』作者に、ここで描かれたレガリア的モノへの配慮が存することは明確である。帝王が帝王であることの徳を持つ理想的時代を起点に、それらを支える聖性のレガリアが整い存した時代を思い、その欠損していく乱世の到来を嘆く視点。鎌倉初頭までの世の動きを注し続けて著された『続古事談』は、それを「かやうの累代の宝物、今はひとつものこるものなし」と断じることで、自らの立脚する末世を記述しようとする。焼けた壺切もまさにその象徴であった。

『古事談』とは逆に『続古事談』は、宝剣喪失直後、承久の乱直前の、しかしまだ後嵯峨天皇即位（一二四二年）を遠い契機とする両統迭立の空気など無い時代に成立した（建保七年（一二一九）跋）。そのころ坂上宝剣は、あるいはまだ曖昧なレガリア的なモノでしかなかったかも知れない。そしてこの宝剣にまつわる敦実の皇位への想いもまた、より淡く説話叙述の中に潜在しようとした。その時期に生まれた『続古事談』は、この坂上宝剣の説話を採らず、同様にまた、はかない夢に即位の願望を繋ぐ、重明の説話も載せていない。『続古事談』は『古事談』を直接の先蹤と捉え（跋。新大系脚注および解説参照）、また、かなりきわどく近く同時代を共有しながら、その時代観を大きく異にするように見える。(18)

きわめて印象批評的な物言いをあえてすれば、『古事談』は、古代の言述を透かして現前する中世を透かし見つめ、『続古事談』は到来して立脚してしまった中世から、古代の様相を振り仰ぐ。その視線は対照的であるように思う。上からのぞくか下から眺めるか。『古事談』は「談」の現場に遡及してその物語を復元し、動きのある伝承の中から、あらたに皇統が推移する劃期や人々の遺志、叶えられなかった皇位への思いなどをしつこく捉えかえし、えぐり出そうとする。彼にはまだ、熱い古代の現場が内在しているように思う。その遠因に、『古事談』作者が石清水にも連なる源氏であったことなど、作者の出自も関わるのかも知れないが、より不確実な推定は避けておこう。一方の『続古事談』には明確に、終わってしまった古代を追想せざるを得ない中世人の視線がある。如上の古代の時間への距離感と所在感を、両者を分ける大きな指針として、また古代から中世への歴史観の推移を窺うものとして捉えることができるのではないだろうか。原文の抄出を基調として文体を出典に依存して統一しない『古事談』と、出典を読みほぐして和文として叙述した『続古事談』と、その方法の異なりもまた、その徴証である。

壺切と坂上宝剣と、その二者択一的な在り方もまた、まさしく象徴的であった。古代的なものと中世的なものと。この二作品もしくは二つの逸話を通じて、たとえばそのように相応の時代観が対照的に現れているとしたら、それは文学史や文化の諸相を考える上で、極めて示唆的であると言わなければならない。

注

(1) この問題について、『源氏物語』橋姫巻に登場する宇治八の宮の准拠に敦実親王を提唱することで論じたことがある。拙稿「『源氏物語』宇治八の宮再読—敦実親王准拠説とその意義—」（『国語国文』七八—三、二〇〇九年三月）参照。

(2) たとえば、『平家物語』「剣巻」は、幼い頼朝が、「源氏重代の剣を平家に取られ」まいとする思いを描いて、「縦令頼朝こそ殺さる丶とも、此太刀失はじと候」と叙するなど、源平争乱の中での宝剣の喪失に関連して、源氏の先祖由来の剣の伝来と頼朝への必至を詳述する（引用は、有朋堂文庫本『平家物語』による）。

(3) 佐竹昭広「草薙の剣」（『古語雑談』岩波新書、一九八六年）参照

(4) なお、雷と（霊）刀の関わりについては、新大系『古事談』一—四の脚注の「「ひらひらとひらめく」は雷光の表現であり、雷の時しばしば太刀を抜いてふるう（太刀のもつ霊力で雷を伏する。例えば『大鏡』二（時平）、『今昔』二七・九、『入唐求法巡礼行記』二、『北野天神縁起』にみえるほか、刀の代わりに鎌のような刃物で雷（風・雨も）を防ぐ諸国の民俗が近世期の随筆類にみられる）が、太刀をふるうことも「ひらひらとひらめかす」のである。雷の時名剣は自ら抜け自らさされるという伝承もあって（例えば本書一—九、坂上宝剣）、この表現にはその投影がある」とする説明参照。

(5) 宮田裕行編『校本『中外抄』・『富家語』とその研究』によれば、略本系第二系統の京都府立図書館本『富家殿御談』は「開」、中間系統本の彰考館文庫本『富家語抜書』は「聞」という本文に「開歟」と傍記する。

(6) なお坂上宝剣の抜刀の「抜」の字について、『富家語』一五七の本文の後半二箇所は、本来『古事談』と同様、「脱」というかたちであるが、新大系は「底本「脱」に傍書「抜歟」。「「抜」に訂」などと記述して、「抜」に校訂する。

(7) 『大鏡』はもう一条敦実を取り上げるが、それは源氏となった息男雅信と重信の逸話においてであり、彼らの親の紹介としての記述と、出家後、仁和寺にいたときに修理大夫であった六条重信の職務勤励を伝える説話に登場する。

(8) 前掲注(1)参照

（9）『日本三代実録』は如上を伝えず、かつて藤原良房が清和帝治世安泰ならしめるために、宇佐八幡宮での一切経書写を企画。その検校が行教であった（貞観十七年三月二十八日）という。あやうい幼帝清和即位（『古事談』一―三）の成就祈願がそもそもの行教派遣のねらいとする説（西田長男「石清水八幡宮の剏立」（中野幡能編『八幡信仰』一九八三、雄山閣再収））がある。

（10）以下に見るように、『醍醐御記』は「切壺」と表記する。後掲する『小右記』にも「延喜御記」を示しつつ「号切壺……是東宮御護歟」（寛仁元年（一〇一七）八月二十三日条）と記される。

（11）天智系・天武系の認識の歴史は、はやく延暦年代の『野馬台詩』注釈に見える（東野治之「野馬台讖の延暦九年注」（『日本古代史料学』岩波書店、二〇〇五年、初出一九九四年）参照）。

（12）ただし厳密に言えば、醍醐が故実化したときの東宮保明は醍醐父宇多の望まない立太子だったとされ、即位せずに没し、そこには道真の祟りも喧伝される。保明以後、確実な壺切伝授が記録上確認できる永観二年（九八四）九月九日の『小右記』逸文（『御脱屣記』所引）までをどう捉えるか、問題は残っている。永観の時は、花山天皇から一条（懐仁親王）へ遣わされた。

（13）松浦辰男前掲論文には、星野恒の「土右記解題」（『史学会雑誌』九号、明治二十二年（一八八九）。『史学叢説』第一、一九〇九年に再収）に類説があることをいい、「姑く余が旧説を存す」と述べる。なお『二中歴』十三・名物歴は、『江談抄』にほぼ一致する記事を叙して「…さて終に御即位後にこそ被進けれ、是皆古人所伝談也云々、渡天令持給之時、故大殿任右大臣令初参給引出物被献、仍伝達殿下」（史籍集覧及び尊経閣善本影印集成）と続ける。筆致から「故大殿は頼通嫡子の師実か、と想像されるが、教通は関白就任の延久元年（一〇六九）八月十三日左大臣を辞任。後任は師実（右大臣より）、右大臣には源師房（八月二十二日）。後三条朝の左右大臣交代はこの一度。『二中歴』は壺切を二度掲出するなど記述の混乱も予想され、その叙述も必ずしも分明でない。

（14）新大系の底本・小林文庫本には、「進せ…」とあるが、宮内庁書陵部蔵勧修寺家本他により改めている。東大国文本・伴信友本は「進」に「クセ」と傍記し、書陵部蔵の葉室本の「進」の草体は平仮名「くせ」にかなり接近する。

（15）田島公「婆羅門僧正（菩提僊那）の剣―仁和寺円堂院旧蔵「杖剣」相伝の由来―」（薗田香融編『日本古代社会の

史的展開』塙書房、一九九九年）参照。同論文には護り刀草体についての概観と細部について教えられる所が多い。

(16) 前掲『古事談』新大系脚注参照。本文は史料纂集。なお水野正好「古代のまじない世界—攘災・招福・呪詛—」（『神と人 古代信仰の源流』大阪書籍、一九八六年）及び前掲注(15)論文参照。

(17) 拙稿「『続古事談』作者論の視界—勧修寺流藤原定経とその周辺—」（伊井春樹先生御退官記念論集刊行会編『日本古典文学史の課題と方法—漢詩 和歌 物語から説話 唱導へ—』和泉書院、二〇〇四年）、および新大系「『続古事談』解説」参照。なお後鳥羽朝の宝剣政策と「宝剣代」「准宝剣」などの意義付けについては、谷昇「後鳥羽在位から院政期における神器政策と神器観」（『古代文化』六〇—二、二〇〇八年九月）他参照。

(18) 『古事談』は、建暦二年（一二一二）九月以後、顕兼歿年の建保三年（一二一五）以前に成立したとするのが藤岡作太郎（『鎌倉室町時代文学史』大正四年）以来の通説である。『続古事談』は建保七年の跋を有す。新大系解説参照。

〔付記〕本稿は、「王権・宝物・儀礼—秘説と秘儀の中世— Kingship, Regalia and Ritual—CultureSecret Discourse and Performance in Medieval Japan」と題する、荒木浩、中原香苗、海野圭介による共同発表（二〇〇八年九月二十二日、第一一回ヨーロッパ日本研究協会（ＥＡＪＳ）於サレント大学、イタリア、レッチェ）中の、荒木浩「天皇に成りたかった男とレガリアのメトノミーとしての或る剣—準レガリア或いはレガリア的なるモノ Desiring to be an Emperor and a Sword as the Metonymy of a Regalia; Semi-regalia and Regalia-like Artifacts」という発表内容に相当する。

天皇の代替わりと『讃岐典侍日記』
――鳥羽天皇から見る下巻の位置づけ――

丹下暖子

はじめに

『讃岐典侍日記』は、作者である讃岐典侍（藤原長子）が仕えた堀河天皇の発病から崩御までを記録する上巻、その後、鳥羽天皇に出仕する中、事あるごとに堀河天皇を回想、追慕する下巻から成る。上下巻はそれぞれ、堀河天皇の「崩御の記」、「追慕の記」と称されるもの(1)であるが、同時に、堀河天皇から鳥羽天皇へという「天皇の代替わり」を捉えた過渡期の日記でもある。

日記に記された二人の天皇のうち、関心を集めてきたのは、やはり堀河天皇である。上巻冒頭に付された日記の序などから明らかなとおり、堀河天皇は上下巻を通して主題に直結する存在である。一方の鳥羽天皇に関しては、あらゆる記述を堀河天皇に結びつけて解そうとする傾向にあり(2)、幼児描写の特色に注目する論考(3)があるものの、個々の記述について十分な検討はなされていない。しかし、『讃岐典侍日記』が「天皇の代替わり」という過渡期の日記でもあることを考えると、鳥羽天皇も堀河天皇同様、看過できない存在となるのではないだろうか。

そこで本稿では、鳥羽天皇に関する記述に着目することから始め、天皇に出仕する日々を軸とする下巻の位置づけを探りたい。そして、「天皇の代替わり」という出来事が『讃岐典侍日記』の形成に与えた影響についても考えてみたいと思う。

一　「いはけなき」鳥羽天皇

下巻になって初めて登場する鳥羽天皇は、五歳で即位した幼主である。下巻冒頭で、讃岐典侍が鳥羽天皇への出仕を要請された際にも、「故院の御かたみには、ゆかしく思ひまゐらすれど」[4]（四二九頁）、出仕をためらう理由の一つとして、「君はいはけなくおはします」（四三〇頁）とあり、堀河天皇に出仕した時のようにはいかないことを挙げている。

鳥羽天皇は、幼主であるために讃岐典侍にさまざまな懸念を抱かせる存在として、まず位置づけられたと言えるが、これは下巻末尾まで一貫するものではない。本節では、鳥羽天皇の言動が見られる最初の記事となる嘉承三年（一一〇八）正月の初出仕と、鳥羽天皇関連では最終の記事となる天仁元年（一一〇八）十一月の清暑堂の御神楽を取り上げ、それぞれの記事における鳥羽天皇の位置づけを見てみよう。

以下は、讃岐典侍が本格的に出仕を始めた嘉承三年正月の記事の一節で、『徒然草』にも引かれる有名な場面である。

つとめて、起きて見れば、雪、いみじく降りたり。今もうち散る。御前を見れば、べちにたがひたることなき心地して、おはしますらん有様、ことごとに思ひなされてゐたるほどに、「降れ、降れ、こ雪」と、いはけなき御けはひにておほせらるる、聞こゆる。こはたそ、たが子にかと思ふほどに、まことにさぞかし。思ふに、あさましう、これを主とうち頼みまゐらせてさぶらはんずるかと、たのもしげなきぞ、あはれなる。

（嘉承三年正月二日　四三九～四四〇頁）

この時、鳥羽天皇は六歳。傍線部の雪にはしゃぐ天皇の発言は、年齢に相応しいものではあるだろうが、点線部には、自身が仕える主君としては幼く、頼りに思えないとある。この日は、日が暮れてから初めて御前に参上した讃岐典侍に対して、天皇の「走りおはしまして、顔のもとにさし寄りて、「たれぞ、こは」とおほせらるれば」（四四〇頁）という子供らしい行動、夜になって「いといはけなげに御衣がちにて」（四四一頁）眠る様子が記されている。初出仕の一日は、天皇の幼さを述べることに終始していると言える。

翌日の記事は、まず諒闇のための設えの様子を記すところから始まっている。

明けぬれば、みな人々、起きなどして見れば、御前の御簾、いとおびたたしげなる蘆とかいふものかけられたり。へりはにび色なり。御障子の御几帳、おなじ色の御几帳の手白きなり。御けづりぐしの大床子もなし。かかるをりにはなきにや、をさなくおはしませばかとぞ。ものなど参らすれば、けくにかして召すぞ、あはれなる。

（嘉承三年正月三日　四四一頁）

注意されるのは、大床子がない理由を、諒闇のためか、それとも鳥羽天皇が幼いためかと推測していることである。大床子については、『西宮記』の諒闇の項に「不ㇾ立二大床子一」とあり（5）、諒闇のためになかったことが知られる。それを「をさなくおはしませばかとぞ」と付け加えることで、ここでは、何につけても天皇の幼さを思わずにはいられない状況を表し、幼主であることを印象づけているのである。

この場面には、さらに次のような続きがある。

昼つけて、殿参らせたまひて、人々ゐなほりなどすれば、ものを参らせさして立たんも、おとなにおはしましにぞ、さやうのをりもわかず立ちしか、また、おとなしうなども告げさせたまひしか、これは、うちすてて立たば、よきことやいはれんずると思へば、なほゐたるも、かくこそありがたかりけることを心にまかせて過ぐしけん年月を、いかで思ひ知らざらん。

（嘉承三年正月三日　四四一～四四二頁）

昼になって、鳥羽天皇に食事を差し上げているところに、藤原忠実が参内するという場面である。まず点線部のように、堀河天皇は大人であったから、このような折には食事中であっても席を立つことができたと回想する。それに対して今は、傍線部のように、席を立つことができないことを述べる。大人であった堀河天皇と比較することで、直前の大床子をめぐる記述に引き続き、鳥羽天皇が幼主であることを強調していると言えるだろう。このような鳥羽天皇は、堀河天皇への思いを新たにする契機にもなっている。

以上、正月の初出仕の記事を確認してきた。ここでは、鳥羽天皇が子供であることを繰り返し述べ、幼主であるために頼みにできず、堀河天皇追慕の思いを強めてゆく有様が記されている。下巻冒頭で出仕を要請された際に抱いた懸念が、現実のものとなったことを示した記事でもあるだろう。

続いて、鳥羽天皇に関する最終記事を見てゆこう。以下は、清暑堂の御神楽の記事の一節である。

かくて、御神楽はじまりぬれば、本末の拍子の音、さばかり大きに、高きところにひびきあひたる声、聞き知らぬ耳にもめでたし。御神楽、やうやうはてかたになると聞こゆ。「千ざい、千ざい、万ざい、万ざい」と唱ふこそ、天照神の岩戸にこもらせたまはざりけんもことわりと聞こゆ。わが君の、かくいはけなき御よはひに世をたもたせたまふ、伊勢の御神もまもりはぐくみたてまつらせたまふらんと、位たもたせたまはん年の数ぞ、たとへば、長井の浦のはるばると、浜のまさごの数もつきぬべく、御裳裾川の流れいよいよひさしく、位の山の年経させたまはん、まことに白玉椿八千代に千代を添ふる春秋まで、四方の海の波の音静かに、見えたり。

（天仁元年十一月二十三日　四七二頁）

儀式の様子を詳述し、鳥羽天皇の御代を言祝ぐ。傍線部のように、天皇に対して、先の初出仕の記事にも見られた「いはけなし」という言葉を用いながらも、ここでは幼主であるからこそ、これから先も末永く御代が続くだろうと、肯定的な表現に転じている。

この御神楽の記事に関して注目されてきたのは、堀河天皇に対する言及がないことである。「堀河天皇追慕の記」であるはずの下巻に見られるこうした記事は、否定的に評価されることが多く(6)、また、記事のもつ意味を正面から捉えようとする論考も少ない(7)。

しかし、御神楽の記事が鳥羽天皇関連の最終記事であることに、まず注意すべきではないかと考える。これまで記してきた鳥羽天皇の代始めの一年を、賛美の記事で締めくくるという構想が窺えるのである。この構想は、鳥羽天皇もまた、『讃岐典侍日記』の重要な記録対象であったことを示唆するものでもあるだろう。

以上、取り上げた二つの記事において、鳥羽天皇は対照的な位置づけにあると言える。「いはけなき」鳥羽天皇は、堀河天皇追慕の思いを呼び起こす一方、下巻末尾近くでは賛美の対象となっているのである。『讃岐典侍日記』において、鳥羽天皇は幼さが描写されるだけでなく、天皇として御代を言祝がれる存在でもあることに、本節では注目しておきたい。

二　鳥羽天皇と堀河天皇

正月の初出仕と清暑堂の御神楽の記事に見られる、鳥羽天皇に対する記述姿勢の違いは顕著である。幼さを強調されていた鳥羽天皇が賛美の対象へと変化することについては、「初参以後の帝と作者の交渉を本記の中にたどって行けば、幼帝の言動を介して次第に再出仕の宮廷になじみ行く心理状態、それにつれ堀河帝の思い出も甘美なものに変って行く様相が首肯され、新帝の生い先を寿ぐに至る心の和みも、その一環として素直にうけとる事ができる(8)」とされるが、本稿では、記述姿勢が変化してゆく契機に注目したいと思う。本節と次節で、初出仕以後の鳥羽天皇に関する記述を順に検討しながら、変化の契機を探ってゆこう。なお、本節で取り上げるのは、すべて鳥羽天皇の様子を述べた直後に堀河天皇に関する言及が続く場面となる。

以下は、灌仏の日の記事の一節である。昔と変わらぬ行事の様子、堀河天皇の叔父である源雅俊、国信らの「いと堪へがたげにもの思ひ出でたるけしき」（四四八頁）を見て、堀河天皇を失った悲しみを新たにしているところである。

あぢきなく、われもせきかねられて、おほかた例は外のかたも見じと思ひて、御几帳引き寄せて見れば、御前、御几帳のかみより御覧ぜんとおぼしめす。御たけのたらねば抱かれて御覧ずる、あはれなり。おとなにおはしますには、引直衣にて、念誦してこそ御帳の前におはしまししか。（嘉承三年四月八日　四四八頁）

鳥羽天皇は几帳の上から様子を見ようとするが、子供であるために背が足りない。その有様に、大人であった堀河天皇の姿を思い出す。前節で取り上げた初出仕の記事のうち、忠実が参内した場面の構造と類似している。ここでも、大人であった堀河天皇と対比することで、鳥羽天皇が幼主であることを際立たせているのである。

鳥羽天皇に関する記述に続けて堀河天皇に言及するという形は、次の諒闇明けの記事にも見られる。しかし、これまでとは異なる点がある。

殿、うるはしくさうぞきて、参らせたまうて、「とく参らせたまへ」と召せば、参りたれば、御前、もろともに装束せさせまゐらせたまふ。うつくしげにしたてられ、引直衣にておはします。御しりつくりまゐらするにも、昔、まづ思ひ出でらる。かやうにこそせさせまゐらせて、日ごとに石灰の御拝のをりは出でさせたまひしかと、まづ思ひ出でらる。（嘉承三年七月二十五日　四五三頁）

忠実とともに鳥羽天皇の衣服を改め、その姿を描写した後、点線部のように、引直衣の裾を整えるにつけても昔が思い出されると記す。注意されるのは、次の波線部である。これまでのように二人の違いを述べるのではなく、「かやうにこそせさせまゐらせて」、すなわち鳥羽天皇の裾を整えるのと同じように堀河天皇の裾も整えたものであった、と続いているのである。鳥羽天皇への出仕が、堀河天皇への出仕と重ねられるものとなっており、ここでは、鳥羽天皇を堀河天皇と近しい存在と捉えていることが窺われるのである。

二人の近さを記した例としては、翌月の内裏遷幸の記事も挙げることができる。

その日になりて、内の大臣殿、御びんづらに参らせたまひて、朝餉の御簾巻き上げて、御びんづら結ひまゐらせらるる、見れば、変はらぬ顔して見えさせたまふも、あはれなり。（天仁元年八月二十一日　四五五頁）

内裏遷幸当日、源雅実にみずらを結われる鳥羽天皇を目にして、堀河天皇と「変はらぬ顔」に見えたとある。(9) 諒闇明けの記事より、さらに明確に堀河天皇との近さを述べていると言えるだろう。

こうした一方で、同じ日の夜には、次のような場面も見られる。

その夜も御そばに臥して見れば、〔中略〕御帳の帷見るにも、まづ、おほせられしことども、思ひ出でらる。昔をしのぶいづれの時にか露かわく時あらんとおぼえて、かたしきの袖もぬれまさり、枕のしたに釣りしつばかり、よろづのことに目のみ立ちて、たがふことなくおぼゆるに、ただひと所の姿の見えさせたまはぬと思ふぞ、かなしき。御前の臥させたまひたる御かたを見れば、いはけなげにて大殿ごもりたるぞ、変はらせおはしまししとおぼゆる。（天仁元年八月二十一日　四五六〜四五七頁）

「いはけなげ」に眠る鳥羽天皇の様子を見て、点線部のように、堀河天皇の時との変化を感じたとある。二人の違いに対する言及がなくなったわけではない。

しかし、前者が『中右記』にも記録される(10)言わば公的な場面であるのに対し、後者は皆が寝静まった夜、讃岐典侍一人が目にした姿に対する感慨を述べた場面であることには、注意する必要があるだろう。鳥羽天皇が幼主であることは変わりようのない事実であるが、公的な場面での姿を描写する際には、そのことを殊更取り上げないという姿勢が看取されるのである。そして、代わりに堀河天皇との近さを語ることは、幼主ではあるものの、鳥羽天皇を大人であった堀河天皇とも並ぶ存在として、位置づけることであったと考えられるのである。

『讃岐典侍日記』において、鳥羽天皇の様子を述べた直後に、対比的に堀河天皇に言及する場面は、以上ですべてである。はじめは、大人であった堀河天皇に言及することで、二人の違いを強調し、鳥羽天皇が幼主であることを述べていたのが、二人の近さを語るものへと変化していることを確認することができる。

さらに注目されるのは、この変化が起こるのが諒闇明けの記事からであることだろう。諒闇の間は、鳥羽天皇の幼さを強調し、堀河天皇を想起させる存在としてしか位置づけていなかったのが、明けた後には、特に公的な場面で記述姿勢を変化させているのである。堀河天皇を追悼して喪に服す一年も終わり、新たに鳥羽天皇の御代が動き出す時を契機として、鳥羽天皇の位置づけを堀河天皇に並ぶものとする。これは、堀河天皇の典侍というよりは、鳥羽天皇の典侍としての立場からのものであったと言えるだろう。

三　鳥羽天皇と讃岐典侍

諒闇明け、そして内裏遷幸後の記述姿勢の変化として、鳥羽天皇から讃岐典侍に向けての言動が記されるようになることも挙げられる。本節では、こうした二人のやり取りを描いた三つの場面を取り上げてゆく。なお、三つの場面はすべて、前節で検討してきた、鳥羽天皇と対比する形で堀河天皇に言及する場面が見られなくなった後に、置かれるようになったものであることに注意しておきたい。

次に挙げるのは、内裏遷幸の翌朝の一場面である。

明けぬれば、いつしかと起きて、人々、「めづらしきところどころ見ん」とあれど、具して歩かば、いかがものの み思ひ出でられぬべければ、ただほれてゐたるに、御前のおはしまして、「いざ、いざ。黒戸の道をおれが知らぬに、教へよ」とおほせられて、引き立てさせたまふ。参りて見るに、清涼殿、仁寿殿、いにしへに変はらず。台盤所、昆明池の御障子、今見れば見し人にあひたる心地す。

（天仁元年八月二十二日　四五八～四五九頁）

内裏の様子に堀河天皇の在りし日を思い出す讃岐典侍に対し、鳥羽天皇が内裏の案内を求める。天皇の言動は、讃岐典侍の胸の内を理解しないものであり、結果的に堀河天皇への思いを呼び起こしてしまう。ここでの鳥羽天皇は堀河天皇追慕につながる存在でしかないが、注目したいのは、鳥羽天皇の発言が記録されるのは初出仕の記事以来のこと、特に讃岐典侍に直接向けられた発言は上下巻を通して初めてのものになることである。鳥羽天皇と讃岐典侍の関係が、変化しつつあることを物語る場面と捉えられるのである。

翌九月にも、鳥羽天皇と讃岐典侍のやり取りは描かれている。

> 御前におはしまして、「われ抱きて、障子の絵見せよ」とおほせらるれば、よろづさむる心地すれど、朝餉の御障子の絵、御覧ぜさせ歩くに、夜の御殿の壁に、明け暮れ目なれておぼえんとおぼしたりし楽を書きて、押しつけさせたまへりし笛の譜の、押されたる跡の、壁にあるを見つけたるぞ、あはれなる。
>
> 笛の音の押されし壁の跡見れば過ぎにしことは夢とおぼゆる
>
> かなしくて袖を顔に押しあつるを、あやしげに御覧ずれば、心得させまゐらせじとて、さりげなくもてなしつつ、「あくびをせられて、かく目に涙の浮きたる」と申せば、「みな知りてさぶらふ」とおほせらるるに、あはれにもかたじけなくもおぼえさせたまへば、「いかに知らせたまへるぞ」と申せば、「ほもじのりもじのこと、思ひ出でたるなめり」とおほせらるるは、堀河院の御こととよく心得させたまへると思ふも、うつくしうて、あはれもさめぬる心地してぞ笑まるる。かくて、九月もはかなく過ぎぬ。（天仁元年九月　四六一～四六二頁）

引用部分の直前まで堀河天皇のことを回想していた讃岐典侍に対し、傍線部のように、朝餉の間の障子の絵を見せるように求める鳥羽天皇の発言がある。その結果、堀河天皇にまつわる笛の譜を見つけ、悲しみを新たにする。ここまでは、一月前の内裏遷幸の翌朝の場面に類似する。

しかし、続く展開は大きく異なる。波線部のように、鳥羽天皇が讃岐典侍の堀河天皇追慕の思いに理解を示すのである。さらに点線部のように、鳥羽天皇の発言によって悲しみも覚める心地がしたことを述べ、その後は堀河天皇の追慕に戻ることなく、九月の記事を閉じている。この場面の鳥羽天皇は、讃岐典侍を理解し、堀河天皇を失った悲しみを癒す存在となっているのである。

翌十月の記事で大嘗会の御禊に触れた後、十一月には五節に関する記事が置かれる。この記事にも、鳥羽天皇とのやり取りが見られる。次の引用は、五節の準備の様子を天皇とともに眺めている場面である。

童のぼらんずる長橋、例のことなれば、うちつくり参りてつくるを、承香殿の階より清涼殿の丑寅のすみなるなかはし戸のつままでわたすさま、昔ながらなり、御前、めづらしうおぼして御覧ずれば、暮るるまで御かたはらにさぶらふにも、〔中略…堀河天皇のことを回想〕つくづくと思ひむすぼほるるも、ただも御覧じ知らず、「あのうちへくもやり持ちたるもの、こはせて。いで、いで。出で行かぬさきにこはせよ。それ、いへ、それ、いへ」と引き向けさせたまへば、うつくしさによろづさめぬる心地す。御返りごと申しなどするに、まぎれぬれば、「まかでなん」といへば、「あな、ゆゆし。などものも御覧ぜで」といひあひたり。

（天仁元年十一月　四六四～四六六頁）

堀河天皇のことを回想していた讃岐典侍に対し、傍線部のように、鳥羽天皇の発言[11]がある。ここでは、すぐに「うつくしさによろづさめぬる心地」がしたと続いており、鳥羽天皇が讃岐典侍の悲しみを無条件に和らげる存在にまで変化したことが窺えるのである。

以上、三つの場面を取り上げてきた。いずれも堀河天皇を回想、追慕する讃岐典侍に向けて鳥羽天皇の言動があるという形をとるが、続く展開は異なっている。類似した構造をもつ場面でありながらも、それぞれの場面で描かれる鳥羽天皇の位置づけが段階的に変化しているのである。幼かった天皇が、讃岐典侍の悲しみを癒す存在へと成長してゆく過程を記したものと言えるだろう。これは、最終的には、一節で取り上げた清暑堂の御神楽の天皇賛美へと向かってゆくものでもある。

さらに、三つの場面に共通して見られるのは、鳥羽天皇に近侍し、天皇より言葉をかけられる讃岐典侍の姿だが、すべて諒闇が明けた後の記事であることに注意される。堀河天皇を追悼する諒闇の一年が終わるのを区切りとして、その後は追慕の思いのみならず、今の主君である鳥羽天皇と親しく接する様子を描いたと見ることができるだろう。また本節冒頭で述べたとおり、三つの場面は、鳥羽天皇と堀河天皇とを対比的に記す記事と入れ替わる形で置かれるようになったものでもある。はじめは堀河天皇との比較の中で位置づけられるにすぎなかった鳥羽天皇であるが、やはり諒闇が明けてからは記述姿勢を明確に変え、讃岐典侍の主君として、日記に登場させているのである。

以上、初出仕以後、清暑堂の御神楽までの鳥羽天皇に関連する記述を見てきた。服喪の期間は鳥羽天皇の幼さを述べ、対比的に大人の天皇であった堀河天皇を偲び、喪が明けた後には鳥羽天皇を主君として描く下巻は、堀河と鳥羽という二人の天皇に出仕した典侍という立場から記されたものと考えるべきだろう。(12)こうした下巻を有する『讃岐典侍日記』は、「堀河天皇追慕の記」であると同時に、「天皇の代替わり」という過渡期を強く認識し、自身が出仕した二人の天皇の御代を記録する日記であったとも思われる。そして、鳥羽天皇もまた、日記において大きな位置を占める存在であることが、あらためて確認されるのである。

四　下巻の位置づけ

一、二、三節では、正月の初出仕から清暑堂の御神楽まで、鳥羽天皇関連の記事に着目してきた。鳥羽天皇をめぐる記述姿勢は、特に諒闇が明ける時を契機として、大きく変化していることを指摘することができる。諒闇が明けた後の記事は、下巻が「堀河天皇追慕の記」であるだけでなく、鳥羽天皇にも関心を寄せ、その御代を記録するものであったことを示唆しているだろう。鳥羽天皇という存在を踏まえた上で、あらためて下巻を検討してみる必要があると思われる。そこで本節では、下巻に見られるいくつかの記述に注目して、その位置づけを考えてみたい。

まずは、下巻の構成[13]に注意しよう。下巻は、月次の構成であることが特徴として知られているが、「下巻における日時は、崩御の日から、日一日と遠ざかってしまう切なる悲哀の情を述べるためのものとなっている[14]」、あるいは「月並という客観的時間の流れ—すなわち鳥羽新帝に仕える現実の進行に構成を全面的に委ねながら、内容的にはもう一つ遡った過去を語ったのであった[15]」など、やはり堀河天皇を回想、追慕する記事に収斂する形で意味づけられている。

以下に、下巻の各月の書き出し部分を挙げてみる。

かくいふほどに、十月になりぬ。
…十一月にもなりぬ。
十二月朔日、まだ夜をこめて大極殿に参りぬ。
〔一月〕朔日の日の夕さりぞ参り着きて…
二月になりて…
三月になりぬれば…
四月の衣がへにも…
五月四日、夕つかたになりぬれば…
六月になりぬ。
七月にもなりぬ。
かくて、八月になりぬれば…
かくて、九月になりぬ。

十月十一日、大嘗会の御禊とて…

かやうに、世のいとなみやうやう過ぎて、今は、五節、臨時祭、いとなみあひたり。

〔十二月〕晦日になりぬれば…

各月、冒頭には必ず月が変わったことを表す一文が置かれている。こうした表現は、下巻が、堀河天皇追慕を主題とし、天皇に関する記事を多く有しながらも、あくまで鳥羽天皇の御代を基軸とする記録であることを示すものである。そもそも、下巻は鳥羽天皇への出仕を要請されるところから始まる。鳥羽天皇への出仕の記としての体裁も整えているのである。

鳥羽天皇については、即位の日のことも記録されている。以下は、記事の一部分で、讃岐典侍が褰帳の役を務める場面である。

かくて、「ことなりぬ。おそし、おそし」とて、衛門の佐、いとおびたたしげに、毘沙門などを見る心地して、われにもあらぬ心地しながらのぼりしこそ、われながら目くれておぼえしか。手をかけさするまねして、髪あげ、寄りて針さしつ。わが身いらずともありぬべかりけることのさまかな、などかくしおきたることにかとおぼゆ。御前の、いとうつくしげにしたてられて、御母屋のうちにゐさせたまひたりけるを、見まゐらするも、胸つぶれてぞおぼゆる。おほかた目も見えず、はぢがましさのみよに心憂くおぼゆれば、はかばかしく見えさせたまはず。ことはてぬれば、もとのところにすべり入りぬ。（嘉承二年（一一〇七）十二月一日　四三八頁）

即位の日の天皇の様子については、傍線部のように記すのみである。一節で取り上げた翌月の正月の初出仕とは異なり、天皇の幼さには特に言及しない。こうした記述姿勢は、二節で見てきた諒闇明けや内裏遷幸の記事に通じるものだろう。やはり公的な性格の強い場面では、幼主であることは話題にせず、即位の日はただ緊張のあまり、はっきりと見ることもできない存在とするのである。

即位の記事に関しては、殿舎や人々の様子を詳述する中に見られる、次の一節にも注目される。

人ども、見さわぎ、いみじく心ことに思ひあひたるけしきどもにて、見さわげども、ただわれは、何ごとにも目も立たずのみおぼえて、南のかたを見れば、例の、八咫烏、見も知らぬものども、大頭など立てわたしたる見るも、夢の心地ぞする。かやうのことは、世継など見るにも、そのこと書かれたるところは、いかにぞやおぼえてひきこそかへされしか、うつつにけざけざと見る心地、ただおしはかるべし。

（嘉承二年十二月一日　四三七頁）

傍線部の「世継」とは、『栄花物語』のことである。特に言及された『栄花物語』は、即位の様子を記すにあたり、先例として意識されていたものと思われる。(16) ここには、先例を参照しながら、鳥羽天皇の即位を記録してゆこうとする姿勢が明確に表れており、鳥羽天皇の代始めの記録という下巻の性格を、端的に示していると考えられるのである。

代始めの記録という観点からは、大嘗会の御禊の記事が置かれていることも看過できない。この記事では、堀河天皇への言及が一切なく、鳥羽天皇の様子についても特に描写されてはいない。それでも、御禊に関わった人々について記すのは、代始めの儀式を記録するという構想があったためと解されるだろう。

さて、鳥羽天皇関連の記述の中で際立つのは、やはり一節で取り上げた清暑堂の御神楽の記事である。この記事に関しては、次のようにあることに注意したい。

とまりてなど思ふほどに、「院より、『清暑堂の御神楽には、典侍二人さきざきも参る』とおほせられたるに、一人ぞ弁の典侍参る、いま一人は参らせたまひなんや」と、殿のおほせらるれば、その出で立ちにことつけて出でなんと思ひて、「むかへに人おこせよ」といはせたれば、暮るるままにおこせたり。

（天仁元年十一月　四六七～四六八頁）

傍線部にあるとおり、御神楽は鳥羽天皇の典侍として、特に出仕が要請された出来事であった。だからこそ、御神楽の夜は、堀河天皇追慕の思いを差し挟むことなく、鳥羽天皇の典侍という立場から、天皇の御代を盛大に言祝ぐ記事としてまとめられたのだろう。

さらに一節で触れたように、この御神楽を鳥羽天皇に関する最終の記事としていることからは、天皇に関する記述を賛美で締めくくるという構想も窺われる。これは、鳥羽天皇の典侍が記す代始めの記録に相応しい構想と言えるだろう。下巻には、鳥羽天皇の典侍という立場が深く関わっているのである。

このように鳥羽天皇に注目すると、下巻には、鳥羽天皇の典侍による天皇の代始めの記録という一面があることも見えてくる。そもそも、讃岐典侍は、堀河と鳥羽という二人の天皇に典侍として出仕した女房である。堀河天皇追慕を主題としつつ、鳥羽天皇の代始めを記録対象とすることも、十分想定されるだろう。つまり、下巻は、「堀河天皇追慕の記」であると同時に、「鳥羽天皇の代始めの記録」としても位置づけられるものなのである。

おわりに

以上、本稿では、堀河天皇追慕が主題と言われる下巻を、あえて堀河天皇ではなく、鳥羽天皇に着目して検討してきた。『讃岐典侍日記』が、堀河天皇の「崩御の記」、「追慕の記」であることは明らかである。しかし、下巻は、諒闇明けを契機として鳥羽天皇に対する記述姿勢を変化させ、最終的にはその御代を賛美するなど、鳥羽天皇への関心の高さも窺える。「鳥羽天皇の代始めの記録」としての性格も有するものと考えられるのである。堀河天皇のみならず、鳥羽天皇の典侍が記した日記という点に注意して、捉え直す必要もあるだろう。

こうした観点から『讃岐典侍日記』全体を俯瞰すると、堀河天皇の崩御、すなわち「堀河天皇時代の終焉の記録」としての上巻と、(17)「鳥羽天皇の代始めの記録」としての下巻という関係が見えてくる。「天皇の代替わり」という出来事により、讃岐典侍が経験することとなった二つの御代の終焉と始まりを、上下巻それぞれに捉え、記録したのが、『讃岐典侍日記』であったと解することもできるのである。

注

（1）石井文夫校注『新編日本古典文学全集　讃岐典侍日記』解説（小学館、一九九四年）

（2）たとえば、下巻末尾近くには、堀河天皇のことに全く言及せず、鳥羽天皇を賛美する清暑堂の御神楽の記事がある。この記事をめぐっては、森田兼吉「『讃岐典侍日記』の成立」（『日記文学の成立と展開』笠間書院、一九九六年、初出一九六三年）が、「序にいう執筆動機とは全く無関係で、異質のもの」で、「『讃岐典侍日記』という作品にあっては、最初の意図を外れ、破綻をきたしてしまった」とする一方、宮崎荘平「讃岐典侍日記の形質　作品論の基底」（『平安女流日記文学の研究』笠間書院、一九七二年、初出一九六四年）は、御神楽に続く記事に、「昨夜のなごり、めづらしく心にかかりておぼゆるにも、まづ、昔の御なごり、思ひ出でられさせたまへば」（四七四頁）とあり、堀河天皇を追慕する周防内侍との贈答があることに着目し、前後のつながりで御神楽の記事を理解すれば、「下巻に描かれた記事に堀河帝追慕の情に結びつかないものは何一つとしてない」とする。両氏の見解は異なるが、いずれも、御神楽の記事を堀河天皇追慕という主題の中でどう理解するかを問題としたものだろう。なお、この記事については、本稿でも一節及び四節で取り上げる。

（3）岩佐美代子「『讃岐典侍日記』読解考　鳥羽帝描写」（『宮廷女流文学読解考　総論中古編』笠間書院、一九九九年、初出一九八六年）

（4）『讃岐典侍日記』の引用は、新編日本古典文学全集に拠り、引用本文の下に頁数を記す。

（5）『西宮記』の引用は、神道大系に拠る。

（6）森田兼吉前掲注（2）論文など

（7）前掲注（2）参照。なお、清暑堂の御神楽に関して、守屋省吾「鳥羽帝への再出仕をめぐって」（『平安後期日記文学論―更級日記・讃岐典侍日記―』新典社、一九八三年）は、下巻に見られる讃岐典侍の「白河院に対する反発の心情」に着目し、御神楽は「ことの具体的運営面での中心者は摂政たる忠実であって、白河院の存在は表面には顕現していない」ため、鳥羽天皇を賛美する言葉が書き記されたとする。また、土田育子「『讃岐典侍日記』下巻末尾考—「御神楽の夜」の鳥羽帝賛美と、跋文、附記の意味—」（『日記文学研究　第二集』新典社、一九九七年）は、「成年に満たない幼い天皇の時にはお膳を供せず、簾を天皇の座の前に垂らすのが先例だった」ことに着目し、鳥羽天皇の場合も御座の前に御簾が掛けられ、「見えない」ということが逆に、「天皇」としての鳥羽天皇を長子に意識させ」、賛美へとつながったと指摘する。

（8）岩佐美代子前掲注（3）論文

（9）「変はらぬ顔」については、「鳥羽天皇の普段と変わらない顔」と解するのが通説ではある。堀河天皇と「変わらない顔」と解するのは、森本元子校注、講談社学術文庫『讃岐典侍日記』（講談社、一九七七年）、岩佐美代子前掲注（3）論文。

（10）『中右記』天仁元年八月二十一日条には、次のようにある（『中右記』の引用は、増補史料大成に拠る）。

今日初可遷御内裏也、依為夜行日、行幸出御酉刻、仍申時許参内、人々漸次参集、内大臣参御前被奉仕御総角、御装束之間、右大将於仗座且行幸召仰了…

（11）鳥羽天皇の発言には、「うちへくもやり」七字を中心として、文意不明のところがある。諸注、明解は示されていない。

（12）阿部泰郎「『とはずがたり』と中世王権—院政期の皇統と女流日記をめぐりて」（『日本文学史を読む　Ⅲ中世』有精堂、一九九二年）は、下巻では「あらたな王の誕生（即位）と養育に携わる内侍のはたらきが叙されるのであり、されば『讃岐典侍日記』は、上巻の〝旧き王の死〟と下巻の〝新たな王の誕生〟とが、一貫した、照応する構造を成しているのであって、それを繋げ渡す内侍の立場から記されたテクストであった」と指摘する。

（13）下巻の構成は以下のとおり。

①嘉承二年十月から天仁元年十二月（跋文）

②年次不明の十月十余日の香隆寺参詣の記事

③日記を読んだ「ある人」との贈答

④常陸殿と堀河天皇を偲んだという後日譚

嘉承二年十月から天仁元年十二月までは月次の構成をとっており、跋文の性格を有する十二月の記事で一くくりと見ることができる。②については、嘉承二年や天仁二年の出来事とする説があるが、いずれにしろ、③、④とともに月次の構成をとる部分の追記という性格が強い。したがって、本稿では、下巻本編とも言える①の月次の構成をとる部分について取り上げている。

(14)　宮崎荘平前掲注(2)論文

(15)　石埜敬子「讃岐典侍日記における時間の構造」(『日記文学・作品論の試み』笠間書院、一九七九年)

(16)　『讃岐典侍日記』と『栄花物語』の関係については、原岡文子「中古における歴史物語観―讃岐典侍日記・袖中抄・袋草紙などに見る―」(『国文学解釈と鑑賞』五四―三、一九八九年三月)、石坂妙子「〈典侍〉讃岐の日記―『栄花物語』の継承―」(『王朝女流文学の新展望』竹林舎、二〇〇三年)などに指摘がある。

(17)　上巻については、本稿脱稿後、拙稿「『讃岐典侍日記』上巻の一側面―天皇の代替わりという過渡期をめぐって―」(『詞林』四五、二〇〇九年四月)を発表した。あわせて参照されたい。

「鳥羽法皇六十日大般若講願文」における罪の意識
――院政期願文における「治天の君」像補説――

仁木夏実

はじめに

平安時代後期、特に白河・鳥羽院政期におびただしく行われた仏事法会は当時の文化の粋の結集であり、その場を舞台に花開いたのが、願文に代表されるいわゆる「法会文学」であった(1)。願文は彫琢の凝らされた修辞で法会を、そして、法会の願主を荘厳し、仏に、そして世界にその意図を訴えたのである。

膨大に残されたそれら願文を読み解くことは、作業の質と量と、いずれの側面でも決して容易なことではない。しかし、当時の文化を知るうえで欠くことの出来ない作業であろう。特に、「治天の君」として天下に君臨した院主催の法会における願文には、当時の目に映った院の姿、そして院自身が世界に示そうとした姿が反映しているはずであり、そこから得られる情報は歴史史料としても重要ではないかと思われる。

稿者はかつて、『詞林』第三七号「特集　願文の世界」において、藤原永範(一一〇三～一一八〇)の草した鳥羽院関連願文を中心に、その「治天の君」としての姿、特に当今の天皇、上皇の直系の父祖であるという皇統意識の表現の変遷と歴史的背景を追った(3)。その際に「治天の君」像の一側面として、治政に携わることにより生じる罪の意識についても触れたが、指摘するに留まり、それ以上論を深めることは出来なかった。

小稿は前稿を承け、鳥羽院関連願文に見られる罪障意識について考察を試みるものである。

一　院政期の天皇観

院政期において、天皇はまず過去世における功徳によって根拠付けられる存在であった。すなわち、『菩薩瓔珞本業経』釈義品に

> 是人復行十善。若一劫二劫三劫修十信、受六天果報。上善有三品、上品鉄輪王化一天下、中品粟散王、下品人中王、具足一切煩悩、集無量善業。亦退亦出。若値善知識学仏法、若一劫二劫方入住位。

とあるごとく、過去に十善（大乗戒に定める不殺生ほか十の戒律を持つこと）を行ったもののうち、下品の者は人中の王となるとされたのである。現世において王であるということは過去世において十善を行ったことの証左であった。この発想を承けた「於戯、十善に感じて万乗に登り、猶ほ九品の業を思ふ。」（「円宗寺五仏堂供養願文」『江都督納言願文集』巻一・延久三年六月二十九日・原漢文）のような表現は、古くは空海草の願文に見られるとされ、平安時代中期から鎌倉時代にかけてしばしば見出されるものである。(4)

しかし、すでに『菩薩瓔珞本業経』に下品人中王はすべての煩悩を備えながら、無量の善業を集める者であり、「亦退き、亦出づ」、すなわち、功徳が失われる可能性も、迷界を出る可能性もある存在と述べられていることを見落としてはならない。かねて指摘されるように、十善の功徳はあくまで過去世の功徳であり、現世と未来世における何ものをも保障するものではなかった。(5)

先の願文を草した大江匡房は『続本朝往生伝』の第一話において一条天皇を取り上げ、「十善の業に依り、万乗の位を感ず。往昔は五百の仏に事へ、今生は霜露の罪少なし」（原漢文）とし、前世で十善の功徳を積み、五百の仏に仕えたことにより、今世において人臣の王となり、罪が少ないと述べ、過去世の功徳が現世の地位と罪の少な

さをもたらしたと述べる。吉原浩人はこのことについて、「摂関期の願文類においては、天皇の罪障の有無について論じられることは決してなかった。天皇であっても、罪障があれば生死輪廻の世界から出離できないと解されるのは、匡房の時代、すなわち院政期になってから初めて見られることなのである」と指摘し、そこに天皇に対する禁忌からの解放を見出されている。(6) 匡房より時代がくだると、この考えはさらに進み、

況十善者往古之勝因也、罪業何妨。　況んや十善は往古の勝因なり、罪業何ぞ妨げん。
三会者当来之宿望也、値遇豈疑。　三会は当来の宿望なり、値遇豈疑はん。

（藤原敦光「鳥羽院高野塔供養願文」『本朝続文粋』巻十二・大治二年十一月四日）(7)

十善者往劫之因也、本称北闕之主。　十善は往劫の因なり、本は北闕の主と称す。
九品者当世之望也、遂列西方之尊。　九品は当世の望みなり、遂に西方の尊に列す。

（藤原茂明「鳥羽天皇御逆修法会願文」『本朝文集』巻五十九・久安四年閏六月十日）

のように、十善を、現世における阿弥陀仏の到来や往生を待ち望む気持ちと対比させる例が見られるようになる。ここでは、十善の功徳ははっきりと過去のものとされ、現世での地位の根拠となるものであっても罪障からの解放や、来世の往生を約束するものではないことが明言されている。では、天皇の罪業とは具体的にはどのようなものであったのか。次節において追ってみたい。

二　天皇の罪業

東山捍命之徒、陣雲漫起、　東山の捍命の徒は、雲を陣ねて漫に起こり、
南海乱常之族、逆浪不閑。　南海の乱常の族は、浪に逆らひて閑かならず。
遂議征伐而出師、　遂に征伐を議して師を出し、

更愍滅亡而泣罪。　　　　　　更に滅亡を愍みて罪を泣く。
或伏白刃而伝首、　　　　　　或いは白刃に伏して首を伝へ、
或迷蒼波而乱骸。　　　　　　或いは蒼波に迷ひて骸を乱す。
…（中略）…、　　　　　　　…（中略）…、
昔当万邦之有罪、帰責於一人。　昔万邦の罪有るに当たりて、責は一人に帰す。
今思四生之無安、求哀於十力。　今四生の安きこと無きを思ひて、哀を十力に求む。

（大江朝綱「朱雀院平賊後被修法会願文」『本朝文粋』巻十三・四〇七・天慶十年三月二十八日）

天皇が願文の中で自らの罪について語る例として、最も早いと思われるのがこの天慶十年（九四七）三月の朱雀院願文である。この願文が用いられた法会の直後の同年四月、朱雀院は村上天皇に譲位している。題目と引用冒頭六行から知られるように、これは天慶三年から四年にかけて起こった東国の平将門の乱、西国の藤原純友の乱の平定後に行われた法会で用いられた願文であり、賊軍の救済を願ったものである。

願文中、朱雀院は自らの不徳により乱を招いたとし、賊軍の凄惨な滅亡をあわれむ。そして、天下に罪があればその責を負うのは自分であるとして十方の諸仏に救いを求めるのである。「万邦之有罪、帰責於一人」は『書経』湯誥に「其爾万方有罪、在予一人。一人有罪、無以爾万方」とあるのにもとづく表現で、これ以降も匡房によって、「四方辜《つみ》有れば、責は夏禹に在り。三面網を去つるは、仁を殷湯に門《き》く」（「日吉社仁王経供養」『江都督納言願文集』巻一・原漢文）、「万方に辜有れば、責は一人に在り」（「尊勝寺阿弥陀堂」『江都督納言願文集』巻一・原漢文）のような類似表現が用いられている。

しかし、これは自ら犯した罪ではなく、国家の責任者としての自責の念がそう言わせているのであって、裏返せばそうした責任のある地位に在ることの表明であり、天皇自身の犯した罪とは言えない。

これらに対し、鳥羽院関連の願文を一読して気が付かれるのが、自らの犯した罪障を懺悔しようとする意識の強さである。自らの罪については、すでに白河院を願主とする匡房の願文にも、「於戯、十善の昔因に依りて、万乗の今位に登る。いよいよ現当の業障を銷し、将に解脱の良縁と為さん」（「仁和寺北院供養願文」『江都督納言願文集』巻一・原漢文）等の例が見られるが、現存する藤原永範作の鳥羽院関連願文にはその傾向が一層顕著である。


百姓咎過、譴責寄誰。　百姓の咎過、譴責を誰にか寄せん。

三業罪障、懺悔憑仏。　三業の罪障、懺悔を仏に憑む。

（「鳥羽天皇安楽寿院阿弥陀堂供養呪願文」『本朝文集』巻六十・久安三年八月十一日）


此外修毎日一壇之護摩、懺曠劫多生之業障。　此の外、毎日一壇の護摩を修し、曠劫多生の業障を懺す。

（「鳥羽天皇於天王寺御逆修功徳御願文」『本朝文集』巻六十・久安六年九月十一日）


縦遺往劫之罪霜、盍消遍照之慧光。　縦ひ往劫の罪霜を遺すとも、盍ぞ遍照の慧光に消えざる。

（「同（鳥羽天皇於天王寺）御逆修結願御願文」『本朝文集』巻六十・久安六年九月二十日）


欲抜其業障、無勝于十力。　其の業障を抜かんと欲するに、十力に勝るは無し。

欲破其昏暗、無先於三明。　其の昏暗を破らんと欲するに、三明に先んずるは無し。

（「千日御講御願文〈第六度〉」『本朝文集』巻六十・久安六年十月七日）


凝念以憶往事、亦衆罪之霜露幾多。　念を凝らして以て往事を憶ふに、亦た衆罪の霜露幾多なり。

只任慧日之照臨、将消曠劫之業翳。　只だ慧日の照臨に任せて、将に曠劫の業翳を消さんとす。

（「鳥羽天皇逆修功徳御願文」『本朝文集』巻六十・仁平元年閏四月二十日）


故顕弥陀九体之容。　故に弥陀九体の容を顕かにす。

然則多劫経歴之業障、於焉消除。　然れば則ち多劫経歴の業障も、焉に消除せん。

（「鳥羽天皇金剛心院供養願文」『本朝文集』巻六十一・仁平四年八月九日）

行往坐臥、寤寐造次、
莫不植善根、莫不懺罪障。

行往坐臥、寤寐造次、
善根として植えざるは莫く、罪障として懺せざるは莫し。

（「鳥羽天皇安楽寿院内不動堂供養御願文」『本朝文集』巻六十一・久寿二年二月二十七日）

以上のように、罪、罪障、そして懺悔といった語がしばしば見出される。

さらに注意されるのは、治天の君としての務めを行う中で「自然と」罪が発生すると認識されていることである。すなわち、

抑弟子雖保禁戒猶難保。
　雖懺罪障不能懺。
所以者何。
正嫡則太上皇、
少子亦万乗主。
二代扶持之間、定招不慮之咎。
衆務諮詢之処、豈無自然之愆。
四海為家之昔、河伯之民入貢。
百官分任之時、山虞之職宰畋。
…（中略）…
其間罪障、自然而在。

抑も弟子は禁戒を保つと雖も猶ほ保ち難し。
罪障を懺すと雖も懺すること能はず。
所以は何ぞ。
正嫡は則ち太上皇、
少子は亦た万乗主なり。
二代扶持の間、定めて不慮の咎を招かん。
衆務諮詢の処、豈に自然の愆ち無からんや。
四海を家と為す昔、河伯の民、貢を入る。
百官を分任する時、山虞の職、畋を宰す。
…（中略）…
其の間の罪障、自然として在り。

（「同（鳥羽天皇三七日御逆修功徳）結願御願文」『本朝文集』巻六十一・久寿二年六月二十六日）

（「鳥羽法皇六十日大般若講願文」『本朝文集』巻六十一・仁平二年正月十九日）

前者は、守るべき禁戒を保つことが困難であり、罪障を懺悔しても尽くすことができない理由を、長男崇徳院が上皇、末子近衛天皇が皇位に在り、この二代を支えて多く務めについて諮詢を受けていること、それは言い換えれば己が治天の君であるということに求めている。すでに前稿で述べたように、天皇の父であるために政務を行わなくてはならないというのは、永範の鳥羽院関連願文で確立したと見られる、父子の論理を前面に押し出した院の権力基盤の表現パターンである。

後者については次節で詳しく見てゆくが、やはり天下を治めていた昔に「自然と」罪が存在していたとする。これらによれば、治天こそ、思いがけないあやまちを招き、罪障を生み出す行為であるということになろう。これらの願文中において、鳥羽院は、前世の十善の功徳によって得られた「治天の君」という地位が、そのまま己の往生を脅かす罪を生み出すという緊張関係の中に自らの存在位置を見出しているのである。彼が治世時になした膨大な作善—仏像や塔、堂の供養、及びそれらの制作など—の背景にそうした彼の自らの罪障への恐れと懺悔を見出すことが出来るのではないだろうか。

三 「鳥羽法皇六十日大般若講願文」をめぐって（一）

それでは天皇の罪障とはどのようなものであったのか。

永範の鳥羽院関連願文の中でそのことが具体的に語られているものがある。前節でも少し見た仁平二年（一一五二）正月十九日の日付を持つ「鳥羽法皇六十日大般若講願文」（『本朝文集』巻六十一）である。本節ではこの願文を読むことにより、天皇の罪障という大きな問題の一端について考えてみたい。

まず本文を挙げる。長文にわたるため内容によってＡ～Ｆの六つの部分に分け、対句を明らかとした形とする。

A夫、
大般若経者、
尽性虚融之理、熟蘇味濃。
畢竟空寂之門、甘露潤普。
須臾運心、功力歴千劫而不古。
刹那持念、利益苞万品而長今。
実用妙用、
邈矣大哉。

B弟子、
遜皇位而三十載、
入仏道而十二年。
棲是茨岫之居、一百之寿算半至。
身亦松門之侶、二八之想観久凝。
以厭俗機、
以擺塵垢。
然猶三聚浄戒之中、十重禁戒為本。
　十重禁之中、不殺生為先。
不殺之戒、吾豈敢乎。
所以者何。

四海為家之昔、河伯之民入貢。
百官分任之時、山虞之職宰畋。
加之一面遺網於殷野、
　三章立法於夏台。
其間罪障、
自然而在。
C然則
梵網経所説之、殺因殺縁、殺法殺業、
　　難逃難免、可謝可懺。
爰般若理趣分云、
「仏告金剛手菩薩等言、『若有得聞如是般若波羅蜜多甚深理趣、
信解受持、読誦修習、
仮使殺害三界所摂、一切有情、
而不由斯、
堕於地獄、傍生鬼界。
以能調伏一切煩悩及悪業故、
常生善趣、受勝妙楽。
疾証無上正等菩提』者。
仏説不虚妄。

D弟子深信受、
仍仰証明於冲襟、奉図絵釈迦三尊像一鋪。
択精妙於真手、奉書写大般若経六百巻。
即於尊像之前、設六十日之斎席。
新排禅居之側、模十六会之軌儀。
毎一日開一帙。
供養之、転読之。
E昔唐室玄奘之伝廿万頌焉、致翻訳於龍朔之歳。
今本朝弟子之写六百軸矣、占演説於鶯辰之春。
彼四箇年之功也、就梵本而無刪一文。
此二箇月之勤也、憑勝因時専書一部。
時代雖隔、尊重惟同。
F伏乞、白仏言之懇念、縦誤梵網経之禁戒、
金剛手之対揚、忽顕波羅蜜之功能。
智地日霽、衆罪之霜露悉消。
寿域風芳、万善之叢林鎮茂。
已得勝妙不可説之功徳、
宜成現当無量種之願求。
況於順次生、必証大菩提。

乃至自界他方、六趣四生。
令其中在々之群萌、
併皆到如々之直道。
敬白。
仁平二年正月十九日　　弟子沙門敬白

それぞれの部分について大意を確認すれば以下のようになろう。

A大般若経には一切の分別や執着を超えた悟りの境地が豊かに語られており、わずかでもこれに拠ればその効力は絶大である。

B願主である私（鳥羽院）が今回の大般若経講を発願したきっかけ。それは殺生戒を犯した罪のためであった（この箇所について、詳しくは後述する）。

C『梵網経』には殺生の罪の逃れ難いことが説かれているが、何とかして懺悔したいものである。『般若経』理趣品には般若波羅蜜多の教えを聞き、これを信じて読誦修習することが出来れば、たとえ殺生を犯したとしても、全ての煩悩を克服することが出来るので、悟りを開くことが出来る。

D私はこのことを深く信じ、釈迦三尊像を描き、大般若経六百巻を書写した。そして、尊像の前で六十日に亘り毎日一巻を供養、転読することとした。

Eかつて唐の玄奘はこの経典を将来し、龍朔の年に漢訳を完成させたが、今私は六百巻を書写し、新春に法会を行うこととした。時代は隔たっているとはいえ、この経典を尊ぶ気持ちは同じである。

F伏してお願い申し上げます。この仏に申し上げる私の真心により、『梵網経』の禁戒を犯すとも、金剛薩埵のお引立てにより、波羅蜜の功徳を明らかにしたまえ。また、仏の慈悲によりもろもろの罪を消し去り、善行をなさしめたまえ。すでに言い尽くせぬ功徳を得ている身であれば、今世の願をも成就せしめたまえ。まして次の世では必ず大菩提を得さしめたまえ。そして、すべての衆生も悟りの道に到らしめたまえ。

罪障について具体的に述べられているのはBの部分である。

B弟子、皇位を遜れて三十載、仏道に入りて十二年なり。

棲は是れ茨岫の居たり、一百の寿算は半ばに至る。

身は亦た松門の侶なり、二八の想観を久しく凝りたり。

以て俗機を厭ひ、
以て塵垢を擺ふ。

仏弟子たる私は、天皇の位をしりぞいて三十年、仏道に入ってから十二年になります。棲みかは粗末な山家、齢は五十に至り、僧侶である身で長らく十六の観想に専念しております。俗世を嫌い、塵垢を払いのけるものです。

願主鳥羽院の現在の境遇が語られる。この法会が行われた仁平二年（一一五二）は近衛天皇の時代であり、鳥羽院はその父親として権力の中枢にあったが、願文中ではあくまでも仏道修行に専念する仏弟子として描かれている。

然るに猶ほ三聚浄戒の中、十重禁戒を本と為す。

十重禁の中、不殺生を先と為す。

不殺の戒、吾豈に敢へてせんや。

所以は何ぞ。

四海を家と為す昔、河伯の民、貢を入る。

百官を分任する時、山虞の職、畋を宰す。

三聚浄戒の中では、戒律に定められた不殺戒、不盗戒ら十重禁戒を基本とし、十重禁戒の中では不殺生の戒が最も優先されるものです。不殺生の戒を保つことなど、私にはとてもできません。何となれば、かつて私が天下を治めていた時、魚が貢納され、官吏をそれぞれの任に就けた際には山林を司る者が職掌として狩を行っていたのですから。

鳥羽院は自身をすでに俗塵を離れた身とする。しかし、三聚浄戒の中で何をおいても守るべき不殺生の戒を自分は果たせなかったという。なぜなら、在位の時、諸国の贄は彼の許に貢進され、全国の狩を行う官吏を彼が任命していたからである。君主であるがゆえに犯してしまう殺生の罪、そして、そのことによる破戒、それこそがこの願文において彼が背負っていた罪であった。

四　「鳥羽法皇六十日大般若講願文」をめぐって（二）

前節で見たBの箇所には、藤原敦光作の「白河院八幡一切経供養願文」（『本朝続文粋』巻十二）を踏まえると見られる句が含まれている。「白河院八幡一切経供養願文」は、大治三年（一一二八）十月二十二日に石清水八幡宮での一切経供養に際して草されたもので、白河院の作善の数々が述べられることで知られるが、その中に、

就中、六度之行、以持戒為最。十戒之中、不殺生為先。

とある。おそらく本願文の「然猶三聚浄戒之中、十重禁戒為本。十重禁之中、不殺生為先」はこれにもとづくのであろう。

しかし、同様の表現とはいえ、その用いられ方は全く異なるものである。白河院の願文中では引用した部分の後に殺生の罪深さが縷々述べられ、白河院が大規模な殺生禁断令を発するという善行を行ったことを誇る内容へと続

いてゆく。戒律に由来する不殺生の優先性は、白河院の殺生禁断令という功徳の大きさの前提とされるのである。

それに対し、鳥羽院願文は同様の表現を、殺生を禁じることが出来なかった自らの罪障を述べる、その部分の導入に用いている。戒律に由来する不殺生の優先性が述べられていることは変わらない。ならばこそ、それを徹底した白河院の功徳は絶大であり、禁じえなかった鳥羽院の罪は重く、罪障意識は深刻なものとなるのである。永範の表現は先人の作を見事に反転していると言って良いだろう。

このような白河院願文との表現の類似は次の箇所にも見られる。

加之《しかのみならず》、
一面網を殷野に遺し、
三章法を夏台に立つ。
其の間の罪障、
自然にして在り。

それだけではない。殷の湯王のように私は鳥を捕る網の一面を遺し、法をもって取り締まった。その間の罪障はおのずから存在しているのである。

「一面網を殷野に遺し」とは、『初学記』(8)に見える、殷の湯王が四面に網を張って鳥を捕っていた者に命じて網の三方を解かせ、一面からのみ捕るようにさせたという、動物にまで仁愛を施す君主の徳を述べる故事にもとづく表現である。大江匡房が白河院のために草した「日吉社仁王経供養」願文には、この故事に拠る次のような対句がある。

四方有辜、責在夏禹。　四方に辜《つみ》有らば、責は夏禹に在り。
三面去網、仁門殷湯。　三面網去りて、仁を殷湯に門《き》く。

国内に罪があればその責任は夏の禹王のように君主である私にある、四面のうち三面の網を除くような仁愛は殷の湯王に学ぶ[9]、というほどの意味であろう。

白河院の願文と鳥羽院の願文と、両者はここでもやはり、同じ故事を踏まえながら、正反対の事柄を述べている。白河院願文が三面の網を取り除いた君主、つまり殺生を禁じた白河院の慈悲を言うのに対し、鳥羽院願文は、四面のうち取り除かれた三面ではなく、遺された一面の網に着目し、そのことに己の殺生の罪を見出すのである。

これらはいずれも白河院の殺生禁断政策を称揚する表現を反転させ、鳥羽院の殺生の罪の告白に用いるものである。皮肉な利用と見ることも出来ようが、御願寺造営にあたって現場に出向きその場で指示を出すほど自身の御願仏事に積極的に関与したとされる鳥羽院であれば[10]、国家的な仏事の場で読み上げられる願文の中の自己に関する文言（いわゆる願主来歴）には細心の注意を払い、アピールしたい己の姿を執筆者に構築させたに違いないのである[11]。ならば、ここに示されているのは、白河院の殺生禁断令を意識しながらそれを引き継ぐことの出来なかった鳥羽院の、己の罪障へのおののきであり、その罪ゆえに仏事を行おうとする「治天の君」鳥羽院の姿であると見なければならないであろう。

ここで検討しておきたいのは、願文中Bに見える「四海を家と為す昔」とはいつか、という問題である。

現在、白河院の殺生禁断政策については以下の六つの記事が知られる。

①嘉保元年（一〇九四）（『中右記』十一月二十九日条）
②永久二年（一一一四）（『中右記』九月八〜十一日条）
③天治二年（一一二五）（『百錬抄』是年条）
④大治元年（一一二六）（『百錬抄』六月二十一日条）
⑤大治元年（一一二六）（『百錬抄』十月二十一日条）
⑥大治二年（一一二七）（『百錬抄』八月十日条）

③『百錬抄』天治二年の末尾には「此年以後、殺生禁制殊に甚し」（原漢文）と見え、実際に史料の上からも殺生禁制が特に盛んに言われるようになったのは白河院政期でも最末期の崇徳・近衛在位期であるが、②永久二年の宇治網代の破却は鳥羽院の在位時のことである。「四海を家と為す昔」に諸国の貢進を受けていたという記述は、決して事実をありのままに述べたものではないということになる。それ以前に、鳥羽院の在位時は白河院が治世を行っていたわけであるから、その面からもこの記述の読みには慎重であるべきであろう。確実に言えることは、禁制が甚だしくなったとされる天治・大治年間に比べ、鳥羽院在位期にはいまだ殺生禁断令が本格的に行われていなかったこと、そして、白河院の殺生禁断令を停止したのが他ならぬ鳥羽院であったことである。

先に挙げた「白河法皇八幡一切供養経願文」に依れば、七道諸国の漁具の禁止、十一ケ国の魚類の貢進の停止、八千八百二十三帖の魚網の焼却が行われ、『古事談』や『古今著聞集』中にも殺生禁制下の説話が見られる[12]など、白河院の殺生禁断令は後世にも強い印象を与える大規模なものであった。しかし、その徹底は現実的ではなかったようで、白河院が大治四年（一一二九）七月七日に急死すると、その翌月の閏七月二十九日には早くも殺生禁断令が解かれることとなる（『平知信記』同日条）。その撤廃を行ったのは、白河院の没後新たに治天の君となった鳥羽院であった。

その後、殺生禁断令の発令は、鳥羽院の院政期とその死、保元の乱を経た保元二年（一一五七）の後白河院治世における新制を待たなくてはならない[13]。その間の大治五年十月七日と同六年正月二十五日に私的に鷹や鶻を飼うこと、並びに狩猟を行うことを禁じる太政官府が出ているが[14]、それとて白河院の殺生禁断令の徹底ぶりには及ぶべくもないものであった。

先行研究の多くが指摘するように、殺生禁制令とは現実的な徹底はほぼ望めないものの、その国土の全生命に天皇の恩恵を施し、天皇の領土高権を主張するシステムであった[15]。鳥羽院政期に一時的にであれ殺生禁断が退潮したことの理由を追う用意は小稿にはないが、強大な権力を誇り、殺生禁断令という見えやすい方法でそれを誇った父白河院に対する鳥羽院の屈折した自己認識がここには見られるようである。そして、永範の願文は白河院の願文を反転して利用することによって鳥羽院の自己認識を荘厳する。そこに描かれるのは、諸国からの貢進を受け、官吏任命権を掌握する鳥羽院の姿であり、治天ゆえの罪という鳥羽院関連願文に通底する課題は、法会の開催による功徳への期待を導くものとなっているのである。

おわりに

己の罪の自覚と懺悔の意識とを特色とする鳥羽院関連願文の中でも、「六十日大般若講願文」は治世中の罪が殺生であったと明言する点で現存願文中では特異な存在である。無論、鳥羽院関連願文の中で語られる罪が全て殺生であったとは考えられないし、天皇、院と罪という問題についてはさらに詳細な調査が行われるべきであろう(16)。しかし、院政期における治世の君の在り方を考える上で、殺生禁制という重要なテーマが白河院、鳥羽院と交錯するこの願文の意義は決して見過ごされるべきではない。

また、願文の表現という側面から、殺生という罪について語る文言に、殺生禁断を強行した白河院関連願文が効果的に反転されて用いられていることを指摘したが、これは院政期という法会が盛行し、おびただしく願文が制作された時代に、鳥羽院のような自覚的な願主と願文作者が先行例をいかに参照したかという問題について考える一つのきっかけとなるのではないか(17)。傑出した作者の作を中心に読み解き、その特色を明らかにすることも重要であるが、類似した状況や問題について先行例がいかに取り込まれていたのか、作者間を横断的に捉えることも、院政期前後の膨大に残された作品を読む視座として有効であると思われる。

注

（1）「法会文学」の名称については、小峯和明『院政期文学論』「Ⅲ大江匡房論・後編―〈伝〉と願文―」所収「『江都督納言願文集』の世界（一）～（六）」（笠間書院、二〇〇六年、初出一九八七年～一九九二年）を参考とした。

（2）以下本稿においては、在位期を含め上皇経験者について「～院」の呼称で統一する。

（3）「院政期願文における「治天の君」像―藤原永範の鳥羽院関連願文を中心に―」（『詞林』第三七号、二〇〇五年）

（4）高木豊『鎌倉仏教史研究』第十章「鎌倉仏教における国王のイメージ―日蓮を中心に―」（岩波書店、一九八二年、初出一九七九年）参照

（5）佐藤弘夫「中世王権と仏教―天皇の宗教的権威をめぐって―」（『日本の仏教』法藏館、一九九四年）は、十善の帝王説の限界として、「天皇の資格が特定の血脈や家柄に限定されず」、「天皇制の根幹をなす血統の論理を解体する危険を孕むものであった」ことと、天皇の地位が不動のものとはみなされず、「皇位の永続性をいかなる意味においても保証するものではなかった」ことの二点を指摘する。

（6）「日本往生極楽記と院政期往生伝―天皇の往生をめぐって―」（『説話の講座第四巻　説話集の世界Ⅰ』勉誠社、一九九二年）。また、天皇の往生と罪障の問題については、西口順子「天皇の往生おぼえがき―堀河天皇の死をめぐって―」（『平安時代の寺院と民衆』法藏館、二〇〇四年、初出一九八八年）が、院政期における、院・天皇の「神」から「人」への転化については、石井進「院政時代」（『講座日本史二』東京大学出版会、一九七三年）が先駆的な指摘を行っている。

（7）『類句抄』巻二二にも引かれる。

（8）巻二二・「猟」の事対に「三駆　一面」の対があり、「一面」について「皇甫謐帝王世紀曰、成湯出、見羅者方祝。湯問之曰、爾之祝何也。羅者曰、従天下者、従地出者、従四方来者、皆入吾網。湯聞曰、嘻、尽之矣。非桀其孰能為。乃令解其三面、留其一面」と注する。

（9）「門」字について、六地蔵寺本は「キク」の訓を付し、観智院本『類聚名義抄』法下も同字に「キク」の訓を示す。「門」字の字義にそれに該当するものが見出し難く、ここでは「門」を「聞」字の簡体と考えて語注を行った。

(10)　丸山仁「院政期における御願寺造営事業」(『院政期の王家と御願寺』高志出版、二〇〇六年、初出二〇〇一年)参照。なお、前掲注(3)拙稿においても永範が願主鳥羽院の意を汲んで文飾を施した可能性を指摘した。
(11)　『本朝文集』によれば、この願文に付せられた日付は仁平二年(一一五二)一月十九日である。この日については、『本朝世紀』、『山槐記』、『兵範記』に記事が残るが、大般若講について伝えるものはない。ただ、この日鳥羽院が白河押小路殿で尊勝陀羅尼供養を行ったことについては全ての史料が伝えており、それは僧侶では導師には仁和寺御室であった覚行を迎え、公卿では太政大臣以下十七名が参列するという盛儀であったという。
(12)　『古事談』巻一―八十一「平清盛の郎等加藤成家、白河院の殺生禁断を破る事、成家物云ひの事」、『古今著聞集』巻八―三一二「白河院殺生禁断の時、貧僧孝養の為に魚を捕ふる事」
(13)　水戸部正男『公家新制の研究』(創文社、一九六一年)、永井英治「中世における殺生禁断令の展開」(『年報中世史研究』一八、一九九三年)
(14)　『朝野群載』巻十一「禁私飼鷹鸇幷致狩猟官符」
(15)　保立道久「中世における山野河海の領有と支配」(『日本の社会史二　境界領域と交通』(岩波書店、一九八七年))、前掲注(13)永井論文など。
(16)　本願文と同じく、藤原永範の手になる鳥羽院関連願文で言えば、「同(鳥羽院)結願曼荼羅供養御願文」(『本朝文集』巻六十一・仁平元年六月九日)には、「万姓の愆つ所、更に咎を己に帰す。九律の設くる所、自ら法を民に加ふ」(原漢文)とあり、「鳥羽院供養金剛心院御願文」(『本朝文集』巻六十一・仁平四年八月九日)には「但し在位の当初、馭俗の間、庶績和し難し、定めて斉民の咎を招かん。三章法有り、猶ほ夏台の冤を遺さん」(原漢文)とあって、法を民に課したことや、そのことにより冤罪を招いた事などを治世時の罪として挙げている。
(17)　前掲注(3)拙稿においても、永範の願文と藤原敦光の願文との表現の類似について指摘した箇所がある。

承久の乱前後の菅原為長と願文

――後高倉院および鎌倉幕府との関係を中心に――

中川真弓

はじめに

承久三年（一二二一）五月、後鳥羽上皇は倒幕の兵を挙げるも大敗を喫した。このいわゆる承久の乱の結果、幕府の主導によって朝廷は大きな変化を迫られた。まず後鳥羽上皇・順徳上皇がそれぞれ隠岐・佐渡に配流された。また父後鳥羽上皇の倒幕計画には関与していなかった土御門上皇も、自ら幕府へ申し出て閏十月に土佐へと遷った。去る四月に四歳で践祚したばかりの仲恭天皇も、鎌倉幕府の沙汰によって位を廃され、十歳の後堀河天皇が即位することになった。このように、承久の乱は、三人の上皇が都を追われ、天皇の譲位が鎌倉幕府の手によって行われるという、まさに皇統を揺るがす事態を生じさせたのである。

新たに即位した後堀河天皇の父は、高倉天皇の皇子、守貞親王である。安徳天皇の異母弟、後鳥羽天皇の同母兄にあたる守貞親王は、皇位継承から遠く離れた存在となっていたこともあり、建暦二年（一二一二）三月に出家し、法名を行助と称していた。しかし、鎌倉幕府が後鳥羽上皇による院政体制を払拭しようとしたことから、後堀河天皇が擁立される。それに伴い、守貞親王は天皇を経ずに太上天皇の尊号を奉られ、新たな治天の君による院政体制が開始された。すなわち、承久の乱は、後鳥羽の皇統が払拭され、後高倉（守貞親王）の皇統が新たに立てられる契機ともなった（後掲系譜参照）。

本論考では、鎌倉時代初期に活躍した文章博士菅原為長（一一五八～一二四六）を軸とし、この承久の乱の前後における動向と人物関係を明らかにすることで、彼の願文製作の背景を探ることを目的とする。菅原為長は、土御門天皇以降の五代にわたり、後鳥羽・後高倉両統の侍読を勤めた人物である[1]。また、後鳥羽院に進講をおこなっており[2]、後述するように、後高倉院にも講義を奉ったことが知られる。

為長の執筆作品は数多いが、そのうち願文を集めたものとして『菅芥集』の伝本数種がある[3]。所収される願文の中には、後高倉院が治天の君となったことを、背景として反映しているものが見られる。また、鎌倉幕府の要人と関係する願文も収められている。『吾妻鏡』には、承久の乱を前にして独り不安を抱える為長の姿が描かれており、幕府との関係を考慮に入れて、これらの願文を読み取る必要があろう。以上の点を踏まえた上で、為長が製作した願文を読み解き、依頼主との関係を含めた成立事情を明らかにしたい。

図　皇統系譜

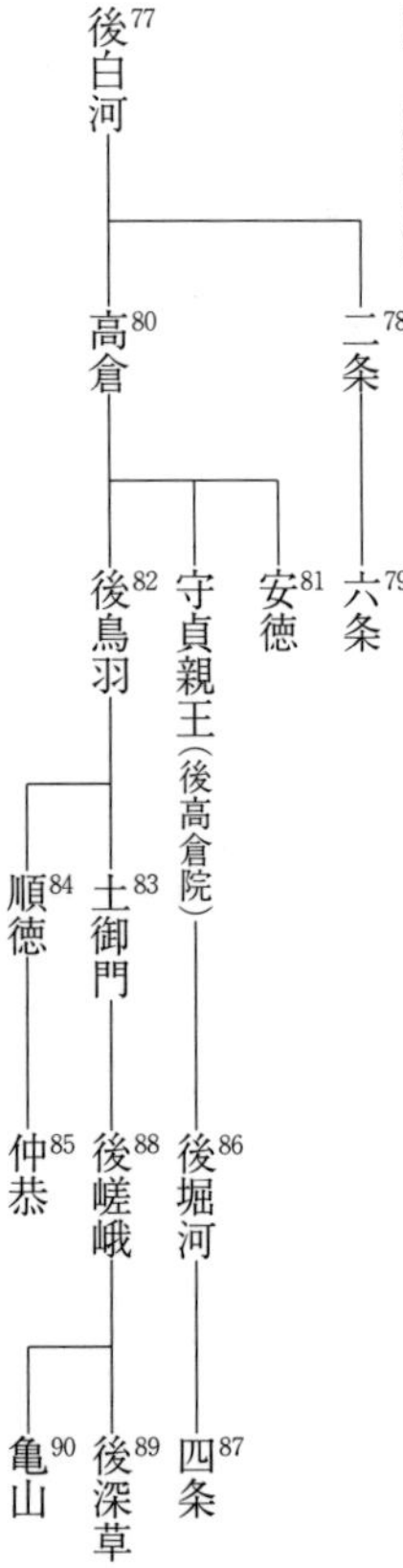

一　『文机談』に見える後高倉院と菅原為長

後に検討する『菅芥集』の願文は、背景として後高倉院が関わってくるものである。本節では後高倉院と菅原為長の間における直接的な関係を見ておきたい。

後高倉院（一一七九～一二二三）は後堀河の即位に伴って太上天皇となり、院政を行うこととなった。この後高倉院の親王時代を伝える記事が、文永九年（一二七二）からまもなく成立したとされる楽書『文机談』に載せられている。その中には後高倉院と菅原為長との関係を示すものが見える。それがどのような文脈であるのかを述べる前提として、まずは『文机談』の後高倉院に対する記述全体について確認しておきたい。なお本節では以下、記述が煩瑣になるのを避けるため、親王時代（守貞親王）・太上天皇（後高倉院）時代を通し、すべて後高倉と称することにする。

さて、後高倉は音楽を、特に琵琶を愛好していたことが知られる。『後伏見院御記』正和二年十二月二十二日条(4)には、

凡四絃之道、於レ上御沙汰事、清和天皇、天暦聖主《（村上）》殊被レ極二此道一、然而上古事幽玄所見不レ詳歟、近顕徳院《（後鳥羽）》（割注省略）、順徳院（同）、二代殊有二御沙汰一、此外二条院（同）、後高倉院（同）、又後深草院（同）、亀山院（同）、法皇《（伏見）》（同）、皆有二御伝業之儀一

とあり、琵琶の灌頂を受けた歴代の天皇・上皇の一人として、後高倉の名も挙げられている。(5)

次に掲げるのは、『文机談』に見える後高倉の琵琶の師についての記述である。

一、妙音院の御嫡弟は大宮のうちのをとゞ実宗とこそ申めれ。これはさゑもんの督通季とて、わかくてうせさせ給にし御まご、按察大納言公通の御子とぞ承し。禅閤もむねとはたのみまいらせさせ給けり。

持明院の宮と申は後高倉院の御事なり。このをとゞの御弟子にていみじく伝させ給けり。内大臣殿御かくれの後は、孝道をめしてこまかにきこしめされけり。この君、高倉院の第三の御子、後鳥羽院には御あに、てわたらせ給。ひたすらみちを賞しおぼしめして、孝道がこども、男女三人ながらめしをかせ給。

（『文机談』第三冊、妙音院御嫡弟事）(6)

後高倉が琵琶の手ほどきを受けたのは、中古中世の音楽史上、最大の権威者であった妙音院師長の一番弟子とされる、内大臣藤原（大宮）実宗からである。琵琶始は、建久二年（一一九一）二月、後高倉が十二歳のことであった。(7) さらに『文机談』が述べるように、建暦二年（一二一二）に実宗が逝去した後は、その弟子藤原孝道から学んだ。後高倉は、孝道の子どもを男女三人とも召し置いた。

さて七条女院に、あねはさぬき、をとゝはおはりとて、二人ながら候しほどに、承久に御代かはりて持明院殿へまいりにしかば、後高倉院これらを御賞翫ありて、二人ながら申てめしとらせ給。をはりをば後堀川院御くらゐの時内侍にまいらせさせ給ぬ。

…孝時は二人の女子にひきつゞきていできにければ、…はじめはさくらゐの僧正ときこへ給し御あたりに、童にて十四五までは侍き。十七と申ける冬より梁園にはまいりて、宮仕にはよるひる比巴をひけとぞおほせられける。

（『文机談』第三冊、参持明院殿事）

孝道の娘、讃岐局と尾張内侍は、初めは揃って七条女院殖子に仕えていたが、承久の乱の後、後高倉の在所である持明院殿へ参り、召し置かれることになる。また孝道の息である孝時は、十七歳の頃から後高倉に仕えたという。この藤原孝時は、『文机談』の作者隆円が師事した人物である。『文机談』には後高倉が関係する記事が数条見られるが、そのような事情を踏まえると、後高倉について隆円が記した内容の情報源が推察される。

後高倉法皇は持明院殿の御堂の御所にて、正五九月にかならず御講あり。いまにこの事たへず。昔は比巴八面などある時も侍けり。さぬきの局は箏たゞ一張にて候けれども、すこしもふそくにも聞へざりけり。比巴よりもなをあざやかに聞けりとぞ、人〳〵隆円には語侍し。昔の御事なればつたへ承る許也。

（『文机談』第三冊、典薬事）

後高倉の仙洞御所では、正月・五月・九月に管絃講が定期的に催されていたことが知られる。また、この院が主催する管絃講では琵琶が八面も使われていたことがあるといい、讃岐局の弾いた箏の音はその琵琶にも負けなかったというエピソードが紹介されている。隆円にこのような昔語りをした筆頭は、師の孝時であったと考えられる。

以下に掲げる『文机談』の記述では、末尾に孝時による言説であることが明示されている（波線部）。

このしさいくはしく勘たる十巻のふみあり。これを楽書要録といふ。大宗の后、則天皇后の所撰也。後高倉法皇、いまだ梁園とて持明院殿に御坐ありける時、かのふみをきこしめされんと思食て、為長卿のまいり給たるに師説を奏べきむねおほせありければ申されけるは、「此書いまだ家の説をつたへず。持本ありといへども読点にもをよばず。但これは唐書礼楽志に見えたるごとくならば、隋ほろびて唐をこるといへども、王者いまだ楽をなさゞりしほどは、そのふるきによりてこれをとる。武徳九年にはじめて太常少卿いげの臣らに詔して楽を定し時、黄鐘の一宮をとりてその七鐘をばついてきせられけり。こゝに協律郎張文収、則ふるきにまかせて竹をきりて十二律をとゝのふ。故に三五録の調子品には十一月をもてはじめとはたてたる也。しかあればもろ〳〵の本書にはなれたる説にはあらじ。たゞ類聚の勘書なれば、本書の所説にまかせて奏べきよしを申されける。をりふし孝範朝臣参ぜられたりけるに、「まづ御たづねや候べき」と為長うかゞはれければ、専はらしかりとてこのむねを仰くださるゝに、孝範申云、「かの書は当家ことさらに伝読の書也。点本候」とて則めしよせられたりければ、「このうへは尤くだんの説をきこしめさるべし」と為長さり申されければ、孝範の説をもて御伝受ありきと孝時入道も申さる。

（『文机談』第一冊、〔楽書要録事〕）

当時、親王（梁園）として持明院殿にいた後高倉は、則天武后撰『楽書要録』について関心をもち、菅原為長が参上した折に、「師説」を奏するよう命じる。しかしながら、為長は、菅原家には該当書は存在するものの、読点には及んでおらず、「家の説」は伝わっていないと答える。代わりに為長は、『新唐書』礼楽志を引き合いに出し、唐で初めて楽について制定されたことについて解説をおこなう。また師長『三五要録』についても言及し、さらに、『楽書要録』が類聚の勘書であることを踏まえ、原典の諸説に従って申し上げるべきであろうと述べている。

この記事からは、親王時代の後高倉のもとに為長が参上していたこと、また後高倉が為長から楽書について講義を受けようとしていたことがうかがえる。

ちょうどその時、後高倉のいる持明院殿に藤原孝範がやってくる。藤原孝範（一一五八〜一二三三）は、藤原南家の永範の猶子である。また為長は永範の弟子でもあった。為長は、『楽書要録』の件を孝範に尋ねてはどうかと後高倉に提案する。そこで後高倉が孝範にも尋ねてみたところ、孝範は、件の『楽書要録』が藤原南家には特に伝えられており、点を施した本もあると述べ、その点本を取り寄せた。そこで、為長も孝範の説を聞くよう勧めたので、後高倉は孝範の説によって『楽書要録』を伝受されたという。

先に述べたように、『文机談』の作者隆円は、その師である孝時から直接話を聞いたことを明記している。直接の聞書という点で事実関係についての信頼度は高いと言えよう(8)。

また、次のような条がある。

一、少輔大夫橘家季、さきに申しつる十念房これ也。比巴の天骨は身にうけぬわざなりけれども、ついにすき物にてやみぬ。延応のころまかりにしやらん。翰墨の業はしたなくて、連句の達者也。持明院殿にさぶらひける時、天下にきこえ給ひし四儒まいりて御作文のありけるに、数句の後、「琵琶移二牧馬一」といふ句いできにけり。儒家あんじわづらひて一時ばかりになりぬ。家季、遅参して終座にまいりたりければ、孝範卿、「いかに、遅参もての外也。この科に下句たしかに仕るべし」とをし懸けられて、その返答は申さず、「鞨鼓習二泉狼一」とつかまつりたりければ、為長以下の四儒、一同にかんじて、連句の大夫とぞ称美せられける。かやうの事、つねに侍りけり。ま事やらん、南都にすみける時は、一寺の奏状たゞこの入道の役にて侍りけるとかや。

（『文机談』第四冊、連句事）

この条は、橘家季（十念房素俊）の文才に対する賞賛が主眼となった話である。彼は文筆に勝れ、連句の達者であったという。この家季が持明院殿、すなわち後高倉のもとに伺候していたとき、「天下にきこえ給ひし四儒」が参上し、作文会が行われた。その中で「琵琶移二牧馬一」という句が出来たものの、対になる句ができず、一同が案じ悩んでいるところへ、家季が遅れてやってくる。遅参の罰として、孝範が家季に下句を作るよう迫ったところ、家季は「鞨鼓習二泉狼一」という句を即座に作ってみせた。「為長以下の四儒」は皆感じ入って、家季を「連句の大夫」と称讃した。この文才をもって、後に彼が出家して南都に住んでいた時は、寺の奏状の執筆をすべて任されていたという。

ここで注目したいのは、当時名を馳せた儒者たちが、持明院殿を在所としていた後高倉のもとに、作文会のために集まっていたということである。その中には為長の名も見える。『文机談』は音楽口伝書であり、中心となるのは音楽に関係する内容であるが、この『文机談』の記事からは、為長をはじめとする儒者たちが、後高倉のもとで文学的な空間を共有していたことが知られる。以上のように、『文机談』には為長に教えを求める後高倉の姿が伝えられており、後高倉のもとで文学的な催しが行われていたことも確認できる。先に見た『楽書要録』をめぐる一件とともに併せて考えれば、為長と後高倉との親王時代からの関係が推測される。

二　『菅芥集』所収願文に見える後高倉院の寺社修造事業

承久の乱によって、皇統は後鳥羽系から後高倉系へと移行する。[9]しかし、承久の乱は同時に、朝廷および天皇家の威信を大幅に低下させることになった。そのため、後高倉皇統は、新たに自らの威信を確立する政策を打ち出していく必要があった。

遠藤基郎の指摘によれば、承久の乱後の時期には、後高倉系による寺社修造事業が高まりを示しているという。遠藤は、この動きについて、「これは、威信確立のために、寺社勢力の支持獲得を狙った政策展開と評価すべきであろう」とする。[10]後高倉が院政を執ったのは、彼の没年までの二年間しかなかった。その短期間のうちに行われた寺社修造事業のうち、遠藤が取り上げた例に、新たな一例を追加したい。それは、菅原為長が執筆した願文によって確認することができる。以下に掲げるのは、為長作の願文集『菅芥集』（醍醐寺本）に収められた「嵯峨念仏房誂五種行十種供養願文」の冒頭部分である。[11]

蓋聞、
尺迦如来之報二母恩一也、忉利天説法之間、
優塡大王之摸二尊容一也、閻浮提造仏之始。
生身之姿留二於滅後一、毘首之製覃二於本朝一。
遂則、卜二栖霞観一安二第三伝之像一、近二洛陽城一叶二諸衆生之望一。

（蓋し聞く、釈迦如来の母の恩に報いるや、忉利天説法の間、優塡大王の尊容を摸するや、閻浮提造仏の始めなり。生身の姿滅後に留め、毘首の製本朝に覃《およ》べり。遂に則ち、栖霞観を卜めて第三伝の像を安じ、洛陽城に近く諸衆生の望みを叶ふ。）

この願文は、貞応三年（一二二四）、嵯峨念仏房（一一五七〜一二五一）が嵯峨清凉寺の阿弥陀堂再建を勧進し、供養した際のものである。[12] 願文の冒頭は、清凉寺本尊である釈迦如来像の由来譚から始められる。[13]

釈迦が生母摩耶夫人のために忉利天で説法を行っている間、地上に釈迦が不在であることを歎いた優塡王が、毘首羯摩に釈迦の姿を摸した像を造らせた。これが、生身の釈迦の姿を写した最初の仏像であるとされるものである。清凉寺の本尊釈迦像は、永延元年（九八七）、東大寺僧奝然によって宋から将来され、もともとは源融の別荘であった栖霞観（棲霞観）に安置された。この場所は後に栖霞寺、そして清凉寺と呼ばれるようになる。また、本尊は、釈迦の姿を直接写した優塡王所造の像そのものと見なされるようになった。

『菅芥集』の願文は、次のように続く。

自ㇾ尓以降、承久之比、回禄之時、氷雪獨全、煙焰不ㇾ侵。
弟子、恨ㇾ無ㇾ情二於樹提一、竊有二志于草創一。
（尓より以降、承久の比、回禄の時、氷雪独り全くして、煙焰侵さず。弟子、樹提に情け無きことを恨み、窃かに草創の志あり。）

右の文によれば、清凉寺に本尊釈迦像が安置されて以降、承久の頃に、回禄（火災）が起こった。その時、氷雪のごとく美しい膚をもつ釈迦像は、唯一煙火に侵されることなく無事であった。この後、念仏房は自らの手で再建に向けて取り組もうとする志を持つことになったという。

さて、この願文において願主となった念仏房は、法然上人の弟子になったとされる人物である。『法然上人絵伝（四十八巻伝）』最終巻には念仏房の伝記が載せられているが、その後半に次のような記事が見える。

…承久三年、嵯峨の清凉寺〈尺迦堂是也〉回禄の事侍しを、このひじり知識をとなへて程なく造営をゝへ、翌年二月廿三日、供養をとげられにき。かの西隣の往生院も、このひじりの草創なり。居をこの所にしめられしかば、ちかき程にて、毎日に清凉寺にまうでられけるが、建長三年十月晦日、入堂して寺僧にあひて、「けふばかりぞ、この御堂へもまいり侍らんずる」と申されけるを、なにともいと心えざりけるほどに、同十一月三日、殊勝の瑞相ありて往生の素懐をとげられにけり。生年九十五なり。…

（『法然上人絵伝』巻四十八）(14)

『法然上人絵伝（四十八巻伝）』には、承久三年（一二二一）に嵯峨清凉寺が火災に見舞われたこと、念仏房が清凉寺再建のために勧進をおこない、程なく造営を遂げたこと、翌年の二十三日に供養が行われたことなどが示されている。

この承久四年（一二二二）二月二十三日の供養については、『百練抄』巻十三に記事が見える。次に、承久四年（四月十三日に改元して貞応元年）の該当する条を掲げる。

（貞応）元年正月三日。天皇御元服。〈十一歳。〉○朝覲行幸。〈歩儀。〉○二月廿三日。今日。嵯峨清凉寺供養也。法皇《後高倉》御幸。雲客為二堂童子一。**先年回禄**之後。往生院念仏房所二造営一也。…○（五月）卅日。斯日。於二嵯峨清凉寺一。詩人才子講下奉レ讃二嘆釈迦如来一之詩上。是依二大学頭孝範朝臣勧進一也。散位経範書二都序一。

（『百練抄』巻十三・後堀河天皇条）(15)

文中には「先年の回禄」とあるのみで、火事が起こった具体的な日時は記されていないが、少なくとも承久年間の出来事であるということは、先に掲げた『菅芥集』の願文の記述によっても裏付けできるところであろう。また、『百練抄』の記事からは、承久四年二月二十三日の清凉寺供養にあたり、後高倉院が御幸したことが知られる。

一方、『菅芥集』「嵯峨念仏房詠五種行十種供養願文」と関わる阿弥陀堂供養は、貞応三年（一二二四）二月十日のことであった。願文中には、先の引用に続いて、

達二天聴一兮降二泥芝之命一、
締二雲搆一兮終二土木之功一。

（天聴に達して泥芝の命を降さる、雲搆を締んで土木の功を終ふ。）

と記されている。「天聴に達し」たとは、念仏房の勧進の意思が、太上法皇として治天の君となった後高倉院の耳に入ったことを指すと考えられる。また「泥芝の命を降さる」の「泥芝」とは、「皇帝の印」を意味する。このことから、念仏房に対して、後高倉院が清涼寺の再建の命を下したものとみなすことができる。ただし、供養の前年、貞応二年（一二二三）五月十四日に、後高倉院は崩御していた。

（貞応二年五月）十四日。太上法皇崩御。奉レ号二後高倉院一。葬二北白川一。天下亮闇。

（『百練抄』巻十三・後堀河天皇条）

すなわち、貞応三年の供養の時点では、後高倉院は他界しており、なおかつその服喪期間であった。『菅芥集』「嵯峨念仏房誂五種行十種供養願文」には、次のような部分がある。

十種供養之勤、数日薫修之□、先擎二上分一奉資二後高倉院一。
今生為二豊葦原中国之皇考一、悲二登霞一兮在二亮陰之比一也、
他方為二妙蓮台上品之仏陀一、発二覚花一兮令二出離之期一也。

（十種供養之勤、数日薫修之□、先ず上分を擎げて後高倉院に資し奉る。今生には豊葦原中国の皇考たり、登霞を悲しみ亮陰の比に在るなり、他方には妙蓮台上品の仏陀となり、覚花を発し出離の期とせしめん。）

引用の二・三行目では、後高倉院が、今生では豊葦原中国の天皇の父であり、生まれ変わっては妙蓮台上品の仏陀となるであろうとされている。注目すべきは、今回の供養による功徳の「上分」を後高倉院に資し奉りたいと述べられている点である。「登霞」は上皇の死を、「亮陰」は天皇の服喪を表している。供養の日が後高倉院の喪の期間に重なっていたこともあって、このような文言が織り込まれたのであろうが、先に示したように、後高倉院が清涼寺再建を命じた本人であったということが前提となっていたと思われる。以上のように、『菅芥集』の願文から

は、後高倉院による寺社修造事業の一つが背景としてうかがえるのである。

三　『菅芥集』に見える鎌倉幕府

『吾妻鏡』承久三年（一二二一）閏十月十日条には次のような記事が見える。(16)

十日庚寅。土御門院遷幸土佐国。（後阿波国。）土御門大納言（定通卿。）寄御車。君臣互咽悲涙。女房四人。并少将雅具。侍従俊平等候御供。此君。大化滂流万邦。慈恵充満八延御之間埏。不申行。遂日緒之処。綍起於叡慮。忽幸于南海云云。天照大神者。豊秋津洲本主。皇帝祖宗也。而至于八十五代之今。何故改百皇鎮護之誓。三帝。両親王。令懐配流之恥辱御哉。尤可怪之。凡去二月以来。皇帝。并摂政以下。多天下可改之趣蒙夢想告御。新院御夢。或夜。有船中御遊之処覆其船。或夜。又老翁一人参上一院。叡慮者一六由告申。又七月十三日。可定天下事者。吉水僧正坊夢。年来熏修壇上有馬。件馬俄以奔出者。依之。僧正於向後者。不可奉仕　仙洞御祈禱之旨。潜挿意端云云。是等何非宗廟社稷之所示哉。然而君臣共不驚之御。為長卿独不酔之間。恐怖云云。

『吾妻鏡』は、承久の乱の戦後処理および関係者の断罪について次々と記していく。右の条は、土御門院が自ら土佐（後に阿波）へと赴いたことを述べた記事である。この中で『吾妻鏡』は、天照大神は皇帝の祖宗であり、百皇鎮護の誓いがあるにもかかわらず、なにゆえその誓いを改めて、三上皇と両親王（雅成親王・頼仁親王）に配流の恥辱を蒙らせることになったのか、「尤可怪之」と述べる。その上で『吾妻鏡』は、「皇帝并摂政以下」が、同年の二月以降に、天下が改まるであろうとの夢告を蒙っていたことを幾つかの例を挙げて示している。すなわち、それらの夢告はまさに宗廟・社稷が示した警告であったにもかかわらず、朝廷側には倒幕という妄念が去らなかったという批判を加えているのである。

ここでは、それに続く文脈に注目したい。倒幕計画が破綻するであろうという夢告の意味は、結局のところ君にも臣にも理解されることがなかった。ところが、菅原為長だけは「独り」酔うことなく恐怖していたという。つまり為長のみが倒幕計画の破綻を予期していたとするのである。

『吾妻鏡』において、為長の名前が初めて登場するのがこの場面である。『吾妻鏡』が鎌倉幕府の正式な歴史書であることを踏まえても、為長は幕府側から好意をもって認識されていたと考えられる。為長が、『貞観政要』を北条政子のために和訳し、講義したとされることからも、この点は理解されよう。

ところで、『菅芥集』には、文中に幕府側の人物が登場する願文が収められている。

合二士民十余人之力一、欲レ復二旧基一、
従二文治第二年之暦一、漸励二殊製一。
（中略）
捧此上分一、奉資征夷大将軍幷前守宮令。
上寿無レ疆、永遂二万福延長之宿望一、
辺鎮惟静、弥叶二衆怨退散之本誓一。
加之、禅定員外刺史、
甲帰真境一、久掌二斯地一。
与善之心殊深、朋心之誠尤懇。

（士民十余人の力を合わせて、旧基に複さんと欲し、文治第二年の暦より、漸く殊製を励ます。…此の上分を捧げて、征夷大将軍幷に前守宮令に資し奉る。上寿疆《さかい》無し、永く万福延長の宿望を遂げ、辺鎮惟れ静かにして、弥《いよい》よ衆怨退散の本誓を叶へん。しかのみならず、禅定員外刺史、甲真境に帰し、久しく斯地を掌にす。与善の心殊に深く、朋心の誠尤も懇ろなり。）

（醍醐寺本『菅芥集』「丹波国住人修善願文」）

右は、丹後国住人伊津部恒光を始めとする一党を願主とし、末尾に建久三年（一一九二）九月の日付を有する願文の一部である。彼らは丹後国野間世野にあった西方寺を建て替え、本尊に加えて諸尊像を寄進した。文中には「文治第二年之暦」（一一八六）から事業が開始されたことが記されている。願文では、供養の「上分」を「征夷大将軍」ならびに「前守宮令」に奉りたいと述べられている。この供養の二ケ月前、すなわち建久三年七月には、源頼朝が征夷大将軍に任ぜられたばかりであった。また、守宮令とは掃部頭の唐名であり、ここでの「前守宮令」とは、幕府文官御家人中原（藤原）親能（一一四三～一二〇八）を指す。[17] 次に掲げる願文も、同様に頼朝と親能への文言を含むものである。

捧此上分一、奉祈征夷大将軍御願。
遥保二寿福於万年一、宜伝二栄貴於万孫一。
又、以余薫一、奉資二前守宮令一。
万春之間、弥染二大樹之栄一、
一期之後、遂証二妙蓮之果一。
加之、禅定員外刺史、
朋心之誠異他、宜成二二世之欣求一、
与善之者莫大、定誇諸凡之哀愍一。

（此の上分を捧げ、征夷大将軍の御願を祈り奉る。遙かに寿福を万年に保ち、宜しく栄貴を万孫に伝ふべし。また、余薫を以て、前守宮令に資し奉る。万春の間、弥《いよい》よ大樹の栄に染み、一期の後、遂に妙連の果を証さん。しかのみならず、禅定員外刺史、朋心の誠他に異なり、宜しく二世の欣求を成すべし。与善の者莫大なり、定めて諸凡の哀愍を誇らん。）　　（醍醐寺本『菅芥集』「妙徳寺修善願文」）

先に掲げた「丹波国住人修善願文」と右の願文は、『菅芥集』では続けて載せられており、両方とも、建久三年九月の日付を有している。また、丹後国野間世野に所在する寺の供養であるという点でも共通している。後者の願主は丹波氏の一党であり、前者の願文とは異なっているが、ここにも「征夷大将軍」（＝頼朝）と「前守宮令」（＝親能）の名が見え、頼朝には供養の「上分」、親能には「余薫」が捧げられている。さらに両方の願文には、頼朝・親能に続き、「禅定員外刺史」という人物の名が挙げられている。この「禅定員外刺史」については未だ詳らかではないが、「禅定」は出家者を意味し、「員外刺史」は権守の唐名である。願文によれば、この「禅定員外刺史」は野間世野の地を管領する人物であり、寺の再建にあたり特に寄進をおこなったという。「禅定員外刺史」が願文の中で名前を挙げられていることに関しては、供養の助成を中心的におこなったことからすれば当然のこととも言える。しかし、源頼朝と中原親能については、願文中において、寺の再建への直接の関与は示されていない。前節で触れたように、同じ『菅芥集』所収願文の中には、後高倉院に供養の「上分」を捧げるという表現が見られたが[18]、この場合は後高倉院が寺の再建の命を下していたという事情があった。直接供養をおこなう立場でなかった頼朝・親能の名が挙げられていることは、供養の願主たちの立場や幕府との関わりを考える上での一つの資料となると考えられる。

また、為長は右に見える親能を願主とする願文も執筆している。歴博本『菅芥集』に所収される願文群の一つである[19]。この願文群は、文治五年（一一八九）十二月に亡くなった中原広季の追善供養のためのもので、願主はそれぞれ広季の子が勤めている。願主は中原（藤原）親能、伊都岐嶋（厳島）神主広貞、中原（大江）広元の三人であり、供養の忌日をそれぞれが分担したことが知られる。各願文には共通する表現が見られ、為長は一連のものとして意識しつつ執筆している。文治五年は、源義経が奥州の藤原泰衡に殺害され、さらにその奥州を頼朝が征伐した年であった。この既成事実に対して事後承認を迫られた後白河上皇は、「泰衡追討」への満足の意と頼朝家人への恩賞付与の意志を伝える院宣を鎌倉方へ送った。この時、鎌倉側から京への使者を務めたのが大江広元である。(20)彼は当時、京都にいたことが知られる。つまり、為長に願文の執筆を依頼したのは広元であった可能性が高く、この時期に為長と幕府側の中心人物との間に関係があったことは注目される。

おわりに

本稿では、菅原為長の活動について、特に後高倉院および鎌倉幕府との関係に焦点を当てて述べてきた。

菅原為長は後高倉院と親王時代からの繋がりがあった。『文机談』には、為長が楽書について後高倉院から諮問を受ける姿が描かれており、他の儒者とともに後高倉院の在所である持明院殿に伺候し、作文会を行うこともあったことが知られる。承久の乱の後、皇統は後鳥羽系から後高倉系に移行するが、後高倉の院政時代は二年間と短かった。その間に行われた寺社対策の一環を、為長の執筆した願文からうかがうことができる。

また、為長の願文には、鎌倉幕府の影響力が色濃く反映しているものが見られる。建久三年（一一九二）七月、源頼朝は征夷大将軍となった。これにより、頼朝は全国の武士に対する軍事指揮権を公認されることとなった。その二ケ月後、丹後国の住人たちを願主として行われた二つの造寺供養に対して、為長はそれぞれに願文を執筆した。願文の依頼が為長のもとに直接あったのか、それとも仲介者が存在したのかは定かではないが、この願文の中で為長は、鎌倉幕府への忠誠心を示す願主の意図を代弁している。

鎌倉幕府との関係を見れば、文治六年（一一九〇）には、京下り御家人である中原親能・大江広元ら兄弟のための願文執筆も引き受けている。『吾妻鏡』が承久の乱の前夜について述べる中で、為長のみが朝廷側の敗北を予感し、「恐怖」していたとすることからも、幕府側が為長を評価し、また為長が幕府に親近していたことがうかがえる。北条政子に求められ、『貞観政要』を仮名書きにして講義したとも伝えられることも（一条兼良『樵談治要』）、為長と幕府とのつながりを考える上で考慮すべき徴証であろう。

注

（1）『菅儒侍読年譜』（『続群書類従』第四輯上・補任部）には、土御門院に元久元年（一二〇四）、順徳院に承元四年（一二一〇）、後堀河院に寛喜元年（一二二九）、四条院に嘉禎四年（一二三八）、後嵯峨院に仁治三年（一二四二）と、計五代の侍読を勤めたことが記されている。菅原為長は、後鳥羽院の院政のもと、土御門天皇の侍読となる。『明月記』元久二年正月二十二日条において、藤原定家は「去年歳末、菅翰林〈為長朝臣〉、被聴昇殿御侍読、文道面目何事過之乎」と記している。

（2）『明月記』建保元年（一二一三）七月三日、十一日条には、為長が後鳥羽院のもとで『貞観政要』を進講したことが見える。

（3）中川真弓①「『菅芥集』についての基礎的考察」（『詞林』三七号、二〇〇五年）、②「『菅芥集』奥書考」（『語文』八六、二〇〇六年）、③「醍醐寺蔵『菅芥集』について—付翻刻」（荒木浩編『仏教修法と文学的表現に関する文献学的考察—夢記・伝承・文学の発生—』二〇〇五年）、④「国立歴史民俗博物館蔵田中穣氏旧蔵『菅芥集』について—付翻刻」（『小野随心院所蔵の密教文献・図像調査を基盤とする相関的・総合的研究とその探求』二〇〇五年）、⑤「嵯峨念仏房関係願文考—『菅芥集』所収願文をめぐって—」（『中世文学』五〇号、二〇〇五年）、⑥「『菅芥集』の資料的位置—八条院三位局願文を中心に—」（『軍記と語り物』四四号、二〇〇八年）

（4）『図書寮叢刊　伏見宮旧蔵楽書集成二』（宮内庁書陵部、一九九五年）所収「代々琵琶秘曲御伝受事」

（5）豊永聡美『中世の天皇と音楽』（吉川弘文館、二〇〇六年）第一部第二章「後鳥羽天皇と音楽」参照。初出二〇〇〇年。

（6）『文机談』の引用は、岩佐美代子『文机談全注釈』（笠間書院、二〇〇七年）による。併せて、岩佐美代子『校注文机談』（笠間書院、一九八九年）を参照した。

（7）由井恭子「後高倉院とその周辺」（『国文学踏査』一七、二〇〇五年）参照。『伏見宮旧蔵楽書集成一』管絃御伝授記「藤原実宗記」は守貞親王の琵琶始について記す。

（8）ただし、『文机談』には作者隆円の意図による事実の改変箇所もあるため、その点については注意を必要とする。櫻井利佳「『玉葉』にみる九条兼実の琵琶―『文机談』御師争い逸話の史実考証を通じて―」（二松学舎大学21世紀COEプログラム中世日本漢文班編『雅楽資料集　論考編』二〇〇六年）

（9）本郷和人『中世朝廷訴訟の研究』（東京大学出版会、一九九五年）

（10）遠藤基郎「鎌倉中期の東大寺」（『ザ・グレイトブッダ・シンポジウム論集』第5集、東大寺・法蔵館、二〇〇七年）。遠藤は論文の中で、後高倉院系が行った事業を列挙している。

（11）前掲注（3）③の翻刻本文による。一・二点は翻刻に従う。但し、振り仮名および送り仮名は省略した。

（12）前掲注（3）⑤において、嵯峨念仏房を願主とする『菅芥集』所収の一連の願文について考察を加えた。

（13）中川真弓「清凉寺の噂―『宝物集』釈迦栴檀像譚を起点として―」（『説話文学研究』三八、二〇〇三年）参照。

（14）引用は、大橋俊雄校注『法然上人絵伝（下）』（岩波文庫、二〇〇二年）による。

（15）引用は、国史大系による。

（16）引用は、国史大系による。

（17）五味文彦『武士と文士の中世史』（東京大学出版会、一九九二年）、目崎徳衛「鎌倉幕府草創期の吏僚について」（『貴族社会と古典文化』吉川弘文館、一九九五年）、北爪真佐夫『文士と御家人　中世国家と幕府の吏僚』（青史出版、二〇〇二年）

（18）功徳の「上分」を奉るという表現の用例を挙げる。

＊藤原広業「法成寺金堂供養願文〈代二藤原道長一〉」（『本朝文集』四五）

以二善根之上分一。先奉レ資二於震儀一。

＊藤原資業「右大臣(頼通)室為二先父中書王(具平親王)一供養伽藍願文〈代二右大臣某室一〉」（『本朝文集』四七）

抑亦善根之趣。出レ自二相府之厚意一。功徳上分。先以奉レ資。

＊藤原実政「皇后（歓子）宮建㆓堂舎㆒安㆓仏像㆒願文」（『本朝文集』五〇）

先以㆓功徳上分㆒。奉㆑資㆓博陸尊閤㆒。

（19）前掲注（3）④に翻刻を掲載した。

（20）上杉和彦『人物叢書　大江広元』（吉川弘文館、二〇〇五年）

〔付記〕本稿は、日本学術振興会特別研究員奨励費による成果の一部である。

楽器と王権

中原香苗

近年、音楽に関して、国文学や国史学・音楽史学などの方面からの研究が相次ぎ、音楽に関する研究は活況を呈している[(1)]。そうした中で豊永聡美は、古代から中世を通じて、音楽が政治と密接に関わっていたことを明らかにした[(2)]。豊永は、古代から中世にかけての天皇と音楽にまつわる問題を詳細に論じているが、その中で天皇や院・摂関家と楽器との関わりについても述べている。ある種の著名な楽器が、皇位の継承にともなって新帝へと渡される「累代御物」の一部となる経緯を検証し[(3)]、また後鳥羽院や後醍醐天皇が自らの権威強化のために名器を用いたなどの指摘を行っている[(4)]。

楽器に関しては、『江談抄』をはじめとした説話集や『教訓抄』、『続教訓抄』といった楽書にも多くの伝承が記されており、その中には天皇や院などとの関わりをうかがわせるものも少なくなく、こうした楽器に関する伝承の中には、時代を経るごとに大きく成長していくものも存する。実は、そうした伝承には、王権による楽器の位置づけの変化にともなって変容していくものもみられるのである。楽器に関する伝承についてはこれまでも研究がなされているが[(5)]、それらの伝承の変化と政治との関わりについて述べたものは管見に及ばない。

そこで本稿では、平安時代から室町時代にかけて、著名な楽器が王権と関わるものとして重要視され、それに伴って楽器の伝承が変容していく様相について検討したいと考える。具体的には、平安時代から鎌倉時代にかけては天皇家による琵琶の名器「玄象」[6]、室町時代においては将軍家による笙の名器「達智門」の、それぞれによる楽器の位置づけとその伝承との関連について述べたい。

一　琵琶「玄象」をめぐって（1）―平安時代―

宮中に伝えられた琵琶の名器「玄象」は醍醐天皇の御物かとされ[7]、「名物」とされる楽器の中でも特に著名なものである。「玄象」についてはさまざまな文献に記されており、多くの伝承をもつ点でも注目される[8]。

記録上、玄象がもっとも早くあらわれるのは、『枕草子』においてである。

御前にさぶらふ物は、御琴も御笛も、皆めづらしき名つきてぞある。玄上、牧馬、井手、渭橋、無名など。又和琴なども、朽目、塩竈、二貫などぞきこゆる。水竜、小水竜、宇陀の法師、釘打、葉二、なにくれなど、おほく聞きしかど忘れにけり。「宜陽殿の一の棚に」といふことぐさは、頭の中将こそし給ひしか[9]。

「玄象」は、「御前にさぶらふもの」すなわち天皇の御前にあるもの（御物）のうち、「めづらしき名」をもったものの筆頭にあげられており、天皇所持の著名な楽器の一つとして認識されている。ここには、琵琶（玄上、牧馬、井手、渭橋、無名）・和琴（朽目、二貫、宇陀の法師）・箏（塩竈）・笛（水竜、小水竜、釘打、葉二）など、当時よく知られていた名器があげられている。これらの多くは、『江談抄』に「名物宝物等名《ハ》被レ知乎[10]。」と始まる問答の中にあらわれるように「名物」と認識されていた。

院政期になると、「玄象」に関する説話が見られるようになる。まず、『江談抄』では、「玄象」が朱雀門の鬼によって盗まれたが、天皇が修法を行わせたところ、門から縄をつけておろされてきた、という説話が記されている。

玄上者。昔失了。不レ知二在所一。仍公家為レ求二得件琵琶一。被レ修二（秘）法二七日一之間。従二朱雀門楼上一。頸《ニ》付

レ縄漸降云々。是則朱雀門鬼盗取也。而依二修法之力一所レ顕也云々。(11)

少し時代を下って『今昔物語集』には、「玄象」が羅城門の鬼に盗まれ、音楽の名手である源博雅がそれを取り返すという、『江談抄』の異伝ともいうべき説話が記されている。

今昔、村上天皇ノ御代ニ、玄象ト云フ琵琶俄ニ失ニケリ。此ハ世ノ伝ハリ物ニテ、極キ公財ニテ有ルヲ、此失ヌレバ、天皇極テ歎カセ給テ、「此ル□事無キ伝ハリ物ノ、我ガ代ニシテ失ヌル事」ト思シ歎カセ給モ理也。「此レハ人ノ盗タルニヤ有ラム。但シ、人、盗取ラバ、可持キ様無事ナレバ、天皇ヲ不吉ラ思奉ル者世ニ有テ、取テ損ジ失タルナメリ」トゾ被疑ケル。

而ル間、源博雅ト云人殿上人ニテ有リ。此人、管絃ノ道〔極〕タル人ニテ、此玄象ノ失タル事ヲ思ヒ歎ケル程ニ、人皆静ナル後ニ、博雅清涼殿ニシテ聞ケルニ、南ノ方ニ当テ、彼ノ玄象ヲ弾ク音有リ。極テ怪ク思ヘバ、「若シ、僻耳カ」ト思テ、吉ク聞クニ、正シク玄象ノ音也。博雅此ヲ可聞誤キ事ニ非バ、返〻驚キ怪ムデ、人ニモ不告シテ、欄姿ニテ、只一人沓許ヲ履テ、小舎人童一人ヲ具シテ、衛門ノ陣ヲ出テ、南様ニ行クニ、尚南ニ此音有リ。「近キニコソ有ケレ」ト思テ行クニ、朱雀門ニ至ヌ。尚同ジ様ニ南ニ聞ユ。然レバ、朱雀ノ大路ヲ南ニ向テ行ク。心ニ思ハク、「此ハ玄象ヲ人ノ盗テ□楼観ニシテ、蜜ニ弾ニコソ有ヌレ」ト思テ、急ギ行テ□楼観ニ至リ着テ聞クニ、尚南ニ糸近ク聞ユ。然レバ、尚南ニ行ニ、既ニ羅城門ニ至ヌ。

門ノ下ニ立テ聞クニ、門ノ上ノ層ニ、玄象ヲ弾也ケリ。博雅此ヲ聞クニ、奇異ク思テ、「此ハ人ノ弾ニハ非ジ。定メテ鬼ナドノ弾クコソハ有ラメ」ト思程ニ、弾止ヌ。暫ク有テ亦弾ク。其ノ時ニ博雅ノ云ク、「此誰ガ弾給フゾ。玄象日来失セテ、天皇求メ尋サセ給フ間、今夜清涼殿ニシテ聞クニ、南ノ方ニ此音有リ。仍テ尋ネ来レル也」ト。

其時ニ弾止テ、天井ヨリ下ル、物有リ。怖シクテ立去テ見レバ、玄象ニ縄ヲ付テ下シタリ。然レバ、博雅恐レ乍ラ此ヲ取テ内ニ返リ参テ、此由ヲ奏シテ、玄象ヲ奉タリケレバ、天皇極ク感ゼサセ給テ、「鬼ノ取リタリケル也」トナム被仰ケル。此ヲ聞ク人、皆博雅ヲナム讃ケル。

其玄象于今公財トシテ、世ノ伝ハリ物ニテ内ニ有リ。①此玄象ハ生タル者ノ様ニゾ有ル。弊ク弾テ不弾負セレバ、腹立テ不鳴ナリ。亦塵居テ不巾ル時ニモ、腹立テ不鳴ナリ。其気色現ニゾ見ユナリ。②或ル時ニハ内裏ニ焼亡有ルニモ、人不取出ト云ヘドモ、玄象自然ラ出テ庭ニ有リ。

此奇異ノ事共也トナム語リ伝ヘタルトヤ。(12)

この説話では、冒頭と末尾近くの傍線部に「玄象」について「世ノ伝ハリ物」「公財《おほやけのたから》」という記述が見られる。また、「玄象」喪失に際して、「此ル□事無キ伝ハリ物」が自分の治世で喪失した、と天皇に歎かせており、「玄象」と天皇との関係を示唆している。

「玄象」の喪失と返還にまつわる説話のあとには、波線を付したように、

①技量の劣る者が弾いたり、塵を払うなどの手入れを怠った際には鳴らない

②内裏の火災の折にはひとりでに庭に飛び出し、火災から逃れた

という伝承が記されている。

『江談抄』と比較すると、まるで生きているかのような「玄象」、内裏火災で奇瑞をあらわした「玄象」という、新たな伝承が付加されているといえる。

以上から、「玄象」は、まずは『江談抄』においては鬼に盗まれるほどの貴重なものであり、天皇の命による修法によって取り返されるなど、その価値の高さと天皇との関係が示されているといえる。ついで『今昔物語集』では、「玄象」は代々朝廷に伝わるものとされ、『江談抄』に記されるエピソードのほか、「玄象」が不思議な琵琶であることを示す新たな伝承も記されている。

『枕草子』での扱いと考え併せると、それから約百年を経た後の「玄象」は、「めづらしき名」をもったものにとどまらず、天皇家に関わる宝物としての価値を高め、天皇と密接に関わるもの、また様々なエピソードをもつ神秘的な琵琶と認識されるようになったといえる。

こうした「玄象」の価値の高まりには、どういったことが影響しているのであろうか。恐らくは、当該期における「玄象」に対する認識の変化が関わっていると考えられる。そこで、記録類などをもとに平安時代における「玄象」の位置づけについて検討することにする。

さきにあげた『枕草子』に列挙された著名な楽器のうちのあるものは、平安時代後期までに天皇の皇位継承の際に旧帝から新帝へと受け継がれる「累代御物」と認識されるようになる。(13)「玄象」も平安時代後期にかけて、累代御物の一つと扱われるようになっていった。

豊永によれば、楽器が累代御物の一つとして伝領されるようになるのは、長和五年（一〇一六）の三条天皇から後一条天皇への譲位の際であるという。(14)新帝後一条天皇へ渡されたものとして、「御笛納筥・琵琶〈累代物歟〉」(15)とある「琵琶」が「玄象」であろうという。「累代物歟」とあることから、この時点において、琵琶が天皇家に代々受け継がれるものとして認識されていたと思われる。(16)ただし、ここではいまだ「玄象」という固有名が記されていないことは注意すべきであろう。

次に長元九年（一〇三六）四月二十二日、後一条天皇の崩御に際して、新帝後朱雀天皇へ累代御物が渡された際にも、「御笛筥等〈横笛二管□□□〉、御琴一張、琵琶一面」と見える。(17)ここで新たに加わっている「御琴」、すなわち和琴は藤原道長から一条天皇へ献上された「鈴鹿」であると考えられる。(18)ここにおいて、琵琶・和琴・笛が一組として次の天皇へと継承されていることが確認される。

新帝が即位する際に渡されたものの目録で注目すべきは、次のものである。

自旧主御方被渡御物注文、職事或書之、以延久目六為土代、為用意雖書儲、依無沙汰不取出、
琵琶一面玄象、　和琴一面鈴鹿、
笛　筥在納物、　御硯筥
日記御厨子二脚　大床子三脚
同御厨子二脚　四季御屏風
御帳二基　師子形
夜御殿燈楼　殿上御椅子一脚
時　簡在杭、　御笏　筥
式筥(19)

これは、後堀河天皇から四条天皇への譲位にあたって作られた「自旧主御方被渡御物注文」で、「以延久目六為土代」とあるように、その際に参考にされたのが、延久四年（一〇七二）の後三条天皇から白河天皇への譲位時の目録なのである。ここではじめて琵琶の名前として「玄象」が登場する。ただし、これはあくまでも「延久目六」を参考にして作られたものであって「延久目六」そのものではないので、その記述には鎌倉期の意識が反映している可能性を考慮する必要があろう。

右の記録とほぼ同時期の『江家次第』にも「琵琶一面　和琴一面　笛筥一合、〈笛二管、尺八二〉、横笛二管、狛笛(20)」と、新帝に渡すべきものの中に楽器があげられているが、ここでは各楽器の固有名詞はみえない(21)。

仁安三年（一一六八）の六条天皇から高倉天皇への譲位に際しても、琵琶・和琴・笛が渡されるが、ここでは「玄上、鈴鹿、笛筥、在納物(22)」と記されていることに注意したい。新帝へ伝えられるものとして「琵琶」「和琴」でなく「玄象」「鈴鹿」とその名前のみが挙げられているのである。このことから、この頃には、「玄象」「鈴鹿」と

したただけで、これが累代御物として伝領される琵琶・和琴であることが認識されていることがうかがわれる。つまり、十二世紀後半には、琵琶「玄象」・和琴「鈴鹿」は単なる「琵琶」「和琴」としてではなく、「玄象」「鈴鹿」とするだけで意味するところが理解されるような存在となっているといえる。

さて、ここで内裏火災の折に持ち出されたものについて検討しておきたい。内裏の火災の際には、天皇に属する重要なものが持ち出されたと考えられるからである。[23]

天徳四年（九六〇）に初めて内裏が焼亡して以降、内裏では火災が頻発するが、院政期には、内裏の火災において持ち出される物が記録されるようになる。[24]楽器も焼亡の折に持ち出されるべきものと認識されていたようで、持ち出されたもののなかには、たとえば寛治八年（一〇九四）十月二十四日の火災では「管絃具」が見え、[25]ついで天永三年（一一一二）五月十三日の焼亡でも「管絃物具」が取り出されている。[26]この折に摂政忠実も「内侍所幷為宗尋御物」が持ち出されたことを確認していることから、[27]この頃には持ち出されるべき物の範囲が認識されてきているという。[28]

内裏焼亡においても、「累代御物」の場合と同様、楽器が固有名詞をともなって記録されるようになるのは、十二世紀後半のことのようである。仁安二年（一一六七）九月二十七日の内裏焼亡において、「玄上、鈴鹿、御笛筥一合〈納笙横笛水龍也、拍子二筋〉」が取り出されている。[29]

内裏の火災は、内裏および天皇が危機にさらされた状況であり、その災厄から逃れるため、天皇にとって重要なものが運び出されるといえる。平安時代末に相次いだ兵乱でも天皇は危機的な状況に陥っており、その際にも天皇に属する種々のものが内裏より持ち出されるが、その中に「玄象」も含まれている。

平治元年（一一五九）の平治の乱では、挙兵した源義朝らの軍勢から逃れるために二条天皇が内裏を脱出する際、天皇が「玄象・鈴鹿・大床子・印鑰・時の札、みな〳〵わたしたてまつれ」[30]と指示しているように、天皇の危機に際しても「玄象」は運び出されるべき重要なものとされていたことがわかる。また、治承・寿永の乱の際、平家が安徳天皇をともなって都落ちする時にも、内侍所とともに「玄上・鈴麻〔鹿〕・御笛筥」が持ち出されている(31)。

以上のことから、「玄象」は、十一世紀以降には「累代御物」として認識され、十二世紀の後半になると、内裏の火災や兵乱の際など天皇が危機にさらされたような場合には、天皇位に属する持ち出されるべき物としての価値を与えられていたと考えられる。ことに十二世紀半ば以降は、和琴「鈴鹿」とともに名前を明記されるようになる。

鎌倉時代以降も、内裏の火災や兵乱の折などの際に「玄象」は取り出されているが(32)、持ち出された物が「玄象鈴鹿已下重宝(33)」などと記されるように、「玄象」は「鈴鹿」とともに、「累代御物」を代表するものとして特別に重要視されていたと考えられるのではないだろうか。

先に述べた『江談抄』や『今昔物語集』に見られる説話は、こうした状況のなかで記されたと思われる。つまり、「玄象」が「累代御物」とされ、天皇位と関わる重要なものと認識されるようになって以降、「玄象」が鬼によって盗まれた、という『江談抄』に見える伝承がうまれたのではないかと推測される。

さらに、十二世紀半ば以降、「玄象」は天皇が危機的な状況に陥った際に天皇位に付属する物として災厄から逃れさせるべきものと認識されるようになり、「累代御物」のうちでも特に重要なものとしての価値を与えられた結果、鬼による盗難のほか、火災の折に飛び出した、という伝承や、「玄象」自体が不思議な琵琶である、という「玄象」それ自体を神秘化するような『今昔物語集』の伝承などが記されるようになったのではないか。いわば、「玄象」の価値の上昇にともなって伝承が増幅をはじめ、「玄象」は「公財」であるとともに、神秘的な存在として印象づけられるようになったと推測される。

二　琵琶「玄象」をめぐって（2）――鎌倉時代――

鎌倉時代になると、「玄象」はさらにその価値を高められることになる。それに大きな役割を果たしたのが、後鳥羽院であった。

平安時代の天皇は帝王学の一環として笛を学ぶことが多かったが(34)、後鳥羽院もまたその伝統にのっとり、建久年間（一一九〇—一一九九）には笛を習得していた(35)。ところが譲位後の元久年間（一二〇四—一二〇六）になると熱心に琵琶の習得に励み、元久二年には秘曲伝授を受ける。琵琶の秘曲とは、「楊真操」・「石上流泉」・「啄木」の三曲をさすが(36)、後鳥羽院は正月十六日に「石上流泉」、二月十九日に「上原石上流泉」、三月二十日には「楊真操」と、次々に秘曲を伝受し、六月十八日には最秘曲とされる「啄木」を伝受している(37)。次に述べるように、最初の秘曲伝受の三日後に後鳥羽は「玄象」を弾奏しており、この秘曲伝受は「玄象」弾奏を目的にしたものかとされるが(38)、こうした琵琶に対する積極的な姿勢は、後鳥羽がいかに琵琶を重視していたかを示していよう。

秘曲伝受を経て後、後鳥羽院は「玄象」を二度弾奏する。初回の「玄象」弾奏は最初の秘曲伝受の三日後の元久二年正月十九日、土御門天皇から朝覲行幸を受けた場での演奏で(39)、二度目は建暦元年（一二一一）正月十九日、順徳天皇からの朝覲行幸の折のことである(40)。これらの後鳥羽院の「玄象」演奏について、順徳天皇は次のように述べている。

（前略）凡弾玄象事、此道至極也、他管絃ハ非如此儀、鈴鹿ハ累代霊物なれと、如玄象無撰人之儀、浅才者尤可恐、当世弾人只三人也、上皇雖無先例弾給之故、朝覲行幸両度弾給、他人朝覲行幸未弾之、只禁中宴許用之、（下略）(41)

これは、建保六年（一二一八）八月十三日の中殿御会で「玄象」を弾くことになった順徳天皇が、それに先だって秘曲「楊真操」を伝受した折の天皇自身による伝受記の一部である。

右の引用箇所で順徳は、「玄象」を弾くことはこの道（琵琶道）にとって「至極」であり、ほかの管絃にはこのようなことはなく、「鈴鹿」は「累代霊物」であるけれども、玄象のように演奏する人を選ぶということはないと述べ、玄象が琵琶道に携わる者にとって最上ともされる存在であり、同じく「累代霊物」と称される「鈴鹿」にも優越するのだ、と「玄象」を称揚する(42)。そして、そうした特別な琵琶を弾くのは当代ではただ三人である、としたうえで、その三人のうちの一人である後鳥羽院の弾奏にふれる。ここで順徳院は、宮中の宴でのみ用いられるべき「玄象」を、先例に反して内裏から持ち出し、しかも朝覲行幸の場で演奏したことを非難している。

こうした先例を破っての後鳥羽の「玄象」弾奏には、自らを権威化しようとの意志が感じられる。豊永によれば、朝覲行幸は天皇が父母などの前で楽器の演奏を披露することで、父母への孝という帝徳を示す場であった(43)。本来天皇が主体であるはずの場において、後鳥羽院は自らが演奏をおこなって儀式の主導権は自らにあることを誇示しようとしたと思われる(44)。その演奏に「玄象」を用いていることが注目される。

前節で述べたように、「玄象」は、平安時代末までには天皇位に属する「累代御物」のなかでも特に重要な存在であり、神秘的な存在と認識されるようになっていたが、この時期の「玄象」に関する言説からは、「玄象」がさらに神秘化されていたことがうかがわれるのである。

鎌倉時代前期成立の琵琶に関する口伝を中心に記した楽書『胡琴教録』には、

就中玄上はへちたむの事に候、たかく霊物のなをあけて、おほくのよの宝物とす(45)、

とあり、順徳院撰の『禁秘抄』にも、

一。玄上。累代ノ宝物也。（中略）凡此琵琶。云レヒ体ト云レヒ声ト。不可説未曾有ノ物也。為リ二霊物一。（中略）霊物ノ中ニモ越レ他ニ。(46)

とある。

また、承久二年（一二二〇）三月、後鳥羽院が琵琶の名器を集めておこなった琵琶合では院自らが判詞を記したが、最後の十三番で「玄象」と「牧馬」を番わせ、

（前略）今此玄象者、名器之中其徳尤勝、令感天地、以致和岐行之衆類、猶可帰之、誠是古今之所貴、天下之至宝也、

牧馬、醍醐天皇御比巴也、玄象と、もに朝夕に翫之給云々、称二霊物一、即是也[47]、

と記している。

『胡琴教録』や『禁秘抄』の傍線部に見られるように、「玄象」は「宝物」とされ、しかも「霊物」であって、「霊物中《ノ》越《ニモ》レ他《ニ》」えた存在であるとみなされている。「霊物」とは「霊妙不可思議なもの。神秘的なはたらきをするもの[48]」であるという。『今昔物語集』に見られた「公財」との表現と比較すると、「玄象」に対する評価はさらに高まり、もはや単なるモノではなく、霊妙かつ不可思議な、さらに神秘化された存在と認識されていることがうかがわれる。

後鳥羽院自身も、『琵琶合記』において、「玄象」は「牧馬」とならぶ「二霊物」であるとして「牧馬」もともに称揚するものの、「玄象」は名器のうちでもその徳がもっとも勝れた「天下之至宝」であると述べている。院はこうした価値を十分に認識したうえで朝覲行幸での演奏に「玄象」を選んだのではないか。すなわち、院は朝覲行幸の場で自ら演奏することにより天皇に超越する自らの権威を示そうとした。さらにそこでの演奏に、「霊物」であり「天下之至宝」である「玄象」を用いることで、「玄象」の権威を借り、自らのさらなる権威化を図ったのではないかと推察されるのである。

ところで、後鳥羽院が「玄象」を選んだのには、「名器」「霊物」としての価値だけではなく、これが「累代御物」であったことが関わっていよう。

周知の通り、後鳥羽は神器をもたずに践祚・即位した史上初の天皇である。神器をもたなかった後鳥羽の「コンプレックス」は次第に増幅し、ついには承久の乱の一因ともなったのではないかとの指摘もある[49]。後鳥羽院は、自

らがもたなかった神器の替わりに、いわば神器に準ずるものとして、天皇の権威を支える神器とともに代々受け継がれる「累代御物」であった「玄象」を用いて、自らの権威を支えるよりどころとしたのではないか(50)。こうして、後鳥羽が「玄象」を神器に準ずるものと位置づけた結果、「玄象」はその後さらに価値を高めていくことになる。

後鳥羽院が琵琶を学んで以降、代々の天皇は琵琶を習得するようになり、両統迭立時代には、主として持明院統に属する天皇が琵琶を学び、秘曲を伝受した。両統迭立期に琵琶を学んだのは、後深草・亀山・伏見・後伏見・後醍醐・光厳・崇光の各天皇で、亀山・後醍醐以外は持明院統嫡流の天皇である。亀山天皇への伝受に対抗して後深草院の秘曲伝受が行われ、後醍醐天皇の秘曲伝受を意識して後伏見院から光厳天皇への伝受がなされるなど、琵琶を学び秘曲を伝受することは、持明院統嫡流の天皇にとっては、大覚寺統に対する自らの血統の正当性を示すためのものでもあった(51)。また、天皇は秘曲を受けるのみでなく、後伏見院以降は、自ら秘曲伝授を行っていた。

こうした状況下にあっては、琵琶道に対しての関心は高いものであったろうし、その「至極」に位置する「玄象」についても、天皇との関わりが強く意識されていただろうことは想像に難くない。実際、当該期には、「玄象」へのそのような意識を反映した伝承を見ることができる。以下、具体的に見ていくこととする。

鎌倉時代前期において、「玄象」が「霊物」と表され、名器の中でも卓抜した存在として評価されていたことはすでに述べたが、たとえば、鎌倉時代後期成立の琵琶に関する楽書『文机談』に、「この玄象と申比巴は、天下第一の霊物、海内無双の重宝也(52)」とあるように、鎌倉期以降の書物では玄象について「霊物」と形容するものが多く見られるようになる(53)。

「玄象」に関する伝承で注目すべきは、その盗難についてのもので、「玄象」の返還を王権と直接結びつけた記述があらわれることである。

・『古今著聞集』巻一七―五九五話

昔玄象のうせたりけるに、公家おどろきおぼしめして、祕法を二七日修せられけるに、朱雀門のうへより、くびに縄をつけておろしたりける、鬼のぬすみたりけるにや。修法のちからによりておろしたりける。むかしはかく皇威も法験も厳重なりける、めでたき事也。(54)

ここでは、先にあげた『江談抄』の説話をほぼ同文的に摂取した説話が記されるが、「修法のちから」によって「玄象」がもどったことを記しつつ、それとともに、「皇威も法験も厳重なりける」とし、『江談抄』にもみえていた「修法」の力に加えて、「皇威」という『江談抄』には見えなかった天皇の権威を強調する言説が見られる。

また、嘉暦二年（一三二七）成立の『糸竹口伝』には、次に掲げるように、一条天皇の寛弘年間（一〇〇四―一〇一二）に「玄象」が失われたとの類話がみえ、「勅命」による「玄象」の返還が語られる。

又一条院御宇、寛弘ノ比失ニケリ。是ヲモトメラレンカタメニ、山々寺々ニイミシキ僧ヲモテ修法ヲ被行ケリ。アル時朱雀門ノ上ニ四ノ絃ノ声シケリ。是ヲアヤシミテ人ヲノホセテ見セラル、ニ、コレナシ。又アル時七撥ノ音ス、前ノ如ク人ヲノホセテミセラル、ニ、サラニミヱス。依之仗議アリテ、宣命ヲ以テ勅使ヲムカヒテ是ヲヨマセラル。縦鬼神是ヲオカスト云トモ勅命ニシタカフヘキヨシ、宣命ノ文ニ載ラル。依之、人ノ声トモオホヘスオソロシキ音ニテ、「勅命ノカレカタシ」、トツフヤキケル。其後頸ニ緒ヲツケテオロシタリケリ。イサ、カモ疵ツカスヨク〳〵ノコヒツ。殊勝ニモテナセル姿也。鬼コレヲ盗ニケリ。カ、ル鬼神ナレトモ、勅命ニハ恐レノカレサル事ナシ。或人ノ申サレケルハ、「玄象ハカキンノ物ナリ。縄ツキニケリ」ト申テ、愛セラレケリ。失テ九日ト云ニ出キニケリ。第二日ト云ヨリ御修法始リテ七日ニアタルニ出来ニケリ。(55)

ここでは、「玄象」を盗んだ鬼は、「勅命ノカレカタシ」とつぶやき、「カ、ル鬼神ナレトモ、勅命ニハ恐レノカレサル事ナシ」と、「勅命」すなわち天皇の命令が鬼を屈服させたことが語られ、この世のモノならぬ存在である鬼に超越する天皇の権威が示されている。(56)

このような「玄象」の奪還と天皇の権威を結びつける言説が見られることには、当時の琵琶をめぐる状況が関係していよう。つまり、「玄象」が「宝物」や「霊物」などと称揚され、天皇や院によって盛んに琵琶が学ばれ、秘曲伝授がおこなわれることによって、琵琶道の「至極」に位置する「玄象」にも王権との結びつきが強く感じられるようになり、その結果、右のような言辞が記されるようになったのではないだろうか。

先述のように、後鳥羽院は「玄象」を神器に準ずるものとして扱ったと思われるが、次には、「玄象」と神器との関わりについて検討しておきたい。

三種の神器の一つである内侍所の神鏡には、次のような奇瑞が知られている。

・『江家次第』巻一一「内侍所御神楽事」

内侍所者神鏡也、（中略）

故院被レ仰云、内侍所神鏡、昔飛上欲レ上レ天、女官懸二唐衣一奉二引留一、依二此縁一女官所レ奉二守護一也、天徳焼亡、飛出著二南殿前桜一、小野宮大臣称レ警、神鏡下入二其袖一、[57]

ここには、故院（白河院）の仰せとして、内侍所の神鏡が天にのぼろうとした際に女官が引き留めたことから女官が神鏡を守護するようになったという由来と、天徳の内裏焼亡の際、神鏡がひとりでに飛び出して南殿の桜にかかり、小野宮大臣（実頼）の呼びかけに応えてその袖に入った、ということが記されている。後半の内裏焼亡の際に自ら飛び出した、という説話は[58]、先にあげた「玄象」の説話と類似する。

『今昔物語集』に存する、内裏の火災で「玄象」が飛び出したという説話は、天元五年（九八二）十一月十七日の火災の折に紛失した「玄象」が後日発見された、という史実からうまれたものだと思われるが[59]、内裏火災における神鏡と「玄象」には共通点が見られる。どちらも火災の折に飛び出して「大庭《おおば》の椋《むく》の木」にかかったというのである。

・『愚管抄』巻二
天徳四年九月廿三日大内焼亡。都ウツリノ後始テ焼亡云々。内侍所ノ温明殿ノ灰ノ中ニ御体神鏡スコシモ損シ給ハデオワシマシケレバ、翌日ノ朝ニ職曹司ニウツシマイラセテ、内蔵寮奉幣アリケリ。或大葉椋木ニ飛出テカ、リ給フトモ云メリ。其日記ハタシカナラヌニヤ。(60)

・『十訓抄』第一〇―七二話
昔ヨリ霊物ニテ、内裏焼亡ノ時モ、人ノトリ出サヌ前ニ飛出テ、大庭ノムクノ木ノスエニソカ、レリケル。(61)

『愚管抄』では、「其日記ハタシカナラヌニヤ」とその確実性に疑問を呈しながらも、内裏焼亡の際に神鏡が少しも損ぜずに発見されたということの異説として「大葉（大庭）椋木」にかかったとしている。一方、『十訓抄』では、内裏の火災に際してひとりでに飛び出した「玄象」は、「大庭ノムクノ木ノスエ」にかかったとする。(62)「大庭」は内裏の春華門・建礼門・修明門の南にある広場で、椋の木は建礼門の東の脇にあったかという。(63)

この椋の木は、承久本『北野天神縁起』では、道真の流罪が決定したことを聞いた宇多法皇が息子の醍醐天皇へ会いに清涼殿へ向かうものの蔵人頭の妨げによって天皇には会えずにむなしくもどる場面に見られ、法皇は「あちきなくを、はのむくのきをうらめしと御覧して」、帰っていく。(64)また、『宝物集』には「中御門の門を入て、大膳職・陰陽寮など打過て、大庭の椋の木をみるに」とあり、(65)『太平記』には「大内の旧跡、大庭の椋の木の下」などと見える。(66)これらからすると、『十訓抄』当該話の頭注に「南殿の桜とともに内裏の象徴だったか」といわれるように、(67)大庭の椋の木は南殿の桜と同様、内裏を象徴するものとしての意味をもっていたのではないかと考えられる。(68)

もともと「玄象」が内裏の火災でひとりでに飛び出した、という説話は、先にあげた史実が「内侍所神鏡の説話（『江家次第』『古今著聞集』など）に類推されて成立した」と考えられるものだが、(69)ここで検討したことからすれば、王権を象徴する三種の神器の一つである神鏡と神器に準じる「玄象」が、内裏の火災にひとりでに飛び出し、ともに内裏の象徴である「大庭の椋の木」にかかる、という共通点を持つことになり、両者は伝承のイメージの上で重なり合っているといえよう。こうした伝承でのイメージの重なりは、「玄象」が内侍所神鏡にも匹敵するような存在として認識されていた証左とも考えてよいのではないだろうか。

以上、鎌倉時代の「玄象」の位置づけとその伝承について述べたが、「玄象」が次第にその価値を高く評価され、神器に準じた扱いをされるようになり、特に持明院統嫡流の天皇によって皇統の正当性を支えるものとして琵琶が重視されるにともなって「玄象」に関する伝承も成長し、三種の神器のうちの神鏡と重なり合うような伝承までもが見られるようになったことを指摘した。このことからすれば、「玄象」に関しては、王権による評価の上昇とともに、それにまつわる伝承も成長していく、という実際の王権による位置づけと伝承との間に相関関係がみられるといえよう。

三　琵琶から笙へ　室町時代―笙「達智門」の伝承―

室町時代に入っても、前代に引き続き天皇は琵琶の修練を行っていた。ところが、後光厳天皇は、琵琶を学びはするものの熱心に取り組まなかったようである。彼が琵琶のかわりに選んだのは笙であり、天皇としてはじめて笙の灌頂である秘曲「陵王荒序」の伝受にいたった[70]。

南北朝の動乱まっただなかの正平七年（一三五二）、南軍に北朝の三上皇（光厳・光明・崇光）が連れ去られた中で、足利尊氏のはからいによって即位した後光厳は、持明院統の中でも庶流に属していた。そのため、持明院統嫡流が学ぶべきものとされていた琵琶を選ばず、武家で習得されていた笙を選んだ。それは自らの皇統維持のため、また武家との関係を緊密にするためでもあった[71]。後光厳天皇が笙を学んで以降、天皇は笙を習得するようになり、後円融・後小松・称光・後花園・後土御門・後柏原・後奈良天皇が笙を学んでいる。こうして、後光厳天皇以降、帝王学の一環として学ぶべき楽器は、琵琶から笙へと変わった。

足利将軍家でも、尊氏以降、将軍が笙を学ぶようになる。[72] 室町幕府の初代将軍尊氏は、足利氏の祖源義家・義光が笙を学んでいることから、自らを義家・義光の流れをくむ河内源氏の嫡流として主張する手段の一つとして笙を学んだ。[73] 以後の室町将軍家では、三代将軍義満、四代義持、六代義教、八代義政、九代義尚、十代義稙が笙を学び、初代尊氏・三代義満・四代義持が灌頂を受けている。[74]

このように、室町時代にあっては天皇家と将軍家が笙を学んだために、琵琶にかわって笙が重要視されるようになる。

こうした状況下での「玄象」伝承についていえば、前代の説話をそのまま受け継ぐものの、王権と直接関わる新たな伝承を見出すことはできなくなる。[75] 琵琶が天皇の学ぶべき帝王学とされた時代とは異なり、天皇家において琵琶が重視されなくなったことを反映して、神器に準じる扱いを受けた「玄象」の伝承も、王権と直接関わる形での展開はみられなくなったといえる。

ここで注目されるのが、将軍家と笙との関係である。永正九年（一五一二）にいったん成立し、その後十三年まで追記がなされた笙の家の楽人豊原統秋撰の楽書『體源鈔』には、「古今名物」として、六十もの古今の笙の名器が、内裏や仙洞・山科殿（笙の家であった山科家）、あるいは「当家」すなわち『體源鈔』の筆者豊原統秋の豊原氏など所蔵者を注して列記されている。[76] これは、「応永二十七年（一四二〇）卯月廿八日撰之」との奥書を有するもので、そこには「武家御所」との注記のある将軍家所蔵の笙も九管載せられている。将軍家所蔵の九管という数は、古くから伝えられていることを示すと思われる「古」との注記をもつ二十管に次ぎ、笙の家である豊原氏所蔵の笙七管よりも多い。ちなみに、内裏・仙洞所蔵のものはそれぞれ三管・八管である。

ここから、将軍家は、天皇や院、あるいは笙を家業とする豊原氏をもしのぐ一大笙コレクションを保有していたことが知られ、将軍家がいかに笙を重視していたかがうかがえる[77]。それら将軍家所蔵の名管のうち、「武家御所御重代」と注され、代々受け継がれてきた「達智門」という笙は、将軍家において、ことに重んじられていた。

「達智門」は、鎌倉期には西園寺家で所有していたようであるが[78]、文和二年（一三五三）、尊氏の笙の師であった豊原龍秋の孫英秋の笙始にあたって、『體源鈔』に「十二月廿日笙始、祖父龍―（秋）教始給ケリ。笙ハ将軍家之御笙達智門ニテ吹畢[79]」と見えるように、尊氏の時代にはすでに将軍家に蔵されていたようである。

笙を政治権力の強化のために用いた義満[80]は、永徳元年（一三八一）二月十七日、公的な場での初めての所作である後円融天皇の両席御会御遊において「達智門」を吹いているほか[81]、応永十五年（一四〇八）の後小松天皇の北山殿行幸の船楽でも「達智門」を用いるなど[82]、きわめて公的色彩の強い場で「達智門」を演奏している。

このように、将軍家で重んじられてきた「達智門」と将軍家との関係について考える時、次の記事に着目すべきであろう。

・『拾芥記』永正十二年（一五一五）六月八日条

天晴、室町殿就レ被レ設二御笙一達智門各参二御礼一、被レ進二銀剣一云々、予依二不具一不参、此笙久在二鞍馬辺一云々、大外記師蒙朝臣参二詣鞍馬寺一之次、二百疋仁勘二得之一帰宅了、進二此笙於室町殿一云々、累代被二副置一御小袖之御器也、其後為二御褒美一、御馬一疋幷太刀二腰名物二千疋被レ下レ之[83]、

これは、将軍家の笙「達智門」は久しく鞍馬近辺にあったが、大外記押小路師象（師蒙）が鞍馬参詣の折に求め得て時の将軍義稙に献上し、それを拝見しに武家が義稙のもとを訪れた、というものである。注目すべきは、傍線を施した箇所に「累代被二副置一御小袖之御器也」とあることである。「御小袖之御器」とは、将軍家に代々伝えられた「小袖の鎧」をさすが、「達智門」はそれに「副置」かれていた、というのである。

「小袖の鎧」は、菊池武敏との多々良浜合戦に臨む尊氏が、「当日は御重代の御鎧御小袖と申を勢田の野田の大宮

司にきせらる」[84]と、部下に着せた記述に見られるように、将軍家に代々伝えられた鎧である。この鎧については、『親長卿記』明応二年（一四九三）閏四月二十七日条に次のようにある。

（前略）今日或仁語云、正覚寺没落時、将軍〈義材、宰相中将、〉新大納言、〈光忠〉、妙法院僧正、〈葉室一品入道弟〉、田名村刑部已下請降、御小袖〈八幡殿御具足、号御小袖〉等渡之云々[85]（下略）、

右は、明応の政変によって敗北した足利義稙が河内の正覚寺で捕らえられた折の記事であるが、これによれば、小袖は「八幡殿御具足」つまり八幡太郎義家より伝来の鎧であるという。川合康によると、「小袖の鎧」は「朝敵」追討の時のみ将軍が着用するものであったが、「八幡殿御具足」と称して足利氏を源氏嫡流に位置づけ、自己の権力の正統性を主張するための「源氏嫡流工作」に用いられたものであった[86]。「小袖の鎧」は室町殿の「御小袖間」なる場所に安置され、「御小袖御番衆」という特別の警護によって守られ、将軍の「神器」としての存在が誇示されたという。

将軍の出陣の際には、この鎧も将軍と共にあった。長享元年（一四八七）九月十二日の義尚の六角征伐[87]や、延徳三年（一四九一）八月二十七日の足利義稙の近江への出陣にあたって、「御小袖」の入った唐櫃が警護の武士に守られて将軍の近くを進んだことが見えている[88]。

ここで注意すべきは、義稙の出陣にあたって「小袖の鎧」とともに「達智門」も準備されたことである。出陣の三日前の二十四日には義稙による「小袖」の拝見が行われたが[89]、その日の『山科家礼記』に、「豊筑州達智門御被持来候也、拝見候也、此間御小袖の御からひつニ被入之[90]」と見えるのである。この記事は、将軍家伝来の笙「達智門」を義稙の笙の師である豊原統秋が持参し、それが将軍出陣にあたって「小袖の鎧」の納められる唐櫃に入れられたことを示していよう。先にみた『拾芥記』に記されたように、「達智門」は、まさに「小袖の鎧」に「副置」かれていたのである。

このように、「達智門」は足利家重代の「小袖の鎧」と一具のものとして認識され、将軍家にとって重要な価値をもっていたと考えられるが、ここで「達智門」に関する伝承について見ておきたい。

天福元年（一二三三）成立の『教訓抄』に「答笙（中略）逸物者、大蚶界絵、小蚶界絵、小笙、雲和、法花寺、不々替、達知門」と見られるように、[91]「達智門」は、鎌倉時代中期ころまでは、数ある名器のうちのひとつとして記されるにすぎなかった。

「達智門」にまつわる話が記されるのは、鎌倉時代後期に成立した『続教訓抄』においてである。

又云、達智門ハ、高名ノ笙ナリ、此笙ノアタヒヲ以テ、其用途ニアテヽ、件ノ門ヲツクル、仍此号アリ、件ノ笙ツタワリテ、大閤殿下ニアリ、今ハミエス、ソヒラカナル笙ノ竹、堅キナリトイヘリ、声ヲ聞ニ孔ノ秀テ、傍ニス㆑管ヲ、[92]

ここでは、「此笙ノアタヒ」が笙を買うための資金か、笙を売って得た代金なのかが明確でないものの、それによって達智門建立の資金としたことからその名がついたとし、[93]その後は「大閤殿下」に伝わったとする簡略な伝承が記されている。[94]

室町時代に入ると、嘉慶年間（一三八七―一三八九）成立かとされる『源威集』に、次のような伝承が見出される。

一、簫曲ノ物語ノ次成間申也、建武ノ将軍尊氏、当道ノ淵底楽所ヲ隠岐守龍秋有ニ㆓御相伝㆒、是ハ昔嫡流也、此龍秋嫡子宣秋筑後守、次男成秋左近将監ハ故武衛基氏武州入間河ニ御座候時、成秋ヲ召下、為㆓御師㆒ト御伝受、淵底ヲ極ム、御堪能ニ付テ大御所御逝去後、任㆓御遺命㆒、義詮将軍ヨリ名物ニ進ケル、達智門トヲリ節也、〈達智門ト云ハ、唐笛也、〉天暦村上御宇ニ皇居回禄〈内裏焼亡ノ始也、〉、則造㆓内裏ヲ㆒、殿閣門々卿相雲客ヲ以テ奉行トシ、国々ヲ被ル㆑寄、于時太宮亜相、安芸・周防ヲ給、達智門造畢セラルヽ、彼要脚千三百貫相残、他ノ造営方ニ可㆑被㆑渡申サル、叡感ノ余リ厳密《ニ》造進ノ為レ賞宛《ト》行ノ由、被レ仰間、恩賜難レ謝トイヘトモ、無二左右一受用ノ段、見苦シカルベシ、願ハ此要脚ニ相当重宝有レカシト被レ仰ル時分、此笛筑紫ヨリ商人持上、価千貫ノ由申、随而無二比類一重宝也、「商人持上価千貫ノ由申、」三百貫不レ可レ残、副テ買給シ笛也、彼門ノ要脚ノ余分ヲ以テ取セラル、、此故《ニ》達智門《ト》云、太宮ノ家重代成リシヲ建武ノ乱ノ時、或方ヨリ将軍《ヘ》進《せ》候也（下略）(95)、

ここでは、尊氏とその子の基氏がそれぞれ豊原龍秋・成秋から笙曲を伝受したこと、尊氏の没後、その遺言にしたがって「達智門」「トヲリ節」(96)の二つの名笙が、兄で二代将軍となった義詮より基氏へ贈られたことが記されている。ついで、内裏の火災で焼失した「達智門」造営の任にあたった「太宮亜相」が、門造営後に余った資金「千三百貫」で購入したのでこの名が付いた、という「達智門」の名称の由来が語られている。

その後、「太宮ノ家」(97)に伝えられていた「達智門」が、建武の乱、すなわち室町幕府草創期に将軍家へ献上されたものだとし、この笙が将軍家に伝えられるようになった経緯を記す。ここでは、「達智門」の名称が門の造営と関わってのものであることが明記されるとともに、この笙が幕府草創期の初代将軍時代からの伝来であることが示されている。

室町時代後期成立の『體源鈔』には、「達智門」について次のような話が記される。

達智門ハ高名ノ笙ナリ、此笙ノアタヒヲモテ其用途ニアテ、件ノ門ヲツクル、仍此号アリ。古記載之。私記云、右之説真実也。八幡殿御代ニ出現器也。伝云、六七十歳ハカリノ法師此器ヲ持テ義家ノ器ヲ御尋アルヨシ承及間、笙一管持参由ヲ申御覧アリテ時光ニミセラル。所労之間私宅ニテ見之テ無双ノ器ナリ、イカ程モ可申ニアタイヲカキラスメシト、メラルヘシト申、仍代ヲ被尋、此法師二万貫ナラハウルヘキヨシ申。義家之思食ヤウ、タ、モノニアラス、サラハメスヘキヨシ御定アリテ、要脚達智門ノ為ニヲカセラレタル二万貫ヲ可被渡由ナリ。然ハ器ヲ進置ナリ。要脚明日取ニ可参由申入テ去ヌ。召返シテサテモ此器ハタレカソヤ、又イ

ツクヨリ来ソトトヒ給ヘハ、播磨書写山ヨリ持参シ侍由申テ帰ヌ。サテ明ル日モ取ニ不参、其マ、ツイニ要脚ヲトラス、不思儀ノ事ナリトテ時光ニ被仰付テ、書写山へ人ヲツカハシテ、此事ヲ被尋処ニ、更ニ当山サヤウノ器ナシ、又持可参僧ナシト申ス。サテハ八幡ヨリ給之ニヤト思食テ、其要脚為御修理、則八幡宮へマイラサセ給フ、則ウツホ丸ト号シ給テ武勇之器ニ被用之テ、悉天下ヲ静給、御累代之器トシ給ト云々、音声スクレタリ(98)。

この説話では、「達智門」は、『源威集』にみられるものよりも、さらに高い価値をもつものとして語られている。示された笙の価格だけを見ても、『源威集』の「千貫(購入価格は千三百貫)」から「二万貫」へと飛躍的に高くなっている。これは「達智門」の価値の上昇を端的に示すものであろう。加えて、不思議な老人の出現、源氏の守護神である八幡神の関与を語るなど、『源威集』の伝承と比較すると、神秘的な様相を呈している。

ここで注目すべきは、「達智門」が源氏の守護神である八幡神によってもたらされた「八幡殿御代ニ出現器」であって、これを「武勇之器」として用いて天下を治め、以来、代々受け継がれたものであるとすることである。八幡太郎義家からの伝来を強調する文辞からは、先にみた「小袖の鎧」と同じく、足利将軍家が河内源氏嫡流であることを主張しようとする意図が感じられる。また、「達智門」が天下静謐のための「武勇之器」であるとの記述からは、将軍の軍事行動にともなって持参される「小袖の鎧」と同じく、これが将軍家の武威を示すものであることが読み取れよう。換言すれば、この伝承における「達智門」は、将軍家の血統の正統性を支え、その武威を示す「小袖の鎧」と同等の存在であることが示されているといえる。

すなわち、『體源鈔』成立時に将軍家の正統性を示す「小袖の鎧」と一具のものと認識されていた「達智門」が、なぜ「小袖の鎧」とともにあるのか、その意味づけを担う話であるといえる。

説話の出所を示す「伝云」が何に拠るものかは不明であるが、『體源鈔』の著者豊原統秋の注記であることを示す「私記云」で始まり、「右之説真実也」と断じていることからすれば、この説話が少なくとも統秋の時点で豊原氏に伝えられていたことは確実であろう。豊原氏が尊氏以来数代をのぞいて将軍家の笙の師範であったことを併せ考えると、将軍を音楽の面で支える師範の家に将軍の権威を支える説話が伝わっていたことになる。(99)

なお、永正年間前後の見聞を記し、大永・享禄年間（一五二一―一五三二）頃の成立かとされる『榻鴫暁筆』にも、「達智門」の話が見える。

一、又豊家に達智門と云器あり。何れの帝の御時と哉らん、忘侍り。達智門造営の為にとて、銭貨二万貫用意させられ侍りし時、異形の男件の器をもて参内し、「此笙叡慮に叶ひ侍らば、二万貫の銭貨を下し給へ、奉らん」とぞ申ける。其時則、達智門造営の為の銭貨其まゝ、彼男に下されける。さて彼器を達智門とは申侍也。是も豊家へ下されけるとなむ。(100)

『體源鈔』の説話と比較するとごく簡略な伝承であるが、この笙が内裏から下賜されて豊原氏に伝えられた、とする点で将軍家への伝来を語る『體源鈔』とは異なるものの、正体不明の人物よりもたらされたものである点、その代価が達智門造営のための資金「二万貫」であった点など、話の大筋は両者で共通しているといえる。先の伝承と同じく、これも豊原氏で伝えられていた可能性もあるが、そうすると、「達智門」の伝来に関して、話の大筋は一致しながらも、将軍家伝来、あるいは天皇から豊原氏へ、と異なる経路を伝える伝承が、ほぼ同時期に豊原氏周辺で語られていたことになり、興味深い。この二つの話の先後関係ははっきりしないものの、「達智門」については、一方では将軍の権威と結びつき、他方では笙の家豊原氏と天皇家との関わりを語る伝承が存在したのである。

一　武具にうつぼといふ事なし。うつぼといふは、昔笙の笛の名物なり。うつぼ達智門とて、二の名物ありしなり。さて今うつぼといふは、その笙入し器なり。其をば八幡殿、安倍貞任たいらげ給し時、矢を入そめ給ひしよりかくいへり。去程にうつぼといふ字、公家に秘事にせり。達智門建られべき用意に、千貫置かれしに、

唐より笙の名物とて渡し時、先此千貫にて被レ召し故に達智門と号す。(101)

これは、右の二書とほぼ同時期成立の『兼載雑談』の説話だが、「達智門」は唐より渡来の笙で、達智門を造営する資金「千貫」で購入したためにその名がついた、という。購入した人物の明示はないが、唐よりの伝来、「千貫」という代価は、「達智門」は「唐笛」で値は「千貫」であった、とする『源威集』の伝承と類似している。

この説話と天皇家、あるいは将軍家との関わりはうかがいにくいものの、ほぼ同時期に類似した数種の伝承が伝わっていることは、当該期における「達智門」という笙に対しての関心の高さを示していよう。

以上みてきたように、「達智門」に関わる伝承について検討すると、鎌倉時代には単に名称に関わる説話のみであったものが、室町時代に入って特に将軍家によって笙が重視されるようになると、次第に伝承が成長していくことがうかがえよう。

室町時代始めには、「達智門」が幕府草創期からの将軍家伝来のものである、とする伝承があらわれた。そして、時代を下って「達智門」が将軍家伝来の「小袖の鎧」と一対のものとしての認識が定着すると、この笙が「小袖の鎧」と同等の価値をもつことを語り、足利家始原からの神話的伝承を含むものへと成長を遂げたのではないかと考えられる。

これは、「玄象」が王権によってその権威を高められるのにともなって、それにまつわる伝承が次第に成長をとげ、ついには三種の神器のひとつである内侍所の神鏡と重なるようなイメージをもつにいたった状況と類同のものであると考えられる。

以上、本稿では、日本中世において、天皇や将軍といった権力者によって琵琶「玄象」や笙「達智門」という著名な楽器が神秘化されるにともない、それに関わる伝承が成長・増幅し、またはその価値を減じた場合には、伝承の新たな展開が見られなくなる、という実際の政治の動きと楽器伝承の変容との関係を明らかにした。

注

（1）二〇〇〇年以降のみの成果だけでも、福島和夫編『中世音楽史論叢』（和泉書院、二〇〇一年）、磯水絵ａ『説話と音楽伝承』（和泉書院、二〇〇〇年）、同ｂ『院政期音楽説話の研究』（和泉書院、二〇〇三年）、豊永聡美『古代中世の天皇と音楽』（吉川弘文館、二〇〇六年）、荻美津夫『古代中世音楽史の研究』（吉川弘文館、二〇〇七年）などがある。また、『雅楽資料集《論考編》《資料編》』（二松学舎大学21世紀ＣＯＥプログラム、二〇〇六年）、『雅楽・声明資料集　第二輯』（同、二〇〇七年）には、資料翻刻などをはじめ、音楽に関わる種々の成果が収められている。

（2）豊永前掲注（1）書

（3）豊永前掲注（1）書「累代御物の楽器」（初出二〇〇四年）

（4）豊永前掲注（1）書「後鳥羽天皇と音楽」（初出二〇〇〇年）、「後醍醐天皇の音楽」。

（5）楽器名物に関する伝承については、稲垣泰一「鬼と名楽器をめぐる伝承」（東京教育大学中世文学談話会編『峯村文人先生退官記念論集　和歌と中世文学』東京教育大学中世文学談話会、一九七七年）、中原香苗「楽器名物譚の伝承」（『説話文学研究』三四号、一九九九年）がある。特に琵琶の名器「玄象」に関しては、磯水絵前掲注（1）書ｂ、森下要治ａ「〈玄上〉関連説話・記録集成稿―十六世紀以前―」（『文教国文学』四一号、一九九九年）、ｂ「物語られる〈玄上〉・序説」（『文教国文学』四七号、二〇〇二年）がある。

（6）「玄上」とも表記するが、本稿では「玄象」に統一する。

（7）神田本『江談抄』二九話（類従本第三―五七話）など。

（8）「玄象」にまつわる記録・伝承に関しては、前掲注（5）磯、森下の各論考に詳しい。なお、室町時代までの「玄象」に関する説話については、本稿末尾に表1「玄象説話一覧」として付したので参照されたい。

（9）第八九段（『新日本古典文学大系　枕草子』岩波書店、一九九一年、一二一頁）。なお、『枕草子』以前の記録としては『百練抄』天元五年（九八二）十一月十七日条に内裏の火災で紛失したものの一つに「玄象」が見られる。しかし、『百練抄』は鎌倉期に編纂されたものであることを勘案すると、この記述には鎌倉期における「玄象」に対する認識が反映されているとも考えられるので、ここでは『枕草子』以前のものと見なさなかった。

(10) 神田本『江談抄』三〇話（江談抄研究会編『古本系江談抄注解〔増訂版〕』武蔵野書院、一九九三年、三一四頁）
(11) 『水原鈔』一五八話（前掲注(10)書、二〇二頁）、前田家本五二話、類聚本第三―五八話
(12) 巻二四―二四話（『新日本古典文学大系　今昔物語集四』岩波書店、一九九四年、四三〇―四三二頁）。傍線等筆者、以下同じ。
(13) 前掲注(3)。「累代御物」については、米田雄介「累代の御物について―皇位継承に関して―」（『広島女子大国文』一五号、一九九八年）、岡村幸子「平安時代における皇統意識―累代御物の伝領と関連して―」（『史林』八四巻四号、二〇〇一年）も参照。
(14) 前掲注(3)二八〇、二八七頁
(15) 『小右記』長和五年正月二十九日条（『大日本古記録　小右記四』岩波書店、一九八九年、一三五頁）。引用文中の〈　〉は割注を示す。以下同じ。
(16) 前掲注(9)の『百練抄』の記事には、紛失した累代御物の一つとして「玄上」が挙げられているが、先述のようにこの記述には鎌倉期の意識が働いている可能性もある。この記事にみえる「玄象」については、「少なくとも円融朝において、玄上は高名な楽器ではあったが、いまだ後世のように皇位継承に欠かせない重要な御物として特記されるほどには到っていなかったと見るべきであろう」との豊永の見解に従いたい。前掲注(3)、二八六頁。
(17) 『範国記』同日条（京都大学附属図書館蔵平松文庫本、京都大学電子図書館「貴重資料画像」）
(18) 前掲注(3)二八四頁
(19) 『民経記』貞永元年（一二三二）十月四日条（『大日本古記録　民経記五』岩波書店、一九九七年、一五三―一五四頁）
(20) 巻一四「譲位」（『神道大系　江家次第』神道大系編纂会、一九九一年、六二七頁）
(21) ただし、神田本『江談抄』三四話には、「和琴ハ鈴鹿。是ハ累代帝皇渡物也」（前掲注(10)三二七頁）とあって、「玄象」とともに伝えられたと思われる和琴の「鈴鹿」は、匡房に「累代帝皇渡物」と認識されていたことがわかる。
(22) 『兵範記』仁安三年二月十九日条（『増補史料大成　兵範記四』臨川書店、一九六五年、一九頁）
(23) 内裏焼亡に際して持ち出されたものについては、大村拓生「火災と王権・貴族」（『中世京都首都論』吉川弘文館、

二〇〇六年、九九―一〇五頁、初出一九九六年）がある。
(24) 前掲注(23)一〇二頁
(25) 『中右記』同日条（『増補史料大成　中右記一』臨川書店、一九六五年、一九一頁）
(26) 『中右記』同日条（『増補史料大成　中右記四』臨川書店、一九六五年、一六一頁）
(27) 『殿暦』同日条（『大日本古記録　殿暦三』岩波書店、一九六六年、二三九頁）
(28) 前掲注(23)一〇二頁
(29) 『兵範記』同日条（『増補史料大成　兵範記三』臨川書店、一九六五年、二六六頁）
(30) 『新日本古典文学大系　保元物語　平治物語　承久記』（岩波書店、一九九二年、一七九頁）。なお、『平治物語』は一二四〇年代の成立かとされるが（日下力「『平治物語』成立期再考―中世軍記文学誕生の環境―」（早稲田大学大学院文学研究科『文学研究科紀要　文学芸術学編』三九輯、一九九四年））、時期的にここで「玄象」などが持ち出されても不自然ではないので、これを採用した。
(31) 『吉記』寿永二年（一一八三）七月二十五日条（『新訂吉記　本文編三』和泉書院、二〇〇六年、九〇頁）。『百練抄』同日条、『平家物語』。なお、「玄象」は後日発見され、都へ戻された（『百練抄』寿永二年八月五日条）。前掲注(1)磯b二二〇頁、注(4)七二頁、注(23)一〇三頁。
(32) 建長元年（一二四九）二月一日（『岡屋関白記』『弁内侍日記』）、文永七年（一二七〇）八月二十二日（『吉続記』）、弘安元年（一二七八）閏十月十三日（『勘仲記』）の内裏焼亡、浅原事件（『中務内侍日記』『増鏡』）、元弘の変（『太平記』）など。
(33) 『勘仲記』弘安元年（一二七八）閏十月十三日条（『増補史料大成　勘仲記一』臨川書店、一九六五年、五五頁）。
(34) 円融・一条・堀河・鳥羽・高倉天皇などが笛を学んだという（豊永前掲注(1)書「鎌倉期以前における天皇と音楽」、初出二〇〇一年）。
(35) 後鳥羽院の音楽修得、「玄象」の称揚については、前掲注(4)「後鳥羽天皇と音楽」参照。
(36) 後には廉承武の霊から授けられたという伝承をもつ「上原石上流泉」が加わって四曲となったが、やはり「三曲」

と呼称する。三曲のうちでも「啄木」は別格とされ、その伝受は密教の伝法灌頂に準じて「灌頂」とよばれた。
(37)『琵琶秘曲伝受記』(『伏見宮旧蔵楽書集成一』明治書院、一九八九年)
(38)相馬万里子「『代々琵琶秘曲御伝受事』とその前後—持明院統天皇の琵琶—」(『書陵部紀要』三六号、一九八五年、三〇頁)、前掲注(35)六四頁
(39)『御遊抄』「朝覲行幸」(『続群書類従』一九輯上、五六頁)
(40)前掲注(39)、『文机談』巻二「孝道見生事」(岩佐美代子『校注文机談』笠間書院、一九八九年、四八頁)
(41)『順徳院御記』建保六年(一二一八)八月七日条(『代々琵琶秘曲御伝受事』前掲注(37)書三—四頁)
(42)「玄象」と「鈴鹿」に関して順徳院は『禁秘抄』「鈴鹿」の項において、「与二玄上一同《ノ》累代宝物也。但毎年御神楽万《ニ》人用レ之《ヲ》。子細不レ及二玄上一《ニ》。玄上《ハ》弾二琵琶一《ヲ》之人以レ弾レ之《ヲ》為二至極一《ト》。」(『続群書類従』二六輯、三七〇—三七一頁)と記し、ここでも「鈴鹿」に優越する「玄象」の価値を記している。
(43)前掲注(35)六五頁
(44)後鳥羽は承元元年(一二〇七)の朝覲行幸でも琵琶の演奏を行っている。その時に用いられたのは、「玄象」と同じく醍醐天皇の御物かとされ、「玄象」との勝劣についての説話も存在する名器「牧馬」であった。後鳥羽自身、この二つの名器を「二霊物」と呼んでおり、「牧馬」も高く評価していたようである(後述)。
(45)『伏見宮旧蔵楽書集成二』(明治書院、一九九五年、六一頁)
(46)前掲注(42)、三七〇頁
(47)『琵琶合記』(前掲注(37)書、一四一頁)
(48)『日本国語大辞典　第二版』
(49)谷昇「後鳥羽天皇在位から院政期における神器政策と神器観」(『古代文化』六〇巻二号、二〇〇八年、二一四頁)
(50)前掲注(35)(六六頁)にも、後鳥羽が帝徳の存立基盤の神的権威の誇示のために「玄象」を用いたとの指摘がある。
(51)相馬万里子「琵琶の時代から笙の時代へ—中世の天皇と音楽—」(『書陵部紀要』四九号、一九九八年)、相馬前掲注(38)

(52) 巻二「玄上事」(前掲注(40)書、四七頁)
(53)『十訓抄』第一〇―七二、『花園天皇宸記』文保三年(一三一九)五月七日条、『文保三年記』『説経才学抄』『名器秘抄』など。前掲注(5)森下b(二六頁)にも、中世において「玄上」に「霊」という形容がなされるとの指摘がある。
(54) 建長六年(一二五四)成立。『日本古典文学大系　古今著聞集』(岩波書店、一九六六年、四五八頁)
(55) 飯島一彦「〈翻刻資料紹介〉井伊家旧蔵・後崇光院筆『糸竹口伝』」(『梁塵　研究と資料』一四号、一九九六年、七二頁)。引用に際し、句読点、引用符を付した。以下同じ。
(56) 稲垣前掲注(5)(三一一頁)も、天皇権威に対する鬼の敗北を読み取る。
(57) 前掲注(20)書五四七―五四八頁
(58)『直幹申文絵詞』、『撰集抄』巻九―一話、『古今著聞集』巻一―二話、『平家物語』に類話が見える。
(59)『百練抄』天元五年十一月十七日、十二月六日条。前掲注(1)磯b(二二一―二三三頁)参照。
(60)『日本古典文学大系　愚管抄』(岩波書店、一九六七年、九一頁)
(61)『古典文庫　十訓抄　下』(古典文庫、一九七六年、一六四―一六五頁)
(62)『説経才学抄』『糸竹口伝』『名器秘抄』も「大庭の椋の木」にかかったとする。
(63) 谷口耕一「平治物語の虚構と物語―「待賢門の軍の事」の章段をめぐって―」(『語文論叢』二二号、一九九四年、五頁)
(64)『日本絵巻大成　北野天神縁起』(中央公論社、一九七八年、一四頁)
(65)『新日本古典文学大系　宝物集　閑居友　比良山古人霊託』(岩波書店、一九九三年、四頁)
(66) 巻二六「大稲妻天狗未来記の事」(『新編日本古典文学全集　太平記三』小学館、一九九七年、三三八頁)。大庭の椋の木については、『平治物語』『明徳記』にも見える。
(67) 浅見和彦校注『新編日本古典文学全集　十訓抄』(小学館、一九九七年、四六九頁)
(68)『新潮日本古典集成　今昔物語集一』付録「説話的世界の広がり　内裏焼亡と玄象」(新潮社、一九七八年、三三六頁)では、椋の木を「説話化をそこに背負えるほど、そして背負えるように顕著な木であった」とする。
(69) 前掲注(68)

(70) 豊永聡美「後光厳天皇と音楽」(前掲注(1)書、初出一九九八年)、相馬前掲注(51)
(71) 豊永前掲注(70)
(72) 坂本麻美子「足利義満と笙」(『日本の音の文化』第一書房、一九九四年)
(73) 豊永前掲注(70)一四〇頁
(74) 前掲注(72)五三六—五三七頁
(75) 王権に直接関わる記述は見えないものの、玄象に関する新たな伝承は、『源平盛衰記』巻一一に見出すことができる。
(76) 巻四（東北大学附属図書館狩野文庫蔵『體源鈔』）
(77) 三島暁子「足利将軍が笙を学ぶということ」(東洋音楽学会第五五回大会研究発表資料、二〇〇四年)も、将軍家による笙収集にふれる。
(78) 『公衡公記』永仁六年（一二九八）十一月二十日条、前掲注(4)「後醍醐天皇と音楽」一一六頁、安達敬子「『體源鈔』における楽器説話の形成—笙達智門をめぐって—」(『軍記物語の窓第三集』和泉書院、二〇〇七年、三一五—三一七頁)
(79) 巻十二本「英秋当道相伝事」(京都大学附属図書館菊亭家旧蔵本『體源鈔』。なお、該本に欠く巻四は、前掲注(76)狩野文庫本に拠る)。
(80) 前掲注(72)。義満の笙については、この論考に拠るところが大きい。安達前掲注（78）は、「達智門」が「義満の雅楽における権威の象徴」であるとする。
(81) 『體源鈔』巻十一本「将軍家御笙沙汰記」
(82) 『教言卿記』応永十五年三月二十日条
(83) 『改定史籍集覧二四』(近藤活版所、一九〇二年、七五七頁)、引用文中の「師蒙」は「師象」の誤りと思われる。
(84) 『梅松論』下（『新撰日本古典文庫　梅松論』現代思潮社、一九七五年、一〇五頁)
(85) 『増補史料大成　親長卿記三』(臨川書店、一九六五年)二三五—二三六頁
(86) 「武家の天皇観」(『講座前近代の天皇四』青木書店、一九九五年、二一四頁)

(87)『後法興院記』同日条（『続史料大成　後法興院記二』臨川書店、一九六七年、一七三頁）

(88)『北野社家日記』同日条（『史料纂集　北野社家日記第三』臨川書店、一九七二年、七二頁）、『山科家礼記』同日条（『史料纂集　山科家礼記五』臨川書店、一九七三年、一六二頁）

(89)『北野社家日記』同日条（前掲注(88)書、七一頁）

(90)『山科家礼記』（前掲注(88)書、一六〇頁）

(91) 巻八「管絃物語」（『日本思想大系　古代中世芸術論』岩波書店、一九七三年、一五四頁）。これより早いものとしては、承久二年（一二二〇）奥書の〔音楽相承系図集〕中に「達知門」と見える（福島和夫「〔音楽相承系図集〕考付翻刻」（『日本音楽史叢』和泉書院、二〇〇七年、一九三頁、初出一九九六年））。

(92) 第一〇冊（『覆刻日本古典全集　続教訓抄下』現代思潮社、一九七七年、四二〇頁）

(93) 平安京大内裏の外郭十二門の一つで、北面の東門。

(94) 鎌倉最末期成立の『説経才学抄』にも、笙の「直物」をもって門を作ったとする簡略な伝承が記されている（『真福寺善本叢刊三　説経才学抄』臨川書店、一九九九年、二三〇頁）。なお、「大閤殿下」が誰をさすかについては未詳。

(95) 上巻五「達智門并基氏荒序稽古ノ事」（加地宏江校注『東洋文庫　源威集』平凡社、一九九六年、一一〇―一一一頁）

(96)「トヲリ節」は前述の「古今名物」にみえる「通節」をさすか。

(97) 先の「太宮亜相」とともに未詳。安達前掲注（78）は、西園寺公衡の家系との関係を示唆する（三一六頁）。

(98) 巻四

(99) 安達前掲注（78）は、この説話が「豊原氏によって、さらに言えば統秋のあたりで創作された説ではないかと疑われる」（三二四頁）とする。

(100)『榻鴫暁筆』（三弥井書店、一九九二年、三七三頁）

(101)『歌論歌学集成一二　東野州聞書　兼載雑談』（三弥井書店、二〇〇三年、一二五―一二六頁）

〔付記〕本稿は、科学研究費補助金（20820057）による研究成果の一部である。

表1　玄象説話一覧

＊室町時代までの説話集や楽書・物語類などに見られる「玄象」に関わる説話を私に分類して掲げた。ただし、『體源鈔』は先行文献を転載していることが多いので、省略した。

①名物	『枕草子』『江談抄』『八音抄』『教訓抄』『二中暦』『拾芥抄』など
②玄象の伝来　藤原貞敏、唐より持ち帰る	『禁秘抄』『古事談』『十訓抄』『文机談』『説経才学抄』『糸竹口伝』『名器秘抄』
③玄象の名前の由来	
ア　玄上宰相の琵琶	『江談抄』『夜鶴庭訓抄』『禁秘抄』『吉野吉水院楽書』『十訓抄』『文机談』『説経才学抄』『糸竹口伝』『名器秘抄』『東斎随筆』
イ　黒い象を書く	『禁秘抄』『吉野吉水院楽書』『十訓抄』『説経才学抄』『糸竹口伝』『名器秘抄』
ウ　醍醐天皇の御物	『江談抄』『夜鶴庭訓抄』『二中暦』『古事談』『文机談』『説経才学抄』『糸竹口伝』『名器秘抄』
④撥面の絵のこと	『禁秘抄』『古事談』『吉野吉水院楽書』『十訓抄』『古今著聞集』『説経才学抄』『糸竹口伝』『名器秘抄』
⑤玄象盗難	
ア　朱雀門の鬼が盗む	『江談抄』『二中歴』『十訓抄』『古今著聞集』『愚聞記』『説経才学抄』『糸竹口伝』『名器秘抄』
イ　羅城門の鬼が盗む	『今昔物語集』『胡琴教録』
⑥内裏の焼亡に自ら飛び出す	『今昔物語集』『胡琴教録』『禁秘抄』『十訓抄』『説経才学抄』『糸竹口伝』『名器秘抄』
⑦危機に際し、飛び上がる	『文机談』
⑧玄象の霊出現する	『禁秘抄』『文机談』『愚聞記』『説経才学抄』『糸竹口伝』『名器秘抄』
⑨玄象弾奏により、廉承武の霊出現	『古事談』『十訓抄』『文机談』『平家物語』『東斎随筆』『榻鴫暁筆』
⑩藤原師長の配流途上にあらわれる	『源平盛衰記』
⑪平家の都落ちとともに持ち去られる	『糸竹口伝』『名器秘抄』
⑫鳴らないことがある	『今昔物語集』『胡琴教録』『続古事談』『十訓抄』『文机談』『説経才学抄』『糸竹口伝』『名器秘抄』
⑬玄象と牧馬の勝劣	『古今著聞集』『文机談』『拾芥抄』『音律具類抄』
⑭兵衛内侍（命婦）の弾奏	『大鏡』『無名草子』『木師抄』

Ⅱ　両統迭立期から中世後期への視界

『とはずがたり』における両統迭立
――禁色の唐衣を視座として――

高嶋　藍

はじめに

『とはずがたり』は、皇統が持明院統と大覚寺統に分かれる、まさに発端期のことを記した作品である。そのため、作品内には後嵯峨院崩御後の皇統問題について触れられている記事が数箇所見受けられる。

この秋頃にや、御所ざまにも、世の中すさまじく、「後院の別当など置かるゝも、御面目なし」とて、太上天皇の宣旨を天下へ返しまいらせて、御随身ども召し集めて、みな禄ども給はせて、暇賜びて、「久則一人、後しに侍べし」とありしかば、面〳〵に袂を絞りてまかり出で、御出家あるべしとて、人数定められしにも、「女房には東の御方、二条」とあそばされしかば、憂きはうれしき便りにもやと思しに、鎌倉よりなだめ申て、東の御方の御腹の若宮、位にゐ給ぬれば、御所ざまも華やかに、角の御所には御影御渡りありしを、正親町殿へ移しまいらせられて、角の御所、春宮の御所になりなどして、

（巻一・五二～五三頁）

これは文永十一年（一二七四）の記事であり、亀山院政の決定を受けて「世の中すさまじく」感じた後深草が出家を決意し、それを鎌倉が後深草院の皇子を春宮に定めることでなだめ、出家が中止されるといった事件が記されている。

更に、同年十一月に見える次の記事からも、当時の皇統問題の複雑さを読み取ることが出来るだろう。

十一月の十日余りにや、大宮院に御対面のために、嵯峨へ入らせ給べきに、「我一人は余りにあいなく侍べきに、御渡りあれかし」と、東二条へ申されたりしかば、御政務の事、御立ちのひしめきの頃は、女院の御方ざまもうち解け申さるゝ事もなかりしを、この頃は常に申させおはしましなどするに、「又とかく申されんも」とて入らせ給に、　　　　（巻一・五四〜五五頁）

このように、後深草の皇子煕仁立坊により表面上は大宮院と後深草院の不仲は解消したかのように振る舞われるものの、しかし、「とかく申されんも」という後深草院の言葉からも皇統をめぐる二人の不仲は完全には解消されていないことが窺える。

こういった両統迭立の不安定さを背景として、『とはずがたり』の主人公二条はどのように描かれているのだろうか。

二条は後深草院に仕え、その寵を受けて皇子を出産した女性としても描かれ、更には亀山院との噂も記される仙洞女房である。両統の始祖とも言える二人の院の間で彼女がどのように描かれているのかを探ることにより、『とはずがたり』における両統迭立の問題を読み解いていきたい。

なお、この作品は虚構も多く見られ、日記文学でありながら物語的性格が指摘されるために、本稿では作品の作者としての二条を「作者」、主人公としての二条を「二条」と呼称を区別して論じることとする。

一　先行研究における二条の立場

二条は後深草院に仕える仙洞女房であるが、彼女が仙洞内でどのような立場にあったのかは、先行研究は存在するもの(1)のいまだ明らかにされていない。しかし、佐野庸美の以下の指摘は非常に有用なものだと指摘することがで

きるだろう。(2)

家格から考えて『女房の官しなの事』に拠れば、仙洞女房で大上﨟ということになり、『禁秘抄』に拠れば、文句なく上﨟ということになるが、名前の問題や、女楽などの場面の描かれ方を見ると、少なくとも「御方」ほどに遇されたとは言えない。

本節では佐野の論を参考にしつつ、作品に描かれる二条の立場についてまとめる。

作品内で、二条の立場が最も明確に論じられている箇所は、東二条院からの書状に対する後深草院の返事であろう。二条の三衣着用に対する東二条院からの抗議に後深草院は以下の如く反論している。

又、三衣を着候事、今始めたる事ならず候。四歳の年、初参の折、「わが身、位浅く候。祖父久我太政大臣が子にて参らせ候はん」と申て、五緒の車、数祖、二重織物聴り候ぬ。（巻一・六二頁）

二条は三衣のみでなく、五緒の車、数祖、二重織物を許されていることが分かるが、それは、波線を付したように二条が「祖父久我太政大臣が子にて参」っているからだと考えられる。(3)

そこで、まずは当時の大臣の娘が仙洞でどのような待遇であったのかを知るために、諸氏の指摘の通り仙洞女房の格について記した唯一の資料だと考えられる『女房の官しなの事』(4)を参照する。

仙洞。

大上らふ。

親王摂家大臣家の御娘まいる。或たゞ上﨟とも云。大中納言の女なりとも。大臣をふる家の人の女ならば。

上らふといふべし。

小上らふ。

大中納言人々の女どもまいる。又こうぢの名などゆるさるゝ也。

更に、これは仙洞女房について記した資料ではないが、『禁秘鈔』[5]の記述も参考として挙げる。

一　女房。

上臈。

不レ謂二是非一。二三位典侍號二上臈一ト。着二赤青色一ヲ。候二御陪膳一ニ也。不レ補二是等職一聴ルハレ色ヲ。大臣ノ女或大臣ノ孫也。孫猶或不レ聴或聴レ之。禁中無二小路名一[6]。仍雖二最上一號二大納言一。

傍線を付した部分から窺えるように、二条は家格としては大上臈としての格を有していたことになる。しかし、『女房の官しなの事』の波線部に「二条」という小路名は小上臈のものであると記されていることに注意したい。同じく『女房官しなの事』の、女房の称号について述べた箇所にも[7]「二条」という小路名は大上臈のかた名むき名と違って「中らふの成あがり」にまで用いられた名であることが記されている。

御かた〳〵の名の事。

北東御かたは上なり。南西は聊方角にてはをとりたる也。かた名とむき名とは。かた名はあがりたるやうに中傳へたるなり。

むき〳〵の名の事。

かた名などとおなじ。〈中略〉

こうぢの名の事。

一條二條三條近衛春日。これらは上の名也。大宮京極これらは中なり。高倉四條などは。小路のうちにもをとりたるなり。中らふの成あがりも小路の名は付也。

佐野も指摘しているが、二条は大納言雅忠の女でありまた太政大臣の猶子として出仕しているのだから、家格としては大上臈となる。しかし、二条は家格としては大上臈のそれを有しながらも小上臈の名をつけられた女房として描かれていることが分かる。そう考えると、後深草院の書状の記述にも納得がいく。

大納言、二条といふ名を付きて候しを、返しまいらせ候し事は、世隠れなく候。されば、呼ぶ人候わず、呼ばせ候はず。「我、位浅く候ゆへに、祖父が子にて参り候ぬる上は、小路名を付くべきにあらず候。詮じ候所、たゞしばしは、あが子にて候へかし。何さまにも、大臣は定まれる位に候へば、その折一度に付け候はん」と申候き。

（巻一・六二～六三頁）

後深草院の言葉として「呼ぶ人候わず、呼ばせ候はず」と記されているが、後深草院も公の場では「二条」の名を用い私的な場では「あが子」を用いるなど、二条の呼称に一貫性は持たされていない。(8)これらのことから考えると、作者は後深草院の書状を引用することにより、大上臈としての家格を有しながらも小上臈としての名しか持たない二条という仙洞女房の不安定な立場を表現しているのだと読み取ることが出来るだろう。次節では、他の箇所からも読み取ることが出来る二条の不安定な立場についての考察を行いたい。

二　二条の待遇

前節で触れた二条の待遇について論じるため、まずは小弓の負けわざの場面について考察する。

資季入道、「上臈八人、小上臈、中臈八人づゝを、上中下の鞠足の童になして、橘の御壺に切立をして、鞠の景気をあらんや、珍しからむ」と申。さるべしと、みな人〳〵申定めて、面〳〵に上臈には公卿、小上臈には殿上人、中臈には上北面、傅に付きて、出だし立つ。水干袴に刀差して、沓、襪など履きて、出立つべしとてある、いと堪へがたし。さらば、夜などにてもなくて、昼の事なるべしとてあり。たれか、わびざらん。されども、力なき事にて、をの〳〵出立つべし。〈中略〉袖に受けて御前に置く事は、その日の八人、上首につきて、つとめ侍き。いと晴れがましかりし事どもなり。

（巻二・九〇～九一頁）

作者はこの場面で、二条をその日の「上首」とし、その際の心情として「いと晴れがましかりし」と記す。上﨟・小上﨟・中﨟との区分から、この「上﨟」が大上﨟をさしていることは明らかであるが、「二条」という小路名は大上﨟の名ではないことは前節で述べた。作者は、皆が「いと堪へがたし」「たれか、わびざらん」と感じるこの場面において、二条の大上﨟の格を明確に記すのである。

では、他の場面での二条の描かれ方はどうなっているのだろうか。その点について考察するため、かた名を持つ東の御方や西の御方、隆親の娘の今参りなども参会する女楽の場面を挙げる。

女御の君は、花山院太政大臣の女、西の御方なれば、紫の上に並び給へり。これは、対座に敷かれたる畳の右の、上﨟に据ゑらるべし。御鞠の折に違ふべからずとてあれば、などやらん、さるべしともおぼえず。今参りは女三宮とて、一定上にこそあらめと思ひながら、御気色の上はと思ひて、まづ伏見殿へは、御供に参りぬ。

（巻二・九四頁）

「女御の君は、花山院太政大臣の女、西の御方なれば、紫の上に並び給へり」とあるが、二条も太政大臣の猶子格で出仕しているはずである。「西の御方」というかた名は前節に挙げた『女房の官しなの事』によると小路名よりも格の高い名であるが、花山院太政大臣の娘には格の高いかた名が与えられているにも関わらず、二条には小路名しか与えられていないことも再度確認しておきたい。

更に、この場面で二条は東の御方や西の御方の向かいにある上﨟の座へと据えられるのだが、そのことに関する二条の感慨としては「さるべしともおぼえず」と記されている。蹴鞠の童に扮した場面ではその日の上首であったことが「いと晴れがましかりし」とされるにも関わらず、この場面では何故「さるべしともおぼえず」と記されるのだろうか。二条よりも格の高い名を持つ東の御方や西の御方のいる場であるからとも考えられるが、この二人の御方は二条の左、すなわち、二条より上席に座しているはずなのでそれほど不自然ではないだろう。となると「さるべしともおぼえ」ぬ理由は、もう一人この場面に登場して「女三宮とて、一定上にこそあらめ」とされる今参りに関係するのではないかとの推測がたつが、この点に関しては後述することにする。

作者は女楽の場面で、明石の上役を与えられた(9)二条の心情を次のように記している。

折〳〵は弾きしかども、いたく心にも入らで有しを、弾けとてあるもむつかしく、などやらん、物くさながら出立ちて、柳の衣に紅の打衣、萌黄の表着、裏山吹の小袿を着るべしとてあるが、なぞしもかならず、人よりことに落ち葉なる明石になる事は。東の御方の和琴とても、日頃しつけたる事ならねども、たゞこのほどの御習ひなり。琴の琴の代はりの今参りの琴ばかりぞ、しつけたる事ならむ。（巻二・九三頁）

後深草院直伝の琵琶を披露できるのにも関わらず、二条は「なぞしもかならず、人よりことに落ち葉なる明石になる事は」と明石の上役であることに不満を抱く。蹴鞠の童の催しでは上臈の中でも上首であった喜びを語った二条だが、東の御方や西の御方が登場する女楽では最も身分が低い明石の上役が与えられていたことは看過できない。二条は、小弓の負けわざの場面のように大上臈として晴れの場に出ることもあったものの、他の大上臈の女性達がいる場面では彼女たちとは同格には扱われていない。

では、「しつけたる」琴の琴を弾き、女三宮役を与えられた今参りはどうだったのであろうか。

紫の上には東の御方、女三の宮の琴の代はりに、箏の琴を隆親の女の今参りに弾かせんに、隆親ことさら所望ありと聞くより、などやらん、むつかしくて、参りたくもなきに、「御鞠の折に、ことさら御言葉かゝりなどして、御覧じ知りたるに」とて、「明石の上にて、琵琶に参るべし」とてあり。（巻二・九二〜九三頁）

このように、今参りは隆親のことさらの所望によって女三宮役を与えられているが、隆親は後深草院が二条のことを「大納言がありつる折のやうに、見沙汰して候はせよ」（巻一・三九頁）と命じた人物で、今参りだけではなく二条の後見でもある。しかし、隆親は「兵部卿の沙汰にて装束などいふも、たゞ例の正体なき事なるにも」（巻一・五三頁）と二条の後見に力を入れた様子は見られない。

今参りというのは「新参者」という意味の名であり、作品内に後の名が書かれていないため彼女がどのような格の名を与えられたのかは不明だが、四条大納言隆親の娘であるのだから『女房の官しなの事』によると格としては小上﨟にあたるだろう。

しかし、女楽の催しでは、二条は明石の上役を与えられ前日に院の供をして伏見入りしたのに対し、今参りは女三宮役で当日に紋の車に乗り侍を具して伏見に入る。大上﨟の格を持つはずの二条が小上﨟である今参り以下の待遇を受けていることがこうして記される中で、二条が隆親により強引に今参りの下に席次を下げられ、その屈辱からついには出奔してしまうという女楽事件が起こるのだ。


兵部卿参りて、「女房の座、いかに」とて見らる丶が、「このやう悪し。まねばる丶女三宮、文台の御前なり。今まねぶ人の、これは叔母なり。あれは姪なり。上にゐるべき人なり。隆親、故大納言には上首なりき。何事に、下にゐるべきぞ。居直れ〳〵」と、声高に言ひければ、善勝寺、西園寺参りて、「これは別勅にて候物を」と言へども、「何とてあれ、さるべき事かは」と言はる丶、上は、（巻二・九四〜九五頁）

席次を下げる際の、隆親の主張に着目したい。「隆親、故大納言には上首なりき。何事に、下にゐるべきぞ」と、隆親は役柄としてではなく、今参りの父である自身と雅忠の官職の差により二条の席を今参りよりも下げさせているることが分かる。

ここで再度、着座の際の記述を思い出したい。西の御方が上座に着くに際しては「女御の君は、花山院太政大臣の女、西の御方なればば」とその家格や名を理由にしているにもかかわらず、今参りについては「今参りは女三宮とて、一定上にこそあらめ」と、わりあてられた役柄を理由としている。作者は、役柄としては今参りが上に座すはずであり自らが上席にいることは「さるべしともおぼえず」と感じる二条を先に描くことで、後に「隆親、故大納言には上首なりき」として役柄以外の理由で席を下げられた二条の無念を強調しているのである。

そしてこの隆親の言葉により、二条は伏見殿を出奔する。

こは何事ぞ。すべて、すさまじかりつる事也。これほど面目なからむ事に交じろいて、詮なしと思ひて、この座を立つ。（巻二・九五頁）

二条が出奔する際のこの強い言葉には、大上臈としての家格を持ちながらも、小上臈の家格しか持たぬ今参りに、その出自を理由として席を越えられたことに対する不満が表されているのではないだろうか。女楽事件は、いわば、大上臈としての待遇を与えられない二条を象徴する事件であったと考えられる。

以上、二条は大上臈の家格を有しながらも小上臈の名をつけられていたこと、その待遇も大上臈の待遇であったり小上臈の待遇であったり不安定なものとして描かれていることを見てきた。

本節では待遇を表す記述等に着目してその点を考察したが、次節では別な観点から、二条の立場について探っていくこととする。

三　禁色の唐衣

以前拙稿(10)で東二条院の書状が二条の装束に与える影響を論じた際、『とはずがたり』では二条の装束は多く他の女性の装束と並記され、そのことにより二条の他の女房達に対する優位性が語られていると述べた。その際にも述べたことだが、東二条院の第一の書状の後、二条の装束の優位性は禁色の唐衣によって示されている。

この禁色の唐衣は、『禁秘鈔』によると大上臈女房の唐衣である。

一　女房。

上臈。

不レ謂二是非一。二三位典侍號二上臈一ト。着二赤青色一ヲ。候二御陪膳一ニ也。不レ補二是等職一聴ルハレ色ヲ。大臣ノ女或大臣ノ孫也。孫猶或不レ聴或聴レ之。〈中略〉

小上臈。

不レ謂二善悪一。公卿女號二小上臈一。着二織物幷表着一ヲ也。

また、時代は異なるが『雅亮装束抄』にも「上らう女ばうのいろをゆるといふは。あをいろあかいろのおり物のからぎぬ。地ずりの裳をきるなり」と、禁色の唐衣は上臈女房としての衣であるという記述が見られる。

さらに、『増鏡』には女御や姫宮の衣装としての禁色の唐衣の用例が見られる。

①女御の君、裏濃き蘇芳七、濃き一重、蘇芳の表着、赤色の唐衣、濃き袴たてまつれり。准后添ひて参り給ふ。みな紅の八、萌黄の表着、赤色の唐衣着給ふ。（中・二一〇頁）

②姫宮、紅の匂ひ十・紅梅の御小袿・もえ黄の御ひとへ・赤色の御唐衣・すずしの御袴奉れる、（中・二九七頁）

③女御の御よそひは蘇芳のはり一重がさね、濃きうらのひへぎ、濃き蘇芳の御表着、赤色の御唐衣、濃き御袴、地摺の御裳奉る。（中・三四〇頁）

④女御の君は蘇芳のはりひとへがさね・紅のひへぎ・青朽葉の表着・赤色の唐衣二重織物・唐の薄物の御裳・濃き綾の御袴、（中・三四七頁）

⑤御前に御匣殿、花山院内大臣師継の女、二藍の七つに紅のひとへ・紅梅の表着・赤色の唐衣・地摺の裳、髪うるはしくあげてさぶらひ給ふ。（中・三九八頁）

この五例により、二条の時代には禁色の唐衣は主に皇族や、⑤の例に見られる御匣などの大上臈女房に許されていたことが分かる。

前節までの内容と『禁秘鈔』の記述、『増鏡』の用例を考え合わせると、二条の大上臈としての格を表すために記されるのが禁色の唐衣だと考えられる。

では、『とはずがたり』で禁色の唐衣はどのように用いられているのであろうか。

作者は作品冒頭でまず禁色の唐衣を記し、大上臈としての装束を身につけた二条を印象的に登場させる。「我も人並み〳〵に差し出でたり」（巻一・三頁）と記しながらも、一人前の女房としての出仕を始める二条の、大上臈としての立場をここで明示する意図があるのだろう。

この次に禁色の唐衣が記されるのは大宮院御所で前斎宮を迎える場面である。

枯れ野の三衣に、紅梅の薄衣を重ぬ。春宮に立たせ給て後は、みな唐衣を重ねし程に、赤色の唐衣をぞ重ねて侍し。（巻一・五五頁）

「みな唐衣を重ねし程に」と、他の女房達もみな唐衣を着用していることが記された上で「赤色の唐衣をぞ重ねて侍し」と二条が大上臈女房としての禁色唐衣を着用していたことが強調されている。しかし、このように禁色の唐衣が明記された後、おそらくはその姿のままで後深草院を前斎宮の寝所へ手引きする二条が描かれるのである。

また、二条が扇の女やささがにの女の道芝をする場面でも禁色の唐衣が用いられていることにも注意したい。

青格子の二衣に、紫の糸にて蔦を縫いたりしに、蘇芳の薄衣重ねて、赤色の唐衣ぞ着て侍し。（巻二・八一頁）

これらの用例から、二条が後深草院を他の女性の許に導く際には二条の禁色の唐衣が示されるという特徴を指摘できる。

また、後深草院と亀山院が蹴鞠の会を催した際にも二条の禁色の唐衣は記される。

樺桜七、裏山吹の表着、青色唐衣、紅の打衣、生絹の袴にてあり。浮き織物の紅梅の匂ひの三小袖、唐綾の二小袖なり。（巻二・七四頁）

二条はこの折に初めて亀山院の目にとまり、後にそれが亀山院の二条寵愛の噂を招き、後深草院御所の追放へとつながるのである。禁色の唐衣は、二条と亀山院の接触のきっかけとなっているとも言えよう。

次に、禁色の唐衣は雪の曙からの贈り物として記される。

あちこちのありきいし〳〵に、姿も事のほかに萎へばみたりし折節なるに、「参るべし」とてあれば、兵部卿も、ありし事の後は、いと中事もなければ、何とすべき方もなきやうに案じゐたるに、女郎花の単衣襲に、袖に秋の野を縫いて、露置きたる赤色の唐衣重ねて、生絹の小袖、袴など、色々に雪の曙の賜びたるぞ、いつよりもうれしかりし。（巻二・一〇九頁）

これは後見人のはずの隆親の援助が受けられず、「姿も事のほかに萎へばみたりし折節」の記述である。名前も、多くの場合の待遇も小上臈としてのものしか与えられていない二条にとって、大上臈の格を示すのは禁色の唐衣という「姿」だけであり、それが「萎へば」んでいるということは、すなわち、二条の大上臈の格を誇示できないということを意味する。後見の援助が得られず、大上臈としての証を失いかけている二条の不安定さと、そんな折に雪の曙から「露置きたる赤色の唐衣」という豪華な唐衣を与えられた二条の喜びとを示す場面なのであろう。しかし、こうして供をした伏見殿において、後深草院は二条を二晩、近衛大殿に与える。いつよりも嬉しく思った赤色の唐衣を着用し、後深草院に「参るべし」と命ぜられ大上臈としての姿で参上した伏見で近衛大殿と契らされることとなった二条の立場がこの唐衣で表されているのである。

亀山院や近衛大殿との関係が暗示される場面と同様に、後深草院により二条が有明の月に与えられる場面においても禁色の唐衣は記される。

薄色衣に赤色の唐衣、朽葉の単衣襲に青葉の唐衣にて、夜の番つとめて候に、（巻二・一三〇頁）

さらに禁色の唐衣は後深草院御所追放の際にも「練薄物の生絹の衣に、薄に葛を青き糸にて縫物にしたるに、赤色の唐衣を着たりし」（巻三・一五二頁）として記される。作品冒頭の、十四歳の二条が一人前の女房として後深草仙洞に出仕し始める場面においても禁色の唐衣は記されていた。しかし、冒頭では「我も人並み〳〵に差し出でたり」としながらも二条の大上﨟としての誇りが想起された禁色の唐衣も、この追放直前の場面ではもう二条の誇りを記すことはない。

これらの用例から、禁色の唐衣は二条の大上﨟女房としての立場を効果的に記したい場合に用いられていると言えよう。さらに、この唐衣は他の女性の道芝や他の男性への二条下賜という、二条と後深草院、第三者をめぐる性愛の場においても用いられている。

そこで、後深草院が二条を下賜する相手に着目してみる。明確に二条の禁色唐衣着用が示される相手は近衛大殿と有明の月の二人であるが、近衛大殿は三角洋一が『新日本古典文学大系　とはずがたり』の解説に「後宇多帝・亀山院政の間、幼帝の摂政をつとめ、天皇元服後はひきつづき関白に任ぜられていたが、後深草院としても、どうしてもこちらがわに引き付けておきたい人物であったということなのであろう。」と示すように、両統迭立の世相の中で、持明院統勢力の巻き返しを図る後深草院にとって重要な人物であった。

後深草院は近衛大殿を二条の後見とすることにより持明院統側に取り込もうとした。そのために二条が後深草院により大殿に与えられるのである。その際に二条の装束として禁色の唐衣を示すことにより、作者は二条が近衛大殿に与えられる理由として二条の大上﨟女房としての立場があることを示している。岩佐美代子は女房には「大事なお客様のための夜の接待役」という職務があるとしているが、(11)そのように考えると、近衛大殿に下賜される場面で禁色の唐衣が記されるということは、すなわち、作者が、二条は大上﨟女房の職務の一環として後深草院の持明院統勢力回復のため近衛大殿に下賜された、と記していると読めるだろう。

同じことは有明の月に対しても言える。有明の月も阿部泰郎が指摘するように持明院統勢力回復のために必要な

人物であった。(12)

すべてを院に知られ、逃れぬ証さえ突きつけられた有明は、ここに進退きわまり、院に全く屈服を余儀なくされる。有明が性助法親王の隠名であるのなら、院の異母弟であるが、されば対立する亀山院の側に立つべき可能性もあった人なのである。そのとき、ここに有明が、院の「若宮」を弟子に賜わり、自分の後継者となして、自らは遁世隠居（つまり寺務を譲り隠退）しようとは、先述した院権力の重要な一角である法親王位の移譲についての契約と見なしてよい。すなわち、ここに至って有明が担い保つ御室の仏法の権威は全く後深草院の門下に伏し、その門跡は院の側の皇統たる持明院統に継承されることになったのである。

つまり、二条は持明院統のため、大上﨟女房としての役務の中で有明の月に下賜されたのである。作者はそのことを禁色の唐衣を描くことにより示しているのだろう。

そう考えると蹴鞠の会での二条の青色唐衣着用が記される理由も自ずと明らかになる。大上﨟女房として青色唐衣を着用して参った後深草院と亀山院の蹴鞠の会で、二条は初めて亀山院の興味をひくこととなった。二条の大上﨟女房としての立場が唯一明記される、蹴鞠の童に扮した場面では「急ぎまかり出ん」（巻二・九二頁）とした二条を亀山院が「しばし召し置かれ」たとの記述も見られる。二条が亀山院に与えられたと考えられる場面では禁色の唐衣が描かれることはないものの、他の男性に下賜される際に禁色唐衣の着用が見られることや、禁色唐衣着用の際の役務が亀山院との噂の発端であったことなどを考え合わせると、亀山院との逢瀬も、二条の大上﨟女房としての立場ゆえのものであったと考えられる。

さらに、作者は二条の追放以前、後深草院の寵が薄れゆくことを記す際に、その原因が二条と他の男性との逢瀬であることを示す。

心も言葉も及ばぬ心地して、涙にくれて明かし暮らし侍しほどに、今年は春の行方も知らで、年の暮れにもなりぬ。御使ひは絶えせず、「など参らぬに」などばかりにて、先〳〵のやうに、「きと〳〵」といふ御使ひもなし。何とやらむ、このほどより、ことに仰せらる、節はなけれど、色変はりゆく御事にやとおぼゆるも、我咎ならぬ誤りも度重なれば、御ことはりにおぼえて、参りもす、まれず。（巻三・一四五頁）

「我が咎ならぬ誤り」とは後深草院の命により他の男と契ったことであろう。しかし、それらの逢瀬は今まで見てきたように、作品内では二条の大上臈女房としての役務の一環として描かれている。つまり、二条は後深草院が命じた大上臈としての役務のために同院の寵愛を失うことになるのだ。

「面影をさのみもいかゞ恋わたる憂き世を出でし有明の月

一方ならぬ袖の暇なさも推し量りて。古りぬる身には」などうけたまはるも、たゞ一筋に有明の御事を、かく思ひたるも、心づきなしにやなど思ひたる程に、さにはあらで、「亀山院の御位の頃、傅にて侍し者、六位に参りて、やがて御すべりに叙爵して、大夫の将監といふ者伺候したるが、道芝して、夜昼たぐひなき御心ざしにて、この御所ざまの事はかけ離れ行べきあらましなり」と申さるゝ事どもありけり。いかでか知らん。（巻三・一四七〜一四八頁）

これも後深草院からの寵が薄れゆくことを記した場面だが、ここではその原因は亀山院とのことだと明記されている。

以上のことから考えると、禁色の唐衣を着用し大上臈女房として後深草院により持明院統のために強要された逢瀬が、結局は二条の御所追放へとつながることが分かる。二条にとっての禁色の唐衣は、後深草院御所での大上臈という格を表す衣でもあり、また、それにより後深草の寵を失う契機ともなる衣なのであった。

こうして後深草院御所を追放された後、二条の禁色唐衣はそれまでとは違った形で記される。

西園寺の沙汰にて、上紅梅の梅襲八、濃き単衣、裏山吹の表着、青色の唐衣、紅の打衣、彩み物置きなど、心

ことにしたるをぞ賜はりて候しかども、さやは思ひしと、よろづあぢきなき程にぞ侍し。（巻三・一五八頁）

これは北山准后九十賀の場面であるが、この場面では二条は既に御所を追放された身であり、そうなってからは禁色の唐衣も「さやは思ひしと、よろづあぢきなき程に侍りし」という衣でしかなくなる。だからこそ、この北山准后九十賀において、作品内で初めて二条以外の女房の禁色唐衣着用が記されるのだ。

紅梅の匂ひ、まさりたる単衣、紅の打衣、赤色の唐衣、大宮院の女房はみな侍しに、（巻三・一五八頁）

作者はそれまで二条のみに禁色の唐衣を与えることにより、二条の大上﨟としての立場を示してきた。しかし、二条が御所を追放されたこの場面ではそうした手法を用いず、逆に他の女房達の禁色の唐衣をも記すのである。また、この北山准后の賀では「これは三衣に薄衣、唐衣ばかりにて参る」（巻三・一六六頁）という記述も見られる。禁色の唐衣が意味を失ったからこそ、作品内ではじめて、この場面では二条の唐衣の色は記されないのだろう。作者は、二条の禁色の唐衣を効果的に用いることで他の女性の道芝や後深草院による他の男性との逢瀬を二条の大上﨟女房としての役務であると描く。大上﨟の家格を持ちながらも小上﨟としての待遇や名しか与えられない二条にとっては禁色の唐衣のみがその家格を示す手段であったが、その唐衣を着用して勤めた大上﨟としての役務ゆえに、後深草院御所を追放されることとなるのだ。作者は禁色の唐衣により、大上﨟という格に翻弄される二条を描くのである。

おわりに

二条は持明院統の勢力回復のために、後深草院により近衛大殿や有明の月、亀山院といった後深草院以外の男性に与えられ、最終的には御所を追放される。作者は禁色の唐衣を描くことにより、他の男性との逢瀬は二条の大上﨟としての役務であり、それ故御所を退出させられたと語っているのだと考えられよう。二条は大上﨟の家格を持つにもかかわらず小上臈としての名や待遇しか与えられない女房として描かれ、その立場の不安定さが示された後、禁色の唐衣を着用して持明院統のために他の男性に与えられる姿が示されるのである。

二条に小上臈としての名や待遇を与えたのも、他の男性との契りを強要したのも、御所を追放したのも全て後深草院であった。二条は大上臈としての立場を保つがために、後深草院に翻弄されつつ持明院統と大覚寺統という両統迭立期を生きた仙洞女房として『とはずがたり』の中に描かれているのである。

※『とはずがたり』の本文は、三角洋一校注『新日本古典文学大系　とはずがたり　たまきはる』（岩波書店、一九九四年）に拠った。『禁秘鈔』は群書類従第二六輯、『女房の官しなの事』は群書類従第五輯、『雅亮装束抄』は宇都宮千郁「雅亮装束抄考証―高倉文化研究所蔵雅亮装束抄の出現を中心として―付翻刻」（『中古文学』五六号、一九九五年十一月）、『増鏡』は井上宗雄校注『講談社学術文庫　増鏡』（一九八三年）に拠っている。引用に際しては傍線・波線を私に付した。

注

（1）長野甞一「『とはずがたり』の文芸的考察」（『国語と国文学』四〇―九、一九六三年九月）、吉野知子「『とはずがたり』の作者後深草院二条について」（『昭和女子大学大学院日本文学紀要』一、一九九〇年三月）

（2）「『とはずがたり』作者の職掌と身分に関する一考察」（『国語国文学研究』三六、二〇〇一年二月）

（3）同じ後深草院の書状において、二条は北山准后の猶子扱いでもあったことも語られている。

そのほか又、大納言の典侍は、北山の入道太政大臣の猶子とて候しかば、次ゐでこれも准后御猶子の儀にて、袴を着初め候し折、腰を結はせられ候し時、いづ方につけても数衣、白き袴などは許すべしといふ事、古り候ぬ。（巻一・六二頁）

（4）禁裏・仙洞・執柄家の女房の種類が順に記されている。執柄家の項においては女房の名についても記されており、さらに、執柄家の女房に関する記述の後には、禁裏や仙洞における女房の名についても詳しく記されている。群書解題では以下のように二条良基（一三二〇～一三八八）の作とする。

奥に「永徳二年（一三八二）二月十日」とあり、成立の年紀か書写の年紀か明らかでないが、恐らくこの時に人の問に答えたものであろう。宮内庁書陵部に蔵する鷹司本（永正十八年写）には、この年紀の下に「作進《二条殿家》摂政判」と書名があり、さらにこれを書写した持明院基春の奥書に「右永徳二年二月十日作進摂政と侍るは後普光園摂政良基公也、云々」とも見える。信ずべきであろう。

（5）『禁秘鈔』と『とはずがたり』は時代も異なってはいるが、『とはずがたり』と同時代の女房について述べた資料がないために、本論では『禁秘鈔』の記述を参考とする。

（6）二条という女房名は禁裏にはないと記されていることにも注意したい。

（7）ここは禁裏の女房について述べた箇所であるので、鵜呑みにして仙洞女房にあてはめることはできないが、他に資料がないために参考として用いる。

（8）作品内で「二条」が用いられる場面

①御出家あるべしとて、人数定められしにも、「女房には東の御方、二条」とあそばされしかば、憂きはうれしき便りにもやと思しに、（巻一・五二頁）

②二条殿が振る舞ひのやう、心得ぬ事のみ候時に、この御方の御伺候をとゞめて候へば、ことさらもてなされて、三衣を着て御車に参り候へば、人のみな、女院の御同車と申候なり。（巻一・六一頁）

③二条が事、今さらうけ給べきやうも候はず。（中略）大納言、二条といふ名を付きて候しを、返しまいらせ候し事は、世隠れなく候。されば、呼ぶ人候わず、呼ばせ候はず。（巻二・六一～六三頁）

④「まさしく我を打ちたるは、中院大納言が娘、四条大納言隆親が孫、善勝寺の大納言隆顕の卿が姪と申やらん、又随分養子と聞こゆれば、御娘と申べきにや、二条殿の御局の御仕事なれば、まづ一番に、人の上ならずやあらん」（巻二・六九頁）

⑤「勝倶胝院より帰るな。二条殿の御出家は、いつ一定とか聞く」（巻二・一〇一頁）

作品内で「あが子」が用いられる場面

⑥あのあが子が、幼くより生ほし立てて候ほどに、さる方に宮仕ひも物馴れたるさまなるにつきて、具しありき侍に、（巻一・五五頁）

⑦「（略）たゞしばしは、あが子にて候へかし。何さまにも、大臣は定まれる位に候へば、その折一度に付け候はん」（巻二・六三頁）

⑧聞かせおはしまして、「ことはりや。あが子が立ちける事、そのいはれ有」とて、（巻二・九六頁）

⑨「兵部卿うつゝなし。老いのひがみか。あが子がしやう、やさしく」（巻二・九六頁）

（9）源氏物語研究では「明石の上」という呼称は使われず「明石の君」が主流であるが、『とはずがたり』においては本文中に「明石の上にて、琵琶に参るべし」（巻二・九三頁）と「明石の上」という呼称が用いられているため、本稿もそれに倣い「明石の上」という呼称を用いる。また、明石の上は『無名草子』では「心にくくいみじ」とされる女性だが、『とはずがたり』では作者により「落ち葉なる」と記されているので、本稿では明石の上を「いみじき女」（『無名草子』）ではなく「落ち葉なる」女性であると捉える。

（10）拙稿「『とはずがたり』における女性の装束描写―東二条院の書状による影響―」（『詞林』三九号、二〇〇六年四月）

（11）岩佐美代子「『とはずがたり』の衣裳」（『国文鶴見』二八、一九九三年十二月）

（12）阿部泰郎「『とはずがたり』の王権と仏法―有明の月と崇徳院」（赤坂憲雄編『叢書史層を掘る　王権の基層へ』新曜社、一九九二年）

法守とその時代

――『徒然草』仁和寺関連章段の背景――

米田真理子

はじめに

『徒然草』には、仁和寺の法師の登場する章段が複数存在する。五二・五三・五四段に記された法師たちの滑稽譚・失敗譚をはじめとして、六〇段の盛親僧都の逸話や、弘融僧都の人となりを描く八二・八四段、弘舜僧正の示した故実を取り上げる二〇八段などが知られよう。(1)「仁和寺」をキーワードとする時、これらは連関する一群の章段として捉えられることとなる。

以前、弘融に着目して、弘融の仁和寺での活躍を検証し、『徒然草』に描かれた弘融像の形成について論じた。(2)しかし、弘融の活躍した時代の仁和寺の情勢には不明な点が多く、その役割を当時の実情に即して位置付けることに課題を残した。そこで、あらためて弘融に焦点を当て、弘融の活躍した時代の仁和寺について検証しようと思う。弘融を軸とするかかる考察は、『徒然草』のみならず兼好と仁和寺とを結ぶ接点が、現在のところ弘融が最も有力とみなされることから、(3)『徒然草』における仁和寺関連章段全体の背景を明らかにする手がかりにもなると思われる。以上のことを目標に、本稿では、論集のテーマである皇統との関わりを中心に考察しようと思う。

一　『徒然草』の中の弘融

弘融は、『徒然草』に、「弘融僧都は、「物をかならず一具と調へんとするは、つたなき人のすることなり。不具なるこそよけれ」と言ひしも、いみじく覚えしなり」（八二段）や、「弘融が「優に情ありける三蔵なり」と言ひたりしこそ、法師のやうにもあらず、心にく丶覚えしか」（八四段）のように、優雅な人となりが描き出されている。(4) この「法師のやうにもあらず」という評価は、一段の「法師ばかり羨ましからぬ物はあらじ」を反転させたものといえる。そこでは、「法師」の「勢のま丶にの丶しりたる」という権勢を誇る姿を「いみじとは見えず」と記し、さらに「僧賀（増賀）」の言葉をふまえて「名聞苦しく」と「法師」が世間に名声を求めることを批判する。一段と八四段とでは文脈が異なるため、同じ意味に解することはできないが、八四段の「法師のやうにもあらず」にも、兼好の「法師」一般に対する批判的な見解が込められており、そして、弘融がその「法師」でありながら「法師」らしからぬ発言をしたことを、好意的に書き留めたものと捉えられよう。

先稿では、弘融が学僧として活躍し、同時代の仁和寺において重きを置かれる存在であったことを明らかにした。この時期の仁和寺は、密教興隆策を講じる後宇多院との間で仁和寺御流の相承をめぐる確執があり、それは大覚寺統と持明院統との対立の様相を呈していたといわれる。かかる中、弘融の著録『諒遮要秘鈔』は、建武四年（一三三七）六月二日に擱筆され、その年の三月に御室に就任した法守法親王によって、翌建武五年の正月末に書写と校合が終えられている。法守が動乱の続く中で多くの聖教が失われたことを嘆き、その後、真言密教の修法に関する先学の説を整理して、複数の類聚を編著するようになることから、『諒遮要秘鈔』の書写もその宗教活動の一環とみなし、弘融を「法守の時代に、仁和寺の危機的状況を学識の面から支える役割を担った人物」と位置付けた。

このような弘融の仁和寺での活躍は、『徒然草』に描かれた弘融の姿とは直接には結びつかない。弘融が和歌を嗜んだことが後代の資料から推測されるが、兼好の描く弘融像は、そうした側面に関わるものであると思われる。ただし一方で、弘融が仁和寺という権門寺院に属し、時流に即した活躍をした存在であったからこそ、『徒然草』の「法師のやうにもあらず」という評価も際だつことになるといえよう。『徒然草』における二つの章段の弘融像は相通ずるといいえ、兼好の関心の在処を示唆するが、弘融の僧侶としての実際的な活動には触れずに、備わる一面を強調する手法は、『徒然草』の全体的な方法にも繋がるのではないかと考える。

このことを追求するには、弘融の仁和寺での役割をより詳細に検証して、弘融に対する同時代の評価を明確にした上で、『徒然草』の章段を照らし出す必要があると思われる。弘融に関しては資料が限られるため、『読遮要秘鈔』を当代の御室たる法守が書写したことを手がかりに、弘融の仁和寺との関係を考察しようと思う。ただし、法守の書写に関しても記録の類は遺らず、実際のところは不明とせざるをえない。そこで、迂遠な方法ではあるが、法守が御室に就任する道のりを検証して、書写に至る背景を明らかにしたい。

二　『徒然草』の時代の仁和寺

弘融が仁和寺で活躍した時期は、第一三代常瑜伽院御室寛性法親王から第一四代禅河院御室法守法親王の時代に相当する。寛性は、伏見院の第三皇子であり、正応二年（一二八九）に誕生し、御室への就任は嘉元三年（一三〇五）である。一方、法守は、後伏見院の第三皇子として延慶元年（一三〇八）に生まれ、建武四年（一三三七）に御室となる。寛性と法守はともに持明院統の出身で、叔父と甥の関係にある。

この時期の仁和寺と仁和寺御室に関する研究は、多くは後宇多院による密教興隆策の視点から論じられている。(5)かかる中、横内裕人は、仁和寺真光院禅助の動向に注目し、後宇多院への仁和寺御流の伝授の実態を明らかにした。(6)それは、本稿で問題とする寛性から法守の時代に重なるものであり、参照して、以下に、寛性と法守に関わる事柄を簡単に示しておきたい。

鎌倉中期以降の仁和寺御室は、弘安五年（一二八二）に、後深草院の皇子性仁が寺務に就任して以来、持明院統の法親王が代々勤めた。しかし、その性仁を継いだ深性が夭逝したため、次代の寛性へ御流伝授が行われないという付法断絶の危機が起こった。深性は正安元年（一二九九）に入滅し、性仁も嘉元二年（一三〇四）に没した。そこで、この事態を回避すべく、まず性仁から禅助に御流を相承させ、次に次代の御室である寛性へ御流伝受を行うといった、仁和寺御室存続のための措置が図られた。

寛性は、乾元元年（一三〇二）に寺務に任ぜられ、嘉元三年（一三〇五）二月二十六日に、禅助から灌頂を受ける。同日綱所を賜り、五月には惣法務、六勝寺検校に補された。しかし、禅助からの仁和寺御流の重書伝授は、それから三年後の徳治三年（一三〇八）になってようやく果たされたという。禅助は、その間に後宇多院へ御流を授けており、後宇多院は、徳治三年正月二十六日に東寺灌頂院で広沢流の灌頂を受け、翌延慶元年にかけては集中的に御流極秘の聖教群の伝受がなされた。この禅助から後宇多院への伝授は、仁和寺にとっては、御流の流出を意味することにほかならず、御室のみが継承してきた御流相承に分裂の危機を招く結果となった。

また、法守の出家にも後宇多院は干渉したとされる。横内によると、その際に御室への圧力があったことを推測し、さらに「後宇多院による御室出家への干渉、仁和寺との法流上の確執は、大覚寺統と持明院統との対立の様相を示している」という。たしかに、元亨元年（一三二一）の法守の出家には、『仁和寺御伝』に「於二大聖院一御出家十四。戒師常瑜伽院御室、唄師前大僧正道順、上皇御幸」(7)とあるように、後伏見院の臨幸が確認できる。後宇多院の密教興隆策が大覚寺統を護持することを目的としたことから、持明院統権力にとってはその対策に迫られる状況にあったものと思われる。

以上の事柄を踏まえて、寛性から法守の時代への御室継承の推移を検証したい。

法守は出家から五年後の正中三年（一三二六）三月九日に灌頂を受ける。この時もまた、御室寛性の病による付法断絶の危機が生じ、急遽、禅助から授けられる事態となった。法守は、その後暦応五年（一三四二）三月十六日に、改めて寛性から伝法灌頂を受けるが、法守の二度の灌頂については、重受の記録である『二品法守法親王御灌頂記』[8]に詳しい。

代々御室長和親王以降、相二当十九之年歯一、令レ受二両部之職位一給。而一品大王依二御病体一、難レ被レ開二密蔵一。仍御附法之断絶、非レ無二其怖畏一之間、蒙二後伏見院勅命一、故前大僧正禅｜《助》、去正中三年三月九日、排二大聖院経蔵一、以二略儀一令レ啒二六口之僧徒一、奉レ授二両部之印璽於入道二品親王一〈法｜《守》、御歳十九、于レ時無品〉畢。而大王御身次第令レ復レ本給、冥応之主掲焉也。仍任二先師遺命一、□二累祖加被一、猶以二略儀一於二北院経蔵一可レ被レ遂行一歟之由、内々有二其沙汰一。御行歩猶依二不快一、難レ及二大儀一之故也。爰暦応五年正月廿八日、依レ召参二両御所一、御灌頂事、今春相構可レ被レ遂二具節一之由、所レ被二思食一也。忩可二申沙汰一之由、被二仰下一者也。云二先師之素意一、云二大王之教命一、依レ難レ申二入子細一、不レ及レ測二涯分一。憖以申二入領状一、仍費レ日可レ有二沙汰一之条々幷料足等事、則伺二時宜一、大概令二治定一之篇目、粗載レ左。

法守が十九歳になった正中三年に、「一品大王依二御病体一、難レ被レ開二密蔵一」とあるように、寛性は病床にあり、灌頂を授けられる状態にはなかった。この「附法之断絶」の怖畏を回避するために、後伏見院の勅命によって、禅助から法守へ灌頂が授けられた。つまり、仁和寺に再び付法断絶の危機が訪れたのである。既に後宇多院は死去しており、後醍醐天皇の政権下にあったが、この灌頂が後伏見院の勅命であったことは、やはり、大覚寺統の家長たる後醍醐天皇を意識した対策であったと考えられる。そして、寛性が病に陥ったことで、仁和寺は、その後、御室不在の状態に置かれることになる。

『花園天皇日記』正中二年（一三二五）十月十二日条に、「伝聞、覚助親王叙二一品一云々。仍寛性親王申二所存一、

可二閉門籠居一之由所存云々。希代事也。朝弊之餘歟」（増補史料大成）と、覚助法親王が一品に叙されたことに対して、寛性が抗議を申し立てたことが書き留められている。寛性は、少なくともこの時までは御室としての活動が確認でき、(9) 翌年三月の法守の灌頂までの間に病に陥ったものと推測される。『仁和寺御伝』によると、嘉暦元年（一三二六）の十二月晦日に「御三移二住開田「西岡」一」と、寛性は仁和寺を離れる。さらに翌年には寺務が法守に交替されるが、法守が綱所を賜り、六勝寺検校に補せられるのは建武四年（一三三七）三月であり、それから十年後のことであった。『二品法守法親王御灌頂記』が記すように、寛性は次第に回復して、法守への灌頂を果たすことになるが、しかし、それは法守が御室に就任したさらに後のことである。では、御室寛性が病に陥って以後の仁和寺はどのような状況にあったのであろうか。寛性の足取りを追うことによって、考えたい。

三　寛性の復帰

花園院の日記には、兄である寛性についても度々言及がある。先述の正中二年（一三二五）十月十二日条に次いでは、元弘二年（一三三二）二月二十日条に見受けられる。

今日益守僧正持二参東寺舎利並重宝辛櫃一。此舎利先年盗人取二甲乙壺一以後、被レ納二一壺一。而去正月、於二真言院一勘計之処、甲二粒乙三粒之由、被レ注二裏紙一、件五粒之外不レ見。而内裏五節所愛染王帳前水精壺被レ納二舎利千四百餘粒一。件舎利相二具本尊等一、先日自二内裏一被レ渡之間、同被レ渡二仁和寺宮一了。而件舎利相二似東寺舎利一之由、仁和寺宮被レ申レ之。仍被レ尋二武家一之処無二相違一、仍今日所レ被二返納一也。益守僧正寺務以後未レ遂二拝堂一之間、不レ能レ参二寺門一。仍就レ有二先例一、以二寺官等一被レ渡二御所一也。於二御前一開レ之、先レ之益守僧正参二進候寝殿庇一〈円座〉、上皇御二座同庇一〈敷二繧繝一枚一〉、朕候二東二間庇一〈敷二同畳一〉。巻二階間御簾一、僧二人舁二辛櫃一参上、隆蔭卿為二院司一祗候〈衣冠〉。先自二仁和寺一所レ被二渡進一舎利勘二計之一、千四百九十九粒云々。此内十粒仁和寺宮申レ預レ之、五粒被レ留二御所一、三粒朕申レ之、三粒広義門院、三粒仁和寺新宮申レ之、益守三粒、役人二人同一粒、凡僧別当一粒、勅使隆長卿一粒奉請也。即於二御前一隆蔭右筆記レ之。又被レ出二健佗穀子・袈裟・鈴杵等一、各拝二見之一、頼定資明等卿又参候、拝二見之一。

「益守僧正」は東寺一長者で、この年の正月二日に寺務の宣下を受けた[10]。益守が持参した「東寺舎利」は空海請来の仏舎利で、本来は甲乙の二つの壺に分配して保管されていたものである[11]。先年、盗人に取られて、以後は一壺に納められていたというが、それは嘉暦四年（一三二九）六月十五日の出来事を指し、『東宝記』によると、その時の勘計では千五百五十四粒あったとする[12]。しかし、益守がこの正月に真言院で勘計を行ったところ、裏紙には甲二粒・乙三粒の由が注されており、実際、五粒以外に見あたらなかった。かかる中、内裏五節所愛染王帳前の水精壺に舎利千四百餘粒が発見され、舎利は内裏より「仁和寺宮」に渡され、「仁和寺宮」は東寺の舎利と似ている旨を伝えた。さらに武家に尋ねて、東寺のもので間違いないことが判明し、返納の運びになったという。

この「仁和寺宮」が寛性で、後出の「仁和寺新宮」は法守とみなされる。寛性は由緒不明の舎利の鑑定を依頼され、寛性の見立て通り、東寺の舎利であることが判明したことになる。『東寺仏舎利勘計記』によると、寛性はそれまでに少なくとも二度の勘計に同座しており、正和元年（一三一二）四月二十二日には乙壺から一粒、同五年（一三一六）正月二十七日には甲乙壺から各一粒の舎利を奉請されたことが知られる[13]。かかる経験が活かされたのであろうが、舎利がまず最初に寛性のもとにもたらされことに明らかなように、寛性は、真言世界の長たる役割が期待され、まさしくそれに応えたのである。

寛性が開田へ移住してからこの記事までには、約六年の年月が経過している。寛性のその間の動向は不明だが、前掲の『二品法守法親王御灌頂記』に「大王御身次第令レ復レ本給」とあるように、病は回復し、事実上、仁和寺御室として活動していたことになろう。ただし、これが、前年に後醍醐天皇の倒幕計画が発覚したことにより、光厳が即位し、後伏見院の院政が開始された持明院統執政期の出来事であったことは留意したい。つまり、この記事の「内裏」は光厳天皇を指し、寛性には甥にあたる。「上皇」は後伏見院で、花園院とともに寛性の兄弟である。場所も持明院御所であって、勘計に集う人々は、寛性にとってはいわゆる身内にあたるといえ、その権限を発揮することに何ら支障はなかった。

建武二年（一三三五）二月には、寛性は、後醍醐天皇の中宮新室町女院（珣子内親王）の御産の祈禱を行っている。『御産御祈目録』に「孔雀経古摩〈仁和寺宮寛性。二月廿九日〉」（『続群書類従』第三三輯下）とある。孔雀経法は仁和寺御流の最重要の大法であり、原則として仁和寺御室と東寺長者のみが行える修法であることから[14]、仁和寺御室としての法験が期待されたといえるが、しかしながら、この御産の祈禱には、「孔雀経法〈大覚寺宮性円。二月廿九日〉」と、同日に大覚寺宮性円も「孔雀経法」を修していた。性円は後宇多院の皇子で、後宇多院から伝法灌頂を授与され、大覚寺門跡を継承した人物である[15]。

横内裕人によると、両統迭立期における、持明院統出身の「性仁・深性・寛性の公家御修法への公請は、持明院統執政期に限られ、大覚寺統執政期には御室の公請はみられない」とされる。そのため、後宇多院存命中の大覚寺統政権下では、孔雀経法は禅助が執行し、禅助は、元応元年（一三一九）と元亨三年（一三二三）の二度、同法を修したことが確認できる[16]。その後、後宇多院は元亨四年（一三二四）に、禅助は元徳二年（一三三〇）に死去する。よって、この御産の祈禱で性円が孔雀経法を勤修したことは、性円への同法の相承を示すとともに、孔雀経法勤修には御室の許可が必要であることから、寛性がその判断を下したことが推測される。さらに、倒幕後の後醍醐政権下にあって、寛性がこの大法を修したことは、仁和寺御室が新しい「王権の護持体制[17]」に組み込まれようとしていたことをも示唆するであろう。後宇多院が自ら御流を相承して実現させようとした密教興隆策とは異なる、仁和寺御室の権限そのものに変更を迫る新たな介入があったことが推測されるのである。

一方で、寛性は、武家との結び付きを保持していた。建武三年（一三三六）九月十三日の『建武三年住吉社法楽和歌』に、足利尊氏の側近たちとともに出詠しており、「秋夜於₂住吉社₁詠₂五首和歌₁　沙門寛性」（新編国歌大観）が見出せる。

九月十三夜

なにたかき秋のなかばのかげよりもなほなが月のなかのみかづき　（五〇）

尊氏は、後醍醐天皇と対立した騒乱の時期にあって、しきりに諸寺社に願文を捧げ、法楽和歌を奉納したという(18)。この法楽和歌もその一つに数えられ、井上宗雄によると、出詠者は「公・武・僧の歌人たちはこのころ尊氏側近にあった人々」とされる(19)。特に、後醍醐天皇が叡山に逃れ、光明天皇が即位した直後の催しであることから、寛性の尊氏勢力への傾倒を物語るものと捉えてよいと思われる。

以上、寛性は、『二品法守法親王御灌頂記』に「御行歩猶依₂不快₁」と記されるように歩行に困難が残った様子であるが、回復後は、両統の政権下に「仁和寺宮」として活躍したことが明らかとなった。鎌倉末期から建武政権期の動乱の時代に、仁和寺御流は付法断絶の危機を繰り返し、御室の権限にも政治的動勢の影響が見受けられた。かかる中、寛性が再び宗教界の長として活躍したことは重要である。寛性は、まさに仏教界全体を統率すべき長者としての役割を果したといえる。それまでに培った経験が重んじられたのであろう。そして、寺務を法守へ交替したことによって、偶然ではあるが「仁和寺宮」と「仁和寺新宮」の二人が存在することになった。寛性は綱所・六勝寺検校を兼帯した仁和寺御室として引き続き宗教界の頂点に立ち、一方、法守は仁和寺の寺務としての役割を遂行した。役割分担の内実は今は明確にし得ないが、御室の権能が分割され、両者がそれぞれの役割を果たしたことで、寛性から法守への継承は揺るぎないものになったに違いない。後醍醐天皇は、建武元年（一三三四）に子息の法仁を仁和寺に入寺させており、横内は「後醍醐天皇は父後宇多院の政策を乗り越え、持明院統の仁和寺御室の地位をも管領する意志をみせている」とした。時に法仁は十歳であり、次代を見越した布石であったと思われるが、しかし、寛性から法守への継承の確約は、かかる後醍醐勢力への一つの防御となり得たのではないだろうか。こうして仁和寺は、流転する政治情勢に左右されつつも、持明院統の御室による法流の護持を可能としたのである。「附法之断絶」の危機は、結果的に幸いしたといえよう。

四　法守の御室就任

建武四年（一三三七）三月十七日、法守は綱所を賜り、六勝寺検校に補された。事実上、唯一人の「仁和寺宮」になった。ただし、寛性はその後も活躍を続け、暦応五年（一三四二）には法守への灌頂を行っている。御室の交替は必ずしも入滅によらないが[20]、では、この時の交替はどのような事情によったのであろうか。

法守への両職補任は北朝による勅任であった。院は光厳、天皇は光明である。前年の建武三年は、足利尊氏と後醍醐天皇との争乱が激化し、五月二十七日に後醍醐天皇が叡山に逃れたことで、山僧を交えた市中戦が繰り返されることになった。六月に光厳院が尊氏に伴われ入京し、八月十五日に光明天皇が即位して、光厳院の院政が開始された。かかる体制下において、法守への補任は行われたのである。

ここで注目したいのは、同三年十月に、後伏見院皇子の尊胤が天台座主に還補されたことである。『天台座主記』[21]によると、大覚寺統の皇子が就任することの多かった座主職は、鎌倉末期頃から、大覚寺統と持明院統の皇子がほぼ交互に就任することになる（表1）。そのような中、第一一六代の尊雲の活動は父後醍醐天皇の政治動向と深く関わり、座主への還任も後醍醐天皇の復位に伴うものであった。のちに還俗することからもわかるように、尊雲の天台座主の地位は、後醍醐の趨勢と切り離しては語れない。さらに、延暦寺は、後醍醐が拠点としたこともあり、大覚寺統勢力と結びつきを強くしていた（『太平記』巻第二）。一方、尊胤の座主職の還任は十月十三日である。

十月十日に、五月二十七日以来、叡山に滞在した後醍醐天皇が下山した直後であることから、尊胤の座主職還任にも当該期の政治的情勢の影響があったことが推測される。そこには、光厳院を擁立した尊氏の意向もうかがえるのではないだろうか。

表1　天台座主

代	座主	父	就任	
116	尊雲法親王	後醍醐	嘉暦3年（1328）12月6日	補任
117	僧正桓守	洞院公守	嘉暦4年（1329）2月11日	補任
118	尊雲法親王	後醍醐	元徳元年（1329）12月24日	還補
119	法務権僧正慈厳	洞院実康	元徳2年（1330）4月23日	補任
120	尊澄法親王	後醍醐	元徳2年（1330）12月24日	補任
121	尊円法親王	伏見	元弘元年（1331）10月25日	補任
122	尊胤法親王	後伏見	正慶2年（1333）正月14日	補任
123	尊澄法親王	後醍醐	建武元年（1334）6月22日	還補
124	尊胤法親王	後伏見	建武3年（1336）10月13日	還補

（渋谷慈鎧編『校訂増補版　天台座主記』参照）

また、大覚寺においても、建武四年に大覚寺宮が性円から寛尊へ交替している。大田壮一郎によると、大覚寺第二世門跡性円は、建武三年の合戦の際、「後醍醐方として戦闘に参加」し、その結果、「後醍醐天皇を追って吉野に向かい、新たに武家の口入で安井門跡寛尊が大覚寺を「管領」した」とされる(22)。大田は「大覚寺は建武四年の段階から、武家勢力を背景とした新門主寛尊の管領下にあった。性円から寛尊への代替わりは、『大覚寺譜』にあるような性円没による安定した門跡継承ではなく、「大覚寺回禄」に象徴される建武三年の戦乱による断絶と見るべきである」と指摘する。

　こうした一連の動勢を踏まえると、法守の御室就任も、持明院統勢力における朝廷支配の一環であったことが推量される。ただし、寛性も持明院統に属し、法守にとっては叔父にあたる。寛性から法守へ御室が移行したことは、持明院統において内部秩序の変革があったことを示唆する。つまり、ここに、後伏見院の子息を中心とする新たな体制の構築が想定されるである（表2）。王

表２
伏見院皇子生没年

後伏見	1288－1336
寛性	1289－1346
花園	1297－1348
尊円	1298－1356

後伏見院皇子生没年

尊胤	1306－1359
法守	1308－1392
光厳	1313－1364
光明	1322－1380

朝の分裂に際し、光厳院、光明天皇、尊胤法親王、法守法親王は、京方の王朝における政治と宗教の要に新たに据えられた。したがって、法守の御室就任は、南北朝の分裂に伴う動向と連動するといえ、政治秩序と密接に関わる交替であったといってよいであろう。

以上、寛性から法守への御室交替に、政治権力の動勢が大きく影響したことを指摘した。その後、朝廷は南北に分かれて存続することになるが、法守の御室の地位は未だ不安定であった。後醍醐天皇は、延元四年（一三三九）に死去する。しかし、仁和寺に入寺していた後醍醐の皇子法仁は、観応元年（一三五〇）六月十九日に法守から灌頂を受け、同二年二月二日に二品に叙される。さらに、『仁和寺御伝』には、同年中の「賜綱所」「補六勝寺検校」の記事が見受けられるのである。法仁が文和元年（一三五二）十月二十五日に死去したこともあり、御室としての具体的な活動については不明だが、一連の法仁への処遇は、この時、南朝勢力が一時的に京を制圧したことと関係すると考えられる[23]。

鎌倉後期以来、仁和寺御室の地位は政治情勢に左右されることが続いた。権力の趨勢と密接に関わり、権限にも弱体化の兆しを見せる。この時代を生きた法守にとって、持明院統の御室として「仁和寺御室」を護持することの困難さは事に付けて実感されたに違いない。動乱の続く世にあっては落ち着くことはなかったのではないだろうか。

五　法守と弘融

法守は、重受の灌頂を、初度の灌頂から十六年後の暦応五年（一三四二）三月十六日に実現する。前代の御室寛性によって改めて灌頂が授けられたことは、法守が最初に受けた灌頂が御室によるものではなかったためと考えられ、御室としての地位に正統性を確保する目的があったと推察される。

法守は、後に、真言密教の修法に関する先学の説や事例などを類聚し、いくつかの編著を作成することになる。鎌倉後期以降の御室においては、特筆すべき事蹟といえ、それは、法守の法流護持に対する姿勢のあらわれであって、法守が建武四年（一三三七）の御室就任の直後に弘融の『詵遮要秘鈔』を書写したことも、同様の意図によると考える。さらにその後、観応元年（一三五〇）には、兼什から『御流乞戒』を受けるが、新井弘順によると、それは兼什が元亨二年（一三二〇）に弘舜から相伝した説であった(24)。

そもそも『詵遮要秘鈔』は、「源起レ自二先師僧正之素意一」と、先師弘舜の素意によって記されたものである(25)。奥書には「先師終焉之時、授二一巻之記一。是則手自所二注置一一宗肝要之疑也」とあり、弘舜が「一宗の肝要の疑」を記した「一巻の記」を弘融に授け、「此疑等粗先注二出之一間ニ、勘二本文一可レ加二門流書籍一」と書き継ぐことを命じたのである。弘舜は、仁治二年（一二四一）の誕生で、正中二年（一三二五）の八十五歳までの事蹟が確認できる。弘融は、「先師」の「遺命」として正慶元年（一三三二）に、本書の執筆を始めており、したがって、弘舜はその年までに死去したとみなされる。弘舜の最後の事蹟は、法守の初度の灌頂の一年前にあたり、弘舜と法守の活躍の時期は重なるといえるが、直接の相伝はなかったのではないだろうか。法守は、『詵遮要秘鈔』の書写を通して、弘舜の説を受け継いだことになる。さらに、新井によると、法守は「声明の相伝の経歴は明らかではないが、四十代の初めに兼什から集中的に声明を学ん」だとされ、その中でも、兼什を介して弘舜の説を受けたことになる。弘舜は禅助と同世代の、東寺一長者にのぼった人物で、声明に長けたことは既に先学の明らかにするところである。弘舜の説に限定されるものではないが、法守が御室就任後も前世代の諸説を受け継ぐことに意欲的な姿勢を示していたことがうかがえる。

法守は、後に自ら諸説の類聚を行うが、かかる事蹟が鎌倉後期以降の御室の中で特筆される点である。こうした行動の背景には、法守の御室への道のりに、大覚寺統との確執や付法断絶の危機が生じたこと、また、御流や聖教の流出・消失に遭遇したことが影響していると推測する。『東宝記』第六法宝下に「建武争乱之剋、処々聖教、其本多以失墜、密法衰微誰人不レ歎レ之乎」（『続々群書類従』）と記されるように、仁和寺に限らぬ問題でもあったのであろう。法守が御室に就いてまずなすべきと考えたのは、前代の法を受け継ぎ、それを次代に遺すことだったのではないだろうか。動乱の世を生きた法守にとって、それは急務と考えられたのではなかったか。

一方、『誂遮要秘鈔』を振り返ると、巻八の奥書に「又是法滅之最也。仁和受レ生継レ塵之客、皆以帰二他流一。洪才閣二吾家之甘苦一可レ謂二珍事一、以二短才之身一頻嘆二此事一。以二孱愚之智一動成二問答一。是偏非二我執之毀一レ他。只為レ挑二嫡流之伝灯一也」と記していた。弘融は、仁和寺の法灯を護持すべき人材が他流に帰したことを嘆き、自らは仁和寺にあって嫡流の伝灯を継ぐことを宣言する。ここには、後宇多院の密教興隆策の一環として、大覚寺へ仁和寺御流が流出すると同時に、仁和寺僧の幾人かが大覚寺へ移った事態が踏まえられており、それを「法滅之最也」と記したのである。本書の執筆は、弘融が「嫡流の伝灯を挑げんがため」と記すように、先師の素意も含め、仁和寺という組織を背景に捉えるべきものと思われる。

弘融の著述活動は、法守の動向と重なり合うといえよう。世代も立場も異なるが、仁和寺の置かれた状況を前に、仁和寺の存続を企図し、法流の継承に尽力した点において同じである。かかる営為は、大きな変革を迎えたこの時代にあっては、広く社会的な問題として捉えるべきと考えるが、今は、『徒然草』との関わりから仁和寺に焦点を絞り考えたい。『徒然草』の時代の仁和寺は、これまで考察してきたように、社会的・政治的情勢に左右され、その権力は弱体化の兆しを見せつつあった。しかし、そのことでかえって法流を継承することには自覚的になり、立場の異なる人々によって積極的な対策が図られたと考える。『徒然草』の登場人物である弘融もまた、その一人に数えられる。その著述が完成から約半年後には、時の御室によって書写されたことから、同時代に力量の認められる人物であったといえるであろう。

おわりに

弘融は、弘安十年（一二八七）の誕生である。兼好の生年は未詳だが、弘安六年（一二八三）の生れとする説(26)を参考にすると、両者はほぼ同世代とみなされる。弘融は、正安二年（一三〇〇）の十四歳の時に華厳院の弘舜に入室し、『野槌』の「建武比《ケンムノ》与《ト》二兼好房《ト》一有二因縁《インエン》一故《ニ》弘融古今集《ヲ》仁和寺《ニンワジ》ノ居所《キヨシヨニ》預《アツケ》二置《ヲク》之《ヲ》一」(27)に従えば、建武の頃までは仁和寺に住したことが推測される。一方、『徒然草』は、起筆・擱筆の時期はともに明確にはならないが、一〇三段の「侍従大納言公明卿」が「権大納言」に任ぜられた延元元年（一三三六）以降までは書き継がれたものと考えられる。したがって、『徒然草』の執筆は、弘融の仁和寺での活躍時期とほぼ重なるといえる。また、『徒然草』の「いみじく覚えしなり」（八二段）や「心にくゝ覚えしか」（八四段）などの過去の助動詞の用い方からは、両者には面識があり、しかも、「弘融が」（八四段）という敬意を含まない助詞を使う筆致には、交友関係にあったことが推測される。

弘融は、これまで考察したように、仁和寺の置かれた状況を社会的情勢に即して十分に把握し、学僧としての役割を遺憾なく発揮した人物であった。一方、『徒然草』に描かれた弘融の姿は、その法師らしからぬ言動に関心を示したものである。また、『徒然草』の仁和寺関連章段には、法師たちの滑稽な姿や出来事が書き留められていた。仮に弘融を通して知り得た情報であったとすると、それは、弘融の目に触れた法師たちの姿である。本稿で考察した仁和寺の様相からは、容易には立ちあらわれてこない情景といえるが、それも仁和寺に備わる一面に違いない。学僧弘融に優雅な側面を見出した兼好が捉えた仁和寺の姿であった。

弘融が、『誐遮要秘抄』の筆を擱いたのは、「建武四年六月二日」である。奥書には「向二閑窓一記レ之。近日世上浮沈以レ之慰二愁緒一」と、世情を嘆く吐露が認められる。これは、建武四年（一三三七）の市中での争いを指すのであろう。兼好も同様の経験を得たはずである。『徒然草』の擱筆について、一〇三段の延元元年（一三三六）を一つの目安としたが、『徒然草』にはこの動乱に関する直接的な記述は見られない。兼好と弘融の執筆姿勢の異なりとして促えることができ、『徒然草』の手法を探る手がかりの一つとしたい。

注

（1）『徒然草』における仁和寺に関連する章段には、これらの他に、武石彰夫「兼好と東密圏」（『徒然草の仏教圏』桜楓社、一九八二年）に、四二段と四五段の資料的な関係性が指摘されている。また二三八段は、後掲注(3)に述べるように、人物比定に決着がついていないため、保留とした。

（2）弘融を中心とする考察は、以下の論考である。「『徒然草』と仁和寺僧弘融―『諒遮要秘鈔』・『康秘』奥書から見えること―」（『中世文学』四七号、二〇〇二年六月）、「『野槌』増補記事の検討―弘融の伊賀居住を視座として―」（『語文』七八号、二〇〇二年五月）、「古筆切の中の「仁和寺華厳院弘融」のこと―伊賀常楽寺蔵兼好・頓阿・弘融三幅対をめぐって―」（『詞林』三一号、二〇〇二年四月）。弘融については、前掲注(1)の武石氏の論考の他に、同「兼好と弘融」（『続仏教歌謡集成』大東文化大学附属東洋研究所、一九七七年、初出一九七三年）と、小松操『弘融僧都』から徒然草へ」（『解釈』第八巻第一号、一九六二年一月）、高乗勲「兼好と東寺を中心とする真言宗関係について」（『密教学』六号、一九六九年）に知見を得た。

（3）二三八段の「顕助（賢助）」は、正徹本の「顕助」であれば仁和寺真乗院の僧侶（一二九四〜一三三〇）であるが、烏丸本では「賢助」とあり、醍醐寺の僧（一二八〇〜一三三三）となる。両者ともに兼好とは同時代で、人物比定には諸説があり、決着していない。なお、顕助である場合、顕助は兼好より年少ではあるが、正中二年（一三二五）に権大僧正・法務となり、「顕助僧正に友なひて」と記すことには相応しい。ただし、本論で後述するように、兼好にとっては弘融がより近い存在ではないかと考える。

（4）『徒然草』の本文の引用は、正徹本を底本とする『新日本古典文学大系　方丈記・徒然草』（岩波書店、一九八九年）による。なお、引用にあたり、新大系の翻刻文における伝東常縁本と烏丸本によって補われた〔　〕内の文字の一部を省略した。

(5) この時期の仁和寺および法守に関する先行研究は、後掲注(6)の他に、小野恭靖「伝法守法親王筆古筆切仏教歌謡資料について」（『大阪教育大学紀要（人文科学）』第四三巻、一九九五年二月）や、横山和弘「鎌倉中・後期の東寺供僧と仁和寺御室」（『年報中世史研究』第二六号、二〇〇一年）などがあり、参照した。

(6) 横内裕人の研究は、まず、当該期に関しては「仁和寺と大覚寺—御流の継承と後宇多院—」（『日本中世の仏教と東アジア』塙書房、二〇〇八年、初出一九九八年）を参考にし、本節での引用はこれによる。また、仁和寺御室については「仁和寺御室考—中世前期における院権力と真言密教—」（『日本中世の仏教と東アジア』塙書房、二〇〇八年、初出一九九六年）を併せて参照した。

(7) 『仁和寺御伝』は、『奈良国立文化財研究所史料第六冊　仁和寺史料　寺誌篇二』（奈良国立文化財研究所、一九六七年）所収の心蓮院本・真光院本・宮内庁書陵部本の本文を確認のうえ、顕証書写本から引用する。

(8) 国立歴史民俗博物館蔵田中穣氏旧蔵典籍古文書、「貞和五年宗尋写」。引用は大阪大学大学院文学研究科・文学部日本史研究室蔵写真帳による。

(9) 花園院への寛性の返事として「返事云、去十五日宣下、而依二当寺密訴一、覚助親王辞申之旨、以二公明卿一被二仰下一云々。一寺可二滅亡一之由存之処、無為落居、冥助之由、殊悦□喜悦無レ極云々」（同十九日条）とあり、「一寺（仁和寺）が滅亡するのではと思ったが、無為に落居して、冥助であることを喜ぶことは極まりない」とあることから、御室の立場に立っての発言と判断した。

(10) 益守については、『東寺長者補任』の「元弘二《正慶元》年壬申（四月廿八日改元正慶）長者僧正益守」、「元弘二年正月二日寺務宣下」（『群書類従』）を参考にした。

(11) 東寺の舎利については、橋本初子「「仏舎利勘計記」解題—東寺伝来の仏舎利関係史料—」（景山春樹編『舎利信仰—その研究と史料—』東京美術、一九八六年）を参照した。

(12) 『東宝記』巻二に「於二佛舎利一者、令レ混二合甲乙一、写二置別器一、取二一壺一了〈銀壺也〉。寺僧等会合勘計之処、千五

百五十四粒也」(『国宝東宝記　原本影印』東京美術、一九八二年）と記す。同記によると、盗人乱入の際に雷鳴・雷光が轟き、龍神が飛来して、盗人は一壺に移した舎利を捨て逃げたとする。
(13) 前掲注(11)の『舎利信仰―その研究と史料―』所載「東寺仏舎利勘計記」による。「東寺仏舎利の勘計・奉請一覧表」および「舎利信仰史料年表」を参考にした。
(14) 孔雀経法の仁和寺御室との関係については、前掲注(6)の横内裕人「仁和寺御室考―中世前期における院権力と真言密教―」を参考にした。
(15) 藤井雅子「後宇多院と「御法流」」(『中世醍醐寺と真言密教』勉誠出版、二〇〇八年、初出一九九六年）を参考にした。後宇多院から性円への伝法灌頂は、正和二年（一三一三）正月二十二日に行われた。
(16) 両統迭立期における孔雀経法の勤修については、前掲注(6)の横内裕人「仁和寺と大覚寺―御流の継承と後宇多院―」を参照した。禅助の執行についても、同論文による。
(17) 前掲注(6)の「仁和寺と大覚寺―御流の継承と後宇多院―」
(18) 『新編国歌大観』の解題による。解題は、井上宗雄・中村文両氏の執筆である。
(19) 出詠者は、井上宗雄によると、「参議従二位尊氏・参議正三位資明・左馬頭直義・侍従為秀・従五位上大膳大夫広秀・左近大夫将監季氏・武蔵権守師直・阿波守和氏・刑部大輔頼春・左衛門尉重茂・沙門寛性・同尊胤・僧正聖忠・寛尊・幸春麿・法印権大僧都賢俊・法印覚信・釈通阿・道戒」(『中世歌壇史の研究　南北朝期』改訂増補版、明治書院、一九八七年）である。
(20) 入滅によらぬ御室の交替については、土谷恵「鎌倉中期の仁和寺御室―『明月記』と仁和寺聖教から」(『明月記研究』三号、一九九八年）を参照した。
(21) 渋谷慈鎧編『天台座主記』(校訂増補版、第一書房、一九七三年）
(22) 「大覚寺門跡と室町幕府―南北朝～室町期を中心に―」(『日本史研究』四四三号、一九九九年七月）
(23) 「中世の仁和寺御室」(『日本歴史大事典4　索引資料』小学館、二〇〇一年。真木隆行執筆担当）が、法仁について、「寺務就任年月」を「一三五一頃一時的就任カ」とし、「寺務交代年月」を「一三五二頃」として、凡例に「法仁については、南朝による京都の一時的制圧との関係を想定できると考えた」とすることを参考にした。

(24)「宣雅博士本『法則集』について」(『中世音楽史論叢』和泉書院、二〇〇一年)。

(25)『詵遮要秘鈔』の引用は、『大日本仏教全書』(底本は東寺観智院金剛蔵享保十二年(一七二七)写本)による。一部、仁和寺蔵本によって校訂した。訓読は私意による。

(26)この兼好の生年は、『大日本史料』第六編之十三(一九一四年刊)所収の史料による。「南朝正平五年、北朝観応元年四月八日」の条に「卜部兼好死ス」として、続けて「諸寺過去帳」「兼好法師〈観応元年四月八日〉右、法金剛院之過去帳」を挙げる(享年六十八歳とする)。しかし、兼好の文和元年(一三五二)の『後普光園院殿御百首』への加点が確認されることから、観応元年(一三五〇)没とする説は偽説とみなされる。

(27)『野槌』の引用は、吉澤貞人編『徒然草古注釈集成』(勉誠社、一九九六年)の解題「埜槌」に示された、再刻本の追加・増補の注による。

『新葉和歌集』における後醍醐天皇の待遇と南朝の来歴

勢田道生

はじめに

『新葉和歌集』（以下、『新葉集』）は、後醍醐天皇の皇子・宗良親王の撰した南朝の撰集である。その成立事情と内容の概略を、同集の序によりながら確認すると、以下の通りである。(1)

『新葉集』は、「かみ元弘のはじめ（元年＝一三三一）よりしも弘和の今（元年＝一三八一）」の「代は三つぎ（後醍醐・後村上・長慶）としはいそとせのあひだ」の南朝君臣の詠「千うた四ももちあまり、はたまき」から成る撰集である。撰集作業が開始されたのは天授元年（一三七五）頃と考えられており、(2)元来は、「ななそぢのしほにもみちぬる」宗良親王が、「かつは老の心をもなぐさめ、かつはすゑの世までものこさんため」に撰した、「そののうちのわづかなることわざ」＝私撰集であった。その後、完成に至った『新葉集』は、弘和元年十月十三日、(3)当今・長慶天皇より、「勅撰になぞらふべきよしの御ことのりをかうぶ」ったため、(4)宗良親王は「所所あらためなほして、十二月三日、これを奏」したのである。

このようにして成った『新葉集』は、先帝・後村上天皇に対して極端に高い待遇を与えていることから、同天皇に対する追慕と顕彰の集であるとされてきた。(5)その根拠として指摘されるのは、以下の事実である。

第一は、後村上天皇の入集歌数が、集中最多の百首であることである。これに次ぐのは撰者宗良親王の九九首だが、この他に九八首が収められる「よみ人しらず」歌は、実は多くは宗良親王の詠であり、それらがあえて「よみ人しらず」とされているところに、後村上天皇の入集歌数を第一位にするという明確な意図を知ることができる。第二は、後村上天皇の御製が、巻頭・巻軸のうち、最多の四箇所を飾ること、なかんづく、巻一巻頭と巻二十巻軸とが後村上天皇御製で飾られていることである。

右の事実に加え、『新葉集』には、後村上天皇の勅撰集編纂への意志を詠んだ御製が収められており、(6)これを根拠に『新葉集』は、果たされなかった後村上天皇の勅撰集編纂の意志を継承するものとされている。(7)以上によって、『新葉集』にとって後村上天皇が、決定的に重要な存在であったことがわかる。

これに対し深津睦夫は、元来は宗良親王の私撰集として編纂が開始されたこの集には、「よみ人しらず」とされるものを含め、宗良親王の詠が極めて多く入集していること、その中には「親王が歌集の中に自らの人生を再構成している」ような配列など、宗良親王の私的な思いを強く反映した部分があることを強調し、(8)そのような観点から、『新葉集』の撰集が開始される直前の宗良親王の心情を窺わせるものとして、左の詠に注目する。(9)

延元の比（三年＝一三三八）、あづまへくだり侍りし後、おほくの年月をへて、文中三年（一三七四）の冬、芳野の行宮にまゐり侍りしかども、みし世の人もなく、よろづむかし思ひ出でらるる事のみおほく侍りしに、独懐旧といふことを　　中務卿宗良親王

おなじくはともにみし世の人もがな恋しさをだにかたりあはせん　（雑下・一三〇六）

右の懐旧の情について深津は、次のように述べる。「この直後から新葉集の撰集作業が始まっていることから見て、

この懐旧の情が新葉集撰集の契機の一つとなったことはおそらくまちがいなかろう」。この「ともにみし世の人」は、宗良親王が「吉野を去る以前、すなわち延元二年以前を共に生きた人々であったはずである」。そして、これらの人々の詠が『新葉集』に多く収められているのは、宗良親王が「今は亡きそれらの人々と共有した時間の記憶を残そうとしたためではなかったか」、と。

この「延元二年以前を共に生きた人々」とは、後醍醐天皇の治世の人々に相当する。そして、後醍醐天皇が『新葉集』の哀傷部で最も多く追悼の対象となっているということも、伊藤伸江により、指摘されている[10]（この点については後述）。ここから見て、『新葉集』にとって、後醍醐天皇およびその治世は重要な意味をもつものであったと考えられるが、では、このことと後村上天皇の極端に高い待遇とは、どのように関連づけられるのだろうか。この問題について深津は、「その（「ともにみし世の人」たちへの）思いがさらに」、「吉野の地において後醍醐天皇の意志を継いで戦い続けてきた者たちへの共感を生み出したと思われる」と推測するに留まる。

よって、まずは、『新葉集』における後醍醐天皇と後村上天皇との待遇の相違について、検討する。

一　賀部における後醍醐天皇と後村上天皇

『新葉集』における後醍醐天皇と後村上天皇との待遇を考える際に注目されるのは、同集の賀部である。『新葉集』の賀部は巻二十に配されており、すべて三三首から成る。この三三首について、まず、誰を慶祝する歌が多いのか、数量の面から見ると[11]、最も多いのは後村上天皇に対するもので、その数一七首は、巻の過半を占める。これに次いで多いのは当今・長慶に対するものだが、その数は、詞書に「みこにおましましける時、内裏にて三首歌講ぜられけるに、寄日祝といふことを」と記される、詠作の場においては後村上天皇に対する賀歌であった長慶天皇の御製（一四二〇）と、続いて同じ詞書のかかる二首（一四二一・前内大臣顕、一四二二・前中納言惟季）とを含めても、九首(12)（二七・三％）にとどまる。また、後醍醐天皇に対する賀歌は、収められていない。この点にも注意される。

以上のように、数量的に見ると、賀部では、後村上天皇が極端に厚く遇されていることが窺えるのだが、このことは、配列の面から見ても、間違いない。

『新葉集』の賀部は、巻頭から、松→椿→竹→鶯→梅→花→月→日の順に、それぞれの歌の題材に基づいた配列がなされているのだが、続く巻軸部分には、これらとは趣を異にする歌群が特に構成されている。左に示すのが、その歌群である。

すみよしの行宮におましましける比、人人色色の心ばへをつくして風流の破子どもたてまつりける中に、神主国量八十島のまつりのかたをつくりて奉りけるを御覧じて

後村上院御製

みそぎする八十島かけて今しはや波をさまれる時はみえけり　（一四二三）

この御製をうけ給はりて

従三位国量

君が代の有かずなれやみそぎする八十島ひろき浜の真砂は　（一四二四）

題しらず

後村上院御製

四の海波もをさまるしるしとて三のたからを身にぞつたふる　（一四二五）

九重にいまもますみのかがみこそ猶世をてらす光なりけれ　（一四二六）

巻軸に配される後村上天皇の御製二首は、序の「千はやぶる神代より国をつたふるしるしとなれる三くさのたからをもうけつたへましまし」という叙述とともに、三種の神器を継承する南朝の正統性を宣揚するものとして、古

くから注目されてきたものである。[13] ただし、ここで称揚されるのは、直接的には後村上天皇であり、当今・長慶ではないことを確認しておく。また、ここに配されるのが後村上天皇の御製であるのに対し、巻一の巻頭に配されるのも後村上天皇の御製であることも、前節で確認した通りである。これによっても、『新葉集』が後村上天皇を、格別の配慮を以て遇していることが知られる。

次に、これに前接する後村上天皇と津守国量との贈答歌は、「八十島のまつりのかた」をめぐってのもので、賀部における唯一の贈答歌である。「八十島のまつり」とは、「新しい天皇の体内に大八洲之霊を付着させて国土の支配権を呪術的に保証すること」を目的として、「大嘗会の翌年、即位儀礼の一環として難波津で行われた宮廷祭祀の一つ」であり、「後堀河天皇の元仁元年（一二二四）十二月を最後に断絶し」たとされるが、[14] それ以後も、勅撰集賀部には、八十島祭に関する賀歌を見ることができる。[15] 右の国量と後村上天皇との贈答では、このような意味をもつ「八十島祭」に寄せて、後村上天皇の治世の平穏と長久とが称揚されているのである。

以上のように、巻軸部分には、皇位に密接に関わることがらによって歌群が特設されているのだが、ここから想起されるのは、勅撰集の大嘗会和歌歌群である。深津睦夫によると、勅撰集賀部に大嘗会和歌による歌群が構成されるのは『千載集』以来の通例で、歌群内部は時代順の配列がなされ、末尾は撰集当時の在位君または治天君の際のもので飾られるのが原則である。[16] そして、これらが賀部の巻軸部分に配置されるということもまた、通例である。[17]

以上により、『新葉集』の右の歌群は、勅撰集における大嘗会和歌歌群に倣ったものと見てよいだろう。そして、そこで讃頌されるのは、先帝・後村上であり、当今・長慶については、全く問題とされていないのである。ここから見ても、賀部において、後村上天皇に対する讃頌は、当今・長慶に対するそれよりも強調されているといえそうである。

このほかにも、後村上天皇讃頌という点では、「梅」歌群のうち、一四一一〜一四一三の三首も注目に値する。

この三首は、いずれも正平十一年正月の内裏歌会における「梅花久薫」題のもので、それぞれ「玉しく庭」に「千代のかざしと匂ふ」梅（一四一一）、「雲のうへ」に「千とせの香に匂ふ」梅（一四一二）、「百敷」に「今さかりな」る梅（一四一三）と、詠作の場＝後村上天皇の内裏が美しく描き出されているのだが、注意されるのは、その作者として、与喜左大臣・遍照光院入道前太政大臣・冷泉入道前右大臣の三大臣の名が連なることである。与喜左大臣は洞院実世、遍照光院入道前太政大臣は西園寺公重、冷泉入道前右大臣は洞院公泰と考えられており[18]、間違いないだろう。この三者は、詠作時点での官位は確定しがたいが、いずれも後村上天皇の治世に薨去または出家したことが確認される。よって、この部分では、後村上天皇を補弼する大臣が一堂に会して後村上天皇を讃える場が再現されているということになる。このような配列がなされているのも、後村上天皇の治世を、集の中に美しく印象づけようとしたものといってよいだろう。なお、この部分に続いて配されるのも、同年三月の内裏歌会における後村上天皇に対する賀歌三首（作者は民部卿親忠・前左近中将公冬・前左近中将光実）であり、この部分では、六首にわたって、後村上天皇を讃頌する歌が連続することになる。

これに対し、当今である長慶天皇について見ると、巻頭こそ、建徳元年正月の、治世の始まりを「わが代の春にあひおひの松」と自賛する御製が配されているが、後村上天皇と比べると、その待遇はやはり、薄い。

例えば、『新葉集』の撰集を念頭において行われたと考えられる催しに、『天授千首』がある[19]。同千首は、天授二年から三年にかけて、長慶天皇・宗良親王・花山院長親ら七人を人数として行われたもので、『明題部類抄』所収の「中院亭千首題」に基づくこの千首には、二〇の祝題が設けられている。よって、七人で合計一四〇首の祝題の歌が詠まれたことになるのだが、このうち賀部に採られたのは、宗良親王の「寄椿祝」の一首（一四〇三）だけなのである。もちろん、賀部三三首に対する一首という比率は、必ずしも少ないとはいえないが、先に述べたように、後村上天皇に対する賀歌は、同一の歌会におけるものが、多く連続して収められているのであり、これと比べると、長慶天皇に対する讃頌は抑制されているといえるだろう。『新葉集』における長慶天皇の待遇について伊藤敬は、その入集歌集（五二首）・巻頭巻軸歌数（二首）を例に、「南朝の当代の天子を寿ぐ度合は、後村上・宗良の尊大ぶりには及ばない印象がある」と評しているが、[20]このことは、賀部によっても裏付けることができるのである。

以上のように、賀部における後村上天皇の待遇は、数量面においても配列面においても、絶対的と言ってよいほどに、高い。従来、『新葉集』の性格として、後村上天皇に対する追慕と顕彰ということが指摘されてきたが、賀部の構成は、まさに後村上天皇顕彰を第一の目的としたものといえる。

また、先にも触れたとおり、賀部に後醍醐天皇に対する賀歌は、ない。もちろん、後醍醐天皇に対する賀歌の中には、戦乱の中で散逸してしまったものもあるだろう。しかし、撰集当時、後醍醐天皇に対する賀歌がまったく伝存しなかったとは考えにくい。よって、『新葉集』にとって後醍醐天皇は、後村上天皇や長慶天皇とは異なり、賀部で讃頌を記し留めなければならないような存在ではなかったと考えられる。

二　哀傷部における後醍醐天皇と後村上天皇

賀部とは対照的に、後醍醐天皇に極めて厚い待遇が与えられるのが、哀傷部である。

『新葉集』の哀傷部は巻十九に配されており、すべて七一首から成るのだが、このうち、後醍醐天皇に対する哀傷歌は、明らかなものだけでも一七首にのぼり、哀傷部の中で最も多く追悼の対象となっていることが、伊藤伸江により、指摘されている。[21]なお、同論では、部立構成や歌数、個々の歌の概要および巻の内部構成、後醍醐天皇・後村上天皇に関する歌群や花山院家の人々に関する歌群の配列面の特徴、また、多く収められる贈答歌の問題など、多岐に亘って指摘がなされているが、本稿は、先に賀部について述べたのと同様、追悼対象者の数と、歌群の配列・構成の面とについて、検討を加える。

まず問題とするのは、哀傷部における追悼対象者の数である。

先に触れたとおり、哀傷部で最も多く追悼の対象となるのは、後醍醐天皇の一七首（二二・九％）であり、これに次いで多いのは、後村上天皇に対するもので、九首（一一・七％）が収められている。[22] これについて伊藤伸江は、「明らかにこの二帝、中でも南朝の祖である後醍醐帝を強く追慕している」としており、[23] 首肯される。

また、哀傷部には、後醍醐天皇の崩御を想起させる同天皇自身の御製三首（一三三八・一三七一・一三七六）が収められており、これらは後醍醐天皇への追悼を主題とする歌群の一環をなすように配列されている。[24] 一方、後村上天皇については、このような詠は収められていない。

以上のように数量の面から見ると、哀傷部においてもっとも重視されているのは後醍醐天皇であり、その程度は後村上天皇を大きく上回ることが推測されるが、このことは、配列面から見ても間違いない。

これを最も顕著に示すのは、巻の前半に構成される四季配列の部分である。ここでは、巻頭から六首目の、「後村上院つねにめされける」「梅」に寄せた後醍醐天皇大納言典侍詠（一三三八）以下、「雪ふりける日、塔尾の御陵にまゐりて」詠んだ前大納言光任の詠（一三六四）まで、三七首にわたって、四季の巡行に基づいた配列がなされている。

この部分に配される後村上天皇に対する哀傷歌は九首で、これは、哀傷部に収められる同天皇に対する哀傷歌のすべてである。これに対し、後醍醐天皇に対する哀傷歌は、一一首がここに配置されており、また、後醍醐天皇自身の「この世にとめぬ心」を詠んだ御製一首（一三三八）が配されている。すなわち、後村上天皇に対する哀傷歌のすべてが配されるこの部分においても、後醍醐天皇に対する哀傷歌は、後村上天皇に対するそれよりも多いということになる。

さらに重要なことがある。この部分に配される後醍醐天皇に対する哀傷歌一一首は、春の部分に四首（一三三二

～一三三五）、夏二首（一三四二・一三四三）、秋三首（一三五二、一三五七・一三五八）、冬二首（一三六三・一三六四）と、春夏秋冬のすべての部分に、かならず二首以上が配置されていることである。これに対し、後村上天皇に対する哀傷歌は、冬の部分には、ない。

ここから見て、四季配列の部分では後醍醐天皇に対する追慕が最も重視されているといって間違いない。そもそも、哀傷部に四季の巡行に基づいた配列がなされること自体は一般的なことだが、特定の人物に対する哀傷歌を、春夏秋冬のすべての部分に配する例は管見に触れず、極めて特殊なものといえる。このような格別の結構により、四季配列の部分では、後醍醐天皇に対する追慕が強調されているのである。

哀傷部において、後村上天皇以上に後醍醐天皇に対して強く哀悼が捧げられていることは、巻の後半についても同様に認められる。すなわち、伊藤伸江の指摘するように、「御心ち例ならざりける」後醍醐天皇の、「風にはよもとたのむはかなさ」を詠んだ御製（一三七二）から、後醍醐天皇御陵に参詣して詠んだ新待賢門院の三首を挟んで、吉田定房・坊門清忠らの死に「わが世の末の程ぞしらるる」と歎く後醍醐天皇御製（一三七六）に至る五首は、一連で後醍醐天皇追悼歌群と認められる[25]し、また、一三八三・一三八四には、後醍醐天皇の遺愛の琵琶を見て詠んだ新待賢門院の詠、後醍醐天皇宸筆の裏に理趣経を書写して詠んだ達智門院の詠が、連続して配されている。これに対し、後村上天皇を直接的に哀傷の対象とする歌は、すべて四季配列の部分に配されているため、後半部分には見ることができない。

以上のように、哀傷部における後醍醐天皇の待遇は、数量面においても、配列面においても、絶対的と言ってよいほどに、高い。従来、『新葉集』は、後村上天皇に対する追慕と顕彰の集であるとされてきたが、哀傷部では、後醍醐天皇に対する追慕が、後村上天皇に対するそれを遥かに超えるほど、強く表現されているのである。ここから見て、『新葉集』にとって後醍醐天皇は、ある一面においては、後村上天皇以上に重要な存在であったと考えられる。

三　序の歴史叙述から

以上のように、『新葉集』は、賀部においては後村上天皇への讃頌を強く表現し、これに対し哀傷部では、後醍醐天皇に対し、後村上天皇以上に追慕を強く表現するという明確な違いを見せるが、では、この相違は『新葉集』全体において、どのように関連づけられるのだろうか。

これについて本稿が注目するのは、『新葉集』の序文である。序には、『新葉集』の撰集に至るまでの歴史について述べた部分がある。ここに示される歴史認識は、右の問題について考える際、重要だと考えるからである。問題とするのは、左の部分である。これは、和歌の本質とその政治的機能について述べた序の冒頭部分に続いて記されるもので、その内容は、私に改行を施したように、大きく【A】・【B】の二段階に分けられ、【B】はさらに、【B1】と【B2】とに分けることができる。

【A】これによりて、ならの葉の名におふみかどの御ときより正中のかしこかりしおほん世にいたるまで、えらびあつめらるる跡、十あまり七たびになんなれりける、そのあひだ、家家にあつめおけるたぐひ、またそのかずをしらざるべし、

【B1】しかあるを、元弘のはじめ、秋津島のうち波のおとしづかならず、春日野のほとりとぶ火のかげしばしばみえしかど、ほどなくみだれたるををさめてただしきにかへされし後は、雲のうへのまつりごとさらにふるきあとにかへり、あめのしたの民かさねてあまねき御めぐみをたのしびて、あしきをたひらげそむくをうつみちまでひとつにすべおこなはれしかど、

【B2】一たびはをさまり一たびはみだるる世のことわりなればにや、つひに又、むかしもろこしに江をわた

りけん世のためしにさへなりにたれど、千はやぶる神代より国をつたふるしるしとなれる三くさのたからをもうけつたへましまし、やまともろこしにつけて、もろもろの道をもおこしおこなはせ給ふおほんまつりごとなりければ、伊勢の海の玉も光ことに、あさか山のことの葉も色ふかきなんおほくつもりにたれど、いたづらにあつめえらばるる事もなかりけるぞ、ぬひ物をきてよるゆくたぐひになん有りける、

まず、右の三段階について、簡単に説明を加えておく。

『新葉集』が撰歌対象とする「かみ元弘のはじめよりしも弘和の今」の「代は三つぎ、としはいそとせのあひだ」の時間は、【B1】と【B2】とにあたる。序の別の部分には、「四方の海の波のさわぎもこよろぎのいそとせにおよべれば、家家のことの葉風にちり、浦浦のもしほ草かきもらせるたぐひも、又なきにあらざるべし」とあって、『新葉集』が自らの内包する「いそとせ」を、動乱の時代として記していることがわかる。

このうち、【B2】は、南北朝分立以後の時間を、撰集成立の直前までの継続状態として記すものであり、一方、「元弘のはじめ」の動乱についての叙述に始まる【B1】は、「元弘のはじめ」を撰歌対象の上限と定める『新葉集』にとって、みずからが内包する時間のはじまりについて述べたものということになる。これに対し、『万葉集』から『続後拾遺集』まで、一七の勅撰集が成立してきたことを述べる【A】は、伝統の時代として位置づけられているといってよいだろう。

以上を踏まえた上で、まず問題とするのは、【B2】の部分である。

南北朝分立から『新葉集』の成立直前に至る【B2】の時間には、後村上天皇の治世が含まれる。この部分の、「千はやぶる神代より国をつたふるしるしとなれる三くさのたからをもうけつたへましまし」という叙述は、三種の神器を伝持することを詠んだ後村上天皇の御製（前掲）を念頭においたものと考えられるし[26]、また、「いたづらにあつめえらばるる事もなかりけるぞ、ぬひ物をきてよるゆくたぐひになん有りける」という叙述も、果たされな

かった後村上天皇の勅撰集編纂への意志を思い起こさせる。[27]ただし、ここでは、後村上天皇について、特にそれと明示する表現がなされているわけではない。

もちろんこれは、『新葉集』の序が勅撰集の序文の形式に倣ったものである以上、[28]不審とするには足りないだろう。この部分は基本的に、『万葉集』から『新葉集』までの勅撰集の歴史として記されているのであり、そうである以上、自身の治世に勅撰集を得なかった後村上天皇については、ことさらに言及する必然性はない。

むしろ重要なのは、『新葉集』の序は、先帝・後村上の治世についてだけでなく、当今・長慶の治世についても言及しないことだろう。序が長慶天皇について、それと特定して言及するのは、末尾において、「はからざるに、今、勅撰になぞらふべきよしの御ことのりをかうぶりて…」と准勅撰の綸旨が下されたことを述べ、次いで、同集を奏覧に供することを記した上で、「この時にあへらんともがらは、あまねくしきしまのみちある御世にほこりて…」と述べる部分だけである。すなわち、序において当今・長慶は、准勅撰の綸旨を下したことに関してのみ言及されるのであり、撰集の成立まで十四年にわたるその治世＝「当代」という時間は、まったく問題とされていないのである。[29]

このことは、【B２】に記される治世讃頌の叙述からも裏付けられる。ここでは、撰集に収められるべき佳什が生み出された要因として、三種の神器を伝持し諸道を興起したまう「おほんまつりごと」が讃えられているのだが、この讃辞は、【B２】に相当する南朝の治世全体について述べたものであり、ここでも「当代」という時間は問題とされていないのである。

以上により、序において「当代」という時間は、撰集現在に至る【B２】の時間の一部分にすぎないといえる。一方、後村上天皇の治世も、長慶天皇と同じく、【B２】の時間の一部をなすのであり、この点において、後村上天皇の治世は、「当代」と同質の時間の上に位置づけられているということになる。

これに対し、『新葉集』の撰歌対象の上限である「元弘のはじめ」から建武の新政までについて述べる【B1】は、いうまでもなく、後醍醐天皇の治世にあたる。よって、ここで後醍醐天皇の時代は、『新葉集』の内包する時間のはじまりとして述べられているということになる。そして、同時にその治世は、撰集現在までつづく動乱の時代の始まりであるにもかかわらず、「乱れたるを撥め正しきに反されし」聖代としての面が強調されているのである。「雲のうへのまつりごとさらにふるきあとにかへり、あめのしたの民かさねてあまねき御めぐみをたのしびて…」という叙述は、この時代に対する最大の讃辞といってよいだろう。すなわち、『新葉集』にとっての始祖・後醍醐天皇の治世は、仰ぐべき聖代として記されているのである。

また、後醍醐天皇の治世は、【A】＝伝統の時代としても言及される。「正中のかしこかりしおほん世」の『続後拾遺集』の下命者としてである。よって、『新葉集』にとって後醍醐天皇は、みずからの始祖であると同時に、古代からの伝統を受け継ぐ存在でもある、ということになる。そして、ここでも後醍醐天皇の治世は、「かしこかりしおほん世」として言及されるのであり、右の叙述において後醍醐天皇の治世は、一貫して聖代として讃えられているのである。

以上により、賀部における後村上天皇の待遇は、後村上天皇を現在のみずからと同質の時間の天皇として讃頌するものであり、哀傷部における後醍醐天皇の待遇は、後醍醐天皇を、みずからの始祖として、過ぎ去った聖代の主として追慕するものと解釈できる。

四　配列における後醍醐天皇と南朝の来歴

『新葉集』において後醍醐天皇がみずからの始祖として追慕の対象とされていることは、歌の配列からも確認することができる。

まず、巻十八巻軸部分＝懐旧歌群の末尾について見たい。

千首歌めされし時、夢中懐旧　　御製

おもひつつぬれば見し世にかへるなり夢ぢやいつも昔なるらん　（一三一九）

右近大将長親

哀にぞなき俤もかよひけるおやのいさめしうたたねの夢　（一三二〇）

百首歌中に　　文貞公

夢よゆめさてもうつつにみなさばや有るにもあらずうつり行く世を　（一三二一）

懐旧の心を　　後醍醐天皇御製

物おもはで過ぎぬるかたの年月はいかにねし夜の夢にか有るらん　（一三二二）

右のうち、一三一九と一三二〇の二首は、当今・長慶と、『新葉集』の撰集助力者でもある花山院長親の、『天授千首』の「夢中懐旧」題のものである。両者とも当代作者であることは、いうまでもない。これに次いで長親の祖父・文貞公師賢の詠が配され、続く巻軸には、後醍醐天皇の御製が配されている。よって、この部分は、当代作者二人に対して彼らの祖父二人を配するという、世代的な対称になっているといえる。

ただしこれは、当代作者とその祖父とを単純に並列に配したというだけのものではない。両世代をむすぶ長親の詠は、「おや」に対する追慕の思いを詠んだものであり、これに続く文貞公の詠は、この思いを受け止めるように配置されているのである。このような配列により、文貞公と後醍醐天皇とは、当代の追慕する父祖として浮かび上がってくるのである。

なお、『新葉集』には、「花山院家の人々の歴史を実感させるようなところ」など、撰集の助力をした花山院長親の意識の反映と見られる部分があること(30)、長親にとって祖父文貞公師賢は、「仰ぎ見、同じ道を後から歩むべき存在」であったことが指摘されている。[31]ここから見て、右の配列は、始祖としての後醍醐天皇を仰ぐ目線と、祖父師賢を仰ぐ長親の目線とを重ね合わせるものといってよいだろう。すなわち、元来は宗良親王の私撰集として撰集が開始された『新葉集』には、南朝の来歴と花山院家の来歴とを共鳴させるような部分があるのである。

さらに一例を挙げる。巻十八・雑下のうち、遁世についての歌群から懐旧についての歌群へと移行する部分である。

題不知　　宣政門院

今ははや水のしらべも忘れにき結びしままの跡はあれども　（一二八九）

嘉喜門院御かざりおろさせ給て後は、御ことなどもうちすてられて年月をおくらせ給けるに、天授三年七月七日、内裏にて御遊などありし時、御聴聞のため入内有りけるに、御楽はてて後、御琵琶ばかりにてたびたびすすめ申されしかば、小楽どもせうせうひかせ給けるに、としどしの御遊のしきなど、ただ今の様におぼしめし出でられて　　御製

かくてのみ絶えず聞かばやそのかみの秋おもほゆる峰の松かぜ　（一二九〇）

御返し　　嘉喜門院

哀とも君ぞ聞きける今ははや吹絶えぬべき峰の松風　（一二九一）

つぎの日、夜べのしきなど申されし御返事の次に、東大寺のねばかりぞ昔にもかはらぬ心地して思ひ出ださるる

ことおほう侍りしままに、猶しひてものがれ申さざりし
　くやしさなど申されて
四の緒のしらべにそへし松かぜはききしにもあらぬねにや有りけん　（一二九二）
　御返し　　　　　　　　　　　　　　御製
松に吹く風はむかしの秋ながらなかばの月やおもがはりせし　（一二九三）
　いかなる時にか有りけん、御琵琶をめされけるを奉らせ
給ふとて　　　　　　　　　　　　後京極院
思ひやれ塵のみつもる四の緒にはらひもあへずかかる涙を　（一二九四）
　御返し　　　　　　　　　　後醍醐天皇御製
涙ゆゑなかばの月はくもるともなれてみし夜の影は忘れじ　（一二九五）
　月前懐旧を　　　　　　　　　後村上院御製
そのことと思はでしもぞ忍ばるるみぬ世の秋を月やみすらん　（一二九六）

ここで注目するのは、当今・長慶と後村上天皇の中宮であった嘉喜門院の贈答と、これに続く後醍醐天皇の中宮・後京極院と後醍醐天皇の贈答とである。ここに注目するのは、この部分が「懐旧」を基調とするとともに、天皇の「琵琶」をテーマとする部分でもあるからである。

後醍醐天皇が、帝王学の一環として琵琶を重視して秘曲の伝受を重ね、その手操もきわめて優れていたこと(32)、続いて後村上天皇も琵琶秘曲を伝受したことは(33)、元来琵琶を愛好していた持明院統との対立という歴史的背景を踏まえ、詳細に検討・評価が加えられている。また、『新葉集』には、琵琶に関する詠によって、南朝の天皇の帝王としての立場を強調するような配列がなされる部分があることも、伊藤伸江により、指摘されている(34)。

これを前提に右の贈答の配列を見ると、ここでは、長慶天皇の琵琶と嘉喜門院の琴との合奏によって引き起こされる後村上天皇への懐旧の情が、琵琶を介在して、遡って後醍醐天皇をも想起させるという配列になっていることがわかる。換言するなら、ここでは、南朝三代の琵琶の伝統を、当今・長慶から始祖・後醍醐天皇まで、時代を遡りながら確認するような配列がなされているのである。

ところで、右の嘉喜門院と長慶天皇の贈答は、『嘉喜門院集』を資料源とするものである。『嘉喜門院集』は、宗良親王の求めによって、『新葉集』の撰集資料として、天授三年に編纂・提出されたもので、その末尾に付される宗良親王の消息には、同集についての感想が記されている。そこで宗良親王は、右の贈答について、次のように述懐している(35)。

…此たひの御ゆうなとは、た丶大かたにのみひ丶きわたり候つるに、我身ひとりにかきり候て、たへかたく候袖のうへは、その御ふること丶もにひきなされけるゆへとおほし、半の月の御面影とも丶、むかしより猶むかしさへ、おもひいてられ候ぬる、…

「此たひの御ゆう」とは、長慶天皇と嘉喜門院が合奏した七夕の御遊を指す。この御遊における、後村上天皇の治世を懐かしむ嘉喜門院と長慶天皇の「ふるごと」に感じ動かされた宗良親王は、「我身ひとりにかき」って涙に堪えず、「半の月」＝琵琶に関する詠にも「むかしより猶むかし」が思い出された、と言うのである。

長慶天皇と嘉喜門院との贈答が直接的に想起させる「むかし」とは、当然、嘉喜門院落飾以前の、後村上天皇の治世のことである。では、「むかしより猶むかし」とは何を指すのか。これは、後醍醐天皇のことを指すとみてよいだろう。先にふれたように、後醍醐天皇と琵琶との関係はきわめて深く、『新葉集』の哀傷部に、後醍醐天皇の遺愛の琵琶に関する詠が収められていることは、第二節（二八九頁）でも触れた。そして、この贈答が『新葉集』に収められるに当たってなされた配列に、琵琶を介して後醍醐天皇が想起されるという連想が働いていることも、先に確認したとおりである。

そして、重要なのは、宗良親王がこの連想を、「我身ひとりにかき」る特別な感慨なのだと述べることである。先帝・後村上を懐かしむこの贈答に、自分だけはそれよりも「猶むかし」を思い出した、とあえて述べていることからは、宗良親王の、当代に対する世代隔絶の意識が窺える。さらに、宗良親王の『新葉集』撰集に対しては、好意的な見方ばかりではなかったらしいということも、同じ消息の左の記述により、指摘されるところである。[36]

…このうちきゝも、人ことになにとやらん申けに候とうけ給候へとも、かほをそはになして、老のあやまりもわすれはて候こと、一すちに数奇のあなかちなるゆへにて候へは、冥の照覧も候はんすらんなと覚候つるに…

これらを考え合わせても、『新葉集』の撰集に当たった宗良親王は、少なくとも『嘉喜門院集』が提出された天授三年の時点では、当代という時代に対して隔たりを意識していたように思われる。本稿冒頭でも確認したとおり、『新葉集』の撰集の契機の一つとして深津睦夫は、宗良親王の、今は亡き「ともにみしよの人」に対する懐旧の情を挙げるがこの懐旧の情は、右の世代隔絶の意識と表裏一体のものだろう。

そして、このような心情のもとに開始された『新葉集』の撰集は、宗良親王にとって、みずからの人生を振り返る作業でもあっただろうということも、深津の強調するところである。[37] そうであるなら、『新葉集』に内在する来歴は、元来は宗良親王の個人的な来歴であり、必ずしも当代の人々の意識と親和的なものではなかったと考えられる。しかし、撰集作業が進むにつれて、この来歴意識は、撰集助力者花山院長親をはじめ、当代の人々の来歴をも包摂していったのではないだろうか。先に見た長親とその祖父師賢との配列上の扱いは、それが結実したものといってよいだろう。

それが可能であったのは、「ななそぢのしほにもみちぬる」宗良親王の人生が、まさに南朝五十年の歴史を包みこむものだったからだろう。そして、宗良親王の懐旧の意識を軸に統合された人々の来歴は、南朝の来歴としてふさわしいものを形成していったのではないだろうか。

このことは、『新葉集』に対して准勅撰の綸旨が下されたことに関しても、重要な意味をもつ。すなわち、『新葉集』に内在する来歴は、宗良親王だけの、また、その周辺の一部の人々だけの来歴でなく、南朝という皇統の来歴となり得たが故に、『新葉集』には准勅撰の綸旨が下されたのだと考えることができるのである。

おわりに

以上に述べたことを、簡単にまとめておく。

『新葉集』が賀部において後村上天皇を厚く遇し、これに対し、哀傷部で後醍醐天皇に対する追慕を強く表現するのは、後村上天皇をみずからの時代の天皇として讃頌するのに対し、後醍醐天皇を自らの始祖として追慕するという、歴史意識上の相違を反映したものと考えられる。

その歴史意識は、『新葉集』において南朝の来歴として実現されているが、宗良親王の個人的な懐旧の思いに端を発した『新葉集』にあっては、元来は宗良親王個人の来歴意識に過ぎなかったはずである。しかし、「ななそぢのしほにもみちぬる」宗良親王の来歴は、同時に南朝五十年の来歴をも包摂する可能性をもつものであり、撰集作業が進むにつれて、宗良親王個人の来歴は、当代の人々の来歴をも包み込み、最終的に、『新葉集』に示される来歴は、南朝全体の来歴としての意味を持つものになった。その結果、『新葉集』は、勅撰集としては多くの問題点をもちながらも、一面で南朝という皇統の来歴を表現するものとして、准勅撰の綸旨を下されるにふさわしいものになったと考えられる。

注

(1) 以下、『新葉集』の引用は新編国歌大観本により、適宜句切りを改めた。また、小木喬『新葉和歌集　本文と研究』（笠間書院、一九八四年）、『校註富岡本新葉和歌集』（立命館出版部、一九三八年）によって校訂した箇所がある。
(2) 井上宗雄『中世歌壇史の研究　南北朝期』（明治書院、一九六五年、改訂新版一九八七年）
(3) 『新葉集』付載「長慶天皇綸旨」（新編国歌大観「解題」所掲）
(4) 有馬俊一「「准勅撰」概念の定立をめぐって」（『和歌文学研究』五七、一九八八年十二月）は、「准」・「擬」・「なずらふ」という語の中世の用例の検討から、当時、これらの語に「一環に組み入れる」という意味があったことを指摘し、故に『新葉集』は、「「真正の勅撰集」として成立したものであった」とする。これは首肯すべきだと考える。
(5) 岩佐正「新葉和歌集「よみ人しらず歌」考」（『国文学攷』二三、一九六〇年五月）
(6) 巻十七・雑中に左のようにある。

百首歌よませ給て前大納言為定もとへつかはされける中に　後村上院御製

哀はや浪をさまりて和歌浦にみがける玉をひろふ世もがな（一一九七）

おろかなることばの花も昔より吹きつたへたる風にまかせん（一一九八）

(7) 大野木克豊『岩波講座日本文学　新葉和歌集』（岩波書店、一九三二年）など。なお、この点について伊藤敬「宗良親王と新葉和歌集―もう一つの勅撰和歌集―」（『室町時代和歌史論』新典社、二〇〇五年、初出一九九四年）は、大覚寺統では後醍醐天皇まで一代一勅撰の伝統が達成されてきたことを指摘し、これを達成できなかった「後村上天皇に捧げられるのに相応なのは、勅撰集の新葉集でなくてはならない」と、同集の「勅撰性」の問題として論じる。
(8) 深津睦夫「新葉集の撰集意識をめぐって」（桑原博史編『日本古典文学の諸相』勉誠社、一九九七年）、同「宗良親王と『新葉集』」（『国文学　解釈と鑑賞』七二―五、二〇〇七年五月）。なお、上記深津論文は、『新葉集』には、『現葉集』・『続現葉集』など将来の勅撰集の資料源とすることが撰集目的の一つであったと推測される二条派私撰集（福田秀一『中世和歌史の研究　続編』（岩波出版サービスセンター、二〇〇七年）第四篇第三章―1「現葉・残葉・続現葉の三集について」（初出一九六〇年））と共通する点が多いことを指摘し、『新葉集』もこれらと同様、将来の勅撰集の資料源とすべく編纂されたものとするが、勅撰集が頻繁に編纂された鎌倉後期のこれらの私撰集と『新葉集』とを同様に考えてよいか、疑問も存する。よって、この点については判断を保留する。

（9）深津睦夫「宗良親王―二つの自叙伝―」（『国文学　解釈と鑑賞』六四―一〇、一九九九年十月）

（10）伊藤伸江「『新葉和歌集』の哀傷歌―哀悼の小宇宙―」（『愛知県立大学文学部論集　国文学科編』五六、二〇〇八年三月）

（11）歌会・歌合・定数歌における題詠歌のうち、慶賀対象が明示されていないものについては、それらの催しの主催者を慶祝するものとして数えた。また、天皇の御製のうち、天皇としてのみずからの地位や、その治める世について詠んだものは、原則として、その歌の作者＝天皇自身を慶祝するものとして数えた。

（12）長慶天皇御製は、「久かたのあまの岩戸を出でし日やかはらぬ影に世をてらすらん」というもので、『新葉集』という集の次元では、撰集当時の天皇＝作者長慶天皇自身の治める世を讃える意味をもつ。また、続く二首については、右の長慶天皇御製と唱和するかたちで配されていることから、これも、『新葉集』の中では、長慶天皇を讃頌する意味を含むとみてよいだろう。以上の三首は、上述の後村上天皇を慶祝する歌の数に含めていないが、これを加算すると、後村上天皇を慶祝する歌の数は、合計二十首となる。

（13）久保田収「新葉集を通じて見たる中興の精神」（建武義会編『後醍醐天皇奉賛論文集』至文堂、一九三九年）

（14）『国史大辞典』「八十島祭」項（岡田精司執筆）による。

（15）例えば、『新拾遺集』（新編国歌大観本）巻七・賀には、左の詠が見える。後鳥羽天皇の際のものである。

建久二年やそしまのまつりに住吉にまかりて読み侍りける　　西園寺入道前太政大臣

君が世はやそしまかくる波の音に風しづかなり住の江の松　（六七九）

（16）深津睦夫『中世勅撰和歌集史の構想』（笠間書院、二〇〇五年）第二編第三章「新千載和歌集の撰集意図」（初出二〇〇〇年）。例外は、続千載・新千載・新続古今の三集。

(17) 例外は、新勅撰・続古今・新拾遺の三集。
(18) この三者の履歴については、井上前掲注(2)書、小木前掲注(1)書を参照した。
(19) 『天授千首』については、井上宗雄「中世における千首和歌の展開」(『中世歌壇と歌人伝の研究』笠間書院、二〇〇七年、初出一九九六年) 参照。
(20) 伊藤敬前掲注(7)論文
(21) 伊藤伸江前掲注(10)論文
(22) 宗良親王詠「かずたらぬ歎になきてわれはただかへりわびたるかりの一列」(一三三〇) について、伊藤伸江前掲注(10)論文は、「後村上天皇と宗良親王子の両説あり」とする。前者は川田順『定本吉野朝の悲歌』(第一書房、一九三九年) など、後者は小木喬「吉野に逝去の宗良親王御子」(小木前掲注(1)書所収) などの説である。稿者は、詠作時点の問題としては、小木の説が妥当であると考える。ただし、『新葉集』所収に当たって付された詞書には、後村上天皇の崩御についてのみ記され、宗良親王の御子については、何も記されていない。ここから見て、右の詠は、『新葉集』に収められるにあたって、後村上天皇への哀傷歌に読み替えられていると考えられる。よって、本稿は右の詠を、後村上天皇に対する哀傷歌として数えた。
(23) 伊藤伸江前掲注(10)論文
(24) 同前
(25) 同前
(26) 久保田淳「南北朝時代の和歌―政治的季節における和歌―」(『中世和歌史の研究』明治書院、一九九三年、初出一九六九年)
(27) 注(6)所掲後村上天皇御製
(28) 『新葉集』序について、深津睦夫「宗良親王と南朝歌壇」(『和歌文学論集10　和歌の伝統と享受』風間書房、一九九六年) は、冒頭において和歌の起源・本質について述べ、末尾を「ざらめかも」という語で結ぶという構成が、「古今系」の勅撰集 (古今・新古今・続古今) と一致することを指摘し、また、伊藤敬前掲注(7)論文は、『新葉集』

序には『千載集』の序と類似した表現が多いことを指摘している。
(29) もちろんこれは、『新葉集』が元来は長慶天皇の下命による勅撰集ではなかったことにもよる。しかし、そもそも『新葉集』の序は、准勅撰の綸旨が下された後に記されたものであり、また、私撰集だからといって、必ずしも当代について述べないというわけではない。よって、この問題は、個々の集の時代認識の枠組みの問題として捉える必要がある。
(30) 深津睦夫前掲注(8)「新葉集の撰集意識をめぐって」。また、伊藤伸江前掲注(10)論文も、哀傷部の花山院家に関する部分について、「長親の哀傷巻の撰歌への影響力」を指摘する。
(31) 伊藤伸江「花山院一族の『新葉和歌集』入集歌（一）花山院師賢」(『説林』五六、二〇〇八年三月)
(32) 相馬万里子「琵琶における西園寺実兼」(福島和夫編『中世音楽史論叢』和泉書院、二〇〇一年)、豊永聡美『中世の天皇と音楽』(吉川弘文館、二〇〇六年) 第一部第四章「後醍醐天皇と音楽」、森茂暁『後醍醐天皇　中世を彩った覇王』(中公新書一五二一、中央公論新社、二〇〇〇年) など。
(33) 村田正志「後村上天皇の琵琶秘曲相伝の史実」(『村田正志著作集第二巻　続南北朝史論』思文閣出版、一九八三年、初出一九六三年)
(34) 伊藤伸江前掲注(10)論文
(35) 引用は私家集大成による。
(36) 深津睦夫前掲注(8)「新葉集の撰集意識をめぐって」
(37) 深津睦夫前掲注(8)「新葉集の撰集意識をめぐって」、深津睦夫前掲注(9)「宗良親王—一つの自叙伝—」

〔付記〕本稿は、第八十七回和歌文学会関西例会(平成十七年四月二十三日、於奈良女子大学)における発表に基づく。席上、またその後、ご教導を賜りました先生方に感謝申し上げますとともに、成稿が遅れましたことをお詫び申し上げます。

仙源抄の定家本源氏物語

加藤洋介

一　忘れられた定家本本文

個々の注釈あるいは准拠に関する指摘など、足利義詮に献上されたという[1]四辻善成の河海抄が、後代の源氏物語注釈史に与えた影響力の大きさにくらべると、同時期に成った長慶天皇の仙源抄はいささか影の薄い存在であろう。しかしながら、いろは順に語句を掲載するという構成一つを取り上げてみても、巻順に物語の展開に沿って注釈を掲げるという通常の注釈書とは異なる、この書の志向するところが窺われよう。その意図するところは、跋文にあまねく示されている。

弘和のはしめのとし三のあまりのおり〳〵、なかき夜のつれ〳〵もなくさめかたく侍しまゝに、ひかる源氏物かたりをとりて見るに、覚束なき事ともおほかりしかは、ふるき尺ともをたつね見侍るに、いつれも簡要はすくなく枝葉はおほし、又同尺ともところ〳〵にありてひらき見るにわつらひあり、これによりて水原抄五十余巻紫明抄十二巻原中最秘抄二巻の中、古人の解尺よりはしめて、句をきり聲をさすにいたるまて一ふしある事を残さす、又定家卿か自筆本に比校して相違の事をかむかへつゝ、同文字なる詞をいろはの次第にあつめとゝのへてみれは、六十余巻只一帖につゝまり、文字のついてをたつぬれは、たな心をさすかことし、ことなるふしもそはねは、あなかちに秘すへきにあらされとも、沙をひらきて金をひろへはそのかすをつくす事かたしといふたとへを思へは、たやすく人に見せん事、彼抄物作者の本意にそむくかたも侍へきにや、そのうへおろかなる心にいか丶とおほゆる事をさへかきつけ侍ぬるは、かりおほきやうなれと、本よりこの物かたりにはしめてとりむかはむ物の、先賢の注尺なとをも見とく事かなはさらん人のためにと思ひて、かくのことくめやすにしるし侍れは、これにつきて一のれうけむのたよりにもなり侍らんかしとてと丶めすなりぬるなり、かの抄にのせさる事はたま〳〵思えたる事も注しつくるにあたはす、(2)

源氏物語の不審箇所を注釈書で検索しても「いつれも簡要はすくなく枝葉はおほし」といったありさまで、しかも数書を検索しなければならないし、巻別の注釈書では同一書内であっても同語の注釈があちこちに散在していて煩わしい。そこで河内本源氏物語の校訂者である源親行の水原抄・原中最秘抄、および親行弟の素寂による紫明抄から注釈を抜き出し、定家自筆本の源氏物語と比較して考証した上で、いろは順に並べて整理したという。たしかに「この物かたりにはしめてとりむかはむ物」にとって、いくつもの注釈書を手許に集めたとしても、現在のように基準とする本文によって頁行が示されていなければ、目的とする語句に関する注釈がどこにあるのか（あるいはないのか）を検索することすら容易ではない。

次に掲げる仙源抄の項などは、その意図するところがよく実現されている例と言えるであろう。

そして
よしめき〻〻、存《ヲモウ》也、又は、き、にいひそし侍にとあるは毀《ソシル》也、定本にはいひはけましとあり、又あかしにさけしいそしといへるは酒強殺也、又まきはしらに心けさうしそしてとあるは率也、愚案此注心もし心けさうしつれてと心うへき歟、さりなからなを心ゆかすや、これもあかしの注と大概かはるへからさる也、殺の字なるへし、詩なとにも愁殺笑殺なと丶つくれり、切《タシカ》にふかくてなをさりならぬ心とそ覚侍る、

対象となっているのは、若菜上巻、明石女御の側近くに座していたことを娘からたしなめられた明石尼君の様子を描く場面である。

よしめきそしてふるまふはおほゆめれとも、もう〳〵にみゝもおほ〳〵しかりけれは、あゝとかたふきてゐたり　（若菜上巻1089-07）(3)

さらに後に掲げられている帚木巻・明石巻・真木柱巻の注釈は、紫明抄に近い記事を見出すことができる。

われたけくいひそし侍に　殺也　（帚木巻）

人〳〵にさけしゐそしなとして　殺《ソス》　（明石巻）

人〳〵心けさうしそして　率して也　（真木柱巻）

動詞連用形に下接する「そす」についての考証であるが、用例を他巻に求めての総合的な考察が加えられるわけである。

そしてここに言う「定本」が、跋文に言うところの「定家卿か自筆本」である。左馬頭の指喩いの女の体験談で、嫉妬深い女に「われたけくいひそし侍に」と高飛車な態度に出た左馬頭に対し、逆に女の側から夫婦仲の断絶を宣言されてしまい、腹立たしくなった左馬頭はさらに「にくけなる事ともをいひはけまし侍に」という展開に及ぶ。

かしこくをしへたつるかなと思給へて、われたけくいひそし侍に、すこしうちわらひて、よろつにみたてなく物けなきほとをみすくして、人かすなる世もやとまつかたはいとのとかに思ひなされて心やましくもあらす、つらき心をしのひて思ひなおらむおりをみつけむと、ゝし月をかさねむあいなたのみは、いとくるしくなむあるへけれは、かたみにそむきぬへきゝさみになむある、とねたけにいふに、はらたゝしくなりてにくけなる事ともをいひはけまし侍に、女もえおさめぬすちにておよひひとつをひきよせて、くひてはへりしを　（帚木巻0050-02）

仙源抄が「定本にはいひはけましとあり」と言うのは、帚木巻「いひそし侍に」を検討するのに、所持していた定家自筆本源氏物語の本文へと立ち返り、左馬頭の態度からみて「いひそし侍に」と「いひはけまし侍に」が文脈上類義語であることを示そうとしたものであろう。(4)

仙源抄は河内方の注釈書から注釈を抜き出しているのであるから、対象となる語句はすべて河内本によるものとなる。しかしながら長慶天皇は手許に河内本の本文を持っていなかった。したがって、該当部分を源氏物語本文に立ち戻って考察しようにも、文脈を理解するために該当語句の前後を読もうとしても、「定本」を用いることしかできなかった。したがって河内本にしかない語句であったりすると、

はそふともはおりて

伴僧也、愚案定本無此詞

と書かざるをえないわけである。実際この用例の場合、該当箇所を河内本で示せば、

日中の御かちはてゝ、はそうともはおりて、あさりひとりとまりて、猶たらによみたまふ　（夕霧巻1323–09）

となるが、定家本では、

日中の御かちはてゝ、あさりひとりとゝまりて、なをたらによみ給

となっており、「はそふ(う)」の語は出てこない。

仙源抄には「定本」に関する言及が五十箇所ほどあり、そのほとんどは定家自筆本・明融本・大島本に合致しており、例外はごくわずかである。(5)「青表紙原本が、後醍醐、後村上、長慶御三代の頃、皇室に在つたのではなかろうか」、「定家卿か自筆本」が「青表紙の原本であつても差支ない」と言われる所以である。(6)仙源抄の言うところの「定家卿か自筆本」が、はたして定家自筆本そのものであったのか、あるいは模本や臨写の類の転写本であったのか、そのあたりの事情を追尋するだけの材料はもはやない。しかしながら現在の研究環境において、この「定家卿

か自筆本」「定本」に関する仙源抄の記述を追っていくと、きわめて興味深い事例に遭遇することがある。

　をすかるへき

をそき心也、又云をいつく心也、紫明にはをいすかるへきとかきておいつく心也と注せり、愚案此注心得かたし、定本にはたすかるへきとあり、

この部分、紫明抄には、

　すこしおすかるへき

　　をそかるへき歟

とあって、仙源抄に合わない。

該当部分の本文を『大成』によって掲げてみる。

　こめきおほとかにたを〳〵とみゆれと、けたかう世のありさまをもしるかたすくなくておほしたてたる人にしあれは、すこしをすかるへきことをおもひよるなりけんかし　（浮舟巻1917-07）

仙源抄の言うように「をすかるへき」が「たすかるへき」となっている異文は、定家本はもちろん河内本にも別本にもない。『大成』浮舟巻は底本が池田本であり、明融本の校異は「補正」に掲げられているが、そこにも該当するような校異は挙げられていない。ところが明融本の複製を確認してみると、そこには紛れもなく仙源抄の言う「たすかるへき」の本文を見出すことができるのである。

　こめきおほとかにたを〳〵とみゆれと、けたかう世のありさまをもしるかたすくなくておほしたてたる人な[7]（に）しあれは、すこした（お）すかるへきことを思よるなりけむかし　（明融本　浮舟巻七〇丁裏）

明融本浮舟巻は、すでに指摘のあるように「細部にわたってやや不安がある」[8]が、定家本系諸本全体に関わる検討は別の機会を期すとして、今ここで確認しておくべきは、この「たすかるへき」から「おすかるへき」への本文

修正は、明融本に当初から（すなわち定家自筆本に）施されていたものではなく、後筆によるものということである。明融本浮舟巻には、全体にわたってミセケチ修正が施された箇所が散見されるものの、定家自筆本にあったものを踏襲したものと、そうではない後筆によるものは、複製本を見ただけでも一目瞭然たるものがある。定家自筆本によったものは、比較的大きく二本線によるミセケチが施されており、それに対し後筆のものは小さく、またやや薄い墨色の「ヒ」を付している。このことは同じ七〇丁裏の一行目「人わらひ（へ）なるさまにて」と比較しても明らかであり、当該箇所のミセケチ「ヒ」とは明らかに異なっている。『大成』未収伝本[9]のうち手許で確認できるものを見てゆくと、穂久邇文庫本にも次のようにある。

こめきおほとかにたを〳〵とみゆれと[10]、けたかく世のありさまをもしるかたすくなうておほしたてたる人にしあれは、すこした（お）すかるへきことを思よるなりけんかし

（穂久邇文庫本　浮舟巻八〇丁表）

明融本と同様にミセケチ修正が施されているものの、穂久邇文庫本の修正前本文はやはり「たすかるへき」の本文であった[11]。このように確かに「たすかるへき」の本文は存在していたのである。

一方で不審なのは、現行の活字校注本が、浮舟巻についてはほぼ例外なく明融本を底本としているにもかかわらず、「たすかるへき」の本文を採用することはおろか、注釈においても「たすかるへき」の本文の存在について、まったく触れるところがないことである。たしかにこの箇所は、進退窮まった浮舟が死を決意する場面であり、東国育ちの浮舟が貴族社会の常識を超えた行動を取ろうとすることを評して「すこしたすかるへきことを思よる」というのは、違和感が残るところではある。しかし定家本系統の諸本間で明融本が（浮舟巻は大島本が欠帖だが、大島本が存する巻であれば大島本も）孤立する例は少なからず見出されるのであり、ここもその一つだとすれば、定家本の本文として「たすかるへき」の可能性について言及する必要はあるだろう。

このように現行の活字本からは窺うことのできない定家本本文が、仙源抄の「定本」に見出されることはもっと

注目されてよい。仙源抄の「定家卿か自筆本」が、自筆本そのものであったかどうかはともかくとして、その資料的価値はかなり高いものであったことが期待されるのである。

二　仙源抄の「定本」と明融本

仙源抄が「定本」に言及する事例のうち、定家本系統の諸本間で本文の異同が生じているのは、先の浮舟巻の事例を含めて十六例である。このなかには語義が不分明なために、あるいは誤写を誘発しやすい文脈にあるために、書写が繰り返される間に異同が拡大していったと思われる例もいくつかある。しかしながら先の浮舟巻の事例と同様に、仙源抄の「定本」が、定家自筆本・明融本・大島本という現存する定家自筆本の系統の本と重なり合う例が、ほかにも見出されることは注目に値する。

　さくらのみえかさね
清少納言枕草子云、なまめかしきみえかさねのあふき、いつえになりぬれはあまりにあつくて、もとなとのにくけなるといへり
私云、ひあふきの両方三枚つゝ、春はさくらのうすやうなとにてつゝみて、色々のいとにてとちてすゑをなかくあはひむすひにしたる物也、しかるへき女房用之、
愚案、定本にはさくらかさねとあり、

これは花宴巻、朧月夜と取り交わした扇に関するところ、『大成』本文によれば、

かのしるしのあふきはさくらかさねにて、こきかたにかすめる月をかきて水にうつしたる心はへめなれたる事なれと、ゆへなつかしうもてならしたり、（花宴巻0274-07）

とある場面である。「清少納言枕草子云」から「あはひむすひにしたる物也」までは河海抄にほぼ同内容の注釈が

なされており、跋文に言及するところのない河海抄との一致ぶりは注意されるところであるが[12]、『大成』底本の大島本および明融本にはたしかに「さくらかさね」とあり、仙源抄の記述に合致している。ところが定家本系統の諸本を見渡してみると、「さくらかさね」とある本は、明融本・大島本を除くと、他には『大成』未収の大正大学蔵本くらいしか見当たらないのである。他には池田本・穂久邇文庫本・吉田本（古典文庫本）が、「さくら〳〵のみへ〵かさね」と補入された本文を持つ。現在東海大学附属図書館の所蔵にかかる明融本（桐壺・帚木・花宴・花散里・若菜上・若菜下・柏木・橋姫・浮舟の諸巻）は、花散里巻を除いて定家自筆本を臨模したとされるものであり、定家本系統の諸本間で孤立しているように見えるとはいえ、仙源抄の「定本」と明融本、さらには大島本が一致していることは、やはり仙源抄「定本」の素姓のよさを窺わせるものがある。

仙源抄が「定本」に言及し、かつそれが明融本の存する巻の語であり、しかも定家本系統諸本間で本文に揺れがあるという事例がもう一例ある。

そのかたのふみ

愚案、夢のことをいひたれは、そのかたとは夢ふみなとやうの物歟、定本にはそ文字二ありしからは、一をは上につけて、そのかたとよむへき歟、又そくとあるへきをかきあやまれる歟、下の詞にも内教のかたとかきたれは、俗典といへるとも心得ぬへきにや、（若菜上巻1095-02）

『大成』によって該当箇所を示すと、

そのころよりはらまれ給にしこなたそくのかたのふみをみ侍しにも、又内教の心をたつぬる中にも、夢をしんすへきことおほく侍しかは、

大島本にはこのようにあるが、明融本の当該箇所は、

そのころよりはらまれ給にしこなたそゝのかたのふみを見はへしにも、又ないけうの心をたつぬる中にも、ゆ

めをしんの心をすへきことおほくはへしかは、　（明融本　若菜上巻七九丁表）

明融本と大島本との間に異同があり、また定家本系統の諸本でも異同の激しいところである。明融本では仙源抄「定本」の言うように「そ文字」が二つあるので、「こなたそ、そのかたのふみを」となるが、大島本のように「〻」を「く」と判読すると、やはり仙源抄が別解として「又そくとあるへきをかきあやまれる歟」と言う「こなた、そくのかたのふみを」となる。異同の激しさは、このように誤写を誘発しやすい箇所であることに加え、「そのかたのふみ」「そくのかたのふみ」の語義の捉えにくさに由来するものであろう。仙源抄「定本」は本文を具体的に挙げているわけではないが、「そ文字二」つという点では、やはり明融本と齟齬をきたさない。仙源抄の「定本」は、現在我々が定家自筆本系統の本文と見なすことができるものに、非常に近い形であったと想像されるのである。

三　仙源抄の「定本」と大島本（一）

定家自筆本の臨模とされる明融本が存しない巻については、大島本が諸本間で孤立している場合、大島本が定家自筆本を受け継ぐ故であるのか、あるいは大島本の側に誤写や校合による問題があるのか、そのあたりの事情を個別に検討するしかないのであるが、現実にはそれに資するだけの資料がほとんどないのが現状と言わざるをえない(13)。そうした状況の下、それほど豊富な材料に恵まれているわけではないが、仙源抄の「定本」によって、大島本の本文を補強することができる事例が少なからずあることは、もっと注意されてよい。

をいすかひぬれ

をい丶つる心也、愚案、をいつ丶きたる心歟、定本にはをいすきぬれとあり、過たる心ならはあまりことにや、

これは少女巻に出てくる用例で、

かういふさいわい人のはらのきさきかねこそ又をひすきぬれ、たちいて給へらんにましてきしろふ人ありかたくや、とうちなけき給へは、（少女巻0678－11）

秋好の立后と光源氏の任太政大臣の後、東宮元服後の後宮情勢を睨んで、内大臣に昇進したかつての頭中将が母大宮と語り合う場面である。「さいわい人のはらのきさきかね」とは明石姫君のことで、内大臣方としては雲居雁の東宮入内を志しながらも、光源氏の娘の存在に将来を憂慮せざるをえない。

仙源抄は「定本」に「をいすきぬれ」とあると言うが、『大成』未収伝本を加えても、大島本以外の諸本はすべて河内本と同様に「をいすかひぬれ」である。現状では大島本以外に「をひすきぬれ」を見出すことができないのである。通常の本文校訂のあり方から言えば、大島本一本のみが孤立している場合、そこに誤写といった事情を想定して、他本によって校訂の対象としたくなるところである。実際、大島本の本文を極力尊重しようとする岩波新大系以外は、すべて「をいすかひぬれ」の本文を採用している。しかしながら仙源抄「定本」との一致という事実を前にすると、その措置も慎重にならざるをえなくなるのではなかろうか。

せむ王

かのゝゝ、先王也、延喜御事を申也、愚案、定本にはせむ大王とあり、心得かたかりつるに、この説しかるへく侍けり、たい王とは帝王とかきたるを大王そと心得てかきあやまりたる歟、又此注に延喜よりつたへて三代とあり、これはしやうのこと也、いかにいへるにか、又定本には四代になり侍るとあり、

「定本にはせむ大王とあり」については諸本にほぼ異同はなく、問題ないと思われるが、これに関連して取り上げられた「又定本には四代になり侍るとあり」は気になるところである。

なにかし延喜の御てよりひきつたへたることしたいになんなり侍ぬるを、かうつたなき身にてこの世のことはすてわすれ侍ぬるを、物のせちにいふせきおり〳〵はかきならし侍しを、あやしうまねふものゝ侍こそ、しね

むにかのせむ大王の御てにかよひて侍れ、（明石巻04 54-11）

『大成』によれば「したい」とあるが、『大成』未収伝本を加えても「したい」とあるのは大島本のみで、他は河内本と同じく「三代」である。大島本の「し」の字母は「志」であり、誤写の可能性もあってか、先の「をいすきぬれ」と同様、ここも校訂の対象となることが多い。しかしここでも仙源抄の「定本」と大島本のみが一致していることは、やはり無視できないものがあろう。

　定家自筆本や明融本が存しない巻においても、このように一人大島本のみが（あるいは少数の伝本とともに）、仙源抄の「定本」に合致する例はほかにもある。

　くそ
とのもりのゝゝ、人名也、同巻にいつらくそたちは屎達也、昔はなにくそなと人の名をいひけり、貫之をも内教坊阿古屎といへり、愚案、今も無下のめのわらはなとをなにこそといふは、この心にやとはおほゆれと、定本にはいつらこたちとあれは不浄のさたに不及、

はじめに取り上げられた「とのもりのくそ」（手習巻20 17-12）には、定家本・河内本とも異同のないところであり、とくに問題はない。ところがこれに関わって言及された「いつらくそたち」（手習巻20 16-11）について、仙源抄「定本」には「いつらこたち」とあったと言う。

　この部分の異同状況について確認してみると、「いつらくそたち」が圧倒的に多く、『大成』底本の大島本が「いつらこたち」とする以外では、定家本系統では穂久邇文庫本にしか見出すことができない。先の浮舟巻の「たすかるへき」と同じく穂久邇文庫本が同調していることも注意されるが、ここでもやはり諸本で少数派でしかない大島本の本文が、仙源抄の「定本」に一致しているのである。

　仙源抄が「定本」として掲げるすべての事例において、大島本がそのことごとくに合致しているわけではもちろ

んない。少数ではあるものの、たとえば次の事例のような場合もある。

てむけむ

天眼也、定本にてむのまなことあり

これは夜居の僧都が冷泉帝に出生の秘密を密奏する場面に出てくる語である。

しろしめさぬにつみをもくて、天けんおそろしく思給えらる、事を心にむせひ侍つゝ、いのちをはり侍りなはなにのやくかは侍らむ、仏も心きたなしとやおほしめさむ、とはかりそうしさしてえうちいてぬ事あり

（薄雲巻06 19-06）

仙源抄「定本」に言う「てむのまなこ」が、『大成』底本の大島本「天けん」とは合わない。そればかりではなく、『大成』未収伝本を加えても定家本系統の諸本はすべて「天のまなこ」とあり、こちらの方が仙源抄「定本」に一致しており、大島本一人が仙源抄「定本」に合わない状況で孤立しているのである。河内本には「てむけん」とあるところであり、薄雲巻の他の事例とも合わせて、ここは大島本の側に河内本との接触という可能性を考えてみる必要があろう。

四　仙源抄の「定本」と大島本（二）

定家本系統の諸本の異同状況にはさまざまな傾向があるが、そのひとつに、『大成』の校異で言えば「肖三」、すなわち肖柏本・三条西家本（日本大学蔵）という室町期写本が異文となる場合がある。さらにこれに『大成』未収本の正徹本・書陵部三条西家本・大正大学本といった室町期写本群が「肖三」に連動する場合もあれば、この三本が別の動きを見せるということもある。いずれにせよ、奥書等により書写の経路や伝本の素姓が確かな室町期写本によって、大島本の側の問題が解明されるという可能性が、今後の研究に期待されるところである。(14)

この仙源抄の「定本」に関わるところでも、鎌倉期写本と室町期写本との間にあって、大島本の扱いが難しい事例がある。

三にしたかふ

三従といふ事也、女いときなき時はおや、さかりにてはおとこ、おひては子にしたかふ也、礼記文也、愚案、定本には三従にしたかふとあり、重説なるやうにおほしつるに、三にしたかふとあるこそ、心にあひて侍れ、きりつほにも三位のくらゐとあるは、これには三の位とあり、これもこのたくゐなるへし、

これは玉鬘の処遇をめぐっての光源氏と夕霧との対面の場面に出てくる。

猶宮つかへをも御心ゆるしてかくなんとおほされんさまにそしたかふへき、女は三にしたかふものにこそあなれと、ついてをたかへてをのか心にまかせんことはあるましきことなりとの給（藤袴巻0923-11）

ここは現行の活字校注本も「三にしたかふ」とするところで、仙源抄の「定本」に言う「三従にしたかふ」とは合わないように見えるが、大島本ではもともと「三従にしたかふ」の本文であったものを、墨筆で「従」をミセケチにしたところに従ったものなのである。さらに事情を複雑にするのが、定家本系統の諸本の異同状況である。東山文庫蔵御物本（各筆源氏）・天理図書館蔵伝慈鎮筆本・池田本に加え、『大成』未収の吉田本・学習院大学日本語日本文学科蔵本といった鎌倉期写本が「三従にしたかふ」とするのに対し、肖柏本・三条西家本、さらに『大成』未収の正徹本・書陵部三条西家本・大正大学本といった室町期写本が「三にしたかふ」とし、さらに穂久邇文庫本は大島本と同様に「従」をミセケチにするという状況にある。鎌倉期写本と室町期写本とで本文が対立し、大島本と穂久邇文庫本がその間にあるという構図となる。通常目にする「三にしたかふ」の本文が見出せるのは、現状では定家本系統の中でも室町期書写本に限られるわけである。

大島本には朱墨による書き入れが全面的に施されており、しかも朱墨それぞれが数筆あったり、あるいは本文を

削って書き直したりしたところがあるなど、はなはだ複雑な様態を持つ。諸本の本文の異同状況を合わせての本格的な検討が必要なのであるが、今藤袴巻の墨筆による書き入れに限ってみると、次のようになる。

①こまかに-こまやかに大-ナシ三-こまやかに徹証正　(09-21-07)
②うちなけきて-うちならけきて大　(09-21-11)
③たらひて-たくひて各鎮池肖三穂吉学徹証正-たく(ら)ひて大-たく(ら)ひて［朱］池　(09-22-06)
④うれへしに-うれ〈へ〉しに大　(09-23-01)
⑤三に-三従に各鎮池吉学-三従に大-三従(に)に穂　(09-23-11)
⑥めやすく-〈め〉やすく大　(09-25-03)
⑦まとひける-まよ(と)ひける［とハ朱］大-迷計留吉　(09-27-04)
⑧かことをもとて-かくこんおもとて各鎮穂吉学肖三-かこと(くこんイ)をもとてをもとて［傍記朱、削訂有］大-かくこんを(と)もとて［朱］池-かこともとて徹証正-かくこ〈と〉むをもとて証　(09-27-08)
⑨おうなと-おんなと各鎮池穂学-おん(う)な〈と〉大-女(をうな)と吉　(09-28-07)

書き損じを訂正したと思われる②、書き落とした文字を補った④・⑥、誤写の訂正と思われる⑦は、諸本の異同とは関わらないものであろう。①は大島本という本の成立事情に関わるものであるかもしれない。[15] ⑤と同様に、諸本の異同状況と大いに関わるのは③・⑧・⑨である。③では確認した定家本系統の伝本すべてに共通するかたちから、河内本の本文へと訂正されている。⑧の大島本の状況は複雑である。「ことをもとて」の部分は文字を削って書き直した部分であり、現状でミセケチになっている「をもとて」はその削訂の範囲外である。異同の状況からみて、もともと「かくこんをもとてをもとて」と書かれていたものが、③と同じく河内本によって（あるいは徹証正の三本か）直され、さらに重複した「をもとて」をミセケチにしたと解されよう。⑨は大島本の墨ミセケチが他と異なるものの、⑤に同じく鎌倉期写本と室町期写本の対立を招く事例である。「おんな」から「おうな」への変更は、そのまま鎌倉期写本の本文から室町期写本の本文への変更でもある。これらを室町期写本あるいは河内本によったと見るにしても、藤袴巻全体の異同箇所からすればごくわずかなこの数例にのみ、このような訂正が加えられていることはいかにも不審であり、大島本という本のつかみどころのなさはこうしたところにもよく現れている。

仙源抄が桐壺巻の例を加えて示すように、たしかに「三従にしたかふ」は「重説なるやうに」見える。しかし一般的に言って、本文が動く際には、いみじくも仙源抄が「心にあひて侍れ」と言うように、わかりやすい形へと直されるものであり、「三にしたかふ」とあったものを「三従にしたかふ」とわざわざ直すことはいかにも考えにくいものがある。そうだとすれば、ここも仙源抄の「定本」にあるように、「三従にしたかふ」を定家本の本文として認めてよいのではないかと思われるのである。

仙源抄の「定本」には、「延元宸筆」すなわち後醍醐天皇による書き入れが施されていたと言う。この書き入れに関する言及はわずか三箇所に過ぎないし、仙源抄の「定本」を今日に伝えるような伝本の存在も報告されていない。しかしながら情報量は多くないにせよ、この「定本」はかなり素姓のよい本文を伝えていたと思われ、仙源抄に言うところの定家本源氏物語が、現在の源氏物語をめぐる伝本状況において、我々にもたらしてくれる情報は少なからず貴重なものがあると言えよう。

注

（1）珊瑚秘抄の奥書に「往日貞治始、依故寶篋院贈左大臣家貴命、令撰献河海抄廿巻」とある。

（2）仙源抄の引用は『源氏物語大成』により、岩坪健編『仙源抄　類字源語抄　続源語類字抄』（おうふう、一九九八年）を参照した。

（3）源氏物語の本文引用に際しては『源氏物語大成』の頁行を掲げた。断りがない限り、本文の引用は定家自筆本・明融本の存する巻はそれらにより、他は大島本により、読みやすくするため読点のみ付した。

（4）岩坪健「南朝における源氏物語研究の伝承」（『源氏物語古注釈の研究』和泉書院、一九九九年、初出一九九五年）は「いひはけまし」ではなく「いひかけまし」の本文を採り、長慶天皇所持定家自筆本では「いひそし」の部分が「いひかけまし」となっており、仙源抄の「定家卿か自筆本」が現存定家本と合致しない三例のうちの一つとみる。

（5）前掲注（4）書参照

（6）山脇毅「本文資料としての仙源抄」（『島田教授古稀記念国文学論集』関西大学国文学会、一九六〇年）

（7）原本からの引用に際し、補入やミセケチ・傍記の表示は拙著『河内本源氏物語校異集成』（風間書房、二〇〇一年）と同様の方法によった。

（8）石田穣二「明融本浮舟の本文について」（『源氏物語論集』桜楓社、一九七一年、初出一九六〇年）

（9）本稿に言う『大成』未収伝本については、巻によって状況は異なるが、おおむね穂久邇文庫本（略号「穂」）・吉田本（略号「吉」）・正徹本（略号「徹」）・書陵部三条西家本（略号「証」）・大正大学蔵本（略号「正」）を参照している。

（10）この箇所、「は」の上から「と」を書くか。

（11）穂久邇文庫本は、巻によって奥入付載の定家本源氏物語を今日に伝える可能性があることを述べたことがある（「奥入付載の定家本源氏物語」中古文学会平成十六年度春季大会での口頭発表、未成稿）。

（12）吉森佳奈子「『仙源抄』の位置」（『源氏物語とその享受　研究と資料―古代文学論叢第十六輯―』武蔵野書院、二〇〇五年）

（13）拙稿「定家本源氏物語の復原とその限界」（『国語と国文学』八二―五、二〇〇五年五月）

（14）拙稿「大島本源氏物語の本文成立事情―若菜下巻の場合―」（『大島本源氏物語の再検討』和泉書院、二〇〇九年刊行予定）において、そうした研究の可能性について試みた。

（15）前掲注（14）の拙稿で、大島本が肖柏本・書陵部三条西家本・大正大学本といった室町期書写本をもとに書写され、そこに定家自筆本系統の本文が校合されて成立したのではないかという可能性について述べた。

第三部　皇統と文学伝受——中世から近世へ

確立期の御所伝受と和歌の家

――幽斎相伝の典籍・文書類の伝領と禁裏古今伝受資料の作成をめぐって――

海野圭介

はじめに

宗祇（一四二一―一五〇二）の講説に発する古今の秘説の講釈と伝受は、三条西実隆（一四五五―一五三七）から公条（一四八七―一五六三）・実枝（一五一一―一五七九）の三条西家三代を経て細川幽斎（一五三四―一六一〇）に至り、幽斎から八条宮智仁親王（一五七九―一六二九）へ、智仁親王から後水尾院（一五九六―一六八〇）へと伝えられ、以降、禁裏（また、仙洞）に相伝され「御所伝受」と称される伝受の流れをかたち作る。また、幽斎は、烏丸光広（一五七九―一六三八）、中院通勝（一五五六―一六一〇）といった智仁親王以外の門弟にも相伝し、その子孫達は、幽斎より伝えられた古今伝受に関わる典籍・文書類を伝領するとともに御所伝受にも関与してゆく。

御所伝受の歴史と実際を伝える資料としては、禁裏・烏丸家・中院家に伝領された典籍・文書類を含む資料群が東山御文庫・宮内庁書陵部・京都大学附属図書館（中院文庫）等に比較的豊富に伝来しており、従来もそれらを用いて、その展開と実態につき多くの検討が重ねられてきたが、個々の資料群自体の相互の関係やその意義については必ずしも共通の理解が行われているとは言えない。(1)また、近年の禁裏文庫研究の展開と関連資料の整理（とくに東山御文庫所蔵資料や国立歴史民俗博物館蔵高松宮家伝来禁裏本）の進展に伴い、禁裏及び公家文庫に伝領された諸資料の成り立ちについて新たに得られた知見も多い(2)。

本稿では、現時点で公開されている御所伝受の歴史を伝える資料を改めて概観し、古今伝受に関与した諸家に伝来した典籍・文書類の伝領の過程について検討を加え、併せて、江戸初期の御所伝受をめぐる環境とその史的意義について述べることを目的とする。後述の如く、後水尾院・後西院・霊元院の時代の御所伝受は確立期とも言うべき時代で、禁裏によって、伝受を伝える典籍・文書類の収集が積極的に行われている。秘説の相承もさることながら、始発期の御所伝受にとっては、伝受に関わる典籍・文書類を収集、整理し、それを伝領してゆくこと自体が一つの課題であったと考えられる（なお、御所伝受は営々幕末まで継承されてゆくが、江戸期後半の実際を伝える資料の多くは未公開であり現時点では多くを知り得ない。桜町院、後桜町院といった霊元院からの古今伝受を伝える天皇は古今伝受にも多大な関心を示しているが、この両院を含む江戸期後半の史的展開については、関連する資料の公開を待って改めて検討することとしたい）。

一　宗祇──三条西家流古今伝受の系譜

禁裏へと繋がる堂上の古今伝受、所謂「御所伝受」の歴史については、横井金男『古今伝授沿革史論』（大日本百科全書刊行会、一九四三年九月、後に『古今伝授の史的研究』（臨川書店、一九八〇年二月）として増補再刊）の記述により、室町後期以降の伝受の史的展開や江戸期の禁裏に伝えられた古今伝受（御所伝受）に関する基本的なイメージが形作られ、現在に至るまで一定の共通理解の基盤となっている。横井の研究は、その発表された時期を考慮すれば、驚異的な精度で資料の博捜がなされ、個々の事象の意義付けが図られているのであるが、伝受自体の理解においては、その権威を所与として絶対化する視座の設定がなされる点、発展的史観による歴史叙述によって本質的に権威を有した古今伝受が恭しく伝えられる、というイメージを固定化した点などに大きな問題を抱えている。

室町期における古今伝受（宗祇―三条西家流古今伝受）の実際を考える際には、早くに井上宗雄により三条西実隆より後奈良院への古今伝受について示された次の指摘は重要であろう。

最初渋っていた実隆が、結局帝の手厚い丁重な待遇にほだされてすべてを伝授し、二度も「道の眉目」と称するようになる。当初渋った内容は明らかではないが、一つは、大臣家の格式において道を伝える、即ち家業を以て仕える（これは大体羽林家以下のあり方である。歌道家はすべて羽林家である）事を潔しとしなかった事が一つの理由ではあるまいか。〔…〕大臣家は、羽林家以下のように軽々に儀式などで雑務や事務に手を下さない。従って、飛・冷両家（飛鳥井家・冷泉家…稿者注）とは若干異なった立場にあった様だが、実質的にはこの伝授によって三条西父子（実隆・公条…稿者注）が宮廷歌壇の最高指導者としての権威をえた事になるのである。―因みにいえば、この伝授は宮廷内部において、特に天皇と三条西父子との師弟関係の成立という事において重要であったが、歌壇全体を聳動せしめる大事件であった訳ではない。また古今伝授の性格上、事々しく喧伝されたものでもなかった。　　　（『中世歌壇史の研究　室町後期』明治書院、一九七二年）(3)

井上の指摘する通り、恐らくは、古今伝受はあくまでも三条西家の行儀としてあり、その帯びる権威は、当主としての実隆・公条が、天皇の和歌の師となったという史的事実に大きく依存していたと考えて誤りはないであろう。次の表1に一覧したように、天皇への伝受を行った実隆・公条が極めて高齢であり、その後の講釈者が次第に若年になってゆくのは、当初においては、高齢の（謂わば「長老的」な）歌壇の最高権威からの伝達としての価値に重きが置かれ、その後、伝受を保持することや伝受という営為自体の意味が重視されるようになっていったというような、古今伝受を取り巻く認識の変化を反映していると推測される。

古今伝受の権威化は、これも既に指摘があるように細川幽斎の周辺において推し進められたと推測されるが、関

表1　古今集講釈時の年齢（室町後期―江戸前期）

講釈時期	講釈者	講釈対象
享禄2年(1529)	三条西実隆(75歳)	後奈良天皇(34歳)
永禄5年(1562)	三条西公条(76歳)	正親町天皇(46歳)
元亀3年(1572)	三条西実枝(62歳)	細川幽斎(39歳)
慶長5年(1600)	細川幽斎(67歳)	智仁親王(22歳)
寛永2年(1625)	智仁親王(47歳)	後水尾天皇(30歳)
明暦3年(1657)	後水尾院(62歳)	道晃親王(46歳)他
寛文4年(1664)	後水尾院(69歳)	後西院(28歳)
延宝8年(1680)	後西院(44歳)	霊元院(27歳)

ケ原合戦における田辺城無血開城で名高い、唯一の秘伝の伝承者としての幽斎自身の伝説化もさることながら、幽斎周辺における伝受をめぐる二つの状況の変化が直接的には影響しているように思われる。一点目は、古今伝受を伝える典籍・文書類の整備の進展であり、二点目は、伝受に関わる公家衆の増加である。

幽斎時点で、それまで三条西家以外の諸家に伝領されていた古今伝受に関わる切紙類が一旦収集され、流派ごとに再分割されることなく纏められたまま次代に伝えられたことは早くに指摘される通りであり[4]、新井栄蔵・小高道子による一連の研究に詳しい[5]。宗祇以降の古今伝受は表2に挙げた系統図のように相伝されてゆくが、表3に示した諸処に伝領され現存する古今伝受に関わる遺品は、伝えられる典籍・文書類の総量は異なるものの、幽斎の収集した三条西家流・近衛家流・宗訊流の混態で伝わるのが通例であり、幽斎の収集により拡充され整備された聞書・切紙類は、一纏まりのユニットを構成し古今伝受の成就を証する秘籍として、幽斎からの伝受を相伝した諸家に伝領されてゆくこととなる。こうした古今伝受を伝える典籍・文書類の整備（と増加）が、その伝領を伴う形での伝受の形式に重きを置くことに繋がっていったと理解して大過ないように思われる。

また、幽斎からの相伝は後の御所伝受を伝えた智仁親王にのみ行われたのではなく、表2に示したように烏丸光広・中院通勝・島津義久といった複数の門弟に伝えられた。このうち、八条宮家・烏丸家・中院家は、その後も家

表2　古今伝受の系譜（古今伝授の相伝を━━で示した）

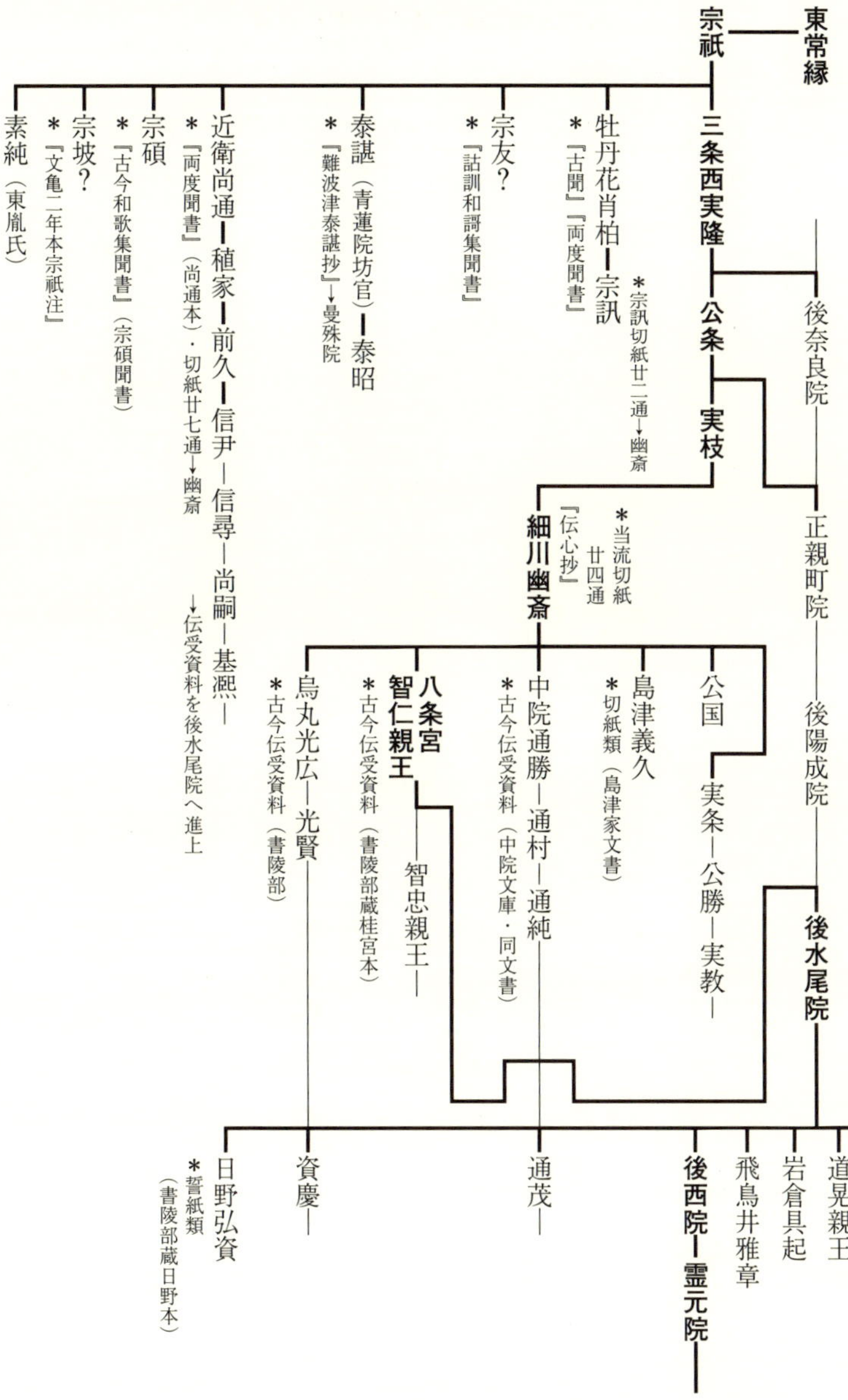
東常縁
宗祇
三条西実隆
牡丹花肖柏―宗訊
＊『古聞』『両度聞書』
＊宗訊切紙廿二通→幽斎
宗友？
＊『詁訓和謌集聞書』
泰諶（青蓮院坊官）―泰昭
＊『難波津泰諶抄』→曼殊院
近衛尚通―稙家―前久―信尹―信尋―尚嗣―基凞―
＊『両度聞書』（尚通本）・切紙廿七通→幽斎
→伝受資料を後水尾院へ進上
宗碩
＊『古今和歌集聞書』（宗碩聞書）
宗坡？
＊『文亀二年本宗祇注』
素純（東胤氏）
後奈良院
公条
実枝
正親町院
細川幽斎
＊当流切紙廿四通
『伝心抄』
後陽成院
公国
実条―公勝―実教―
島津義久
＊切紙類（島津家文書）
中院通勝―通村―通純
＊古今伝受資料（中院文庫・同文書）
八条宮智仁親王
智忠親王―
＊古今伝受資料（書陵部蔵桂宮本）
烏丸光広―光賢
＊古今伝受資料（書陵部）
後水尾院
堯然親王
道晃親王
岩倉具起
飛鳥井雅章
後西院―霊元院―
通茂―
資慶―
日野弘資
＊誓紙類（書陵部蔵日野本）

表3　古今伝受関連文書の伝領と現蔵

根本資料の伝受者	同伝授者	伝領	伝領過程・現存
実隆	宗祇	三条西家	実条伝領資料の一部は早稲田大学附属図書館蔵 ＊1
肖柏	宗祇		未詳（宗訊へ伝えられた切紙は幽斎が蒐集し、智仁親王へ）＊2
宗友？	宗祇		未詳（聞書〔『詁訓和謌集聞書』〕は宮内庁書陵部等蔵）
泰諶	宗祇		聞書（『難波津泰諶抄』）は曼殊院蔵　他は未詳 ＊3
近衛尚通	宗祇	近衛家	後水尾院へ進上した際の火災で室町期資料の多くは焼失 ＊4
宗碩	宗祇		未詳（自筆聞書〔『古今和歌集聞書』〕は慶應義塾図書館等蔵）
宗坡？	宗祇		未詳（聞書〔『文亀二年宗祇注』〕の転写は蓬左文庫等蔵）
細川幽斎	三条西実枝	細川家？	一部は智仁親王・烏丸光広が伝領（宮内庁書陵部蔵）
島津義久	細川幽斎	島津家	切紙類は島津家文書として伝来
中院通勝	細川幽斎	中院家	京都大学附属図書館蔵（中院文庫）・同総合博物館蔵（中院文書）
智仁親王	細川幽斎	八条宮家	宮内庁書陵部（桂宮本）
烏丸光広	細川幽斎	烏丸家	切紙類は宮内庁書陵部　その他聞書類等は未詳 ＊5
後水尾院	智仁親王	禁裏・仙洞	東山御文庫
堯然親王	後水尾院	妙法院？	妙法院から近衛家へ進上　一部は陽明文庫蔵カ？ ＊6
道晃親王	後水尾院	聖護院？	関連資料の一部は聖護院蔵 ＊7
岩倉具起	後水尾院	岩倉家？	未詳
飛鳥井雅章	後水尾院	飛鳥井家	未詳　聞書は国会図書館蔵
日野弘資	後水尾院	日野家	弘資時点の誓紙類の案文は宮内庁書陵部蔵　他は未詳

＊1　井上宗雄・柴田光彦「早稲田大学図書館蔵 三条西家旧蔵文学書目録」（『国文学研究』32、1965年10月）、『早稲田大学蔵資料影印叢書 中世歌書集1・2』（早稲田大学出版部、1987年6月／1989年12月）に書影。
＊2　『京都大学国語国文資料叢書40 古今切紙集』（臨川書店、1983年11月）に宮内庁書陵部蔵の切紙類の書影。
＊3　『曼殊院古今伝授資料6』（汲古書院、1992年2月）に書影。
＊4　新井栄蔵「陽明文庫蔵古今伝授資料」（『国語国文』46-1、1977年1月）に関連資料の紹介。
＊5　小高道子「烏丸光広の古今伝受」（『近世文学俯瞰』汲古書院、1997年5月）。
＊6　田村緑「〈こまなめて・こまなへて〉考―伝授説をめぐって」（『国語国文』55-8、1986年8月）に可能性の指摘。
＊7　日下幸男『近世初期聖護院門跡の文事―付旧蔵書目録』（私家版、1992年11月）に関連資料の指摘。

の内部において古今伝受資料が伝領されていった痕跡があり、伝受資料を伝領し伝受に関与する公家衆の実質的な増加により、伝受に籠められた意義の共有がなされ、伝受に関わる文書・口伝・次第の類が堂上に通底する知識の基盤となったことも、古今伝受が権威化の途を辿る一因となったと推測される。

後水尾院の時代の禁裏は、従来繰り返し指摘される通り、宗祇―三条西家流の伝受の正統を伝える一統ではあったが、八条宮家・中院家・烏丸家といった累代の伝受を伝える家と比すれば後発であり、更に、室町よりの命脈を保つ三条西家も依然、伝受の家として存在していた。禁裏は、こうした古層の伝受を伝える諸家に働きかけ、それぞれに伝えられた伝受資料を収集し、諸家に分散した伝受を収斂させるとともに伝受を伝える和歌の家をその下に統制するようになってゆく。

二　三条西家から禁裏・仙洞へ

江戸前期の三条西家当主である、三条西実教（一六一九―一七〇一）の言談を書き留めた『和歌聞書』には、智仁親王や中院通村（一五八八―一六五三）の説は幽斎から伝えられたもので、もとを辿れば三条西家から出たものなのだという実教の言が見える。

桂光院殿（智仁親王）も、中院前内府（通村）なども、頓阿法師が歌をみてよしと申されたるよしき、およべりと予（正親町実豊）いひければ、被答曰（三条西実教）、それは両人のともに今少、指南の不足処也。其子細にてはなし。桂光院殿も中院も幽斎よりきかれたる也。これみな当家より出たるなり。此方本なり。称名院書て置候旨とはかかはり候。（『和歌聞書』）(6)

同様の発言は、寛文四年（一六六四）の古今伝受に際し中院通茂（一六三一―一七一〇）によって記された『古今伝受日記』（京都大学附属図書館蔵中院文庫本）の実教の言談を書き留めた部分にも随所に見え(7)、和歌の伝統（和歌の歴史）を述べ、また自家の立場を説明する際の実教の定型的表現であったと推測される。幽斎→智仁親王→後水尾院という、通常理解されている古今伝受の正統の経路からは距離を置くとはいえ、江戸期においてなお、三条西家には和歌の家・伝受の家としての強い自覚と自負があった(8)。

また、こうした三条西家への認識と評価は、偏に三条西家の内部に留まるものではなかったらしい。霊元院歌壇の中心人物の一人である武者小路実陰（一六六一―一七三八）の言談聞書である『詞林拾葉』には、禁裏の伝受は、後水尾院の時代に三条西家から新たに「眼目」の伝受を得て、正統となり得たという次のような記述が見える。

古今伝授の事、後水尾院よりたしかになり候。それ迄は伝来皆肝要なる眼をぬきてあり。その大事なる眼は西三条家にあり。実子二、三歳幼稚なりとても此伝を外につたへず、目をぬきてその眼目といたし候所を小さく守にいたし、その子の首にかけさせ、その親相はてられ候よし。是により後水尾院御時、御吟味あそばし、西三条家へ御尋ねありしに、此方よりあらためて古今御伝授なさせられ候はゞ、彼眼といたし候秘事御伝へ申上べくと言上有ければ、なる程御伝授御受あそばさるべきよし勅諚ありて御受あそばし候。それより以来、此伝眼入り、たしかになり候。

（武者小路実陰述・似雲記『詞林拾葉』(9)）

この「眼目」とは、寛文四年の後水尾院から後西院への伝受に際して記された中院通茂の日記に書き留められる懸守の伝授のことを指すと考えられ、『詞林拾葉』の記事は全くの想像によるものではなく、伝受の歴史に対する一定の理解に基づき記されていると判断される。

入夜為昨今之礼、向三条西亭(実教)、少時言談、先昨今厚恩餘身之条難謝盡、其上向後可加力之由、別而思れん也、雖不及此道、不堕地様ニと存之間、随分加異見、可賜之由頼了、此次語云、次第不同也、一かけ守《マモリ》トテアリ、傳受之時、師、弟子共ニカクルコト也、白ｷ布の袋ニ入、此真言など灌頂之時、大日ニナリテ傳ルヤウノ心也、恐凡身、マモリヲカケ、ソノ身ニナリテ傳受ルコト也、此事先刻之古今秘傳抄ニアル事也、幽斎流傳受無之、前右府傳受之時従此方用也、幽斎にかけさせられし時、三光院傳受之時何やらんしらずといへども被懸之、二

度又懸之由あいさつありしと也、右府傳受最末、皆以右府以前傳受云々、（中院通茂『古今伝受日記』寛文四年二月十日条）

また、先の『詞林拾葉』の記事を改めて見てみると、幽斎を経由する伝受とは別に、三条西家相伝の伝受の存在とその後水尾院への継承が語られており、同時期の伝受の歴史を考える上で注意される。実際に、後水尾院は、三条西家に伝領された古今伝受に関わる講釈聞書や切紙と秘説に関心を寄せており、寛文四年に行われた後西院への古今伝受に際し、幾度かに亘って実教を呼び出し、三条西家伝来の伝受文書や抄物を進上させていたことが、中院通茂『古今伝受日記』に確認される。寛文四年二月十四日条には、後水尾院の命を受け実教が進上した、古今伝受に関わる抄物や文書について記されており、また、実教の保持する口伝についても、後水尾院は疑義を下し、その内容の把握に努めていたことが知られる。

　三条《(三条西実教)》云、［…］幽斎傳受之外、三光《(三条西実枝)》、幽斎へ傳受之抄物進上法皇《(後水尾院)》了。

（中院通茂『古今伝受日記』寛文四年二月十日条）

　十四日。参殿之次、向三条亭《(三条西実教)》言談。［…］幽斎者二条家之一流ばかりきかれし人也。東之流のはきかれざりし也。法皇《(後水尾院)》此以前御尋之事あり。仍幽斎傳受之時、三光院之抄ヲ被懸御目。東家之流御尋ありし也。［…］されども、それは虫なども損じたり。三光院抄之内皆申類して有之。此外者さしてなきよしにて東ノ家のは不進上之由物語也。［…］法皇へは宗祇抄も逍遙院抄をも不懸御目。三光院抄斗進上之。［…］三条参法皇有御問答云々。不能委細。

（中院通茂『古今伝受日記』寛文四年二月十四日条）

こうした、後水尾院と実教の典籍・文書を介した交渉を、『詞林拾葉』は「伝授」と解したと推測されるが、逐一の行儀を遂行し誓紙と伝受状を交わすような古今伝受の相伝が実教から後水尾院へと行なわれた形跡は現在のところ確認されてはいない。『詞林拾葉』が「伝授」と記すのは、厳密には誤認と考えられるが、後水尾院と三条西家に伝領された典籍・文書類の授受を考える上で興味深い資料が伝わっている。

図1　東山御文庫蔵『後水尾天皇古今伝授御証明状』（勅封62・12・1・1）

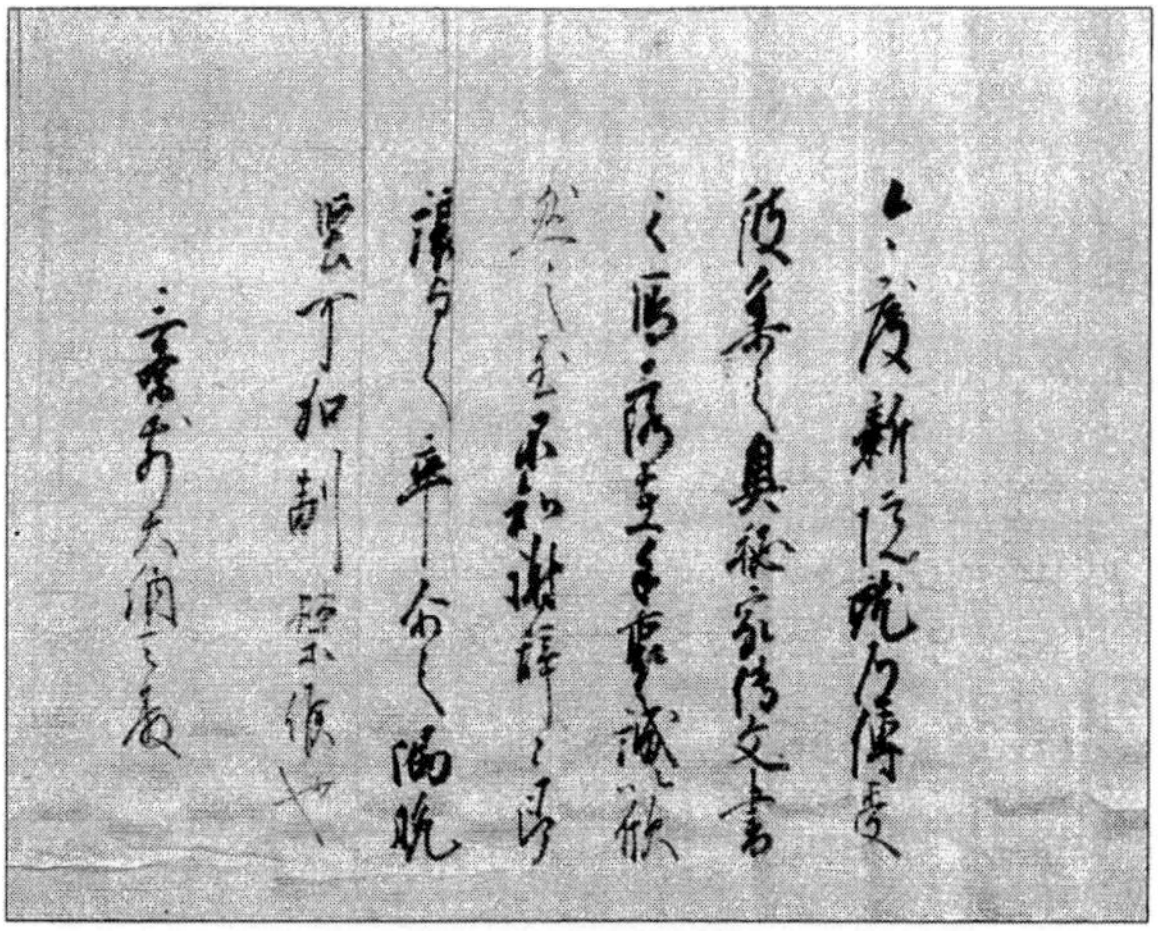

今度新院（後西院）就道傳受、
彼集之奥秘家傳文書
之写落在手裏。誠以欣
然之至不知謝辭候。即
讓與之、卒爾之漏脱
堅可加制禁候也。
三条（三条西実教）前大納言殿

図1に示した、『皇室の至宝　東山御文庫1』に「後水尾天皇古今伝授御証明状」[10]として書影が公開されている後水尾院発給の宸翰一通は、「今度新院（後西院）就道傳受」の文言が見えることからも、寛文四年の古今伝授に関わると判断される。但し、この書状を『皇室の至宝　東山御文庫1』のように「伝授証明状」と解するのは聊か無理があるように思われる。

この文書の発給者は後水尾院、宛先の「三条西前大納言殿」は実教が想定され、先の『詞林拾葉』の記載のように実教から後水尾院への相伝がなされたと想定すれば、後水尾院の提出した誓紙に、逆に後水尾院から実教への相伝を想定すれば後水尾院の発給した伝受状（証明状）として機能する文書と考えられる。古今伝受に際し提出される誓紙は、その末尾に神仏名を列挙し、神罰を以てその遺漏を固く戒める起請を持つのが通例であるが、この文書は、そうした形式を取っていない。また、伝受を遂げたことを証明する伝受状（証明状）であるのならば、伝えられた秘説の漏脱への禁制が記されるのが様式であるが、この書状に記されるのは「奥秘家傳文書之寫」の入手、そうした秘伝の文書の「譲與」と、それに伴う「卒爾之漏脱」に対する禁制である。一見すると意の汲み難い文面ではあるが、先に述べた三条西家伝来の典籍・文書類を進上させたことを確認し、それらの「漏脱」に対する禁制を伝えたと解すれば意は通り、三条西実教と後水尾院の間に交わされた誓紙や伝受状ではなく、三条西家伝来の文書を進上させた際に後水尾院が下した禁制を記した文書であると判断される。

この一通は、三条西家と禁裏・仙洞との関係を端的に伝えている。三条西家伝来の古今伝受は一具として纏まって現存せず、典籍・文書類逐一の比較検討は不可能であるが、後西院の古今伝受に際し、三条西家の古今伝受資料が禁裏へと伝えられたのは先に中院通茂『古今伝受日記』の記事に見た如くであり、右記の禁制を受け、三条西実教の保持する三条西家流の伝受説もまた家伝の古今伝受を伝える典籍・文書類とともに後水尾院の許へと収斂していったと見てよいように思われる。

三　智仁親王伝領の八条宮家古今伝受一具の行方

後水尾院へと古今伝受を伝えた智仁親王にはじまる八条宮家も、三条西家と同様、禁裏に先行する伝受を保持し、抄物・切紙等の古今伝受資料を伝えた家であった。後水尾院は智仁親王より古今伝受を相伝したため、幽斎から智仁親王へと伝えられた聞書と切紙を核として構成される、現在、宮内庁書陵部に蔵される桂宮家伝来の古今伝受資

図２　宮内庁書陵部蔵「古今伝受関係書類目録」（古今伝受資料（502・420）の内）

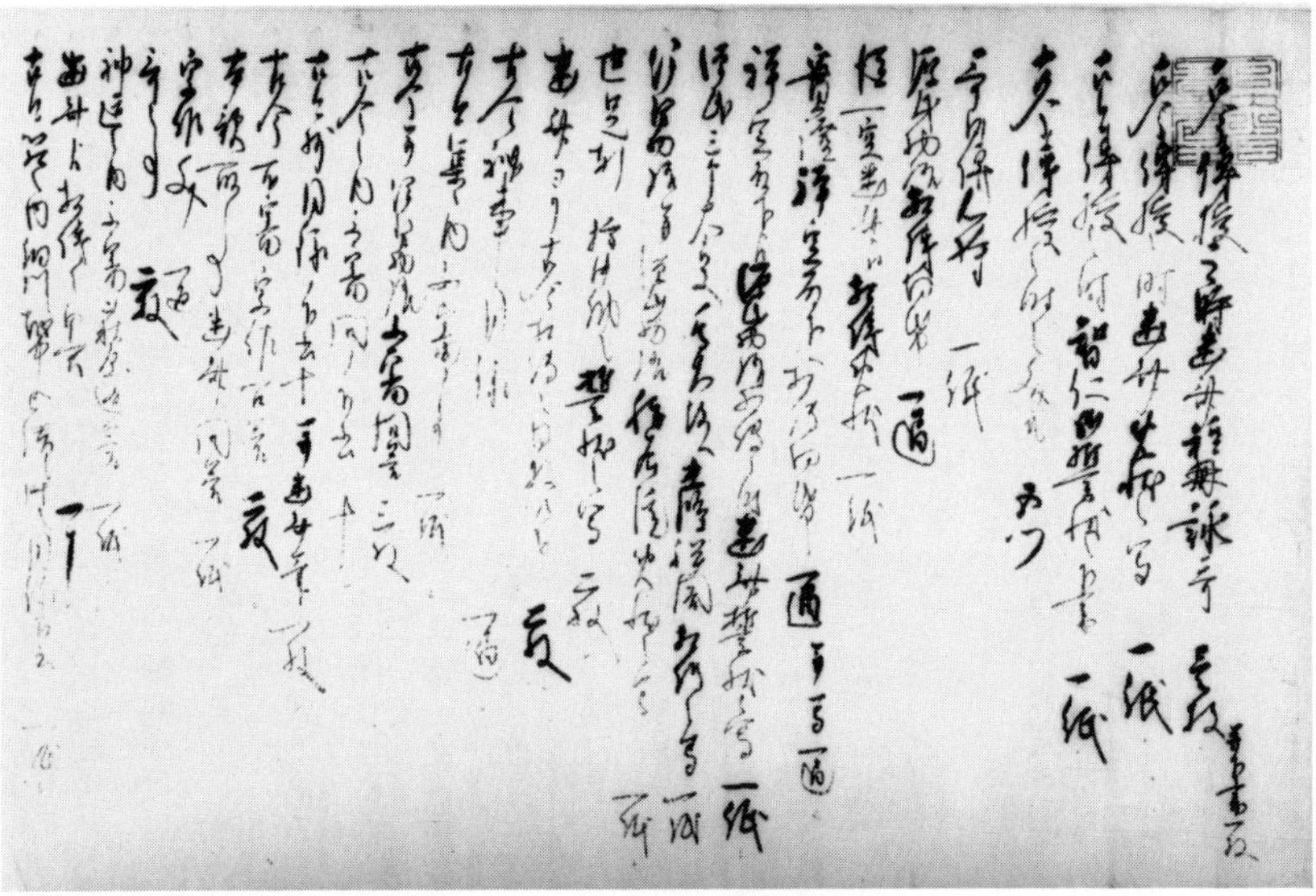

料一一二点（宮内庁書陵部の整理名称は、「古今傳受資料 智仁親王傳受 慶長五—寛永四」（五〇二・四二〇[11]））は、御所伝受の始発に位置する資料群として、御所伝受を考える際の基幹資料と理解されてきた。

確かに、この古層の伝受を伝える資料群は、江戸期を通して、古今伝受を相伝した歴代の天皇・上皇の披見に供された形跡があり、継続的に禁裏・仙洞からの関与があったと推測されるが、智仁親王薨後も古今伝受一具自体は八条宮家に伝領され、その管理も八条宮家において行われていたらしく、厳密な意味においては禁裏に伝領されたものではなかったようである。従って、幽斎→智仁親王→後水尾院と伝わり、以降は禁裏に伝領されて、伝受の正統の基盤となった、というような桂宮家（八条宮家）旧蔵古今伝受資料に対する理解は、理念的には誤りとは言えないが、事実関係においては修正が求められる。

現行の桂宮本古今伝受資料は、収められる典籍・文書類の内容を記す数種の「目録」を附属している。うち十通（宮内庁書陵部の整理名称は、「古今伝受之目録」（古今伝

表4　古今伝受御封紙（古今伝授資料（502・420）の内）

年紀	日時	封者	記載文面（包紙上書・封紙＊1）
延宝4年（1676）	8.14	後水尾院	⑴「法皇御封延宝四八十四切之」（包紙上書）＊2 ⑵「（花押）封之」（封紙）
延宝4年（1676）	8.25	智忠親王	⑶「天香院殿御封此箱延宝四八廿五初開之」（包紙上書）＊3 ⑷「（花押）」（封紙）
延宝5年？（1677）	1.24	智忠親王	⑸「巳ノ正月廿四日天香院殿御封」（包紙上書）＊4 ⑹「（花押）」（封紙）
天和3年（1683）	8.12	後西院	⑺「後西院御封三枚」（包紙上書） ⑻「天和三八十二（花押）」（封紙）＊5 ⑼「天和三［　］十三（花押）封之」（封紙） ⑽「（花押）」（封紙）
寛保3年（1743）	3.21	後西院	⑾「寛保三年三月廿一日被開之後西院勅符也」（上記後西院封紙の包紙上書）
記載なし	なし	桜町院	⑿「太上天皇昭」（封紙）＊6

＊1　八条宮家（桂宮家）に伝領された古今伝受箱の封紙と考えられる
＊2　「法皇」…後水尾院（慶長元年1596―延宝8年1680）。
＊3　「天香院」…八条宮家第2代智忠親王の法諡。
＊4　「巳」は延宝五年（1677）か？
＊5　「天和3年」…天和3年4月16日に後西院から霊元院への古今伝受が行われている。
＊6　「昭」…桜町院（享保5年1720―寛延3年1750）の諱「昭仁」を記すと推測される。「太上天皇」と記されることから、延享4年（1747）7月の譲位から寛延3年（1750）4月の崩御までの間に封じられたと判断される。

授資料（五〇二・四二〇）の内）[12]は、幽斎相伝の古今伝受に関わる典籍・文書類を整理した際に智仁親王によって作成された目録群であるが[13]、図2に示した他一通（同「古今伝受関係書類目録」同[14]）には、目録に列挙される典籍・文書類の中に「古今傳授之時智仁御誓状之下書」と智仁の名に「御」を付す例が見え、智仁親王自身により記されたものとは考えられない。『図書寮典籍解題　続文学篇』では、その理由は示されないものの、智仁親王の子で八条宮家を継いだ第二代智忠親王（一六二〇―一六六二）作成の目録とされている。この判断は恐らく正しく、この桂宮家伝来の伝受資料群（以下「八条宮家古今伝受（資料）」とも称す）は、智仁親王の薨後、智忠親王によって整理されるとともに目録が作成され、また、一部には封が付され保管されていたと覚しい。

桂宮本古今伝受資料として一括される中には、聞書・切紙類を収めた伝受箱の封に用いられたと推測される封紙七枚が伝来しており[15]、封紙及び附属する包紙の書き付けにより封の時期と封じた人物が知られる。記される年紀の順に一覧にすれば表4のようになる。

延宝四年（一六七六）八月十四日の開封が記される包紙（表4(1)）には後水尾院の花押を記す封紙（表4(2)）が収められており、桂宮本古今伝受資料一具には後水尾院による封が付されたことが知られるが、同時に、同年八月二十四日の開封の年紀が記される包紙（表4(3)）には智忠親王（「天香院」は智忠親王の法諡）による封の記録が遺る。延宝四年は、智忠親王の薨後であり、八月十四日の開封の後、同二十五日までの間に改めて智忠親王が封を付すことは想定できない。延宝四年の時点で、後水尾院により封を付された典籍・文書類とともに智忠親王により封を付されたものも伝来していたと思われる[16]。

右記のように、智仁親王により目録を添えて整理された幽斎相伝の古今伝受一具は、智忠親王によって智仁親王の遺物を含め再整理され、封を付して伝領されたと考えられるのであるが[17]、智忠親王の許に伝領された古今伝受資料一具は、智忠親王の薨後は、八条宮家を嗣いだ、第三代穏仁親王（一六四三―一六六五・後水尾天皇第十皇子）へと伝領されていったらしい。智忠親王の薨じた寛文二年（一六六二）の二年後、寛文四年（一六六四）には、後水尾院より後西院への古今伝受が遂行されるが、その際には、後西院によって「式部卿宮所持」の幽斎自筆『伝心抄』が借り出され書写されたことが、後西院による伝受の記録である東山御文庫蔵『古今伝受御日記』に記されている。

烏丸（資慶）内々入見参古今傳受之箱之中御覧、傳心抄被取出、烏丸披見可仕之由也。二箱（細川）幽斎傳受之箱一、（烏丸）光廣卿傳受の箱一。今日被返遣之。次、中院（通茂）箱被披法皇（後水尾院）御覧、傳心抄且又被出取可披見之由也。予（後西院）傳心抄一部書写望之由申入之旨、幽斎自筆之本三光院（三条西実枝）奥書、式部卿宮（八条宮穏仁親王）所持被借下了。祝着之至也。
（後西院『古今伝受御日記』寛文四年五月十六日条）[18]

「幽斎自筆之本三光院（三条西実枝）奥書」とある『伝心抄』は、桂宮本古今伝受資料に含まれ、宮内庁書陵部に現蔵される『伝心抄』そのもの、「式部卿宮所持」と記されるのは、穏仁親王（明暦元年（一六五五）に式部卿）を指すと考えられ、寛文四年の時点においても、同書が八条宮家に伝領されていたことが確認される。切紙類とは別に『伝心抄』のみが八条宮家に伝領されたとは考えにくく、古今伝受資料一具として穏仁親王の許に伝領されていたと推測される。江戸前期においては、智仁親王によって取り纏められた幽斎相伝の古今伝受資料一具は、智仁親王から後水尾院、そして後西院へという古今伝受の血脈からは離れ、智仁親王→智忠親王→穏仁親王と八条宮家に伝領されていったと推察されるのである。

若くして薨じた穏仁親王の後の八条宮家は、後西院皇子の長仁親王（一六五五—一六七五）から尚仁親王（一六七一—一六八九）へと継承されてゆくが、この時期の古今伝受資料一具の伝領を伝える記録類は多くを見出せていない。再度、表4の古今伝受資料の封紙とその包紙の記載を参観すると、天和三年（一六八三）四月の、後西院から霊元院への古今伝受[19]の後の封に用いられたと想定される封紙には、八条宮家の親王ではなく、後西院の花押が記されており、院によって封が付されたことが知られる。天和三年時の八条宮家は尚仁親王に引き継がれているが、親王は当時十三歳の若年であり、後西院の皇子（第八皇子）であったこともあり、父親の後西院により封が付されたと推測される。

後西院以降では、年紀の記載のない桜町院（一七二〇—一七五〇）の花押を付す封紙（表4⑿）が一枚伝存している。延享元年（一七四四）五月[20]の烏丸光栄（一六八九—一七四八）からの古今伝受に関わり披見に供された後に封じられたものと想像されるが、封が付されたのは、「太上天皇昭」と記されることから延享四年（一七四七）の譲位後であると判断される。同時期の八条宮家は、文雅の嗜好で知られる第七代家仁親王（一七〇三―一七六七）の時代にあたるが、同時期の宮家と古今伝受の関係については多くが知られず、記録類・関連資料の発掘とともに今後の検討に委ねるべき事柄が多い(21)。

江戸前期の八条宮家と禁裏との関係に返ってみれば、八条宮家では古今伝受資料の伝領は確認されるものの、内部において実際に営為としての伝受が行われていたか否かは不明である。また、八条宮家と禁裏との間には、三条西家と禁裏の間の関係のように伝受の正統をめぐる対立や混乱が起こった形跡は見あたらず、宮家の親王が天皇及び院から古今伝受を相伝した記録もない。智仁親王、智忠親王の時代はともかくも、以降の八条宮家は第七代家仁親王まで早世が続き(22)、伝受に直接関わることのできる年齢に達する以前に薨去していることや、後水尾院・後西院・霊元院の皇子の相続が続き、親王の子の相続がなかったことも累代という意識が宮家の中に生まれ難かった理由として想定されよう。

四　烏丸家伝来古今伝受一具と禁裏相伝の伝受箱の作成

智仁親王とともに幽斎より古今伝受を相伝した、中院通勝、烏丸光広のもとに伝えられた聞書・切紙類も、それぞれの子孫に伝えられていった。中院家に伝領された典籍・文書類については、その現存（京都大学附属図書館・同総合博物館に現蔵）の概要と後水尾院の行った古今伝受への影響等について嘗て述べたことがあるが(23)、烏丸家に伝領された古今伝受一具もまた、寛文四年の後水尾院から後西院への古今伝受に際して、光広の孫にあたる資慶（一六二二―一六六九）によって後水尾院へと進上されており、御所伝受と関わりを持つこととなる。

前節に示した、後西院『古今伝受御日記』寛文四年五月十六日条に「烏丸披見可仕之由也。二箱（細川）幽斎傳受之箱一、（烏丸）光廣卿傳受之箱一」とある計二箱の古今伝受箱が烏丸資慶によって後水尾院へと進上された烏丸家伝来の古今伝受であっ

表5　古今伝受資料（烏丸家伝来）（502・424）

典籍名	員数	紙縒題・紙縒書入
1　目録 ＊1	1通	—
2　切紙十八通	18通＋包1	「智仁親王御筆也、幽斎ヨリ傳受之時、幽斎所持之三光院殿御切帋ヲ智仁所望シテ、智仁ノ写ヲ幽斎へ被進タリ」
3　切紙六通	6通＋包1	—
4　近衛大閤様御自筆	2巻	—
5　秘々(内外口伝哥共)	1巻	—
6　カケ守リノ伝授	6通	「カケ守リノ傳授、寛文八年資慶卿御筆也、コレハ傳授了後少間アリテ又傳之云々」
7　切紙十八通	17通＋包1	「玄旨筆切帋」
8　切紙六通	6通	「玄旨筆切帋」
9　後法成寺近衛殿様古今切紙廿七通	27通	—
10　夢庵相訊相伝古今集切紙十五通切紙外書物七通	21通	「包帋／玄旨筆也」「肖柏切帋也」

＊1　一部の散佚が推測され、この「目録」と現存する典籍・文書類は必ずしも一致しない。

たと考えられるが、同資料は江戸期を通して烏丸家に伝領されたらしく、その後近代になってから中山家を経て宮内庁書陵部に収められ、現在も同所に所蔵されている。烏丸家旧蔵古今伝受資料一具（宮内庁書陵部の整理名称は、「古今伝受資料」（五〇二・四二四））は、表5に示した通り、聞書類を含まず、幾つかの切紙類を欠くなど散逸が甚だしく、残念ながら全容の保全はなされてはいないが、一部に後代の資料を追加しつつも、幽斎から光広へと伝えられた古層の資料を基盤とすると考えられている(24)。

　烏丸家に伝領されたこの古今伝受資料は、烏丸光広に伝えられた幽斎自筆の切紙など、御所伝受の基層に関わる資料を含み、八条宮家（桂宮家）に伝領された古今伝受資料（宮内庁書陵部現蔵、前述）とともに室町期の古今伝受の様態を窺う資料としても以前より注目されてきたが、後西院によって禁裏伝領の古今伝受資料が作成される際に参照されており、御所伝受の歴史について考える際にも重要な資料と言える。

宮内庁書陵部に現蔵される桂宮家（八条宮家）旧蔵古今伝受資料が、禁裏伝領の古今伝受資料ではないことは先に述べたが、禁裏に伝領されていった古今伝受は、後西院によってその基幹が整備されたもので、東山御文庫に保管される古今伝受資料がそれにあたると考えられる。次に掲げた目録は、東山御文庫に伝えられた一紙で、寛文四年の相伝の後に古今伝受箱を作成した際の目録で、後西院により作成され禁裏に伝領された古今伝受箱の目録と考えられる。(25)

1　傳心抄　天地人　三冊
2　同叙　一冊
3　傳心集　一冊
4　切紙十八通　法皇宸筆　一包
5　同六通　法皇宸筆　一包
6　古抄　尚通公　宗祇抄　後法成寺　近衛殿　一冊
7　古今切紙　廿七通　一包
8　古今集切紙　夢庵　宗訊相傳　十五通　一包
9　宗祇切紙　十通　五通　一包　切帋外書物七通
10　切帋ノ料紙已下数之中五六枚合寸法者也　一包
11　内外秘哥書抜　一巻

12　古　作者等　包紙書付 近衛大閤様御自筆 定―　一巻
13　常縁文之写　一巻 横折一紙
14　古今相傳人数分量　一通
15　古今肖聞之内　一冊
16　真名序　二冊
17　無外題　青表帋　一冊
18　古今傳受日時勘文　一通
19　古今傳受之時座敷繪圖　二枚
20　誓帋案文　元亀三十二六藤孝　一紙 天正丙子小春庚午
21　古今御相傳證明御一帋　一枚 三光院亜槐判
包紙書付 三てう大なこん殿
22　御てん受のときさしきのやうたいかき物
古今傳授　座敷模様　一紙
23　三條大納言殿へ古今相傳一帋案文　天正八年七月日 公国卿　一紙
24　三條中納言殿道相傳之時御誓紙　天正七年六月十七日 藤孝判 公国判　一紙
25　誓紙案文　一紙
26　三条宰相中将殿誓詞　慶長九閏八十一 實條　一紙
27　三条中しやう殿へまいらせ候とめ　一紙
28　中院殿誓状　天正十六十一廿八素然　一紙
29　誓状　天正十六八十六　嶋津修理大夫入道龍伯　一紙

30　八条殿
古今相傳證明一紙　幽斎筆　慶長五七廿九　玄旨判　一紙
31　烏丸光廣卿
古今證明状　慶長癸卯小春甲午　幽斎玄旨判　一紙
32　置手状之写　尚通公　濟継卿　實隆卿　横折
一紙
33　古今集相傳之箱入目録　一枚

已上

寛文四年十二月十日　今夜令目録了
此内　古抄　尚通公一冊　搶子之内へ入加了

（東山御文庫蔵『古今集相傳之箱入目録』（勅封62・8・1・10・1））

当該目録に記載された典籍・文書類の多くは桂宮本古今伝受資料に収められる典籍・文書類に一致するが、目録には、その祖本や筆者等の詳細については記載されない（但し、「4切紙十八通　法皇宸筆　一包　5同六通　法皇宸筆　一包」とあるのは注意される）ため、禁裏に伝領された典籍・文書類を今に伝える東山御文庫に伝来する資料群と対照すると（現在公開されている資料の範囲内ではあるが）、函架番号「勅封六十二・八」として整理される「神秘」と墨書する貼紙を付した箱に収められる抄物・切紙類が当該目録の記載に大凡一致し、歴代の再整理や追加を含みつつも、「勅封六十二・八」の箱に収められた資料群が、後西院によって作成された古今伝受箱に収められた資料群を基幹とする禁裏相伝の古今伝受資料であったと推測される。(26)

「勅封六十二・八」として整理される典籍・文書類の中には、図3に示したような、後西院により書写された切紙が多く含まれるが、中に、包紙や同封される紙片に「資慶卿」から借り出し書写した旨の識語を記す例が確認される。

後西院により古今伝受資料が作成・整備される際には、『伝心抄』は八条宮家伝来の幽斎自筆本がその祖本とされたが[27]、その他の切紙・文書類については、祖本とされた資料に関する記録は未だ見出していない。多くの聞書・切紙・文書類が集められ、互いに吟味された上で転写されたと推測されるが、「勅封六十二・八」に収められた切紙の中には表6に示したような資慶所持の切紙を転写した旨を付記する切紙類があり、その一部に烏丸家に伝領された古今伝受資料が含まれていたことが知られる。識語には、「常縁筆歟」（宗祇切紙御写）、「以後法成寺関白尚通公筆令書写了」（近衛尚通筆歌学書御写）のような記載が認められ、敢えて烏丸家に伝領された切紙類が選択されたのは、より素性のよいものが求められた結果であったのかもしれない[28]。

後西院により整理された古今伝受資料一具は、その後、霊元院へと継承されてゆく。東山御文庫には「後西天皇古今伝授御証明状」（図4）、「霊元天皇宸筆御誓状案」（図5）として整理された、天和三年（一六八三）の後西院

図3　東山御文庫蔵『宗祇切紙御写』（勅封62・8・2・5）

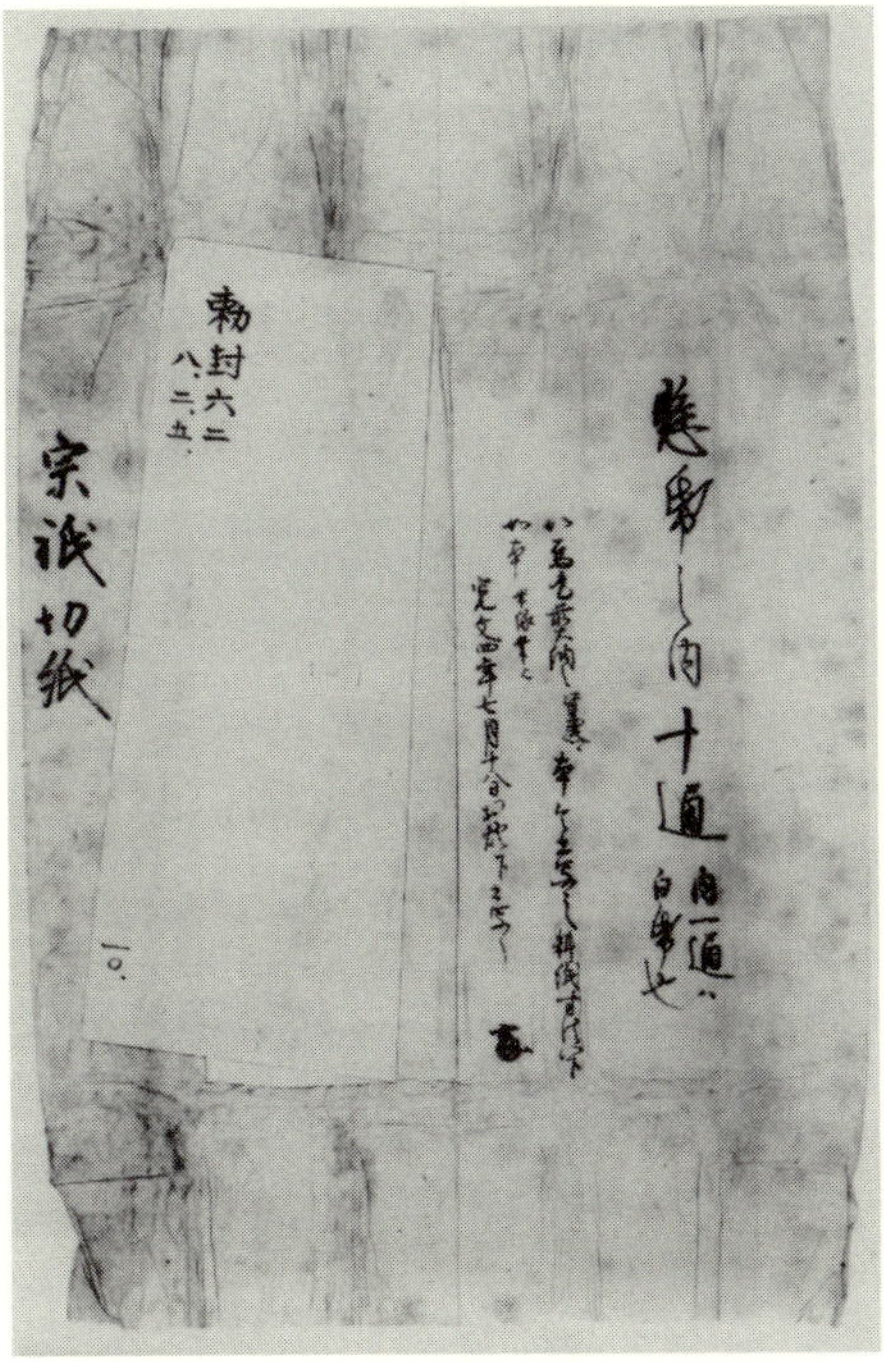

懸紙之内十通内一通ハ白帋也
以烏丸前大納言資慶卿本令書写之、料紙寸法
以下如本常縁筆歟
寛文四年七月十八日於灯火書写之（後西院）（花押）

表 6　東山御文庫蔵後西院宸翰切紙類の識語

書陵部による整理名	勅封番号	員数	識語（包紙等への記載を含む）	目録*1	烏丸本*2
古今伝授古秘記御写 *3	62·8·2·4	13通	寛文四年七月一日以資慶卿本書写了	8	10
宗祇切紙御写	62·8·2·5	10通	懸帋之内十通〈内一通ハ白帋也〉以烏丸前大納言〈資慶卿〉本令書写之、料紙寸法以下如本〈常縁筆歟〉寛文四年七月十八日於灯火書写了〔花押〕	9	—
近衛尚通古今伝授切紙御写	62·8·2·7	27通	寛文四年七月二日以烏丸前大納言本書写了	7	9
近衛尚通筆歌学書御写	62·8·2·9	2巻	此一巻以後法成寺関白〈尚通公〉筆令書写了、件本烏丸前大納言〈資慶卿〉仍而所借請也、于時寛文四年七月廿三日〔花押〕	11	4

*1 「目録」項目は、先に掲出の、東山御文庫蔵『古今集相傳之箱入目録』（勅封62·8·1·10·1）の番号。
*2 烏丸本は、［表 5］に記した番号。
*3 外題「古秘　切紙十五通」 但し現状では十五通揃わない。他へ混入するか？

より霊元院への古今伝受の際に認められた、霊元院宸翰誓紙[29]と後西院宸翰伝受状が伝存している[30]。

「舊院（後水尾院）御相傳」の切紙と「愚筆」（後西院自筆）の『伝心抄』を進上するのは「正統支證」のためであると記され、後水尾院→後西院→霊元院という相伝の正統を証明するものとして後水尾院宸翰切紙と後西院宸翰『伝心抄』、つまりは後西院により整備された古今伝受一具が禁裏の古今伝受資料として伝領されていったことが確認される。

図４　東山御文庫蔵「後西天皇古今伝授御証明状」（勅封62・12・1・6）

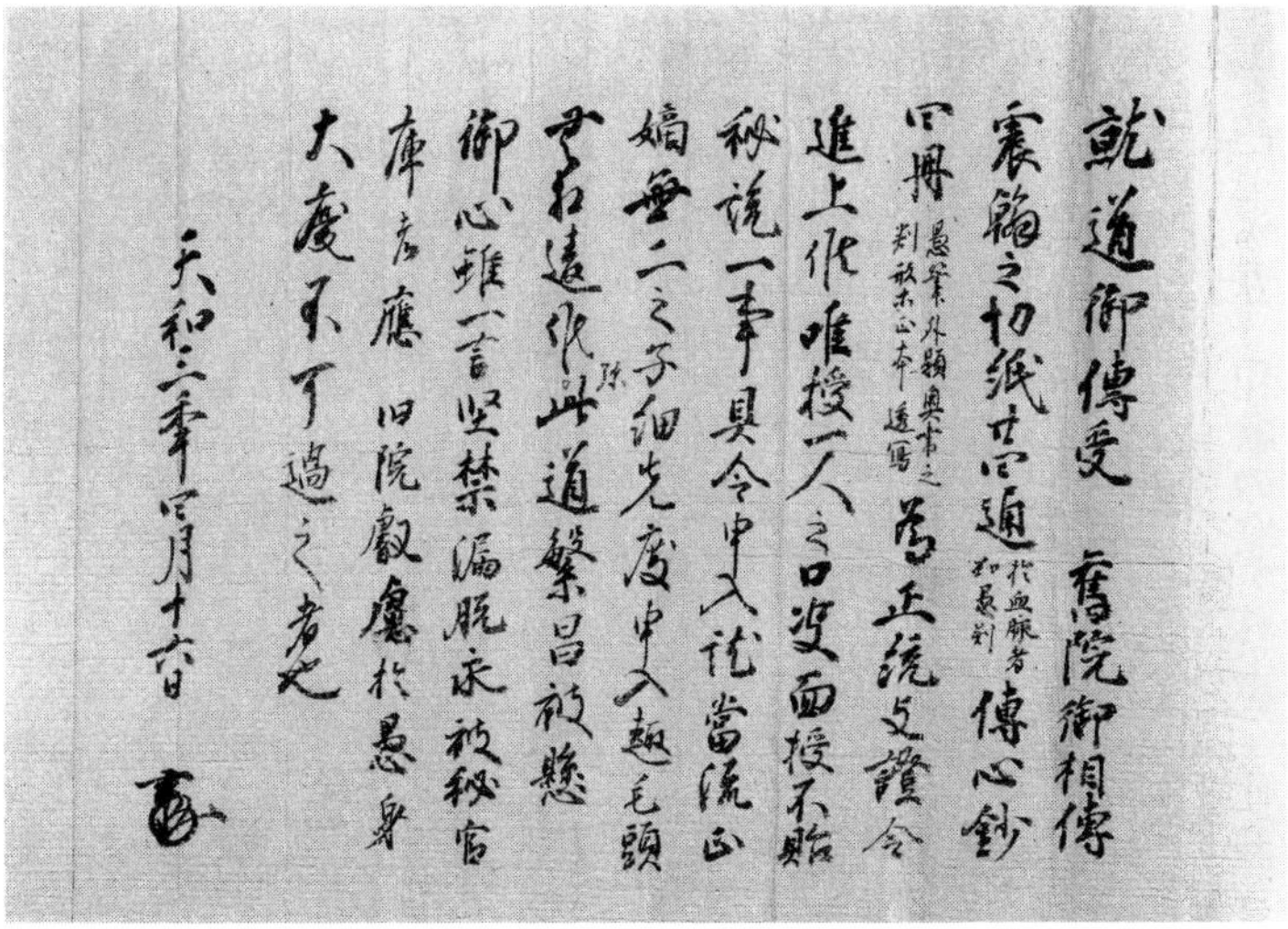

就道御傳受、舊院（後水尾院）御相傳
宸翰之切紙廿四通（於血脈者加愚判）・傳心鈔
四冊（愚筆（後西院）但外題奥書之判形等正本之透寫）爲正統支證令
進上候、唯授一人之口決面授等不貽
秘説一事具令申入訖、當流正
嫡無二之子細先度申入趣毛頭
無相違候、彌此道之繁昌被懸
御心雖一言堅禁漏脱永被秘官
庫者應　旧院叡慮於愚身
大慶不可過之者也、
天和三年四月十六日（花押）（後西院）

図5　東山御文庫蔵「霊元天皇宸筆御誓状案」(『宸翰英華』図356)

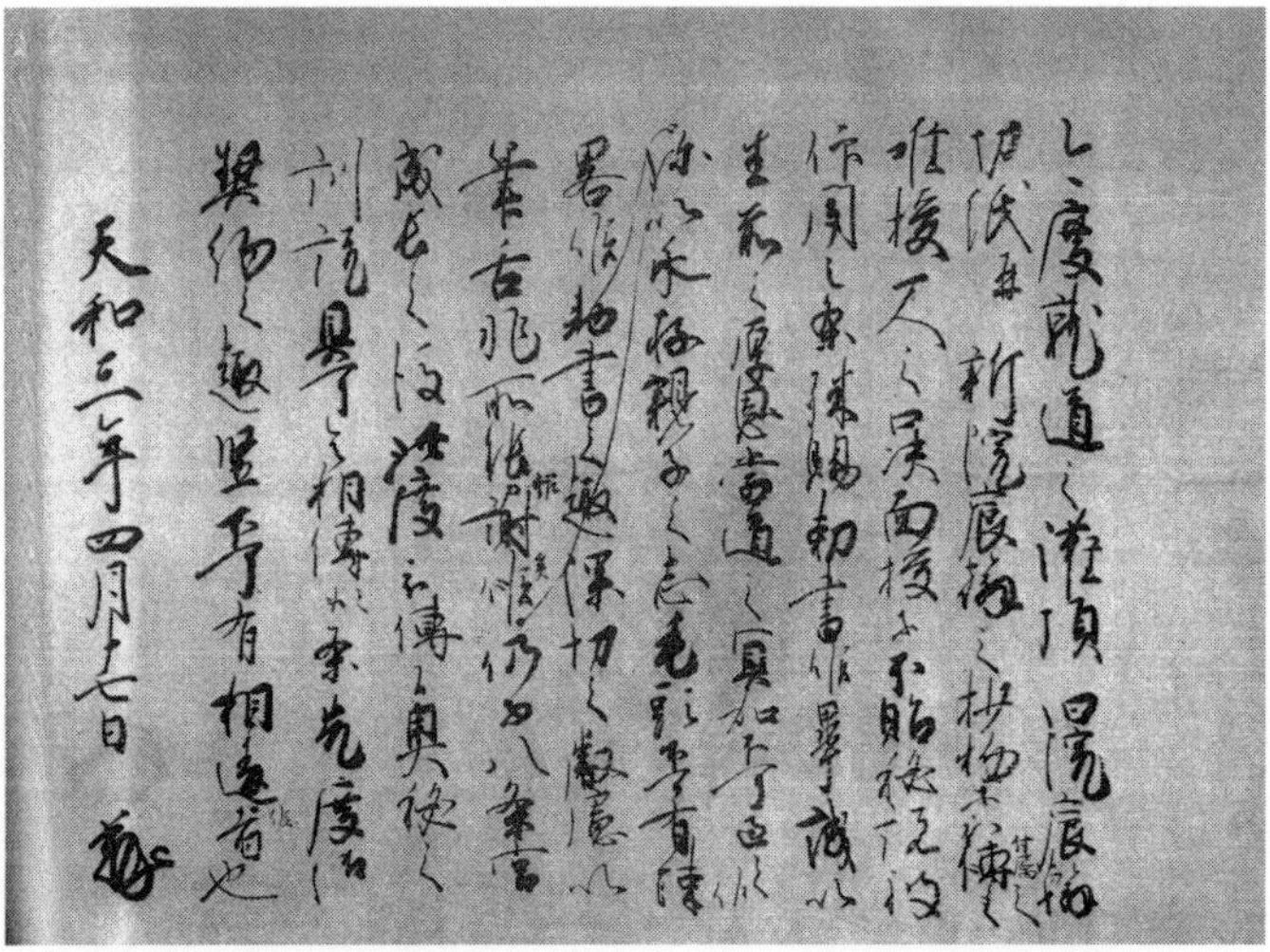

今度就道之灌頂、旧院(後水尾院)宸翰
切紙幷新院(後西院)宸翰之抄物等被傳之《付属之》、
唯授一人之口決面授等不貽秘説被
仰聞之条、殊賜勅書候畢、誠以
生前之厚恩、當道之冥加不可過之候、
弥以永存親子之志、毛頭不可有疎
畧候、勅書之趣深切之叡慮以
筆舌非所能○《報矣》謝候、仍而八条宮
成長之後、此度被傳候奥秘之
訓説具可令相傳候《之》条、先度御
契約之趣堅不可有相違○《候》者也、
天和三年四月十七日(霊元院)(花押)

五　和歌の家と禁裏・仙洞

江戸初期の禁裏が、三条西家・八条宮家・中院家・烏丸家などの和歌の家から古今伝受資料を進上させ、それを披見し、また、新たに伝受資料を作成しなければならなかった直接的な理由は、後水尾院が智仁親王より古今伝受を相伝した際に作成した古今伝受一具を火災で焼失してしまった点にあったと考えられる。

十日。禁中御會始参之処、新院（後西院）有召、仍参常御所。出御於廊下、仰云、古今御抄先年焼失之間、被御覧合度之間、可進上歟。法皇（後水尾院）必懸御目よとも難被仰。新院仍先内證御尋之由也。

（中院通茂『古今伝受日記』寛文四年二月十日条）

「先年消失」とあるのは、万治四年（一六六一）の大火を指す。万治以降の禁裏は、火災で焼失した多くの典籍・文書類の補写に勢力を傾けるようになるが[31]、古今伝受資料の多くもこの火災の際に焼失してしまったらしい。智仁親王よりの相伝という血脈上の正統性はあるものの、伝えられる文書類の大方は失われており、一方、周囲には三条西・烏丸・中院・八条宮といった累代の伝受の家、つまりは和歌の家が存在しており、それぞれには古今伝受が伝えられていた。

寛文四年の古今伝受の後に、伝受を遂げた中院通茂が後水尾院に「十口決」の秘伝を尋ねると、後水尾院は、「左様ノコト無之由（そのようなことは無い）」と言ったと記される。

十口決有之由承及。所望之由申之。左様ノコト無之由仰也。[…] 不審条々。十口決、千早振哥幷印、廿四首秘哥、六首秀逸、冬三首哥、土代之子細。此等口伝無之由、不審也。

（中院通茂『古今切紙之事法皇仰』[32]）

通茂は更に「千早振」「廿四首秘哥」「六首秀逸」「冬三首哥」「土代之子細」などの口伝が伝えられないことを「不審」と記しているが、こうした事例は、伝受の受け手の側も秘伝の存在や、時によってその内容に対する知見があったことを伝えている。

「十口決」の秘説を伺うことのできなかった通茂は、改めて三条西実教にそれを問うている。

十口決之事、窺之處、無御存知之由仰也。三条（三条西実教）云、三人之衆ハ幽斎（細川）ノ分許ヲト申入シ故、不可被仰、八条殿（智仁親王）より御傳受之内ニハナキ也。仍不被仰歟。巻頭巻軸之哥葵哥も無之といへども、三人共ニ不審也。其上切紙ニ載タレバ可然仰歟之由、御相談ありし也。仍仰聞さるべきよし申入たると也。[…]

（中院通茂『古今伝受日記』寛文四年十二月十三日条）

「十口決」の秘説の内実を知るのであれば、実教に尋ねればよいことを通茂は理解している。しかし、ここでは「十口決」の意味を知ることよりも、それを後水尾院から受けることに意味があったと理解される。次に示した通茂の日記に記されるように、烏丸・中院といった和歌の家の当主たちは後水尾院よりの古今伝受の相伝を切望する。

十二日乙亥　為年始祝義、参照高院宮道晃。言談之次、和哥灌頂之事申出之。新院（後西院）御年齢、已廿八才、當年御沙汰無之歟之由申之。門主（道晃親王）参院之次可申之由也。予（中院通茂）、灌頂之事、六年已前、万治二年廿九才、以主上（後西院）、望申法皇（後水尾院）之処、卅才未満如何。法皇已卅一才御伝受也。暫可相待之由、仰也。[…]去々年夏比歟。主上（後西院）、烏丸大（資慶）、予（中院通茂）、日野前大（弘資）、有召、参御前。仰昨日御幸、仰云、三人ノ者灌頂之義者不望申歟之由御尋也。主上（後西院）仰、内々雖望申、存憚、不申出歟之由仰也照門在座。漸望申可然歟。御老躰之間、於法皇（後水尾院）者難成被思召之間、照門（道晃親王）可申入之由也。照門辞退、法皇仰従照門可然事也。無調法なるとても終傳受あるへき事也など有仰之間、望申可然歟之由仰也。仍、申入照門了。此次申云、主上御傳受如何。おなしくは今度御傳授ありて皆々其御次而承度之由申入了。

（中院通茂『古今伝受日記』寛文四年正月十二日条）

自身の許に伝えられた古今伝受資料を進上した上で、それを用いた後水尾院よりの伝受を相伝するというのは、一種のトートロジーの様相を呈すが、これは、古今伝受が、既に『古今集』の説の授受としてのみ機能するのではなく、天皇・院を頂点に戴く和歌を中心とした公家の学問の体系の中に位置付けられていったことと関わっていよう。

通茂と同じく寛文四年に古今伝受を受けた日野弘資は詠草留に次のように書き留めている。

> 万治二年（一六五九）十一月、つつ哉御伝授之事、仙洞（後水尾院）へ被仰入被下候やうにと、主上（後西院）へ内々申上候処、被仰入候へば、和歌執心にて申候哉、灌頂までも遂可申上候覚悟候哉、さやうにもなく当座の義ばかりに申あげ候哉、当意之事にても有之て無用に思召らるゝ也。執心をとげ、灌頂までも仕とゞけ可申ならば、いかやうにもふかき事をも可被仰之由仰之旨仰きけ候由也。灌頂までの義、年来之大望無之にあらずといへども、顧身をそれおほく申あげ候はん事、覚悟も無之のところ、只今仰のおもむき冥加にかなひ、大慶身にあまり、かしこまり入候、涯分稽古仕度所為之由申上候、通の冥加にかなひ、於身の大幸、何事加之也。不足言不知手舞足踏是謂之乎。
>
> （宮内庁書陵部蔵『日野弘資詠草留』（265・1082））
>
> [...]

弘資が「つつ」留めの伝授を院に願うと、院は、「灌頂」伝受（古今伝受）まで遂げる意志があるのであれば「ふかき事をも」伝えると言ったとある。和歌に関わる他の諸伝受や和歌詠作への添削などを含め、道としての和歌の階層を構成し、和歌に携わる公家の修練の頂点に古今伝受が位置付けられるようにシステムが整えられていたことは、既に衆知の事柄に属するが[33]、そうしたシステム自体を整えていったのは外ならぬ後水尾院であり、院の許において、和歌の家々に伝えられた伝受は統合され、禁裏・仙洞を頂点に戴く和歌の道の成業を指し示すものとして改めて定位されることとなったのである。

おわりに

細川幽斎の相伝により諸家に伝領されることとなった古今伝受は、伝受を伝える和歌の家の基盤を担う古今伝受資料の伝領を伴い、三条西家・八条宮家・中院家・烏丸家、また近衛家などの諸家に伝えられてゆくが、後水尾院の時代に至り、再び仙洞に収斂することとなり、それとともに古層の伝受を伝えていた諸家の位置付けも変化してゆく。

例えば、室町末まで古今伝受を担ってきた三条西家は、江戸初にも他家とは異なる特異な位置にあったが、伝受の主体が禁裏へと移るに際し、三条西家に伝領された文書類・口伝類も禁裏へ伝えられる。また、古今伝受資料一具の伝領について見れば、幽斎より智仁親王に伝えられた古今伝受資料（宮内庁書陵部蔵桂宮本「古今伝受資料」）は、御所伝受の基幹文書と目されてきたが、同資料は、度重なる禁裏の関与を受けながらも八条宮家内部に伝領されていったようである。禁裏に伝領された古今伝受資料一具は、後水尾院・後西院の時代に桂宮本古今伝受資料とは別に新たに作成されたと考えられ、その調整には烏丸家に伝領された古今伝受資料なども参観され再構築されていったと考えられる。江戸前期の禁裏・仙洞と和歌の家との古今伝受資料を介した関係は複雑な様相を呈しているが、こうした典籍・文書類の授受は、禁裏・仙洞を頂点として、その下に伝統的な和歌の家々を再編することにも繋がっていったと考えられる。

注

（1）例えば、横井金男『古今伝授沿革史論』（大日本百科全書刊行会、一九四三年九月、後に『古今伝授の史的研究』（臨川書店、一九八〇年二月）として増補再刊）は古今伝受研究の基幹論文とも言える大著であるが、著された時代の制約もあり、諸処に散在する資料を収集して通史の記述を行うため、その展開の相が不明瞭になり、それらが行われた時が曖昧になる例がまま見える。

（2）田島公『禁裏・公家文庫研究１・２』（思文閣出版、二〇〇三年二月、二〇〇六年三月）による禁裏御文庫とその蔵書に関する検討など。東山御文庫に伝来する資料については、公開の進展とともに記述の改訂が迫られることも多く、今後も暫くは同様の状況が続くであろう。

（3）二三三五―二三三六頁。また、井上は同書において三条西公条の事跡を述べる中にも次のように指摘する。

公条は、［…］父（実隆…稿者注）の庇護と推挙により、享禄元年から二年にかけて後奈良院に古今集を進講した。もとよりこれは、実隆講説の中の部分を講じた、いわば代講的役割が強かったのだが、これによって、帝の師であり、また次代の文化界の指導者たる地位が約せられるのであった（二三九―二四〇頁）。

（4）『図書寮典籍解題　続文学篇』（養徳社、一九五〇年三月）参照。

（5）『京都大学国語国文資料叢書40　古今切紙集　宮内庁書陵部蔵』（臨川書店、一九八三年十一月）所収の解説（橋本不美男・新井栄蔵）、小高道子「御所伝受の成立と展開」（『近世堂上和歌論集』明治書院、一九八九年四月）に詳しい。

（6）上野洋三校注『歌論歌学集成14』（三弥井書店、二〇〇五年十二月）三九頁。

（7）同資料については、海野圭介・尾崎千佳「京都大学附属図書館蔵中院文庫本『古今伝受日記』解題・翻刻（一）～（三）」（『上方文藝研究』二～四、二〇〇五年五月～二〇〇七年五月）に翻刻した。以下同書の引用は、海野・尾崎の翻刻による。

（8）坂内泰子「三条西実教と後水尾院歌壇―歌の家の終焉」（『近世文学俯瞰』汲古書院、一九九七年五月）は、実教を中心とした江戸前期の三条西家の社会的立場について触れ示唆的である。

（9）『歌論歌学集成15』（三弥井書店、一九九九年十二月）九六頁。

（10）『皇室の至宝　東山御文庫1』（毎日新聞社、一九九九年四月）所収（書影九二頁、解題二七六―二七七頁）。

（11）現行の古今伝受資料（五〇二一・四二一〇）に整理されているのは以下の資料であるが、『図書寮典籍解題　続文学篇』（養徳社、一九五〇年三月）の時点では、別途個別の番号が付されている例もあり、現蔵者の整理の過程で現行の形となったと思われる。

徳川家康前田玄以書状竝智仁親王返礼状、智仁親王御誓状下書、古今集幽斎講釈日数、古今伝受之目録、古今相伝目録下書反故類、古今和歌集聞書、古今和歌集聞書、古今和歌集聞書、伝心抄叙幷真名序抄、伝心抄、当流切紙、伝心集、古今和歌集聞書、近衛尚通古今切紙、古秘抄、宗訊古今切紙、古今肖聞之内、神道大意、内外口伝歌共、奈良十代之事、古今集作者等之事、常縁文之写、古今伝受座敷模様、古今伝受誓状写、古今相伝人数分量、古今御相伝証明御一紙、三条西公国古今伝受誓状竝幽斎相伝証明状写、中院殿誓状写同誓状類、細川幽斎古今伝受証明状、細川幽斎短冊、幽斎相伝之墨、古今伝受関係書類目録、歌口伝心持状、本歌取様之事、古今集校異、古今抄、古今集極秘、古今集清濁口決、不審宗佐返答、古今集秘事之目録、神道之内不審兼従返答、古今伊勢物語不審幽斎返状、古今集之内不審下書、古今集之内不審問状、古今不審問状、古今集不審幷詰声、伊勢源氏等伝受誓状竝証明状同写類、古今伝受御封紙、寛永二年於禁裏古今講釈次第、智仁親王拝領目録折紙、箱入目録、古今伝受誓状、古今切紙昌琢へ披見許状等、住吉社智仁親王詠草。

(12)『京都大学国語国文資料叢書40　古今切紙集　宮内庁書陵部蔵』九九―一一二頁に全文が影印される。

(13) これらの目録の作成背景については、小高道子「古今集伝受後の智仁親王（五）―目録の作成をめぐって―」（『梅花短期大学研究紀要』三七、一九八九年三月）に詳しい。

(14)『図書寮典籍解題　続文学篇』二〇四―二〇五頁。

(15) 櫛笥節男『宮内庁書陵部　書庫渉猟　書写と装訂』（おうふう、二〇〇六年二月）一七〇頁、宮内庁書陵部『天皇と和歌―勅撰から古今伝受まで―』（宮内庁書陵部、二〇〇五年十月）四五頁に写真版の掲載がある。

(16) 櫛笥節男『宮内庁書陵部　書庫渉猟　書写と装訂』に紹介のある「古今伝授箱の鍵」（一七一頁）には「古今相傳箱入」（表）、「一之御棒長持鑰」（裏）と墨書された木片が結ばれており、包紙にも「一番　古印／小長持／古今相傳箱入之鑰」と墨書されており、古今伝受資料を入れた箱は複数あったと考えられるが、宮内庁書陵部にも現存してはいない。

(17) 八条宮（桂宮）に所蔵された典籍・文書類の全体についても、智仁、智忠親王の両親王によって目録が作成されている。宮内庁書陵部蔵『桂宮書籍目録』（四五六―五三）は智仁親王の筆になり、同『歌書目録』（F四―二六）末尾には「目録天香院殿筆也」の墨書がある。なお、両目録は、山崎誠「禁裏御蔵書目録考証（一）」（『調査研究報告』九、一九八八年八月）、酒井茂幸「宮内庁書陵部蔵桂宮本『歌書目録』―翻刻と解題―」（吉岡眞之・小川剛生編『禁裏本と古典学』塙書房、二〇〇九年三月）に翻刻がある。

(18) 尾崎千佳・海野圭介「東山御文庫蔵『古今伝授御日記』『古今集御講義陪聴御日記』解題・翻刻」（『上方文藝研

究』一、二〇〇四年五月）一七頁。

(19) 天和三年の古今伝受については、同座した近衛基凞（一六四八―一七二二）による別記があり、新井栄蔵「影印陽明文庫蔵近衛基凞『伝授日記』」（『叙説』九、一九八四年十月）に全文の書影が掲載される。

(20) 同時期に古今伝受を相伝した有栖川宮職仁親王の記録が、『職仁親王行実』（高松宮、一九三八年四月）三七頁にある。

(21) 桜町院は古今伝受に積極的に関与しており、現在、曼殊院に伝領される古今伝受一具も桜町院により勅封が付されている。

(22) 第三代穏仁親王（一六四三―一六六五・二十三歳・後水尾院皇子）、第四代長仁親王（一六五五―一六七五・二十一歳・後西院皇子）、第五代尚仁親王（一六七一―一六八九・十九歳・後西院皇子）、作宮（一六八九―一六九二・四歳・霊元院皇子）、第六代文仁親王（一六八〇―一七一一・三十二歳・霊元院皇子）。文仁親王以後、第七代家仁親王（一七〇三―一七六七・六十五歳）、第八代公仁親王（一七三三―一七七〇・三十八歳）の三代は子の相続が続く。

(23) 海野圭介「中院家旧蔵古今和歌集注釈関連資料考（一）―中院通茂・中院通躬・野宮定基との関わりを持つ典籍を中心に―」（『詞林』二六、一九九九年十月）、海野圭介「後水尾院の古今伝授―寛文四年の伝授を中心に―」『講座平安文学論究15』風間書房、二〇〇一年二月）参照。

(24) 当該資料は、川瀬一馬「古今伝授について―細川幽斎所伝の切紙類を中心として―」（『青山学院女子短期大学紀要』一五、一九六一年十一月）によって紹介された資料群であり、小高道子「烏丸光広の古今伝受」（『近世文学俯瞰』汲古書院、一九九七年五月）に収められた資料についての検討がある。

(25) 海野圭介「東山御文庫蔵『古今集相傳之箱入目録』・同『追加』考―古今伝受後の後西院による目録の作成をめぐって―」（『古代中世文学論考6』新典社、二〇〇一年十月）参照。

(26) 無論、現在東山御文庫に伝領される「勅封六十二・八」として整理される箱に収められた資料群が、後西院当時の姿そのものを保っているとは考えられない。現存資料を瞥見するのみでも、少なくとも、霊元院、桜町院により収められた典籍の改められた形跡があり、その際にも再整理や収める文書の再検討が行われたことは充分に想定し得る。なお、当該目録と東山御文庫所蔵資料と対照については、前掲注(25)に記した海野論考において検討を加えた。併せて参照を請いたい。

(27) 前掲、後西院『古今伝受御日記』寛文四年五月十六日条、及び、前掲注(23)に記した海野「後水尾院の古今伝授―寛文四年の伝授を中心に―」参照。

(28) 烏丸家伝来の古今伝受一具に幽斎相伝の抄物・切紙類が含まれることは、寛文四年の時点でも知られている。前掲、後西院『古今伝受御日記』寛文四年五月十六日条参照。

(29) 『宸翰英華2』（紀元二千六百年奉祝会、一九四四年十二月）二五九頁に「八九二　宸筆御誓状案　一通」として掲載される。この一通には天和時点における八条宮家と古今伝受との関係が示されており興味深いが、その実態は猶も未詳である。他の記録類の読解とともに後考を期したい。

(30) 『皇室の至宝　東山御文庫1』所収（書影九三頁、解題二七七―二七八頁）。

(31) 酒井茂幸「霊元院仙洞における歌書の書写活動について」（『国立歴史民俗博物館研究報告』一二一、二〇〇五年三月）、同「江戸時代前期の禁裏における冷泉家本の書写活動について」（『国文学研究』一四九、二〇〇六年六月）等の一連の業績により、後西院以降の歌書の書写活動について俯瞰することができるようになった。

(32) 京都大学附属図書館蔵中院文庫本『古今伝受日記』（中院・Ⅵ・59）に合写。

(33) 上野洋三『近世宮廷の和歌訓練―『万治御点』を読む―』（臨川書店、一九九九年六月）参照。

〔付記〕末尾ながら、貴重な資料の閲覧・掲載を御許可下さいました、宮内庁侍従職、宮内庁書陵部、京都大学附属図書館の諸機関に御礼申し上げます。なお、本稿は二つの口頭報告、「古今伝授関連文書の伝領と和歌の家」（古今集成立一一〇〇年記念シンポジウム　古今和歌集―注釈から伝授へ、二〇〇五年八月、古今伝授の里フィールドミュージアム）、「確立期の御所伝授の課題と和歌の家の再編」（和歌文学会第五一回「古今集・新古今集の年」・五十周年記念大会、二〇〇五年十月）の一部に基づき、その後の調査結果を加え再編したものである。また、本稿は平成二十年度科学研究費補助金若手研究（Ｂ）（課題番号 18720044）、及び平成二十一年度同（課題番号 21720082）に基づく研究成果の一部である。

近衛基熈の『源氏物語』書写
――陽明文庫蔵基熈自筆本をめぐって――

川崎 佐知子

はじめに

近衛関白家第二〇代基熈（一六四八―一七二二）は生涯に多数の書物を写した。基熈の書物に対する並々ならぬ関心は、庇護者であり歌道の師匠でもあった後水尾院（一五九六―一六八〇）、および、後西院（一六三七―一六八五）から影響を受けている。平林盛得は、禁裏文庫を充実するため後西院がなした収書活動に触れ、院の複本作成や校合作業に基熈が関わったと指摘した。[1]その際、基熈は自身でも複本を作り、校合をくり返している。[2]陽明文庫には、近衛基熈自筆の書物が数多く伝わる。そのなかには、あきらかに後水尾院や後西院の収書に連動して書写されたと思われる一群がある。両院の指導下で書写校合という営為を積み重ね、基熈は学問的基盤を習得するいっぽうで、伝世の書物を継承し、次世代に引き渡す使命的課題をも学び取ったのではないだろうか。書物への基本姿勢形成期の成果として、これらの一群を差別化することで、基熈の書写活動の特徴が浮き彫りになるように思う。

陽明文庫蔵近衛基熈筆『源氏物語』全五四帖は基熈が一筆で書写した。本稿では、同本の書写と校合のあり方を検証し、近衛基熈による書写活動の一端を考察する。

一　基凞自筆本

1　書誌的事項

はじめに、陽明文庫蔵近衛基凞筆『源氏物語』（以下、「基凞自筆本」）の書誌を簡潔に記す。

一函五四冊。桝型本。綴葉装。法量、縦一七・〇糎、横一八・〇糎。表紙は鳥の子紙に金銀泥にて雲霞波鳥草木花車等描。中央に金砂子蒔紋紙の題簽を貼付、外題「桐つほ（各巻名）」を墨書。見返し布目金紙。遊紙、巻頭一丁、巻末〇～三丁。本文毎半葉一〇行書き。朱点・押紙あり。付属文書「源氏物語書写校合日数目録」一点あり。

つぎに掲げるように、基凞自筆本には、夢浮橋巻末に①②③、手習巻末に④⑤の識語がある。①は享禄四年（一五三一）一月二十二日の三条西実隆識語、②は慶長十九年（一六一四）二月中旬の後陽成天皇識語である。③三条西実隆識語は①の二日前の日付である。④は寛文四年（一六六四）五月三日の平松時量識語、⑤は宝永二年（一七〇五）九月十九日の近衛基凞（悠見子は基凞の号）識語である。①～⑤は基凞筆であり、⑤以外は親本に書かれていた識語を基凞が引き写したのである。

①本云享禄四年正月廿二日終書写之功者也

　　　　　　　槐陰逍遙叟堯空

　　　　読合直付了

②以三条西家之證本令謄写了

　慶長十九稔仲春中澣

　　従神武百餘代孫太上天皇

御判

③本云以證本書写之、老後之手習無其益、慚愧々々、

享禄辛卯正月廿日

逍遙叟七十七歳

読合直付了

④右申出　新院御本宸筆也令一校、相違之所以青墨直付、仮名遣真名仮名之相違同直付、行数亦書之、重而可新写者也

寛文四年五月三日　　平判

⑤抑此物語以青表帋本為證據、雖然、累年求之難得、而幸有前平中納言入道嘯月所書本子細見奥書、常為握翫、自元禄十三年九月廿七日書之、至昨年五月廿五日終功、即日企獨校合、至今日周備之了、歓喜々々、是聊存導志子孫於和歌勿懈怠矣

宝永二年九月十九日　　悠見子（花押）

たのまれぬ身とはしりつゝわたりきて今日まては見つゆめのうき橋

識語⑤から、基凞自筆本は、平松時量（前平中納言入道嘯月、一六二七—一七〇四）が書写した本を親本とすることがわかる。基凞は、長年、青表紙本の証本を求めながらも得られずにいたが、幸運にも平松時量本の存在を知り得た。そこで、元禄十三年（一七〇〇）九月二十七日から宝永元年五月二十五日までをかけて、平松時量本を書写し、即日単独で校合を始めて、宝永二年九月十九日に完了した。識語④によれば、平松時量本とは、後西院（新院）宸筆による御本（新院御本）を、院存命中の寛文四年五月三日に平松時量が写し、仮名真名遣いなどの誤りを青墨によって正した本である。そもそも後西院の御本は、三条西家証本（識語①③、日本大学蔵）を写した後陽成天皇本

（識語②、宮内庁書陵部蔵〈桂宮本五五四・九〉の転写である。

基凞は平松時量本を青表紙本の証本と位置づけている。そのように判断したのは、平松時量本の親本が、ほかならぬ後西院の御本だったからである。たとえば、後西院は、基凞と延宝九年（一六八一）三月四日より五月九日まで『後撰集』を校合したのち、五月十四日から九月二日にかけて『拾遺集』を校合した。陽明文庫蔵近衛基凞筆『三代集』（函号〈近・122・2〉）のうちの『後撰集』と『拾遺集』とは、校合後に基凞が後西院の御本を転写した本である。(3) 後西院は、貞享二年（一六八五）二月二十二日に、四十九歳で崩御した。基凞は、『源氏物語』についても御本校合を経て転写する予定だったのだが、後西院の生存中にはとうとう果たせなかったのであろう。失意の基凞にとって、後西院近臣である平松時量の転写本は、後西院御本と同等の価値があったと思われる。(4)

2　平松時量本

平松時量は、父平松時庸、母日野輝資女。祖父は西洞院時慶である。従弟は風早実種である。延宝二年、権中納言に任ぜられ、寛文五年より貞享二年まで後西院伝奏を務めた。元禄十四年に出家し、法名を嘯月と称した。(5) 後西院連歌壇の一員であり、基凞との一座も多い。たとえば、陽明文庫蔵「貞享元年九月廿九日新院御所和漢聯句」〈80366〉一綴は、後西院主催和漢聯句の懐紙である。発句は後西院、基凞は第三を務め、平松時量も同座している。

1　風や月はらふ雲こそてる光　（無記名）〔後西院〕
2　雁外嶺横秋　日厳院前大僧正
3　初もみぢ松のひま〳〵かつ染て　左大臣〔基凞〕
4　夕陽遂水流　尭恕
5　行かへり河辺に夏や忘るらん　前平中納言〔平松時量〕

6 蛍のすだく竹のした道　風早宰相
7 孤 窓 誰 深 鎖　裏松三位
8 民 屋 共 従 修　宮内卿
9 化 原 徳 馨 処　友古
10 風にのべふす春のもゝ草　法眼昌陸
11 青柳の陰ゆく水も緑にて　行豊朝臣

また、平松時量の死去にあたり、基凞は後光明院、後西院に長く近侍した功績を讃えている。

平中納言入道、年来病気、頃日大切、然而今日午刻入滅春秋七十八、其身任　後光明院、　後西院両長無失錯、
近年入道、子孫繁昌、随分果報人也、

（『基凞公記』宝永元年八月十二日条）

基凞が青表紙本証本と認めた平松時量本は、残念ながら現存しない。しかし、その形状については、基凞がいくつかの特徴を書き記している。

源氏物語五十四帖、去元禄十三年九月下旬相付所写志、今日終功、自愛、於此本者、平松中納言入道、以青表紙本判ノ本ニ、アヲハイニテ真名仮名ツカヒ等被付之、字違ズノ本ト同事也、仍借之所書也、今日即始独校了、

（『基凞公記』宝永元年五月二十五日条）

「青表紙本判ノ本」、「アヲハイニテ真名仮名ツカヒ等被付之」は、基凞自筆本の識語⑤と同様の内容である。くわえて、右では「字違ズノ本ト同事也」とあり、平松時量本をきわめて忠実な転写本であると評価している。このように絶大な信用を寄せていたからこそ、基凞は、同本を平松時量から直接借り受けたのである。

つぎの記事で、基凞は、平松時量本を青表紙の「三転本」としている。

元禄十三年九月以後書源氏、去年五月一部終功、独校至今日終功了、過半白年書写等無益、於此本者青表帋之

三転本也、古平中納言入道嘯月所加筆也委細見彼本奥書、当時、此本類難得之故也、今日周備、喜悦々々、

（『基凞公記』宝永二年九月十六日条）

同様の表現は、基凞自筆本の付属文書「源氏物語書写校合日数目録」にも見いだせる。

蓬生　元禄十六、七、廿二始、廿七終、

宝永元、九、十九始、廿終、（朱）

此巻一冊字違スノ三転也、

「三転本」とは、三条西家証本を基準にして数えているのだろう。蓬生巻にのみ殊更に「字違スノ三転也」とあるのは、同巻には、平松時量による青墨の訂正がまったくなかったためでないかと想像する。

二　書写に要した時間・紙数・書写の順序

基凞自筆本には基凞自筆の付属文書がある。同本は綴葉装一冊。藍色曇紙の表紙で外題はない。内題に「源氏物語書写校合日数目録」、「源氏紙重」とあり、一冊に二種類の内容が合綴されている。「源氏物語書写校合日数目録」は、『源氏物語』の五四ある巻名すべてを記し、それぞれの下に、右に寄せてその巻の書写の開始日と完了日を書き、左寄せに朱墨で校合の開始日と完了日を記す。いわば、「源氏物語書写校合日数目録」は、基凞自筆本が親本をもとに書き写され、一冊の本として成り立つまで何日を要したかという時間的記録である。これに対し、「源氏紙重」は、数量的な書き留めといえる。何枚の料紙を束ねて一括りとし、それをいくつ重ねたか、墨付丁数は何枚であるかを、巻ごとに記している。この付属文書によって、基凞自筆本が書写された経緯はかなり明確となる。

表は付属文書をもとに作成した。基凞自筆本の書写は元禄十三年（一七〇〇）九月二十三日から宝永元年（一七

〇四）五月二十五日までかけてなされ、校合は、宝永元年（一七〇四）五月二十五日から宝永二年（一七〇五）九月十六日までになされたとわかる。書写開始から校合完了までの期間は、前項の基熈自筆本の識語⑤の記述と矛盾しない。

表

※表の上段から『源氏物語』の巻名、「源氏物語書写校合日数目録」に基づく書写の開始と終了の年月日、書写開始年月日によりわかる書写順、「源氏紙重」に記載される各巻の紙数、「源氏物語書写校合日数目録」による校合の開始と終了の年月日を記した。

※夕霧の校合開始終了年月日には「宝永二五廿四六□」とあり、校合終了日時を確定できていない。

※東屋の書写開始終了年月日には「元禄十五十一始六終」とあり、書写終了日時を確定できていない。

※「源氏物語書写校合日数目録」では、現行の物語の巻序とは異なり、蘭・梅枝・藤裏葉・槙柱の順で記載される。

巻名	書写開始年月日	書写終了年月日	書写順	紙数	校合開始年月日	校合終了年月日
1桐壺	元禄一六・正・五	元禄一六・正・一四	11	二三枚	宝永元・五・二五	宝永元・五・二七
2帚木	元禄一六・正・一五	元禄一六・正・二六	12	五九枚	宝永元・五・二八	宝永元・六・二
3空蝉	元禄一六・正・二六	元禄一六・正・二八	13	一四枚	宝永元・六・二	宝永元・六・四
4夕顔	元禄一六・正・二九	元禄一六・二・一三	14	六一枚	宝永元・六・四	宝永元・六・一〇
5若紫	元禄一六・二・一四	元禄一六・三・二	15	六四枚	宝永元・六・一一	宝永元・六・三〇
6末摘花	元禄一六・三・二	元禄一六・三・一〇	16	四二枚	宝永元・七・一	宝永元・七・一八
7紅葉賀	元禄一六・三・一〇	元禄一六・三・一〇	17	三四枚	宝永元・六・七	宝永元・八・一五
8花宴	元禄一六・三・二〇	元禄一六・三・二二	18	一七枚	宝永元・八・一五	宝永元・八・一五
9葵	元禄一六・三・二三	元禄一六・三・三〇	19	六二枚	宝永元・八・一六	宝永元・八・一八
10榊	元禄一六・三・三〇	元禄一六・四・八	20	七一枚	宝永元・八・一九	宝永元・八・二九

11花散里	元禄一六・四・九	元禄一六・四・九	21	六枚	宝永元・八・二九	宝永元・八・二九
12須磨	元禄一六・四・九	元禄一六・四・一七	22	六一枚	宝永元・九・二	宝永元・九・五
13明石	元禄一六・四・一八	元禄一六・七・一〇	23	五六枚	宝永元・九・五	宝永元・九・一二
14澪標	元禄一六・七・一一	元禄一六・七・二一	24	四七枚	宝永元・九・一三	宝永元・九・一九
15蓬生	元禄一六・七・二二	元禄一六・七・二七	25	三一枚	宝永元・九・一九	宝永元・九・二〇
16関屋	元禄一六・七・二七	元禄一六・七・二七	26	七枚	宝永元・九・二〇	宝永元・九・二〇
17絵合	元禄一六・七・二九	元禄一六・八・五	27	二四枚	宝永元・九・二一	宝永元・九・二三
18松風	元禄一六・八・六	元禄一六・八・一四	28	二八枚	宝永元・九・二五	宝永元・九・二七
19薄雲	元禄一六・八・一六	元禄一六・八・二三	29	四一枚	宝永元・一〇・二	宝永元・一〇・二〇
20槿	元禄一六・八・二七	元禄一六・九・五	30	二七枚	宝永元・一〇・二三	宝永元・一〇・二三
21乙女	元禄一六・九・五	元禄一六・一〇・一二	31	七〇枚	宝永元・一〇・二三	宝永元・一〇・二九
22玉鬘	元禄一六・一〇・一三	元禄一六・一一・一二	32	五四枚	宝永元・一一・六	宝永元・一一・一二
23初音	元禄一六・正・一	元禄一六・正・五	10	二〇枚	宝永元・一一・一四	宝永元・一一・一五
24胡蝶	元禄一六・一一・一三	元禄一六・一一・二二	33	二七枚	宝永元・一一・一四	宝永元・一一・一八
25蛍	元禄一六・一一・二三	元禄一六・一二・一三	34	二七枚	宝永元・一一・一四	宝永元・一一・一八
26常夏	元禄一六・一二・一四	元禄一七・正・三	35	二九枚	宝永元・一一・一八	宝永元・一一・一八
27篝火	元禄一七・正・五	元禄一七・正・五	36	五枚	宝永元・一一・一八	宝永元・一一・一八
28野分	元禄一七・正・五	元禄一七・正・一三	37	二五枚	宝永元・一一・一八	宝永元・一一・一九
29行幸	元禄一七・正・一七	元禄一七・正・二三	38	三八枚	宝永元・一一・二二	宝永元・一一・二四

30蘭	宝永元・四・二八	宝永元・五・二	50	二〇枚	宝永元・一一・二四	宝永元・一一・二五
31梅枝	宝永元・五・一	宝永元・五・一八	53	二六枚	宝永元・一一・三〇	宝永元・一一・三〇
32藤裏葉	宝永元・四・一三	宝永元・四・二〇	48	三二枚	宝永元・一二・四	宝永元・一二・七
33槙柱	宝永元・四・二〇	宝永元・四・二七	49	五〇枚	宝永元・一一・二五	宝永元・一一・二九
34若菜上	元禄一三・九・二七	元禄一三・一〇・二八	1	一二六枚	宝永元・一二・七	宝永二・二・二八
35若菜下	元禄一三・一〇・二八	元禄一四・正・三〇	2	一二四枚	宝永二・二・二八	宝永二・五・二
36柏木	元禄一五・一二・九	元禄一五・一二・二九	9	五一枚	宝永二・五・三	宝永二・五・一八
37横笛	宝永元・四・二八	宝永元・五・七	51	二四枚	宝永二・五・一八	宝永二・五・二三
38鈴虫	宝永元・五・八	宝永元・五・一一	52	一九枚	宝永二・五・二三	宝永二・五・二四
39夕霧	元禄一五・八・一一	元禄一五・一〇・一〇	6	八八枚	宝永二・五・二四	宝永二・六・六※
40御法	元禄一七・二・一	元禄一七・二・五	41	二七枚	宝永二・六・一一	宝永二・八・二
41幻	元禄一七・正・二三	元禄一七・正・二九	39	三〇枚	宝永二・八・二	宝永二・八・二
42匂宮	元禄一七・正・二八	元禄一七・二・一	40	一九枚	宝永二・八・四	宝永二・八・四
43紅梅	元禄一七・二・六	元禄一七・二・九	42	一八枚	宝永二・八・四	宝永二・八・四
44竹河	元禄一七・二・九	元禄一七・二・二〇	43	五三枚	宝永二・八・四	宝永二・八・六
45橋姫	元禄一七・二・二〇	元禄一七・三・一	44	五一枚	宝永二・八・八	宝永二・八・八
46椎本	元禄一七・三・一一	元禄一七・三・二三	46	五〇枚	宝永二・八・八	宝永二・八・一四
47総角	元禄一四・正・三〇	元禄一四・一一・一四	3	一一八枚	宝永二・八・一四	宝永二・八・一九
48早蕨	元禄一七・三・二	元禄一七・三・九	45	二五枚	宝永二・八・一九	宝永二・八・二〇

49宿木	元禄一四・一一・一五	元禄一五・六・八	4	一二一枚	宝永二・八・二一	宝永二・九・五
50東屋	元禄一五・一〇・一一	元禄一五・一一・六※	7	八八枚	宝永二・九・六	宝永二・九・八
51浮舟	元禄一五・六・一〇	元禄一五・八・七	5	九二枚	宝永二・九・九	宝永二・九・一二
52蜻蛉	宝永元・三・二四	宝永元・四・一〇	47	七六枚	宝永二・九・一二	宝永二・九・一四
53手習	元禄一五・一一・七	元禄一五・一二・九	8	九一枚	宝永二・九・一四	宝永二・九・一五
54夢浮橋	宝永元・五・一八	宝永元・五・二五	54	二三枚	宝永二・九・一五	宝永二・九・一六

校合作業が物語の巻序にしたがって進められたのに対して、書写作業は必ずしもそれによってはいない。書写順は一見して無秩序のようにも思えるが、じつは紙数と深く連関している。五四帖のうち、最初に書写されたのは34若菜上巻である。その紙数は一二六枚と最も多い。続いて書写されたのは35若菜下巻で、紙数一二四枚は二番目に多い。以下、47総角巻（一一八枚）、49宿木巻（一二一枚）、51浮舟巻（九二枚）、39夕霧巻（八八枚）、50東屋巻（八八枚）、53手習巻（九一枚）の順である。厳密に紙数順というわけではないけれども、およそ九〇枚以上の、とくに紙数の多い巻が選ばれているのはあきらかである。

基凞父の近衛尚嗣も『源氏物語』の書写を心がけながらも、若菜上巻を最後に中絶してしまった。尚嗣筆本は、三三冊の未完成本として陽明文庫に伝わる。これによって、池田利夫は、基凞自筆本が若菜上巻から書写が始められた理由を、父の遺志を基凞が引き継ごうとしたためとするが[6]、定かではない。紙数の多い巻を選って、書写作業の挫折を避けたという指摘もあるが、これも一理あるように思う。すくなくとも基凞の書写作業の初期段階においては、紙数との相互関係が認められる。とすれば、親本の平松時量本は、全巻、もしくは若菜上巻以降のまとまった数が、基凞のもとにあったと推定できる。

手習巻に続き36柏木巻（五一枚）が写される。紙数による方針は、このあたりで転換されたようである。つぎの23初音巻が、元禄十六年（一七〇三）の「正月一日」に写し始められるのは、書写順の決定に何らかの意図があったことを裏付けるように思う。初音巻以降は、若干の例外はあるものの、1桐壺巻から54夢浮橋巻までほぼ巻序のとおりに書写される。

三　関連資料としての消息群

基凞の『源氏物語』書写に関連すると思われる基凞の自筆消息数通がある。以下に掲げるのは、すべて、基凞（差出所の「悠」、「悠見子」は基凞）から孫の近衛家久（一六八六―一七三七）に宛てた消息である。

〔消息一〕

永正八年　幷　新写
為見合相添目六
以上、三冊
源氏物語あかし　新古
右、二冊
右、目六之通、被納
文庫、御記一冊、
源氏物語みおつくし
一冊可給之候、先々
残暑以外候、弥平

安候哉、右府、口中
痛快候哉、彼是
如何候、委可示
給候、此方無別
条候、心事近日
可在面話候也、
七月十日　悠
亜相殿
口状

（「近衛基凞消息」〈35722〉折紙　三三・〇×四六・七）

消息の多くは日付のみであり、書かれた年次は明記されない。宛所の「亜相殿」は、家久が元禄十年十二月二十六日以降に権大納言であったのによる。文中の「右府」は基凞子の近衛家凞で、元禄六年八月七日から宝永元年正月十一日までの期の呼称が用いられる。宝永三年十二月九日に左大将を兼任するようになるまでは、ほぼ一貫してこ間に右大臣であった。**〔消息一〕**には、永正八年記の新写・目録を含めた三冊と、『源氏物語』明石巻の新古の二冊を文庫に納め、かわりを取り出すよう指示が記されている。永正八年記は『後法成寺関白記』である。陽明文庫には、基凞が写した『後法成寺関白記』十八冊本が伝わる。(7)**〔消息一〕**から、このとき、基凞が尚通の自筆浄書本を一冊ずつ文庫から取り寄せて転写していたことが裏付けられる。転じて、『源氏物語』は、明石巻新古の二冊と引き替えに、澪標巻一冊を要求している。この『源氏物語』は何を指すのであろうか。**〔消息一〕**は七月十日付である。前項の**表**では、明石巻の書写完了は元禄十六年七月十日、翌日に澪標巻の書写が始められている。日付が一致することから、〔消息一〕は、元禄十六年七月十日、基凞自筆本の明石巻書写完了時に書かれたと考えてよいだろう。明石巻の新古とは、基凞が新たに写した転写本と、もとにした平松時量本を指すのであり、これらを文庫に納めるのに添えられたのが〔消息一〕だったのである。

すくなくとも〔消息一〕が書かれた時点には、平松時量本の全冊が近衛家にあったと思われる。それらは近衛家の文庫で保管されていた。基凞は一冊ずつ取り寄せては写し、新しく転写した本ともども返却して、またつぎの巻の書写に取り組んだ。消息により、文庫からの出納は家久の役目であったことがうかがい知れる。間接的ながら、家久も基凞の書写作業に関わっていたのである。

〔消息二〕

漸綴出候、殊あとさき
六ケ敷所にて候、来仙に
見せられ候て可被書付候、又、
源氏物語　蓬生、関屋
二帖、如例、可給之候、心事
期面謁候也、
　　七念一

（端裏）「(封)　亜相殿　悠」　（「近衛基凞消息」〈35730〉切紙　二七・〇×三九・八）

〔消息二〕は、蓬生巻と関屋巻を要求する内容である。七念一（七月二十一日）の日付を**表**と対照すれば、元禄十六年七月二十一日に澪標巻の書写が完了したときの消息とわかる。翌二十二日には蓬生巻が書写し始められ、関屋巻がそれに続くことからも、基凞自筆本の書写に関連する消息であることを裏付ける。〔消息一〕と〔消息二〕とは、同じ巻の出納に関係するという意味で一対である。

家久がどのような手段でもって、基凞に本を届けたかははっきりしない。表と照らし合わせると、〔消息一〕の澪標巻、〔消息二〕の蓬生巻とも、消息の日付の翌日に書写が始められている。基凞からの指示があれば、おそらくは使いを立てて、ただちに対処したことであろう。あるいは、家久自身が持参する場合もあったようである。

〔消息三〕
源氏物語一帖終功候、明日者
可講談候間、巳刻可被来候、
其時分源氏一冊被取
出候而可有随身候、又、左府〔近衛家凞〕にも
弥無事珍重候、今日之天気
難儀候、如何候、可被給候也、
三朔日
（端裏）「（封）亜相殿　　悠」
（「近衛基凞消息」〈35858〉切紙　二〇・〇×一九・二）

〔消息三〕は元禄十七年三月一日付である。書写を終えた「源氏物語一帖」（表から橋姫巻とわかる）と引き替えにつぎの一冊を求めている。この場合は、翌日の講談の際、家久が自分で携えて来るようにと言い遣っている。講談とは、この年の正月二十九日から四月七日にかけて、基凞が家久の稽古としておこなっていた『伊勢物語』の講釈である。〔消息三〕の翌日、家久が講釈のために訪れたことは『基凞公記』で確認できる。

亜相来、講伊勢物語、此間無事、

（『基凞公記』元禄十七年三月二日条）

ところで、「近衛基凞自筆消息」のうち、基凞自筆本書写に関わる内容の消息が残るのは、元禄十六年正月以降に限られる。**〔消息四〕**は、そのうちでもっとも早い消息である。

〔消息四〕

両三日物遠候、余寒甚候処、
無事之由珍重候、
一、源氏物語二冊終功候、次一冊可給之候、
一、明後日、定而可為外弁思給候、
弥其分候哉、
一、印位次第、当春分当来候故、
いつにても不苦候間可給之候、可
書写候、乍楽居相応世替
有之候而書中等無正躰候也、
正月十四日

（端裏）「（封）　亜相殿　悠」

（「近衛基凞消息」〈19477〉切紙　二四・一×三六・八）

これまで掲出した消息と同様に、**〔消息四〕**でも、書写が完了した巻にかえて、つぎの巻が要請されている。「源氏物語二冊」は、初音巻と桐壺巻に当たる。**表**の書写順からすると、つぎは箒木巻に当たるが、消息では「次一冊」とあるのみで、巻名は書かれていない。このように、基凞が家久を介して本を出し入れした。こうした消息が残る

のは初音巻以降である。また、〔消息四〕の日付と同日、基凞は十三年間務めた関白を辞任した。前項で論じた初音巻の前後で書写方針が変化することと関連があるのかもしれない。

宝永元年五月二十五日、夢浮橋巻を最後に全巻の書写が終わる。〔消息五〕は同日付の家久宛消息である。

〔消息五〕

追申、若菜上同
被取出候而可給之候、
源氏物語一部書
功今日終之、本望不
過之候、又従今日
可独校候間、桐壺以下
三冊被取出候而可
給候、昨日者終日
無退屈候哉、今日
気分無異事候哉、
左府〔近衛家凞〕弥安穏候哉、
彼是返報相
待候、不宣々々
仲夏念五　悠見子
亜相殿

（「近衛基凞消息」〈19385〉巻紙　一九・五×五八・五）

書写の完了を報告すると同時に、当日中に校合のため桐壺巻以下三冊を届けるように求めている。この日、桐壺巻から校合が始められたことは前掲**表**でわかる。それとはべつに、基熈は一番初めに書写した若菜上巻も要求している。これは〔**消息五**〕でしか知り得ない事実である。書写に関係する消息群が存在し、その背景を裏付けることができる点も、基熈自筆本の特色といえる。

四　くり返された校合

宝永二年九月十六日、基熈は夢浮橋巻の校合を終え、五四帖の校合を完了する。同日、基熈は、家久に宛てて校合完了を報告する消息を書いた。

弥平安之由悦入候、然者、
兼々令談候源氏物語独校、
今日終功候、歓喜不過之候、
早々令案内候、心事
面談之時可述之候、不宣々々、

菊月十六日　　　　　　　　　　　基熈

（端裏）「（封）亜相殿　　　　基熈」

（「近衛基熈消息」〈35777〉竪文　三四・〇×四五・〇）

前年五月二十五日に始めた校合が、九月十六日にひとくぎりついたと、たしかに書かれている。前掲の『基熈公記』同日条にも同様の記述があり、さらには、**表**からも同日の校合終功が確認できる。

それでは、つぎの記述はどのように考えればよいのだろうか。

返〳〵、度々被書状返答、
　彼是一同申入候也、
如例、度々書札到
来、其辺各々安穏
之由悦入候、此方
無恙候間、可被安心候、
然者、朝鮮来聘
遅退、待屈事候、
一、愚老一筆書候源氏、
乍函以幸便可
給之候、同平松家之本
一才可給之候、去年迄
校合、宇治巻分相残、
残念候、於当方漸々
可令独校思たち候ての事候、
一、鷹書一箱、其方ニ有
之様に覚候、其方に候ハヽ、
是亦可給之候、
一、其方に有之本共、

心静目六せられ候て、
可給之候、
一、其御地　院御会等
有之候哉、少々被写候而
可給之候、
一、十三夜卒吟十首
入見参候、清書難義故、
狼藉之躰候、侍従へも
見せられ、丹頼庸へも、
そと見せられ候て、如何
申候や、承度候事、
彼是申度事乍如
海山、執筆多事、自然
滅而已候、当方之事、
泰通朝臣、長賢等可
申入候、不具〳〵
九月十八日　　　神田　悠見
内府公

（「近衛基凞消息」〈35889〉巻紙　一九・〇×七一・〇）

差し出し所に「神田」とあることによって、宝永六年四月から正徳二年（一七一二）四月までの基凞江戸滞在中の消息であるとわかる。文中の「朝鮮来聘」は、正徳元年の将軍家宣襲封祝賀の朝鮮通信使来日を指すので、消息は同年九月十八日付である。宛所「内府公」は同年二月二十五日に内大臣に任ぜられた家久である。傍線部の「愚老一筆書候源氏」は基凞自筆本、「平松家之本」は平松時量本である。基凞は二本の対校を再開することを決意し、家久に江戸に送るよう要請している。去年までの校合では宇治巻の分を残してしまい、おしまいまで終わらせることができなかったのだという。

消息の内容から、基凞は、基凞自筆本と平松時量本とを突き合わせる心づもりをしているとわかる。すでに確認したように、基凞自筆本の識語・付属文書、基凞自筆消息などでは、両本の校合作業が宝永二年九月十六日に完了したことになっていた。基凞は一端作業を終えたものの、正確さを追究して、再び校合を試みたと考えるべきなのだろう。校合作業は一度きりではなかったのである。

五　歌道教育としての校合

前項の校合は、殊更に「独校」と記されていた。平松時量本をひととおり写したのち、より完全な本文に仕上げるために、基凞は、一人で、基凞自筆本をじつに慎重に、念入りに点検したのであった。これとはべつに、家久とともに作業を進めていた形跡が『基凞公記』に認められる。

①〔元禄十六年八月九日〕亜相令所望間、講百人一首今日始之、又源氏物語清濁少々令読聞之、丹波頼庸、時真朝臣、来仙等聴聞之、先日以来、少々以後水尾院御抄令抄出之、聊加考拙等、今日歌三首読之了、

〔元禄十六年八月十三日〕亜相来、読源氏物語、

〔元禄十六年八月十五日〕亜相来、令講百人一首、又源氏校合、帚木空蟬読了、

〔元禄十六年八月二十九日〕亜相来、講百人一首、令校合源氏、丹頼庸、来仙、政仲等在前、頃之退散、

〔元禄十六年九月十七日〕巳刻、亜相来、令校合源氏物語、午退出、
〔元禄十六年十一月九日〕亜相来、講百人一首、読源氏物語、去九月中旬以後中絶、今日再興了、
〔元禄十六年十一月十一日〕今朝飯後、亜相来、読源氏物語、
〔元禄十六年十一月十四日〕晩景、亜相来、講百人一首、又読源氏、秉燭後起座、
〔元禄十六年十一月十七日〕亜相来、講百人一首、読源氏、薄暮起座了、兼仍朝臣、丹頼庸も来、聞講尺了、
〔元禄十七年四月二十五日〕巳刻、亜相来、校合源氏物語了、
〔元禄十七年五月三日〕亜相来、校合源氏、又調合薫衣香、

②

〔宝永四年二月二十八日〕左幕来、令校合源氏、晩景起座了、
〔宝永五年閏正月二十五日〕午後左幕来、校合源氏物語、
〔宝永五年五月二十六日〕巳刻、大将来、有校合、未刻被来了、
〔宝永五年五月二十八日〕午後、左幕来、有校合、未刻被帰了、此外無為指要事、
〔宝永五年六月七日〕左幕被来、有校合、自巳半刻至午半刻、
〔宝永五年六月二十六日〕左幕被下、有源氏校合、
〔宝永五年七月二十三日〕左幕来、有源氏校合、
〔宝永五年九月二十八日〕左幕来、有校合、詠草随身、頃日和哥躰漸宜、喜悦々々、

本文中の「亜相」、「大将」、「左幕」は家久を指す。①は、まだ基凞自筆本の書写作業が進められていた時期から始められた。毎回、家久への稽古として『百人一首』が講じられるのに並行して、『源氏物語』を「読」む、あるいは「校合」がなされた。元禄十六年八月十五日条に「源氏校合、帚木空蟬読了」とあることから、この場合の校合は、基凞が、清濁などの読み癖を家久に注釈するものであった可能性が高いように思う。①と②の間は二年ばかり

記事が確認できないが、一応連続した同様の作業と捉えている。

家久との校合は、宝永六年四月以降の基凞の江戸下向によって中断してしまう。

内府〔家久〕被来、今日、始源氏物語校合、是、先年所書之本也、校合至若菜届半、彼是延引、先、廿余枚読了、

（『基凞公記』正徳二年八月十四日条）

「校合至若菜届半」の記述から、②の校合は若菜巻まで済んでいたとうかがわれる。校合に用いられたのは、「先年所書之本」、すなわち、基凞自筆本であった。

帰京後に再開された校合は、翌年五月十日に完了する。

巳半刻、内府〔家久〕被来、今日、源氏物語校合終功了、凡二年余在東武、不慮之処、今日周備、喜々悦々、未刻被帰了、其後、以使、肴一種、鯛、樽代金三百疋被贈之、今日、校合周備目出度条、為祝義遣上候旨也、返々祝着之由令返答了、併、思道志悦入者也、

（『基凞公記』正徳三年（一七一三）五月十日条）

校合の完了を祝して、家久から基凞に対して、酒肴金品等が贈呈された。稽古の一課程を修め得たことを感謝して、師匠の基凞に対し、弟子の家久が礼節を尽くしたのである。つぎの消息は、同日、家久に対する答礼として基凞から送られたと考えられる。

猶々為道、彼是

祝万歳候也、

源氏物語校

合終功候悦とて、

目録のごとく給候、

懇切之至候、祝

着不斜事候、
然者、兼々申候
続世継、只今
可給候、過刻も
申候通、逍遙院
七十有余被
書源氏物語候、
殊勝之事候、愚老
無余命様ニ
思候へとも、さすかに
道のためをと思候へは、
旁命もおしく候と
おかしく候、心事
可在面談、不具、かしく、
　五月十日　　　　悠見
内府公
（「近衛基凞消息」〈35905〉巻紙　一六・〇×八八・〇）

傍線部では、基凞自筆本の第五三帖手習巻末の識語③にあった「逍遙叟七十七歳」という記述がつよく意識されている。正徳三年当時の基凞はまだ六十六歳であり、もちろん、三条西実隆の年齢には及んでいない。それだけに、少しでも長く余命を保ち、教えられるかぎりを後継者に伝えたいという基凞の熱意が伝わってくるようである。家久への講釈のため、基凞が正徳二年八月九日に書き始めた『一簣抄』の執筆を終えるのは、正徳六年閏二月五日である。家久への伊勢源氏切紙伝授は、さらに享保二年（一七一七）十二月二十三日まで待たねばならない。(8)しかしながら、校合の完了で、家久に対する歌道教育が一つの区切りを迎えたことは確かであろう。その校合に用いられたのも基凞自筆本だったのである。

おわりに

基凞自筆本の親本は、後西院の御本を忠実に転写した平松時量本である。基凞は、平松時量から借り受けて書写し、校合をくり返して、後西院御本をできるかぎり再現するよう努力した。さらには、後継の育成にも、基凞自筆本を利用したのである。その源泉が後西院御本であったからこそ、基凞は、青表紙本の証本と信頼したのであった。基凞が平松時量本にもとづいて基凞自筆本を作成したことによって、近世の近衛家は青表紙本証本を獲得できたのである。基凞自筆本の価値は、まさにこの点に求められるかと思う。

なお、書写と校合が終わっても、平松時量本は、長く近衛家に留められたようである。『基凞公記』における同本についての記述は、つぎの記事が最後である。

招右府〔家久〕、一簣抄表紙事、又、古平中納言入道嘯月所書之源氏之本、数年借之、近日可被返遣、平少地之事等、其外、近日伝授事等、令談之了、

（『基凞公記』享保二年十二月十七日条）

「近日伝授事」は、享保二年十二月二十三日の家久に対する伊勢源氏切紙伝授を指す。『源氏物語』の基準本文として尊重された同本は、家久への伝授が完了するその瞬間まで、基凞のもとに置かれていたのであった。

注

（1）平林盛得「後西天皇収書の周辺」（『近代文書学への展開』柏書房、一九八二年）
（2）川崎佐知子「延宝五年の「狭衣」校合」（『中古文学』第七七号、二〇〇六年六月）
（3）前掲注(2)川崎佐知子論文に論じた。
（4）池田利夫「近衛家の源氏書写と所蔵諸本」（『源氏物語の文献学的研究序説』笠間書院、一九八八年、初出一九八五年）は、基凞が「後陽成院宸翰本写し」の平松時量本を青表紙本証本とした理由を、曾祖父後陽成天皇の御本であったためと説明する。しかし、『基凞公記』や『无上法院殿御日記』などで確認できる基凞と後西院の交流関係から、むしろ後西院御本である点を重視すべきかと考える。
（5）平松時量に関しては、田中隆裕「後西院の和歌・連歌活動について」（『和歌文学研究』第五三号、一九八六年三月）、母利司朗「近世堂上俳諧攷―平松時量の俳事―」（『近世堂上和歌論集』明治書院、一九八九年）に詳細な考察がある。
（6）前掲注(4)池田利夫書。
（7）『(陽明叢書記録文書篇第三輯) 後法成寺関白記三』（思文閣出版、一九八九年）の益田宗解説に、尚通自筆浄書本と基凞転写本との関係が指摘されている。
（8）『「一簣抄」の作成事情は、川崎佐知子「『一簣抄』の周縁」（『國語國文』第七五巻第一一号―八六七号―、二〇〇六年十一月）に論じた。

〔付記〕　本稿で引用した陽明文庫蔵近衛基凞筆『源氏物語』、「近衛基凞自筆消息」、『基凞公記』は、財団法人陽明文庫御所蔵の近衛基凞自筆資料に基づいています。閲覧・解読にあたっては、陽明文庫文庫長名和修先生より格別の御指導御配慮をたまわりましたことを記して深謝いたします。
　本稿は、二〇〇六年十一月十一日に大阪成蹊短期大学において開催された中古文学会関西部会第一五回例会での口頭発表「陽明文庫蔵近衛基凞筆『源氏物語』をめぐって」をもとに成稿いたしました。

執筆者紹介

滝川幸司（たきがわ・こうじ）
一九六九年生。奈良大学文学部准教授。博士（文学）。著書に『天皇と文壇―平安前期の公的文学―』、論文に「時平と道真―『菅家文草』所収贈答詩をめぐって―」などがある。

田島智子（たじま・ともこ）
一九六一年生。四天王寺大学人文社会学部言語文化学科教授。博士（文学）。著書に『屏風歌の研究　論考篇　資料篇』、論文に「拾遺集の配列と屏風歌―配列に広がる屏風絵―」「拾遺和歌集と屏風歌―夏部の配列をめぐって―」などがある。

木下美佳（きのした・みか）
一九七九年生。大阪大学大学院文学研究科博士後期課程。論文に「刈谷市中央図書館蔵『伊勢物語愚見抄』の位置付け」「紀有常の史実と『伊勢物語』」などがある。

藤井由紀子（ふじい・ゆきこ）
一九七四年生。大阪大学大学院文学研究科助教。博士（文学）。論文に「「静かなる」六条院―『源氏物語』藤裏葉巻の栄華の実相―」「柏木の猫の夢」などがある。

石原のり子（いしはら・のりこ）
一九七八年生。大阪大学大学院文学研究科博士後期課程。神戸松蔭女子学院大学非常勤講師。論文に「『大鏡』における兼家と三条天皇―もうひとつの系譜―」「『大鏡』における藤原隆家―実仁親王・輔仁親王を視座として―」「『大鏡』における天皇の〈声〉―一条天皇と三条天皇を中心に―」などがある。

荒木　浩（あらき・ひろし）
一九五九年生。大阪大学大学院文学研究科教授。著書に『日本文学　二重の顔　〈成る〉ことの詩学へ』、共著に『新日本古典文学大系41　古事談　続古事談』、論文に「「胡旋女」の寓意―『源氏物語』の青海波をめぐって―」などがある。

丹下暖子（たんげ・あつこ）
一九八二年生。大阪大学大学院文学研究科博士後期課程。論文に「『建礼門院右京大夫集』前半部の構成」「『建礼門院右京大夫集』資盛・隆信歌群の再検討―「色好むと聞く人」をめぐって―」などがある。

仁木夏実（にき・なつみ）
一九七五年生。明石工業高等専門学校講師。博士（文学）。共編著に『金剛寺本『三宝感応要略録』の研究』、論文に「高倉院詩壇とその意義」「高山寺蔵鷹司兼平漢詩二首について」などがある。

中川真弓（なかがわ・まゆみ）
一九七五年生。日本学術振興会特別研究員。博士（文学）。論文に「清凉寺の噂―『宝物集』釈迦栴檀像譚を起点として」「『菅芥集』についての基礎的考察」「『菅芥集』奥書考」などがある。

中原香苗（なかはら・かなえ）
一九六六年生。神戸学院大学経営学部准教授。博士（文学）。論文に「『體原鈔』の構成―楽書研究の現状をふまえて―」「秘伝の相承と楽書の生成（1）―〔羅陵王舞譜〕から『舞楽手記』へ―」などがある。

高嶋　藍（たかしま・あい）
一九七九年生。大阪大学大学院文学研究科博士後期課程。論文に「『とはずがたり』における女性の装束描写―東二条院の書状による影響―」「『とはずがたり』の墨染めの袂―後半部における二条の着衣描写について―」などがある。

米田真理子（よねだ・まりこ）
一九六八年生。立命館大学文学部非常勤講師。論文に「『徒然草』と仁和寺僧弘融―『誂遮要秘鈔』・『康秘』奥書から見えること―」「栄西の入宋―栄西伝における密と禅―」「『憂喜餘の友』から『千代野物語』へ―中世における千代野開悟譚の展開―」などがある。

勢田道生（せた・みちお）
一九八〇年生。大阪大学大学院文学研究科博士後期課程。論文に「頼意僧正伝記考―南朝参仕の一僧侶歌人の生涯―」「島原松平文庫蔵『南方紀伝』をめぐって―『南方紀伝』仮名本先行説の再検討―」「『南方紀伝』・『桜雲記』の成立時期の再検討」などがある。

加藤洋介（かとう・ようすけ）
一九六二年生。大阪大学大学院文学研究科准教授。著書に『河内本源氏物語校異集成』、論文に「定家本源氏物語の復原とその限界」「『源氏物語大成』の三条西家本」などがある。

海野圭介（うんの・けいすけ）
一九六九年生。ノートルダム清心女子大学文学部准教授。博士（文学）。論文に「三条西家流古典学と室町後期歌学」「霊元院宸翰聞書類採集（一）」「後水尾院の古今伝授」などがある。

川崎佐知子（かわさき・さちこ）

一九六五年生。佛教大学・立命館大学文学部非常勤講師。博士（文学）。論文に「近衛基凞の書物交流」「『一簣抄』の周縁」などがある。

おわりに

大阪大学古代中世文学研究会の例会が、二〇〇八年六月をもって二〇〇回を数えることになり、そしてそれを記念して何かを残したいという話が本研究会の機関誌である『詞林』編集部において持ち上がったのは、今からもう二年以上も前のことでした。まずは、二〇〇回目の会を記念例会とし、通常は二名の研究発表を拡大して行うことが決まりました。そして、概ね五号ごとに特集号を組むことが多い『詞林』が、二〇〇九年四月発行号をもって第四十五号を数えることから、その記念例会における研究発表に基づいた特集号とすることなどを話し合いました。

伊井春樹先生の巻頭のお言葉にもあるように、編集を通して事務処理能力を培うという先生のご方針により、『詞林』は学生会員の手によって編集されており、『古代中世文学研究論集』（第一集〜第三集、和泉書院刊）もまた、当時大学院に所属していた学生会員が中心となって編集作業を行ってきました。この『古代中世文学研究論集』は、会員の間では「大詞林」と呼びならわされており、編集時の苦労話とともに、その編集が如何に実り多いものであったかが、携わった諸先輩方から語り聞かされていました。それに携わることのなかった現在の編集部のメンバーは、是非ともこの記念すべき機会に、「大詞林」の後継となる論集を編みたいという思いが、日々強くなっていきました。それは、現在本研究会には多くの院生会員がおり、「大詞林」のような企画を立てることが可能であること、自分たちの研究成果を書籍のかたちにして世に問いたいという思い、そして「大詞林」への憧れ……さまざまな要因が重なってのことでした。

しかし、出版不況と人文学の衰退が叫ばれる昨今、大学院生を中心にした論集を刊行にこぎつけるのは困難に思われました。しかし、そんな状況だからこそ企画する意味もまた大きいのではないかとも考えたのです。そして、企画するからには、何か枠組みを作り、それに沿う論考を提出するほうが、自由に論じるよりも勉強になるだけでなく、論集として刊行する意義も深いだろうと、敢えてテーマを設定することにしました。研究テーマを平安から南北朝期においている大学院生が多いことから、〈皇統迭立〉と文学というテーマに取り組むこと、そして、その趣旨に関係する研究をされている先輩方にも執筆をお願いする、といったふうに、編集部内での企画は順調に進んでいきました。

そして、出版をお願いするのは、『詞林』の販売および『古代中世文学研究論集』の出版でお世話になっている和泉書院をおいて他には考えられませんでした。大学院生を中心とした論集という、やや無茶な企画を持ち込んだにもかかわらず、快くお引き受けくださった和泉書院の廣橋研三社長に、心よりお礼申し上げます。また、本書の出版にあたっては、懐徳堂記念会の平成二〇年度懐徳堂研究出版助成を受けました。ここに記してお礼申し上げます。

昨年六月に二〇〇回を迎えた本研究会の例会もこの三月ではや二〇八回目を数え、機関誌『詞林』は四月に第四十五号を刊行と、本研究会の活動は着実にその歩みを続けております。二〇〇回例会と本書の刊行を新たな出発点と位置づけ、徹底した資料批判と深い読解を背景とした研究を目指すという原点を胸に刻みつつ、会員一同さらなる努力を重ねてまいります。

二〇〇九年三月

大阪大学古代中世文学研究会記念論集編集部

荒木　浩
石原のり子
木下　美佳
丹下　暖子

研究叢書 391

皇統迭立と文学形成

二〇〇九年七月一〇日初版第一刷発行
（検印省略）

編者 大阪大学古代中世文学研究会
発行者 廣橋研三
印刷所 亜細亜印刷
製本所 渋谷文泉閣
発行所 有限会社 和泉書院
大阪市天王寺区上汐五－三－八
〒五四三－〇〇〇二
電話 〇六－六七七一－一四六七
振替 〇〇九七〇－八－一五〇四三

ISBN978-4-7576-0513-8 C3395

══研究叢書══

浜松中納言物語論考	中西　健治著	351	八九二五円
木簡・金石文と記紀の研究	小谷　博泰著	352	一二六〇〇円
『野ざらし紀行』古註集成	三木　慰子編	353	一〇五〇〇円
中世軍記の展望台	武久　堅監修	354	一八九〇〇円
宝永版本 観音冥応集 本文と説話目録	神戸説話研究会編	355	一三六五〇円
西鶴文学の地名に関する研究 第六巻 シュ—スン	堀　章男著	356	一八九〇〇円
複合辞研究の現在	藤田　保幸 山崎　誠編	357	一一五五〇円
続 近松正本考	山根　為雄著	358	八四〇〇円
古風土記の研究	橋本　雅之著	359	八四〇〇円
韻文文学と芸能の往還	小野　恭靖著	360	一六八〇〇円

（価格は５％税込）

研究叢書

天皇と文壇　平安前期の公的文学　滝川幸司著　361　八九二五円
岡家本江戸初期能型付　藤岡道子編　362　一二六〇〇円
屏風歌の研究　論考篇　資料篇　田島智子著　363　二六二五〇円
方言の論理　方言にひもとく日本語史　神部宏泰著　364　八九二五円
万葉集の表現と受容　浅見徹著　365　一〇五〇〇円
近世略縁起論考　石橋義秀　菊池政和編　366　八四〇〇円
輪講　平安二十歌仙　京都俳文学研究会編　367　一二六〇〇円
二条院讃岐全歌注釈　小田剛著　368　一五七五〇円
歌語り・歌物語隆盛の頃　伊尹・本院侍従・道綱母達の人生と文学　堤和博著　369　一二六〇〇円
武将誹諧師徳元新攷　安藤武彦著　370　一〇五〇〇円

（価格は5％税込）

――研究叢書――

- 軍記物語の窓 第三集　関西軍記物語研究会 編　371　一三六五〇円
- 音声言語研究のパラダイム　今石元久 編　372　一二六〇〇円
- 明治から昭和における『源氏物語』の受容 近代日本の文化創造と古典　川勝麻里 著　373　一〇五〇〇円
- 和漢・新撰朗詠集の素材研究　田中幹子 著　374　八四〇〇円
- 古今的表現の成立と展開　岩井宏子 著　375　一三六五〇円
- 天草版『平家物語』の原拠本、および語彙・語法の研究　近藤政美 著　376　一三六五〇円
- 西鶴文学の地名に関する研究 第七巻 セ―タコ　堀章男 著　377　一二〇〇〇円
- 平安文学の環境 後宮・俗信・地理　加納重文 著　378　一二六〇〇円
- 近世前期文学の主題と方法　鈴木亨 著　379　一五七五〇円
- 伝存太平記写本総覧　長坂成行 著　380　八四〇〇円

（価格は５％税込）

——研究叢書——

紫式部集の新解釈	徳原 茂実 著	381	八四〇〇円
鴨長明とその周辺	今村みゑ子 著	382	一八九〇〇円
中世前期の歌書と歌人	田仲 洋己 著	383	二三一〇〇円
意味の原野 日常世界構成の語彙論	野林 正路 著	384	八四〇〇円
「小町集」の研究	角田 宏子 著	385	二六二五〇円
源氏物語の構想と漢詩文	新間 一美 著	386	一〇五〇〇円
平安文学研究・衣笠編	立命館大学中古文学研究会 編	387	七八七五円
伊勢物語 創造と変容	山本登朗 ジョシュア・モストウ 編	388	一三一二五円
金鰲新話 訳注と研究	早川 智美 著	389	一三六五〇円
方言数量副詞語彙の個人性と社会性	岩城 裕之 著	390	八九二五円

（価格は５％税込）